U0088912

古典文獻研究輯刊

四　編

曾永義　主編

第14冊

中國古典短篇文言愛情小說
女性主角形象結構研究（上）

陳葆文 著

國家圖書館出版品預行編目資料

中國古典短篇文言愛情小說女性主角形象結構研究（上）／
陳葆文 著 — 初版 — 新北市：花木蘭文化出版社，2012〔民
101〕
目 2+266 面；19×26 公分
（古典文學研究輯刊 四編；第 14 冊）
ISBN：978-986-254-763-2（精裝）
1. 古典小說 2. 文學評論
820.8 101001740

古典文學研究輯刊
四 編 第十四冊 ISBN：978-986-254-763-2

中國古典短篇文言愛情小說
女性主角形象結構研究（上）

作 者 陳葆文
主 編 曾永義
總 編 輯 杜潔祥
出 版 花木蘭文化出版社
發 行 所 花木蘭文化出版社
發 行 人 高小娟
聯絡地址 新北市永和區中正路五九五號七樓
電話：02-2923-1455／傳真：02-2923-1452
網 址 http://www.huamulan.tw 信箱 sut81518@ms59.hinet.net
印 刷 普羅文化出版廣告事業
初 版 2012 年 3 月
定 價 四編 32 冊（精裝）新台幣 52,000 元

中國古典短篇文言愛情小說
女性主角形象結構研究（上）

陳葆文　著

作者簡介

陳葆文，台灣師範大學國研所碩士，東吳大學中研所博士。曾任淡江大學中文系助理教授、副教授，現任國立台北教育大學語文與創作學系副教授。研究領域為中國古典小說，並教授相關課程。

提　要

　　本書乃借重西方敘事學、結構主義之分析理念，由女性主義之角度切入，分析中國古典短篇文言愛情小說女性主角的形象結構現象及其意涵。全書共四章：第一章「緒論」，說明本文之研究動機、方法、目的，並針對關鍵詞進行定義。第二章為「形象的表層結構——小說文本的分析」，乃由文學流變史的宏觀角度切入，分析女性主角呈現的小說文本的形象，其分析內容包括中國古典短篇文言愛情小說的主要人物結構、女性主角的塑形來源、條件特質、行為取向。第三章為「形象的深層結構——父權社會文化機制的操控」，乃由性觀念、死亡觀念、社會權力規則、文學傳統等深層結構切入，剖析父權社會與男性述敘視角度如何操控前述文本形形象結構之呈現。第四章為「結論」，總結前述女性主角形象的文本現象分析及深層因素的探討，檢討具有這樣一個結構性質的女性主角其形象意義，並對本書主題「中國古典短篇文言愛情小說女性主角形象結構」提出人物結構重塑的可能性及其反思。

第一章　緒　論

第一節　研究動機

　　中國人的民族性格中帶有相當程度的矛盾色彩，先聖先賢提示人們表達
情感要「溫柔敦厚」，強調「含蓄」與「節制」，更制定了一套套的「禮」來
調節規範人們的情緒。但從詩經到元曲，不論士大夫的頌歌或小民百姓的謳
吟，其中卻有絕大篇幅是屬於情歌的性質。這些數不清的戀歌，透露出我們
民族浪漫多情的另一面。然而詩歌所欲寄托的情感儘管熾烈，在表達手法上
終究有程度不同的曲折隱晦——明明長相思摧心肝，卻偏只教情郎看著寄去
的手絹好好想想〔註1〕。小說則不然，因為傳統觀念便視「小說」是和「大達」
相對的、微不足道的游戲文字；因為講小說者、寫小說者就是要明明白白地
告訴人們一個故事。因此，創作傳述時的不經心及特殊性，正好使「小說」
這種文學作品真真實實地洩露了傳統中國人的心聲耳語。脫去了「文以載
道」、「唯禮是問」的厚重外套、手銬腳鐐，古典小說折射出傳統中國人的深
層心理。充滿想像力的志怪及浪漫熱烈的愛情題材在小說中占有極大的比
例，便是最好的例子。然而前者事涉玄虛，難免天馬行空、難以令讀者產生
親切的認同或共鳴；後者則是根植於現實生活、從人性出發，講的是人人都
可能發生且最難磨滅的生命體驗。由後者切入，最能探索到中國人道貌岸然

〔註1〕明代民歌〈素帕〉：「不寫情詞不寫詩，一方素帕寄心知。心知接了顛倒看，
　　　橫也絲來豎也絲，這般心事有誰知。」見馮夢龍《山歌》卷十之〈桐城時興
　　　歌〉，上海：上海古籍出版社，1993年6月一版一刷。

性格的另一面，這也是筆者所以對中國古典愛情小研究感到興趣的原因。

　　身爲一個女性讀者及研究者，在閱讀古典短篇愛情小說時，筆者發現到一個有趣的現象，即除了故事的敘述者及作者是清一色以文人階層爲主的男性外，小說所記載的事件來源，也絕大部份是來自作者及其男性朋友們。因此，不論文言小說或是（擬）話本小說，都是男性世界的書寫產物。但故事的靈魂人物往往放在女性主角身上；且小說的愛情事件中，比較強烈或特異的身份、性格及行爲（包括行爲不符合社會規範的凡人或者是各種異類）也都歸之於女性主角。這種現象，由六朝以下，越近後世，隨著古典短篇愛情小說的發展越形完整，其比例也越高。此外，唐代以下，尤其明清的擬話本小說作者，他們在寫作時，往往抱定一個「教化」、「警誡」的動機；而這些透過男性所敘述塑形的女性角色，其所傳播的對象則可能又有很大比例是屬於同一階層的女性讀者。

　　中國傳統社會毫無疑問的呈現以男性爲中心的結構型態，女性依繞著男性、爲男性服務。因此，古典小說的男性作者如何描塑女性、或者期望女性接收到何種男性觀點下的女性形象；以及在這種敘述心理中，小說中的男性與女性角色產生什麼的互動；而這種種文學現象又是受到那些深層的文化機制所控制，這些問題，都是很有趣且值得加以思考的。

　　遺憾的是，以國內中文研究學界而言，不但相較於其他文類的女性研究盛況〔註2〕，古典小說的女性研究顯得微弱許多；且類似主題的研究，除了單篇的期刊論文外，學位論文或專門著作只見專書或斷代的探討，進行系統性（專題式）及全面性（通史或流變史式）探討者則付之闕如。然而，古典小說的女性研究雖然並不強勢，但觀察其研究發展狀況及其他課題的女性研究

〔註 2〕如民國六十年代有申美子《中國唐代婦女生活研究》（62 年政大中文）、樊亞香《從刑法看明代妻權的低落》（64 年台大歷史）、宋昌基《中國古代女性倫理觀——先秦兩漢爲中心》（66 年政大中文）。
　　七十年代則有李美娟《正史列女傳研究》（72 年政大中文）、官翰玫《左傳婦女形象初探》（74 年政大中文）、姜敬賢《劉向列女傳探微》（75 年師大國文）、徐秀芳《以教育和法律的角度試論唐代婦女的角色》（77 年清華歷史）、游惠遠《宋代婦女地位之研究》（77 年東海歷史）、姜敬賢《中韓女誡文學的研究》（79 年師大國文）、周次吉《唐碑誌所見女子身分與生活之研究》（79 年政大中文）。
　　八十年代則有陳仙丹《從固有刑律看傳統婦女地位之演變——由固有刑罰與緣坐觀點出發》（81 年台大法律）、萬靄雲《宋代命婦之研究》（82 年文化史學）、李淑媛《唐代婦女之法律地位》（82 年文化史學）等。

情況，確能提供吾人一省思的角度及若干借鏡之處。大致而言，以中國古代女性研究爲主題的學位論文，集中在以下兩類研究範圍：或由文化社會層面切入探討婦女問題，或研究文學與女性的關係。就前者言，其研究者涵蓋了中文、歷史及法律研究所〔註3〕。研究角度多半是由律法或史料上切入，探討某一時代中女性的地位及生活問題。這類的女性研究，多以斷代——尤其是唐代——或是某部（類）文獻爲範圍，其優點是能爲當代的婦女地位狀況提供一個較客觀明確的描述，且爲研究「文學中的女性」做了很好的背景研究。但因爲仍侷限於「點」的探討，故無法從一個流變史的角度去理解文化社會變遷影響下的婦女傳統角色的變與不變之處。而事實上，很多女性問題正是要從一個比較的角度才能加以突顯的。此外，不論「律法」或「文獻」，或任何形式的史料，不論是分析其中的女性、或探討其所呈現出的女性問題，都只是針對「文本」做一討論，只停留在「符號」現象如何的層面，至於能突顯這個分析工作眞正的重心及意義所在的探討「符旨」、乃至使「符徵」與「符旨」發生聯繫的操控機制如何等課題，反而較爲研究者所忽略。而針對文化社會所做的女性研究成果，對於擴展文學研究者思考視野的方向，固有很大的助益；但文本的分析再如何細致，如果沒有文本現象內在意涵及深層結構的剖析，對問題的觀點終將是隔靴搔癢，無法直探問題的核心。對於深層研究如文化心理學、社會心理學甚至文化人類學方面的缺乏所造成的論文偏狹及表面化的現象，其實正說明了一個人文科學研究者對於科際整合的方法論及理論基礎訓練之必要性；而這點，也無異提供文學研究者一個很好的反思。

　　文學與女性的研究，則是集中在中文研究所。對於女性作者的研究方面，多是針對某一時代某類特定文體的女性作者，探討其背景、生平、作品整體風格及內容等〔註4〕。此類分析由於處理的對象極爲龐大，因此研究者多只能

〔註3〕此處所謂的女性研究，其研究對象泛指女性作者、或是研究文本所呈現的女性現象、所突顯出的女性問題等。

〔註4〕如六十年代有張慧娟《唐代女詩人研究》（67年文化），七十年代除七十一年香港珠海大學李湛梅的《古代婦女文學考釋》外，國內則有嚴紀華《全唐詩婦女詩歌之內容分析》（70年政大）、鍾慧玲《清代女詩人研究》（70年政大）、任日鎬《宋代女詞人及其詞作之研究》（71年政大）；八十年代目前只見李栩鈺《午夢堂集女性作品研究》（83年清華）。此外，清華歷史研究所劉天祥有《清代才媛王貞儀研究》，但因王氏所著不屬文學作品範圍，因此不在上述範圍之內。

作宏觀式、重點式及文學表層的探討，對於女性身處男性社會結構中如何寫作、及其作品與女性自身情境的對比等深層問題，無法進行細緻的解讀。當然，這些侷限的形成，端視研究者對於分析對象及分析方法的掌握性及敏感性如何。如果仍是停留於背景史料的排比、作品文本的賞析等，則所得到的研究成果，不過是一部「列女傳」而已，無法突顯此一研究主題豐富的符號意義。事實上，「女性作者」的研究，可說是女性主義文學批評方興未艾的熱門研究方向；對於古典文學的研究而言，如能於掌握史料及其時代特性、文本傳統之餘，更充份運用文化批評及社會學等觀點，切入其深層結構剖析上述有關「女性作者」的種種課題，定能對研究對象及其作品進行深刻的解讀，並得到一些饒富啟發的結論。可惜的是，古典小說在這方面的研究顯然是缺席的，因為女性一向無法涉足這個文類的創作；只有期之於現代小說女性作者甚至所謂「陰性書寫」的探討了。〔註5〕

　　至於文學中的女性，多半集中在詩及劇曲方面〔註6〕，古典小說的研究狀況早期極為冷清，最近五年內才見較多的相關研究〔註7〕。而觀察後者的研究狀況，雖然論文題目有「婦女」或「女性」之別，但二者之間在論述的角度上並沒有明顯差異；對於指涉對象的分析，也仍停留於人物行為表面，並沒有或僅聊備一格地再深入角色符號的內在結構去加以解析其行為表面之所由來〔註8〕。現代小說的研究雖較古典小說蓬勃，但論文的集結出版卻是集中在

〔註5〕　針對現代小說的女性作者研究，見下文的論述。

〔註6〕　如李偉萍《南朝文學中的婦女形象》（70年政大）、許瑞玲《六十種曲婦女形象研究》（78年師大）、黃美玉《唐人以漢代婦女為主題詩歌之研究》（78年政大）、李孟君《唐詩中的女性形象》（80年輔仁）、高仁淑《元雜劇關馬王白四家作品中女性角色研究》（82年文化）。

〔註7〕　如朱美蓮《唐代小說中的女性角色研究》（68年政大）、劉麗屏《閱微草堂筆記中的女性研究》（81年政大）、林麗美《三言兩拍中的女性研究》（84年中央）、馬琇芬《從婚姻、嫉妒、性欲看金瓶梅中的女性》（86年中山）；此外，張靜茹《敘事文學中的清代臺灣婦女行為類型研究》（86年中正），亦多少有關聯。

〔註8〕　如朱美蓮的《唐代小說中的女性角色研究》分析民間家庭、皇室家庭及舞榭歌臺等三種類型的女性，只有在最後一類第三節「娼妓的際遇」之「參、鑄成悲劇的原因」下，有一到二頁的「三、社會交換論的角度」，是達到上述的要求。而劉麗屏的《閱微草堂筆記中的女性研究》情形也大致類似，只有在第六章「閱微草堂的果報觀與女性地位」第二、三節中，由一個較微觀的角度探討小說中女性地位所以如此表現的深層因素。但是，相對於「女性」一詞的豐富內涵言，這些研究顯然是不夠的。

八十年代〔註9〕。則結合上述古典小說的研究狀況來看，可以發現，小說的女性研究所以有流行的跡象，正與近十年來女性主義文學批評的風行有極密切的關係〔註10〕。對於「小說女性研究」此一課題的掌握，普遍來說，現代小說的研究顯然要較古典小說準確而深入。當然，這其中除了牽涉到研究角度的意識、及研究方法的運用純熟度外；古代或當代文本及其深層結構中所涵括的種種社會、文化、心理等因素，對一個現代研究者所造成的疏離感或親切感，以及因此而對其研究意識所造成的影響，都是影響論文面貌及成就的關鍵。此外，古典小說研究中，有針對某一故事類型進行探源的研究方式〔註11〕，其中所研究的故事雖然都是以女性為主角，但作者的研究重點多是放在故事流變、發生背景、故事內容、人物形象等瀏覽式的文學表層的分析，而非專注於其中的「女性」角色研究，或女性角色「為何」如此演變，因此仍屬於傳統考證式的研究法。其優點是在文本現象的考察上，可以做細致而豐富的資料說明；其侷限是仍停留於文學表象的考察，將無法充份突顯出這些資料更深刻的文化價值。如能透過流變史的觀察角度，探討其中女性形象及故事類型的演變意義、及操控所以變與不變的內在機制，則必能更強化此一研究主題的價值。

　　綜合來看，民國75年以後，學界對文學女性或文學中的女性的研究密度大為提高，可見研究者已慢慢跳脫男性中心的觀看視野，而逐漸地注意到女性在文學中的地位及意義。雖然，在思考模式上多半仍習慣性、不加思索依既定的男性社會結構模式及觀點去分析其議題，而較少設身處地或自省地由

〔註9〕 如馬東萍《張愛玲小說中的女性世界》（81年東海）、吳婉茹《八十年代台灣女作家小說中女性意識的研究》（83年淡江）、丁鳳珍《臺灣日據時期短篇小說中女性角色》（85年成大）。

〔註10〕早期海外曾有此類研究，即民國76年香港珠海大學賀慰安的《台灣當代短篇小說中的女性描寫》；另外，民國82年時報先後出版鄭明娳編的《當代台灣女性文學論》（係國內多位論者單篇論文的收集整理），及孟悅、戴錦華著《浮出地表歷史：中國現代女性文學論》；台北谷風出版社《風起雲湧的女性文學批評》，與鄭書性質亦同。此外，近幾年來對於女性主義理論介紹的譯著亦復不少（可參本論文參考書目「女性主義」部份），凡此，皆可見女性主義似已成為當代文學批評的顯學。

〔註11〕如潘江東《白蛇故事之研究》（67年輔仁）、楊振良《孟姜女故事研究》（70年師大）、陳桂雲《楊妃故事研究》（74年文化）、葉仲容《西施故事源流考》（79年政大）、張本芳《中國傳統妒婦故事研究》（81年逢甲）、王方霓《龍女故事研究》（81年文化）、劉雪真《傳統小說中狐妻故事的研究》（82年東海）等。

女性角度去反思、解讀甚至批判所面對的文學現象，但這只是研究方法角度的問題，能如前者已注意到問題的存在，樂觀來說，對女性研究的領域便是一個好的開始。

筆者撰寫碩士論文，即是以「中國傳統短篇愛情小說的衝突結構」為題，嘗試朝「系統性」、「全面性」及「深刻化」等方向來對愛情小說進行探析。因為，一個主題式的研究，唯有透過如上述的研究理念，才能在分析、比較的過程中，不但將現象及其意義徹底加以突顯，且進而獲致一個較深刻的觀察及結論。而對「中國古典愛情小說」進行全面性的研究本是筆者一向的心願；女性人物既是古典愛情小說舞台上最鮮明活躍的角色，卻少受研究者青睞，這不但令筆者不解，且要為這些愛情故事的女主角們不平。因此，筆者在碩士論文的基礎上，仍秉持上述的研究熱情與理念，以「中國古典短篇文言愛情小說女性主角形象結構研究」為博士論文題目，更進一步挖掘古典愛情小說無盡的寶藏、重新解讀詮釋古典短篇文言愛情小說女性主角的符號意義及其價值，並做為筆者系統性小說研究的一個起點。

第二節　研究方法

筆者使用「女性」一詞做為標題時，雖延用了女性主義者所慣用的意義，但並不表示本文即為一女性主義批評的實踐。

「女性主義」做為一項批評的理念範疇，本身並沒有發展出什麼固定的理論或方法，她們只是在找出那些理論或方法是和自己立場一致或有所牴牾〔註12〕。因此，我們在一些介紹女性主義理論的著作中，經常可以看到女性主義批評與許多其他的理論家或理論方法相聯在一起，社會學方面如馬克思主義及傅科、阿圖塞等大師的理論；心理學方面如佛洛伊德、拉康等精神分析學派，或者符號學、後結構主義等〔註13〕。甚至，在上述各類令人眼花撩

〔註12〕托里爾‧莫瓦（Toril Moi）著，瑪麗‧伊格爾頓（Mary Eagleton）編，胡敏等譯：《女權主義文學理論》（性別／本文政治），長沙：湖南文藝出版社，1982年2月第一刷，頁347。
〔註13〕相關介紹可見托里爾‧莫瓦（Toril Moi）著，林建法等譯：《性與文本的政治》，長春：時代文藝出版社，1992年7月第一刷；克莉思‧維登（Chris Weedon）著，白曉紅譯：《女性主義實踐與後結構理》，臺北：桂冠圖書公司，民國83年8月初版。又見王逢振：《女性主義》第四章〈女性主義批評理論及其主要類型〉所論，臺北：揚智文化事業股份有限公司，民國84年2

亂的理論應用立場之外，不同知識傳統的女性主義者之間也因各有其鮮明的批判觀點而區分爲英美派及法國派〔註14〕。不過，在這百家爭鳴的理論狂潮中，有一點不變的基本精神是：女性主義的發生既是來自政治活動，因此其本質就是政治的〔註15〕。它所批評的主要對象「一直是具有政治意義的：它尋求暴露各種男性化的實踐活動而不是使之成爲永恆」〔註16〕。而呼應這層基本精神，學者如朱莉亞‧克莉斯蒂娃（Julia Kristeva）便將女性主義運動分爲三個不同的階段，第一階段是所謂「自由女權主義」，女性主義者努力爭取與男性相同的權利；第二階段是「差異女權主義」，強調女性固有內在特質的積極性；第三階段則是將上述範疇提昇到一個形而上學的範疇內，以致力發展一個不再操縱任何社會、政治、意識形態權力的超然社會〔註17〕。相應於上述發展，女性主義批評乃以「揭露男權制的前提和偏見；推進對婦女作家及作品的重新發現和重新評價；詳細研究文學和文學批評的社會文化語境」等爲中心理念，而有相應於上述政治性三階段的文學批評三階段的呈現，即：「在第一階段主要抨擊男性的性別歧視，在第二階段主要研究婦女作家及其作品，在第三階段則集中於文學的、批評的、心理社會學的和文化的理論」〔註18〕。然而不論其發展軌跡如何，女性主義由一種政治性運動而擴大其影響力，發展到成爲一種批評的理念範疇，其內涵雖不斷地在深化及複雜化，但是，正如托里爾‧莫瓦（Toril Moi）對於女性主義文學批評所揭示的信念，在於「不僅極力強調理論的重要性，而且同時強調對於理論效應作出一種政治化的理解」〔註19〕。因此，女性主義批評應定義在其政治觀點上，而非其文本對象，凡自命爲女性主義者，終究無法自免於一個所謂「性政治」命題的宿命。

月初版。

〔註14〕見《性與文本的政治》之第一部分「英美女權主義批評」及第二部分「法國女權主義理論」。該書在〈前言〉中很清楚地指出「『英美』或『法國』這類術語不能被看做是在表示純粹的國別界定：它們不是標誌批評家的出生地（國別），而是標誌著他們工作其中的知識傳統。因此，我沒有把許多深受法國思想影響的英美女性視爲『英美』批評家。」

〔註15〕見《女性主義實踐與後結構理論》第一章〈女性主義與理論〉之「一、女性主義與政治」。

〔註16〕同註14，〈前言〉，頁2～3。

〔註17〕同前註，〈中文版序〉，頁2～3。

〔註18〕同註13，《女性主義》，頁34～35。

〔註19〕同註17，〈中文版序〉，頁2。

　　女性主義雖然風起雲湧，成為批評領域中的顯學，筆者且現成借用了其對「女性」的定義以說明本篇論文的分析範疇及企圖。但以中國古典短篇小說為分析對象時，其與此發源於西方政治運動的批評範疇是否具有相容性，或有多少相容性，都有待細致而深入的考察；同時，由於古典短篇小說一向缺乏女性作者，只能就作品所涵括的男性意識做批判，相對於現今女性主義批評中傾向對女性作家及作品的探討，前者的討論顯然是較消極的。事實上，筆者若干年前深受結構主義的啟發，對於其解析文本的精神及方式，至今仍受益匪淺。而結構主義的特色之一，便是它只是一個「方法」、一個幫助觀看的「工具」而已。根據這個原則，面對前述的研究情境，與其搖旗吶喊打著女性主義批評的旗幟而實際上卻陷於削足適履之弊，不如側重女性主義所提示的若干重要理念，做為一種觀察、解析、反省文學文本的工具或角度。因此，本文並不企圖以「女性主義批評」的任何理論做為批評觀點或範疇，更不負任何政治批判的任務；而只是單純借重其所揭示的精神，以為分析文時啟發思考的工具。事實上，筆者對女性主義批評所到感興趣的，不在於它企圖解讀出什麼政治意涵，而在於透過這種批評理念內涵中所牽涉到的文化、社會、及心理等諸層面，有助於對小說進行更深刻的觀察與分析。筆者只是想經由結構主義所提示的分析法則，藉著女性主義所揭示的諸般觀看角度當作一種思索問題的啟發，以更深刻地解讀古典小說的各個項面，挖掘出中國古典短篇小說許多被埋藏已久，但有趣且值得探討的現象與問題。

　　此外，基於小說之為一敘事文類，本文也企圖嘗試以一較嚴謹的敘事分析方法來解讀所分析的樣本。羅蘭巴特曾指出「敘事作品是一個層次等級……理解一部敘事作品，不僅僅是理解故事的原委，而且也是辨別故事的『層次』」〔註20〕。這些所謂的「層次」，代表著不同的「規則」。在一部敘事作品中，會存在著若干不同的層次，這些層次必須互相結合，才能顯示出意義。在透過上述觀念分析故事時，則必須先將一部作品的「層次」加以區分出來，逐一去討論其各自內在的邏輯及意義，然後綜合歸納，才能進而彰顯出此部敘事作品的結構意義。

　　至於「層次」的定義，其實論點紛云。如托多羅夫建議區分為故事層及

〔註20〕張寅德編選：《敘述學研究》，北京：中國社會科學出版社，1989 年 5 月一版一刷，頁 9。

話語層〔註21〕，前者包含了情節邏輯及人物句法，後者包括了敘事作品的時況體式；羅蘭巴特則建議區分爲功能、行爲、敘述三層〔註22〕等。不過，對敘述層次的區分，雖然各家自有其說法，但總脫離不了語言學和形式主義的範疇。然而以此理論來分析中國古典小說，卻不見得適用。因爲中國古文語法（不論文言或白話）及結構畢竟不同於西方——如時態的表達方面，西方語言可以動詞的變化來表示，中文則須根據上下文語意來理解——因此，無法逕以西方話語結構背景的理論來強加分析另一全然不同系統話語的敘事作品。此外，西方敘事學因爲本身太強調文本的研究，視作品爲一獨立自主的內在封閉體系，觀點難免失於偏頗。尤其中國古典小說的發生，最初本非以「純文學」的動機而發跡，反而是在其他的「任務」之下才產生，如宣揚教義、移風勸俗、或甚至做爲文人的典故文庫。因此，它自始就與外界有著極密切的互動關係。如果不察本土文學發生時的特殊性，便冒然套用西方敘事理論，則對於很多文學現象解讀，將會失之於自說自話、見樹不見林的偏狹缺憾。

　　不過，總體而言，西方敘述學的精神乃是圍繞著兩個層次而展開，一是「敘事結構」層，一是「敘述話語」層。前者指的是對敘事文本的研究，分析故事的情節邏輯、句法、結構等；後者指的是對敘述行爲的研究，旨在說明所敘故事表現方式的規律〔註23〕。這種精神的要義，乃是在於以一敘事作品爲對象，去研究「作品說了什麼」、「作品如何說」及「作品爲什麼要這麼說」（即 what、how、why）。第一個問題，所指涉的是作品文字現象的表層部份。以小說而言，可對作品所呈現出的人物、情節、意涵等進行客觀的分析。第二個問題，則是由前述的分析爲基礎，解讀其呈現的方式手法、彼此之間的聯繫邏輯；而此則涉及詮釋者主觀的分析角度。至於第三個問題，則屬於文字現象背後的深層因素部分。即根據前二項的分析所得，進一步挖掘隱藏於文字背後、卻實際上操控前者種種現象呈現的各項因素。因此，這個「爲什麼」，是兼指「作品爲什麼會說這些」及「作品爲什麼會以這個方式說」的雙重意義；而要解答這個層次的問題，則必須由鉅觀方面如作品所處的社會文化結構及價值觀、民族性格、文學傳統等，及微觀方面如作者、讀

〔註21〕同前註，序，頁 24。
〔註22〕同前註。
〔註23〕同前註，序，頁 23。

者的態度，確能避免傳統中國評點式分析法那種自由心證、情緒化、表象的、使作品始終只能留滯於「賞析」層次的散漫毛病，更能使作品的結構脈絡、故事肌理能系統地加以彰顯，從而精確深入地掌握住其藝術呈現及內在意涵。因此，若暫且拋開那些繁瑣而各說紛云的敘事理論框架，掌握最基本的敘事學精神，應有許多令習於印象式分析的中國古典小說研究者深思及借鏡之處。

事實上，近年來確有學者有感於上述敘事學理論的優點，乃嘗試調整出一較適合援以分析中國古典小說的方向，希望能為古典小說整理出一套敘事規則，以深化這方面的研究〔註 24〕。而這些學者的嘗試與實踐，的確提供了古典小說的研究者許多研究方法新視窗的開啓。

做為一位女性的研究者及對於前述學者分析方面的不足，本篇所運用的研究方法，在觀看角度方面，乃以女性主義批評的精神理念為啓發思考的方向；在分析方法方面，則以結構主義表層與深層結構的分析概念為架構，以敘事學理論精神為肌理，將小說文本視為一具有表層結構與深層結構的有機體。希望藉著這樣的分析方法及理念架構，能對前文所揭示的研究範圍，進行一個理性化、宏觀式的分析探索。

根據上述研究策略及目標，筆者擬於第二章「形象的表層結構」部份，處理小說文本表象呈現的問題。其中第一節「中國古典短篇愛情小說綜覽」為文本分析的開場白；第二節至第五節，乃針對組成中國古典短篇文言愛情小說女性主角形象的各個項面，進行文本的表象結構現象分析。其次，於第三章「形象的深層結構」，解讀文化、社會、文學、閱讀傳播等深層結構機制如何操控前述小說文本表象的呈現。最後，在第四章「結論」的部份，對前述的分析與解讀做一關聯，使所有的分析工作回歸到文學本身、所有的分析意義也在於呈現文本的真實面貌；並進而對這樣的分析結果做一反省與前瞻。

〔註24〕專門著作方面如王定天的《中國小說形式系統》（上海：學林出版社，1988年）、陳平原的《中國古典小說敘事模式的轉變》（原 1988 年由北京大學出版社出版，民國 79 年由台北久大文化股份有限公司發行繁體字本）；另外徐岱的《小說敘事學》（北京：中國社會科學出版社，1991 年），書中亦多處援用古典小說做為敘事分析的對象。
中研所學位論文方面則有劉苑如《搜神記暨搜神後記研究——從觀念世界與敘事結構考察》（78 年政大）；而崔省南的《水滸傳寓意與結構之分析》（72 年台大）、秦英的《紅樓夢的主線結構》（76 年台大）等也可視為廣義地運用了敘事學理論的分析角度。

第三節　研究目的

即使作者斯人已邈，古典小說仍是一種活的文學。由其中可見各個朝代的縮影，可體會時代社會文化變遷下各種變與不變的人民心聲，它尤其是我們民族愛恨生死、七情六欲最赤裸的宣洩場所！對於這樣的文學，如果只做斷代的、或只針對某部作品分析，是不足以彰顯前述特質的；唯有自一跨時性、流變史的角度，透過分析、比較、歸納，才能解讀釋放出這些故紙堆中的生命活力。事實上，國內對於古典小說的研究，確有呈「點」狀集中、而乏歷時性聯貫的現象。章回小說方面，幾乎都是針對專書本身或其中某項主題做研究〔註25〕；如《晚清小說的特質研究》（崔桓，80年政大）等宏觀式的主題研究，顯然不如前者多見。短篇小說方面，對唐宋以前的作品，多針對小說類型或斷代的小說特定主題進行主題式的研究〔註26〕；對於明以後的作品，則集中在專書或其中特定主題的研究〔註27〕。雖然一些「故事類型」的研究具有歷時性研究的意味，但作者興趣幾乎皆在於考證故事源流，對於故事演變傳承中情節變與不變種種文學現象背後的意義，通常沒有意思去加以比較或探索。因此，總的來說，小說流變史式的研究，猶待研究者勤加耕耘。

此外，古典小說有所謂「言情」之稱，但本文將探討範圍指定為「愛情」而非「言情」，其用意一方面是著眼於所謂「言情」的意涵，固然基本上已包括了「愛情」，但是以「言情」為題，則其所指涉的內容牽涉太廣，難以在本論文內一一將問題加以釐清。以「愛情」為題，才能集中焦點，進行較深細

〔註25〕早期如鄭明娳的《西遊記探原》（70年師大），近年來如姜鳳求《明清才子佳人小說好逑傳研究》（79年政大）、陳美伶《水滸傳之人物刻畫技巧》（79年師大）、鍾明玉《紅樓夢飲食情境研究》（81年清華）等皆是。

〔註26〕如張海蘭《從唐代傳奇小說看當時的社會問題》（59年台大）、何錦彥《唐人劍俠傳奇及其政治社會之關係》（71年高師）、林志遠《唐人俠義小說研究》（75年輔仁）、賴雅靖《六朝志怪小說中的死後世界》（78年政大）、劉美菊《唐人小說的結構——以行為規範為觀察角度》（78年師大）、陳玲碧《唐人小說中的命定觀》（79年輔仁）、小野純子《唐代小說宗教觀之研究》（80年政大）、顏慧琪《六朝志怪小說異類姻緣故事研究》（81年文化）等。

〔註27〕如劉美華《聊齋誌異中的家庭倫理觀》（66年輔仁）、王淑琤《剪燈三種考析》（71年台大）、咸恩仙《三言愛情故事研究》（72年輔仁）、崔桓《三言題材研究》（74年台大）、鄭東補《凌濛初二拍的藝術探微》（77年輔仁）、郭靜薇《三言訟獄故事研究》（78年輔大）、柳之青《三言人物研究》（80年師大）、金仁哲《聊齋志異之宿命論與果報觀研究》（82年輔仁）等。

的剖析。而自小說演變史的角度觀之，由魏晉的筆記志怪，而唐代傳奇，而宋明話本，而清代的傳奇、筆記、話本，或晚明到清所謂「世情小說」、明末清初的所謂「才子佳人小說」，及晚清的所謂「言情小說」、「狹邪小說」，甚至清末民初的「鴛鴦蝴蝶派」，這一系列在體制上由短篇而中長篇、在內容上由單純的男女愛情而牽扯進種種複雜的世態人情、甚至變形爲所謂的嫖客指南，其實正標示了一段「中國古典言情小說系統」由雛型而成熟、轉變、乃至變質、尾聲的發展歷程；而溯其源始，正是文言短篇小說。因此，本文以文言短篇小說爲分析對象，正是中國古典言情小說系統中，故事形態底定、內容最爲純粹的階段，以「愛情」爲題，以「文言短篇」爲範圍，亦有正本溯源的意義在。筆者所希望的是，以本文的研究爲起點及基礎，再下探其它種種如「世情小說」、「才子佳人小說」、「狹邪小說」、「鴛鴦蝴蝶派」等古典言情小說系統中的其他成員，而串連起一部完整的「中國古典言情小說系統」發展史。〔註28〕

　　最後，筆者希望藉著西方敘事學理論的啓發，能跳脫以往評點式的思考框架，由一較客觀而立體全面的角度對小說進行分析，不僅分析小說在「說什麼」，也嘗試解答小說「爲什麼如此說」；希望透過這些分析，爲愛情小說的內涵研究重新發掘新意義，並思索出一套屬於中國古典小說的敘事原則，以普遍運用於各類型的古典小說分析上，挖掘出文本更深細的意義。但筆者最希望的是，本文不僅做爲筆者系統性中國古典小說流變史研究的開端，更能拋磚引玉，激起更多研究者的共鳴，投入對中國古典小說本質方面敘事結構的思考、及流變史方面的主題研究。

第四節　定　義

一、古典短篇小說

　　「短篇小說」就我國古典小說而言，是一個後設名詞。因此，在爲本文

〔註28〕目前雖已有吳禮權《中國言情小說史》（臺北：臺灣商務印書館，民國84年3月初版），但在內容上仍屬於一般傳統文學史的寫法，著重歷史背景、及重要作品的評介等，並沒有深入作品解讀符號的意義。此外，對「言情小說」的定義、小說各內容類型之間流變承傳的關係，也並沒有相互串聯，做一個整體的評論。因此，本書內容資料雖尚稱豐富，但仍有可以補充之處。

所謂「古典短篇小說」下定義之前，必須先澄清一些觀念。

　　先論所謂「小說」的觀念。我國「小說」之稱早已有之，但指與「大道」相對的「小家珍說」，並沒有任何純文學形式的意味在內〔註29〕。即使以今日具有完整情節、人物活動等要素加以衡量，即使最早符合所謂「小說」條件的六朝小說，究其實，當時作者在創作這些小說時，只不過要在志怪搜奇的前提下，補正史之不足、發神道之不誣、張皇鬼神一番而已〔註30〕，根本無所謂「創作小說」的念頭。唐代劉知幾《史通・雜述》雖然較明確地指出了傳統觀念中的「小說」的內容類別，但分類標準十分龐雜，可見其基本的出發點仍是將此類文字看做與大道相對的不經之書〔註31〕。甚至到了真正以「說故事」為動機以名「小說」的宋元說話四家數中，「小說」的意義也是在於與「說經」、「講史」等內容的話本做一相對分類名稱而已，並不是一個獨立的文學體裁名稱〔註32〕。因此，若要以現代小說觀念的標準去要求我國古典短篇小說的話，必然會有若干扞格不入之處。

　　此外，傳統小說中也沒有所謂「短篇」、「長篇」的觀念，只有單篇與章

〔註29〕《論語・子張》「子夏曰，雖小道，必有可觀者焉」，《荀子・正名》「故知者論道而已矣，小家珍說之所願皆衰矣」，《莊子・外物》「飾小說以干縣令，其於大達亦遠矣」。這裡「小道」、「小家珍說」、「小說」意思都差不多，只是指瑣屑言談、微小道理，與大道相對。因此，桓譚《新論》「若其小說家，合叢殘小語，近取譬論，以作短書，治身理家，有可觀之辭」（見《昭明文選》卷三十一江淹〈李都尉從軍〉詩李善注引）。即使其中已隱然有「說故事」的動作，但動機不在於做為一種純文學的審美活動的展示，而是負有勸諭功能的任務。

〔註30〕《山海經》郭璞敘，自稱恐前代山川名號與時湮滅而不聞，使「道之所存，俗之所喪」，因此「余有懼焉，故為之創作……庶幾令逸文不墜於世，奇言不絕於今，夏后之跡靡刊於將來，八荒之事有聞於後裔，不亦可乎」；《漢武洞冥記》託郭憲自敘「今藉舊史之所不載者，聊以聞見，撰《洞冥記》四卷，成一家之書，庶明博君子該而異焉」。《拾遺記》蕭綺敘「王子年乃搜撰異同，而殊怪必舉，紀事存樸，愛廣尚奇，憲章稽古之文，綺綜編雜之部，山海經所不載，夏鼎未之或存，乃集而記矣」。

〔註31〕劉知幾《史通・雜述》「是知偏記小說，自成一家，而能與正史參行，其所從來尚矣」，並將這類文字分為十流，而曰「於是考茲十品，微彼百家，則史之雜名，其流盡矣」。這十流中，如《搜神記》、《幽明錄》等六朝小說，稱為「雜記」，而與地理書、家史、別傳等史地書籍並列雜陳。凡此，皆可見將小說視為史之附庸的態度。

〔註32〕如宋末吳自牧《夢梁錄》卷二十「小說講經史」條下曰「說話者，謂之舌辯。雖有四家數，各有門庭。且小說名銀字兒……談經者，謂演說佛書……講史書者……（合生）與起令隨令相似，各占一事也。」

回的分別。即使在小說面貌較成熟後的唐代以下，傳統的小說創作者所因循的指標，也只是體例的問題，或曰筆記、或曰傳奇、或曰話本，而並非存心要寫作一篇「短篇」或「長篇」的作品。因此，由最初的筆記形式，到後來的傳奇、話本，篇幅的加長，並不全然因為文學筆法進步了，文學消費對象的需求性也具有重要的影響力。正由於左右篇幅長短的並非純粹出自純文學的因素，只是發展的結果恰巧呈現出由短而長的進程，因此，便出現小說現象與後設研究間若干矛盾。如一般研究者往往將我國古典小說區分為長篇（通常指章回小說）、短篇（通常指筆記、傳奇、話本等單篇小說），甚至中篇（如才子佳人小說，多在六到二十回之間）。但事實上，研究者一般目之為短篇的疑為宋元話本的〈碾玉觀音〉，其實是分為上下回的，但它的長度與「三言」中的作品並無太大的出入；而自成一單篇的明代傳奇〈花神三妙傳〉，雖不分回，但較之清代李漁《十二樓》中每篇呈二到三回的故事來看，其長度卻有過之而無不及。因此，所謂「短篇」、「中篇」、「長篇」的分類之間，細究起來，是存在著灰色的模糊地帶；而回數的多寡，也不全然等於「短」、「中」、「長」的區別。但這些問題，確也難以將之劃定出一個精確的、井水不犯河水的義界。

不過，上述篇幅的問題，主要發生在白話小說方面，本文既以文言小說為分析對象，上述的分界困擾尚不致造成影響。因此，本文所謂的「古典小說」，時代以六朝到清為選取範圍，而以六朝為上限，是因為此時方較大量而有系統地出現形式上初步符合「小說」條件的作品。「小說」的認定標準方面，必須忽略創作動機，只要在形式上具備虛構性高、情節結構及人物行動完整等要素的作品即可。至於在小說體例方面，則以所謂的筆記、傳奇（長度以唐人作品為準）為對象。〔註33〕

〔註33〕要特別說明的是，六朝至清的筆記傳奇作品繁多，尤其所謂筆記者，多半諸事雜陳，三言兩語，其中偶見勉強可稱為小說者，其情節人物又顯然失之簡略零碎。至於傳奇之作，常可見未必表現為單一主題者，以「愛情主題」論，便往往與「豪俠」、「歷史」等其它主題並陳，無法遽然劃歸為何種主題；甚至，如小說主角真有其人，有又容易流於虛構性不足而紀實性過高、而成為近似實錄的文字。此外，古典小說的一些共通現象：同主題的故事情節往往雷同性極高；後代文人往往喜歡編輯總彙前朝小說，而以「提要」的面貌輯而成冊。而本文所預期的分析結果，旨在對短篇文言愛情小說女性主角的形象結構歸納出一個「模式」，因此在樣本的分析上，一個抽樣式、宏觀角度的採樣方式是比較有效的。也就是說，本文在小說選取時的要求，不在其篇目

二、愛情小說

「愛」，很難定義，只能勉強由其所關注的對象及發生時的情境來加以區別。心理學家認爲，「愛」的種類有兄弟愛、母愛、情愛、自愛及對神的愛〔註34〕——本文所論但指男女兩性之間的「情愛」〔註35〕。從心理學的觀點，「情愛」（或者是「愛情」）的特徵是排他性及性慾。佛洛姆如是說「情愛是希望和另一個人完全融合，完全合而爲一體的欲望。從本性上，情愛就是排他的，非普遍性的」〔註36〕。這種排他性的需求，是一種由本質上激發出生死靡他的認同感，只認定對方爲唯一融合的對象，是一生生命傾注之所在。事實上，這種強烈結合的慾望，幾乎已成爲「愛情」最醒目的標誌。在希臘神話中，宙斯爲了怕「人」的力量過於強大，便把原本是球狀、有著四手四腿四耳、兩張面孔的軀體一分爲二；而「人」在分開後，『每一半都急切地撲向另一半』，他們『糾結在一起，擁抱在一起，強烈地希望融爲一體』。這樣就產生了塵世的愛情」。〔註37〕

正是由於這種強烈地合而爲一的欲望，使得「性」在愛情中扮演著舉足輕重的地位。因爲阻礙兩個異體結合的最主要因素，便是身體上的區隔；所

是否眾多，而在其文本是否具有代表性。在上述前題之下，凡在前文所述及的小說現象範圍之內的篇章，便不列爲分析的樣本，或附於「參考書目」中以備參考。

又，如前所言，本篇研究強調「短篇文言」，因此傳奇小說有所謂「中篇傳奇」者，即不在本文探討之範圍之內。至於屬於「中篇傳奇」之故事篇章，可參《元明中篇傳奇小說研究》，陳益源，文化中文所博士論文，民國83年。

〔註34〕 佛洛姆著，孟祥森譯：《愛的藝術》，臺北：志文出版社，民國76年5月再版，頁59～100。

〔註35〕 雖然我國古籍中關於所謂男風、斷袖之癖的同性情愛（即「同性戀」）記載頗多，即如《聊齋》中的〈黃九郎〉亦是典型的同性戀故事；但男風問題與一般異性戀所探討的角度有所不同，因此本文不處理這一類類型的愛情故事。不過，如〈封三娘〉，則似有女同性戀傾向，小說寫封三娘自承「緣瞻麗容，忽生愛慕，如繭自纏，遂有今日。此乃情魔之劫，非關人力。」但因此疑似同性戀的情愫，只在於狐妖封三娘，且另一位女主角范十一娘對封三娘的情感如何，是否亦涉及同性戀，除「十一娘伏床悲惋，如失伉儷」兩句，稍微容易令人產生聯想外，其餘敘述則無法充份支持上說。因此，本文還是將之列爲參考篇章，一併進行觀察與分析。

〔註36〕 同註34，頁67。

〔註37〕 瓦西列夫著，趙永穆、陳行慧譯，陳曉林校訂：《愛情論·引言》，臺北：聯合文學出版社，民國77年11月初版，頁21。

謂「肉體上的合一也意謂著克服了隔離」〔註38〕,「性」的接觸與交融,是排除這種隔閡感最直接的方法。特別要強調的是,「性慾」是界定「愛情」的一個指標,但「性慾」並不等於愛情。「性」既負有生殖繁衍的任務,因此它是必然存在的人類本能;而忿怒、寂寞、虛榮、虐待或被虐狂,也都可以激發性慾。在這些動機下所產生的性,也許會有令人歡縱的狂潮,也許會有激昂的快感,但這只是瞬間的神經刺激,事後當事人甚至會因此產生疏離感、陌生感,甚至憎恨對方。因情愛而生的性則不然,它已擺脫了生物學功能而具有獨立的精神意義,它不但在柔情中結合,且結合之後,也會對彼此產生親密感、認同感及依賴感,這種感覺,將會持續到愛情之火燃盡的一刻。足以產生這種性慾的情感,我們才能將之定義為愛情。因此,即使哲學家也宣稱「要對愛情進行全面的、科學的研究,就必須首先考察一下人的生物本質。只有穿過性慾的迷宮,才能進入男女之間親暱生活的高級領域」。〔註39〕

由上述不同領域學者對愛情的論述來檢驗小說,如果故事中男女雙方的行為舉止、心理狀態都表現出上述的種種情形,我們便可以認定發生在他們身上的,正是「愛情」;如果小說情節的開始、發展、結束也都圍繞著上述事件而結構,則我們便可以說這是篇「愛情小說」。不過,對中國古典小說而言,「愛情小說」不但是個後設名詞,而且也只是個約定俗成的稱呼。是否能適用,有待進一步地觀察。

事實上,「小說」一詞被賦與「講故事」的概念既始於宋元,小說的分類觀念也始見於此,但此時對內容涉及愛情題材的小說,只見「傳奇」、「煙粉」等名,而未見「愛情」之稱。而出自傳統的小說分類名稱,只見「言情小說」一詞。所謂「言情」,最初只是晚明浪漫思潮中針對宋儒一味談理言禮所提出的一種反動的生活態度及文學理念,到晚清才與「小說」這個文學體裁串聯起來,成為小說類別的專有名詞。晚明時期,自李卓吾啟端風雲,一批文人如湯顯祖、袁宏道、馮夢龍等,或提出理論,或實際實踐於文學創作之中,他們高舉個性解放之大纛,以與宋儒的「理」、「名教」等說相抗衡。其中對小說言情題材內涵影響至深者,如李卓吾提出所謂「童心說」〔註40〕,除了

〔註38〕 同註34,頁68。

〔註39〕 同註37,頁2。

〔註40〕 「童心說」:「夫童心者,真心也……絕假純真,最初一念之本心也」。見李卓吾《焚書》卷三〈雜述〉。

推崇小說戲曲等俗文學的價值〔註41〕，更強調人之本性眞情流露之可貴，奠定了倡情之論的基礎。接著湯顯祖則發展出「唯情說」，以「情」爲其所有美學的中心論點〔註42〕；又以戲劇爲其宣揚理念的利器，塑造出了一個天下「有情人」的典型人物：杜麗娘〔註43〕。而後馮夢龍更拈出「情教」之說，編成《情史》、《山歌》等小說民歌輯本，以爲其理念的具體實踐。

　　上述文人爲自己的主張或作品加以宣揚或闡發時，曾針對一個很重要的主題多所論述，即「情」或是「眞情」。如湯顯祖就曾夫子自道曰「師講性，某講情」〔註44〕。「講情」即是「言情」，吳人錢宜即據此而稱「若士言情，以爲情見於人倫……」〔註45〕。但大致而言，「言情」一詞至此只是對文學內容的一個概括性描述性的名詞，尚未用來專指小說類別。不過，值得注意的是，從李卓吾到馮夢龍，不論是「童心說」、「唯情論」，或是「情教說」，儘管諸家都把「情」的範圍擴大解釋到人之本性眞情〔註46〕，但他們論點的重心，卻莫不直指男女之情爲世間一切「情」的活水源頭。因此李卓吾有「夫妻論」可爲「童心說」的註腳〔註47〕；湯顯祖以爲情的最高境界便是可以生死以之，而代表人物便是因爲愛情而鬱死、又因愛情而復生的杜麗娘；馮夢龍更以專記男女情感故事的《情史》及專寫男女私情的《山歌》做爲發名教之僞藥的利器、及其「情教說」的宣言。後世的理解者亦多由這個角度來肯定「言情」的意義與價值。如黃宗羲闡述湯顯祖「言情」所言之「情」時，

〔註41〕 同前註，「詩何必古《選》，文何必先秦，降而爲六朝，變而爲近體，又變而爲傳奇，變而爲院本、爲雜劇、爲《西廂》曲、爲《水滸傳》、爲今之舉子業，皆古今至文，不可得而時勢先後論也。」

〔註42〕 葉朗：《中國美學的開展》第七章〈明代美學〉「湯顯祖的唯情說」，臺北：金楓出版社，民國70年。

〔註43〕 湯顯祖〈牡丹亭記題詞〉「天下女子有情，寧有如杜麗娘者乎？夢其人即病，病即彌連，至乎畫形容傳於世而後死。死三年矣，復能溟漠中求得其所夢而生。如麗娘者，乃可謂之有情人耳」。

〔註44〕 見陳繼儒《晚香堂小品》卷二十二〈牡丹亭題詞〉引張新建與湯顯祖之對話。引自毛效同編：《湯顯祖研究資料彙編》，上海：上海古籍出版社，1986年。

〔註45〕 《吳吳山三婦合評牡丹亭還魂記》，同前引書。

〔註46〕 同註40；又馮夢龍《情史》敘「《六經》皆以情教也。《易》尊夫婦，《詩》首〈關雎〉，《書》序嬪虞之文，《禮》謹聘奔之別，《春秋》於姬姜之際詳然言之，豈非以情始於男女？凡民之所必開者，聖人亦因而導之，俾勿作於涼，於是流注於君臣父子兄弟朋友之間，而汪然有餘乎？」

〔註47〕 見同註40所引書。

便指出了「諸公說性不分明，玉茗翻爲兒女情」（〈偶書〉）〔註48〕。可見對「情」的內涵的認知，還是放在「兒女之情」之上的。

清代以後，「言情」一詞與小說直接產生關連。如西湖釣叟《續金瓶梅集序》「金瓶梅，舊本言情之書也」〔註49〕。但眞正將「寫情」或「言情」視爲一種小說類別而成爲一個專有名詞，則在晚清。吳趼人在自己的小說標題之外，往往再強調小說題材所屬的類別。或曰「社會小說」〔註50〕，或曰「歷史小說」〔註51〕，或曰「法律小說」〔註52〕，還有一種便是「寫情小說」〔註53〕──事實上，吳氏所謂的「寫情小說」，就是當時所謂的「言情小說」〔註54〕。姑且不論「寫情小說」或是「言情小說」的分類標準是否恰當精確，但「情」或是「言情」之成爲一個小說分類的專有名稱則是無疑，且後者顯然要比前者更具普遍性──此由當時一般論述中多逕稱「言情小說」，而少稱「寫情小說」便可得證。〔註55〕

至於「言情」的內容，主要便是表現在兒女之情方面。雖然吳趼人在定義自己所謂的「寫情小說」時，強調「情」的範圍不應只限於兒女之情，而是應擴大到各類人倫關係上〔註56〕。但是由小說內容及作者意見綜合比較，

〔註48〕《南雷詩歷》卷四，見同註44所引書。

〔註49〕引自朱一玄編：《金瓶梅資料匯編》，天津：南開大學出版社，1985年。

〔註50〕吳氏《最近社會齷齪史・自序》言如《九命奇冤》、《發財密訣》、《上海游驂錄》、《胡寶玉》，「皆社會小說也。」引自魏紹昌編：《吳趼人研究資料》，上海：上海古籍出版社，1980年。

〔註51〕〈歷史小說總序〉「……吾於是發大誓願，編撰歷史小說」，載《月月小說》第一號（光緒三十二年），同前引書。

〔註52〕如《剖心記》第一回「……所以近日又觸動了一件事，要撰這部法律小說了」，同前註引書。

〔註53〕《恨海》第一回「我提起筆來，要敍一段故事。未下筆之先，先把這件事從頭至尾，想了一遍，這段故事敍將出來，可以叫得做寫情小說」。

〔註54〕《小說林》第十期（清光緒三十四年）載〈觚庵漫筆〉，即曰「今世世言情小說多矣……余讀南海吳趼人先生所著《恨海》一卷……」又《游戲世界》載光緒三十二年寅半生之〈小說閒評〉，曰「寫情小說《恨海》……作者悟砌其旨，故於開首先將『癡』字『魔』字分別清楚，遂覺從古一切言情之書皆不得謂之眞情……」，見同註50所引書。

〔註55〕如吳趼人〈白話西廂記〉第一回，寫王實甫將《西廂記》呈到玉皇大帝面前時，說「這部《西廂》，要算是言情小說之祖……」該書陳幹青題識，也說「從古言情小說，首推《紅樓》、《西廂》……」而書內的廣告語，則曰「本書……眞言情小說中之無上上品也」，同前註引書。

〔註56〕《恨海》第一回「要知俗人說的情，單知道兒女私情是情，我說那與生俱來

仍可看出所謂的「寫情小說」或是「言情小說」，其故事發展的經緯、人際關係的鋪敘等，還是以男女愛情爲表現重點。吳氏這種觀點，正是遠溯前述晚明諸家的論情之說，並未超出晚明的論情觀點。它所強調的「言情小說」云云，固然在故事背景、人際關係的設設上，較之短篇愛情小說的確要複雜龐大，但仍不脫「愛情」的基調。而這正顯示出單純短篇的「愛情小說」和長篇章回的「言情小說」，二者之間確實具有如臍帶相連般的密切關係──事實上，自晚明以下一直到清末民初種種中長篇章回的所謂「世情小說」、「才子佳人小說」、「狹邪小說」、「鴛鴦蝴蝶派」等，其在小說發展史上與短篇愛情小說的相對位置，亦可做如是觀。

　　由上述可知，古典小說分類上雖沒有「愛情」之稱，但在小說內容的呈現卻有「愛情」之實；甚至宋元以下，不僅有意涵相近的分類名稱，且作者也有意創作這種內容的小說。因此，以「愛情小說」作爲中國古典短篇小說的一種分類名稱，應無扞格之處。不過，「愛情」這個素材在短篇小說中取得「主題性」地位，成爲小說敘事的重心，起碼也在唐以後，然而小說的演變進程是一段無法斷然切割的鍊索；因此，討論「愛情小說」，仍然必須追本溯源，由六朝小說切入，再下達明清，才能得到一個較全面性的觀察。至於早期如六朝、唐代等文言短篇小說，雖有不符合嚴格義界下的「愛情小說」，但其情節進行已呈現「愛情小說」的雛型，亦將之列入參考分析的範圍（篇章有＊號者），以求取樣的周延性。

三、女性主角

　　女性主義者認爲，在所謂父權體制的宰治之下，女子固然生而爲「女人」，但卻教而成「女性」；甚至父權社會還把諸般「本應如此」的「女性觀念」，內化成「天生如此」的「女人特質」，使女人以爲前者所揭示的種種行爲規範或是思想觀念，是理所當然的事。女性主義的開山經典之作《第二性》在首章便不客氣地指出：「一個女人之爲女人，與其說是『天生』的，不如說是『形成』的。沒有任何生理上，心理上，或是經濟上的命定，能決斷女人在社會中的地位；而是人類文化之整體，產生出這居間於男性與無性

　　的情，是說先天種在心裏，將來長大，沒有一處用不著這個情字，但看他如何施展罷了。對於君國施展起來便是忠，對於父母施展起來便是孝，對於子女施展出來便是慈，對於朋友施展起來便是義。可見忠孝大節，無不是從情字生出來的。」

中的所謂『女性』。」〔註57〕「女性」的本質與社會角色,既是定義於男性的規範關係,男性制定的種種遊戲規則,基本上自是有利於男性。在這種父權的權力關係下,女性的利益——不論是勞動的性別分工、繁衍後代的社會組織、或是種種內化的女性規範——都被附屬甚或屈從於男性的權力關係之中。〔註58〕

　　既然所謂「女人」指的是「自然本質」,偏重於相對於「男人」的生物學差異;「女性」指「文化構成」,偏重由文化和社會標準所造成的性別特徵和行為模式〔註59〕。本文標題使用「女性」而非「女人」一詞,即意在藉著強調此符號的「社會性別」內涵,而非其「生物性別」上的意義,以突顯本文的研究角度及企圖。以「女性」而非「婦女」為題,正是著眼於中國古典小說中的眾女子們,並非僅是單純的「婦女」身份,而是以具有上述文化意義的「女性」出現。中國古典短篇小說既是屬於單性(男性)作者的產物,且往往有所為而為,兼具娛樂教化的目的,則故事中女主角的現身,必經由一

〔註57〕見該書第一卷第一章「童年」,西蒙波娃著,歐陽子譯,臺北:志文出版社,民國82年7月再版,頁6。

〔註58〕克莉絲・維登(Chris Weedon)著,白曉紅譯:《女性主義實踐與後結構主義理論》,臺北:桂冠圖書公司,民國83年8月初版,頁2。

〔註59〕「婦女」、「女人」、「女性」等詞與「women」、「woman」、「faminine」等原文之間目前仍沒有一個統一的譯名規則。如「women」、「woman」或譯做「婦女」、「女人」,和「womanhood」為「婦女特徵」(見鮑曉蘭〈美國的婦女史研究和女史學家〉,收於鮑曉蘭主編:《西方女性主義研究評介》,北京:三聯書店,1995年5月一版一刷。此處之譯文對照見書後〈有關術語、語匯中英文對照表〉,頁295~296,下同);或譯為「女性」,如同樣是「womanhood」,也有人將之譯為「女性特徵」的(見任海〈社會性格與再表現的文化社會:女性主義類學,收於同前文鮑曉蘭引書)。即使同一位譯者,也有彼此混清的狀況。如鮑曉蘭前引文,亦譯「woman」為「女性」,如「woman'sculture」譯為「女性文化」。這種情形又見羅思瑪莉・佟恩(Rosemarie Tone)著,刁筱華譯:《女性主義思潮》(《Feminist Thought: A Comprehensive Introduction》),臺北:時報文化出版企業股份有限公司,民國85年11月初版一刷,既將「feminine」或譯為「女性」,或譯為「陰性」,如《The Feminine Mystique》譯為《女性神秘》、「feminine writing」譯為「陰性書寫」;又譯「women」為「女性」、「womanculture」為「女性會社」、《Woman on the Edge of Time》為《在時間邊緣女人》、《Woman's Esate》為《婦女地位》(以上對照皆見該書〈索引〉)。對於這些詞語語義與釋文的討論,可見鮑曉蘭主編所引書書後之〈有關術語詞匯的翻譯〉。

至於本文,只能捨棄這些仍具有爭議性的原文翻譯問題,只單純由中文本身來定義本文標題所使用的「女性」一詞的內涵。

「塑造」的手段，而非僅是純粹的「呈現」人物活動而已。即使在小說「創作」意識尚不明顯的六朝時期，人物的出現即便未經過藝術加工，也是有所選擇後才面世的。凡此，說明了小說人物的出現，背後都有一個作者——而且是男性作者——的意識型態在操控著〔註60〕。此正如懸絲傀儡的演出，小說人物是戲偶，作者則是操線者兼製作者，而寫作之筆便是牽動戲偶的絲線。前者以什麼面貌出場、如何動作、如何說話、乃至命運的揭曉，其決定權皆在於後者。如果女性戲偶會這樣表演，那是因為操線者要「她」這樣表演之故；因此，古典小說的女性們，其面貌舉止、謦咳言談，也是因為男性作者「要」她這麼做的緣故——換言之，小說中的女性主角，是一個經過男性作者意識投射下的產物，而非真實生活形象的傳真，她不過是作者筆下的一個「角色」罷了。古典小說中的眾女子們，乃是以「女性」姿態，在這文字舞臺上扮演著男性作者所分派導演的「角色」——她們是一個個的「女性角色」。

　　古典小說中的女性人物既具有上述特質，因此筆者在分析上，乃特別著重其「女性」一詞的意義內涵，分析角度也將由此切入，以剖析此種角色的各個項面。不過，小說中的女性角色類型龐雜，在故事中的功能性亦各有不同，筆者企圖心雖大，但能力有限，因此，只能先以愛情故事的女性當事人：「女性主角」〔註61〕為分析對象，以「女性主角」的「形象結構」為分析主題，做為將來系列研究的起點。

四、形象結構

　　不論是西方文學批評理論，或是中國傳統小說評點，對於活動於小說中的人物都投以相當大的關注，也各有其分析理論。但是，中西方批評理論對於此課題的關注焦點並不一樣。就前者言，傳統分析性的敘事理論將人物視

〔註60〕當然，此意識型態仍是包含著一套更複雜的深層機制，其中的要項，鉅者如文化、社會結構、民族心理；微者包括了該文學的傳統美學特質、作者當代的時代特質、所屬階層性格、個人寫作理念、乃至與讀者的互動關係等。

〔註61〕此處所謂「女性主角」只是一種權宜性的稱謂。因為，早期的短篇小說中，對如何敘述故事或描寫人物的技巧方面，並不十分在意；因此愛情事件雖說必有一男一女，但很多篇章中的女方其面目其實是很模糊的，甚至出現的份量比重反不如其他愛情以外的人物角色，只能說她是聊勝於無而已。像這樣的女性角色，就其功能性而言，嚴格說來並不配稱為「主角」，但她卻又是愛情事件中貨真價實的當事人——因此，如果忽略其角色的功能性而單就其角色意義來說，還是勉強可以稱為「主角」。

爲小說結構一不可或缺的部份，而將之與情節、背景、視點等相提並論、逐一討論；但進入二十世紀後的敘事學理論則更強調小說人物與小說其他份融合後整體意義〔註62〕，將論述的焦點集中在討論小說人物的功能性上，認爲人物的意義不應指是一個單一獨立的元素，而應超越話語的層次，由一個結構的觀點來觀察某一人物的靜態動態等表現或是活動，及其對於小說所產生的作用與意義。現代敘事理論的基本態度是將小說本視爲一完全的結構體，所有論點根本的出發點是小說文本，論述的終點也是小說文本；此對小說要素的觀察都是透過文本的視角來觀察，使各項要素突顯出以文本結構意義爲前題的功能性。「行動、信息、人物特徵這三股繩被編織在一起，形成了人物之線」〔註63〕——這樣的觀點對於人物的分析顯然極爲宏觀。對於人物的分析由一個全方位、立體的角度加以觀照，自有其優點；但是以文本爲本位前題而強調人物的功能，對於小說人物主體特質如何的問題卻較不關切，難免與人見樹未見林之感。

　　至於中國傳統小說評點，雖然也提出小說人物與小說的整體性問題，注意到人物的功能性地位〔註64〕；但就針對「人物」而發的分析觀點，其焦點仍集中於人物本體性的討論。即討論小說作者如何敘述小說人物，小說人物如何呈現——即小說人物的「形象」問題。其論述的重點，集中在的性格、外表、身份、舉止、言談等項，及是否符合其處於小說中的地位等問題。論性情者，如「《水滸》、《金瓶梅》等書，雖是小說，頗能寫出人之性情」（《平山冷燕》冰玉主人評本第七回）、「《水滸》所敘，敘一百八人，人有其性情，人有其氣質，人有其形狀，人有其聲口」（金聖歎《水滸傳·序》）、「或問施耐庵尋題目寫出自家錦心繡口，題目盡有，何苦定要寫此一事？答曰：只是貪他三十六個人，便有三十六樣出身，三十六樣面孔，三十六樣性格，中間

〔註62〕 華萊士·馬丁著，伍曉明譯：《當代敘事學》，北京：北京大學出版社，1991年5月初版二刷，頁137。
〔註63〕 同前註，頁138。
〔註64〕 如「《三國》一書，有以賓襯主之妙。如將敘桃園兄弟三人，先敘黃巾兄弟三人，桃園其主也，黃巾其賓也……」（《三國演義》毛氏父子評本卷首〈讀三國志法〉）、「《水滸》本意在武松，故寫金蓮是賓，寫武松是主。《金瓶梅》本寫金蓮，故寫金蓮是主，寫武松是賓。」（《金瓶梅》張竹坡評本第一回）等，皆是將人物與情節或小說整體佈局加以觀照。按以上評點引自孫遜、孫菊園編：《中國古典小說美學資料匯粹》，第六編「表現手法」部份，上海：上海古籍出版社，1991年5月初版第一刷。

便結撰得來。」（《水滸傳》金聖嘆評本卷首〈讀第五才子書法〉）。論外貌者，如「《水滸》本施耐庵所著，一百八人，人各一傳，性情面貌，裝束舉止，儼有一人跳躍紙上」（劉廷機《在園雜誌》）、「『黑凜凜』三字，不惟畫出李逵形狀，兼畫出李逵顧盼，李逵性格，李逵心地來」（《水滸傳》金聖嘆評本第三十七回）；論身份者，如「此書看他寫豪傑是豪傑身份，寫儒生是儒生身份，寫強盜是強盜身份，各極其妙」（《雪月梅》董月巖評本卷首〈雪月梅讀法〉）；論行為舉止者，如「西游一記，怪誕不經，讀者皆知其謬，然據其所載，師弟四人，各一性情，各一動止，試摘取其一言一事，遂使暗中摩索，亦知其出自何人，則正以幻中有眞，乃為傳神阿堵。」（睡鄉居士《二刻拍案驚奇·序》）、「看他寫眾婦人出來看相，各各不同……凡小說必用畫像，如此回凡《金瓶》內名人物皆已為之插神迫影，讀之固不必再畫，而善畫者即可以此而想其人，庶可肖形以應其言語動作之態度也」、「聞母命而止，歸不言亦不食，兀坐直視，若有所嗔。筆有化工，將義俠面目精神，一齊活現。」（《聊齋誌異》但明倫評本卷八〈崔猛〉）〔註65〕。歸納這些評點關注的重點，可以發現評點者認為構成小說人物「形象」的要素，不止於靜態的外表，還要配合動態的行為；不僅要求天生的稟賦，還應有後天的身份標籤。這樣由靜到動、自裡而外各項組合，才結合而為一個所謂的小說人物。

　　單就小說人物的分析工作而言，西方敘事學所使用的小說文本自有其興起背景及創作理念，分析理論亦有西方語言學的背景；宏觀式的分析概念雖有值得借鏡之處，其分析理論卻不能全盤移植用以分析創作動機、語言系統全然不同的中國古典小說。明清的小說評點雖然不是出於一套嚴密的邏輯架構，而傾向經驗主義，但其所分析的文本既全然是中國古典作品，所歸納出的人物觀點、及對於「人物」主體的關注角度，終究較適合本篇以古典短篇文言愛情小說女性主角為分析對象的理論需求。因此，筆者分析「女性主角形象」，對於所謂的「形象」的定義，在角色主體所指涉的範圍，乃援引明清小說評點對於人物分析所歸納出的重點，著重女性主角本身靜態的「條件特質」：包括天生的「外貌」、「性情」、後天的「身份（出身或社會地位）」、介於二者之間的「特長」，及動態的「行為取向」。

　　但誠如西方敘事學理論所強調的整體性及結構概念，小說人物的呈現應不止於話語層次，而更應將之置於文本整體甚至更大的敘述系統結構中加以

〔註65〕同前註，以上皆引自第三編「人物形象」。

觀察;而小說人物的產生,起始點也決非小說文本,而是萌發於此敘述系統結構。這些與小說人物「形象」有關的敘述系統,應也包含於廣義的「形象」定義之內,形成一個所謂的「形象結構」。因此,對於「人物形象」,不應止於角色本體性的「點」的觀察,而應置於一個「形象結構」的視角下,做一立體透視,才能得到較全面的理解。根據這個理念,本文對於「女性主角」的形象研究,更完整來說,應是「女性主角形象結構」。而其內容,除了前述本體性諸項目外,亦延伸分析觸角至小說文本的角色人際結構(第二章第二節「中國古典短篇文言愛情小說的人物結構」),及這個「女性主角」的角色敘述系統(第二章第三節「中國古典短篇文言愛情小說女性主角的塑形來源」),以期對於女性主角的「形象」問題做一整全方位的、結構性的討論。

然而上述所指涉的「形象結構」,只是屬於文本的表層結構部份,只是文字本身所呈現的人物型態。依據結構主義的概念,所謂「結構」應是由「表層結構」(現象面)及「深層結構」(前者的操控制機)結合而成。因此,前述的「形象結構」,就文本的現象面言,所指涉的內涵固然包括了「女性主角」角色本體方面的靜態條件特質、動態行為取向,及角色結構系統方面的人際結構(小說文本層次)、塑形來源(敘述系統層次)等項;但一個完整的「形象結構研究」,其內容除了前述的表層結構分析外,更應包括屬於深層結構的文本現象控制機制的剖析。如此,才算是對於「形象結構」這個議題做到完整的探討。

綜上所述,本文所謂的「女性主角『形象結構』」,所指涉的內涵包括形象表層結構屬於角色本體方面的「條件特質」、「行為取向」、及角色結構方面的「(小說)人物結構」、「(角色)塑形來源」;及深層結構方面對於前述表層現象的各項控制機制。

第二章　形象的表層結構
——小說文本的分析

第一節　導言——中國古典短篇愛情小說綜覽

　　「愛情」是人生中最美妙的情感型態，也是文學家最鍾愛的題材，當然，更是小說家故事靈感的泉源。在我國古典短篇小說中，描寫男女愛情，雖不是作者最初注意的焦點，但隨著寫作觀念、描寫技巧的日益演進，「愛情」卻後來居上，成爲小說題材的重心。即使在張皇鬼神的六朝小說中，鬼氛妖影的出現，也多與「男女之際」的情境脫不了關係。因此，小說中的「談情說愛」，由六朝作爲陪襯點綴的背景，演進到明清成爲小說發展的核心；由質樸無文的三言兩語，到深刻細膩的設計鋪敘。古典短篇愛情小說，自有其一段清晰的發展歷程。

　　本此宗旨，探究古典短篇愛情小說，可由以下幾個層次進行探討：先由小說的文學現象切入：就小說的呈現言，「愛情」題材在情節推展上的功能意義如何——是統攝於某個主題之下的附屬情節，還是具有建築小說結構、推動情節發展的能力？就小說的內在意涵言，不同功能的「愛情」題材，展現小說人物什麼不同型態的情感及認知態度？傳遞著何種不同意義的訊息——「情」之爲物，只是無聊人生中一個偶然而不必認眞的驚豔，還是值得生死以之、夢寐追求的心靈桃花源？

　　透過上述對整個短篇愛情小說的發展歷程及其脈絡的探析，我們才能進而將其中的女性主角突顯出來，並對其形象的表層結構及深層結構進行分析

及解讀。

一、古典短篇愛情小說形式地位的變遷

　　本節所欲分析的論題，旨在藉著觀察「愛情」題材在古典短篇小說中，如何由一個陪襯志怪的背景，演變到具有主題性地位的演變過程，以說明古典短篇愛情小說形式地位由雛形而成熟的一段發展歷史。大致而言，六朝時期，「愛情」題材雖只做為小說背景的提供，功能性不強；但這些樸素的人與異類「相戀」的情境，確已有大量出現的情況。因此，此時期可視為短篇愛情小說的萌發期。進入唐代，「愛情」題材不僅漸受重視，在小說中可同時與豪俠、志怪成為敘事的重點，甚至成為一篇寫作的核心，初步具備了主題性的姿態。此時，可視為短篇愛情小說的發展期。宋元時期，由於「說話」活動中對故事內容進行分類，提示了一種「依題敘事」的創作態度；加上文言的筆記或傳奇與白話小說故事來源出現合流交融，打破了文人系統與民間系統的明顯分際，而對明代出現大量純粹短篇愛情小說具有極重要的影響。因此，此期可以視為短篇愛情小說的豐富期。至於明代，由於累積了前朝的發展資源，此時不但已有意識地以「愛情」為主題進行創作，更出現大量質量皆精的愛情佳作。此時，可視為短篇愛情小說的成熟期。最後，清代秉承前朝的小說成就，在內涵乃至型態上，皆有一番新的面貌，甚至由明清之際的中篇跨進長篇章回體制的「言情」小說系統發展。此時，可視為短篇愛情小說的變化期。以下將就上述觀察分別討論之。

　　中國古典短篇小說由於在興起之初，並非以一純文學的目的及型態出現，而是負有其他的任務〔註1〕，因此，若以現在觀念中具有完整結構、主題、情節、人物塑造的「小說」來要求六朝小說，不但不公平，而且沒有必要。由於六朝小說最初寫成的動機，是基於搜佚好奇的心理，它們的價值，乃是定位在補史之不足，或宣揚神道佛理。因此，作者並不求創作一篇美文，不存心要講一個特定主題的故事；再加上六朝對「小說」的觀念仍大致稟承前朝所謂「叢殘小語」的型式概念〔註2〕，在這種心態下所形成的敘事文

〔註1〕 參見本論文第一章之註29至註33。

〔註2〕 除前註所引，本論文第一章註29之桓譚《新論》等說外，如班固《漢書‧藝文志》亦云「小說家者流，蓋出於稗官，街頭巷議，道聽途說者之所造也」，王充《論衡‧骨相》「若夫短書俗記，竹帛胤文，非儒者所見」等，皆可看出先秦兩漢對這種文字形式的共同看法，便是具有「短小」的特徵。

學，自然產生了所謂筆記小說的面貌。它篇幅短小，偏重功能性的情節，少描述性的情節——只要求所傳錄的故事是否能達到「奇」的效果；至於場景如何烘托、人情如何流露，並非考慮的重點，更不必用力著墨。在這種「志怪」的前提之下，充滿人性色彩的「愛情」題材，便沒什麼發揮空間，而很容易地被忽略。即使以讀者的理解體會，小說中的男女主角之所以會有某些表現，必然是因爲彼此之間迸綻了愛情火花；但基於作者只意在傳奇述怪，小說遂著重表現人物遭遇之奇、行爲之奇，而動作後面心理狀態的描寫則完全被忽略掉了。「愛情」題材在這裡的地位，根本不能稱爲一個主題，甚至，在大部分的六朝小說中，我們竟不太容易發現堪稱「完整」的「愛情」情節。因此，在六朝小說中，「愛情」題材的存在，只爲襯托「志怪」的主題而已。

　　幾乎所有描寫人與異類（指鬼、妖等非人類）的偶遇乃至交合的篇章，都有上述這種現象。例如《志怪錄‧長孫少祖》（《太平廣記》卷三二六引）〔註3〕、《搜神後記‧吳祥》（《廣記》卷三一七引）等，都是男子與女鬼偶然相遇，繾綣一度後分別，臨別之際，女方且贈物以爲紀念。這些例子，由字裡行間都可以看出，男女主角的離合，正是典型的始於一見鍾情，別於飄忽短暫的依依之情。葉師慶炳稱這種離合模式爲「女鬼的『愛情』三部曲」〔註4〕。試看即使是著名的〈徐玄方女〉（《廣記》卷二七六引出《幽明錄》，《搜神後記》敘述較詳），《廣記》將之錄在「情感」類，但分析小說時卻可發現，呈現於小說的，只有人物動作，對於心理狀態的描寫則很缺乏，光看字面，實在很難令人相信其中有什麼「愛情」。這個例子，正說明了「愛情」題材在六朝小說中的背景性功能及陪襯性地位。此外，如〈蚱蜢〉（《廣記》卷四七三引《續異記》）、〈謝宗〉（《古小說鈎沉》引《孔氏志怪》）等，皆是物之妖者化身爲女子來就，男子悅之而納，但因某處破綻使妖原形畢露，遂致二人分手。相較於上類人鬼故事，妖與人的交往在時間上似乎要維持得久一些，依常理判斷，其間未必無感情發生，否則，怎麼可能還爲對方生下子嗣〔註5〕。然而小說在文字上只見二人的相遇、結合、破綻、分手等動作，卻罕見對彼此情感的描述，頂多由寥寥數語的「悅之」、「悽慘」、「愴然」，去揣

〔註3〕以下簡稱《廣記》。

〔註4〕葉師慶炳：〈魏晉南北朝鬼小說與小說鬼〉，《古典小說論評》，臺北：幼獅文化事業公司，民國74年5月初版。

〔註5〕如〈謝宗〉，龜女即爲謝宗生下一兒一女。

想人妖之間的情愛。如此，益可見「愛情」素材在運用上的微不足道了。甚至，在上述二類故事中，有的男士一發現先前交往的佳人竟是非我族類時，或是馬上逃之夭夭、速離此是非之地；或是加以追殺，使得先前的綺情麗景，剎時情趣皆無，全篇氣氛爲之丕變〔註6〕！這種結尾，也說明了六朝小說重志怪而不重愛情的現象。

「愛情」題材在六朝小說中儘管普遍來說只具備了陪襯性的地位，尚未取得「主題」性地位，但仍有些愛情佳篇是值得注意的。這些故事不但以「情」爲全篇發展的核心，甚至稱爲「愛情小說」也不爲過。有趣的是，這些以愛情爲主題的小說，和前述故事有一點很大的不同，即小說中的男女主角基本上都是活生生的血肉之軀，如《搜神記》〈韓憑妻〉、〈吳王小女〉、〈河間郡男女〉、《幽明錄》〈龐阿〉、〈買粉兒〉（分見《廣記》卷三一八、二七四引）、《述異記・陸東美》（《廣記》卷三八九引）等，通篇所表現的，是主角爲愛情或奮鬥、掙扎，或追尋、憑弔，乃生死以之。在這些小說中，「愛情」就是一篇主題所在，不但情節的推展圍繞著主角的情事而結構；人物的行爲表現很明顯地是爲愛情所驅動，心理狀態的描述更清楚地呼應著前者。在這些鳳毛麟角的愛情小說中，「愛情」主題獲得了初步的確定，而其關鍵所在，便在於小說所寫乃是「人事」。雖然，它們只是六朝小說志怪風中的「非主流派」，但對於後來愛情小說的發展卻有很大的啓示作用。不論唐代乃至明代，一篇完整的愛情小說，表現的重點主要皆繫於人間男女的情愛糾葛，或是在於作者是否能寫出人性之情而非怪異之事。即使清代《聊齋誌異》充滿了人與異類之戀，但他們的情感形態是屬於人間的，甚至異類紅粉比人間女子還要人性化，則小說雖云「誌異」，呈現讀者眼前的，卻是不折不扣的「愛情小說」。因此，將前述寫人間愛情的六朝小說置於這樣一個的小說流變史的角度中加以觀照，便可見其數量雖少，意義卻很重大。

接續六朝小說所提供大量的題材靈感，及「愛情」小說雛型乍現等發展，「愛情」題材在唐代小說中表現突出，其功能地位大大提昇。《唐人說薈・例言》引宋人洪邁對唐人小說的評論：「唐人小說，不可不熟，小小情事，悽惋欲絕，洵有神遇而不自知者，與詩律可稱一代之奇」，明胡應麟《少室山房筆叢・二酉綴遺中》在批評宋人小說無文彩可觀時，也附帶指出「惟《廣記》

〔註6〕前者如〈秦樹〉（《廣記》卷三一七引《幽明錄》）、〈蚱蜢〉（《廣記》卷四七三引《續異記》）。

所錄唐人閨閣事，咸綽有情致，詩詞亦大率可喜」。凡此，皆可見唐人小說不
僅特重寫情，尤其更重兒女情愛，與六朝小說重志怪寫奇有著極大的差異。
這些除了說明了「愛情」題材在小說中已具有獨立的生命，擺脫了六朝的
附屬性、陪襯性地位外；在小說發展史的意義方面，也初步成為小說表現的
重點。

　　胡應麟在前引書中亦言：「至唐人乃作意好奇，假小說以寄筆端」，雖然
所謂「作意好奇」，乃是針對六朝小說的「多傳訛舛錄，未必盡幻設語」而發，
強調唐人在寫作心態上的「有意為之」、「虛構」、「寄托」等；但即使唐人在
意識中沒有要創作一種純文學體裁的「小說」〔註7〕，在寫作過程中，為求有
效地敘述故事，以達吸引人的效果，完全寄託的目的，唐人確實注意到「虛
構」、「刻意」的重要性。表現在小說中的，便是題材設計、人物描寫、素材
取選、場景烘托等表現大為突出。這種想要說好一個故事的心態及運用的方
法，與小說創作的要求不謀而合。短篇小說發展至此，乃由六朝「粗陳梗概」
的只具骨架、只見功能性情節的質樸筆記，轉變成「小小情事，悽惋欲絕」
的血肉豐盈、充滿描寫性情節的傳奇美文。這種寫作觀念的丕變，無疑地提
供了愛情主題很好的發揮空間。〔註8〕

　　雖然「愛情」題材已在小說中取得了「主題」性的表現機會，唐人對小
說價值的定位，仍不脫前人對於史之附庸的觀念〔註9〕。即使已由偏重「志

〔註7〕宋趙彥衛《雲麓漫鈔》卷八「唐之舉人，先藉當世顯人，以姓名達之主司，
　　　然後以所業投獻，逾數日又投，謂之溫卷，如幽怪錄、傳奇等皆是也。蓋此
　　　等文備眾體，可見史才、詩筆、議論。」如劉開榮（《唐代小說研究》）等學
　　　者，認為「溫卷」之風應科舉而起，而小說的形式又適合「溫卷」的要求，
　　　因此「溫卷」的盛行，間接刺激了傳奇小說的發展。在以小說作為「溫卷」
　　　的文字形式時，為求引起觀者的興趣，作者當然會注意摹事寫情及情節串聯
　　　的技巧。在這種情形之下，即使果如《雲麓漫鈔》所謂，《幽怪錄》、《傳奇》
　　　等皆為「溫卷」下的產物，而其確也具有純文學定義下的「小說」面貌，但
　　　追究其產生的原始動機，在於科舉利益而非文學創作，因此說「唐人在意識
　　　中沒有要創作一種純文學體裁的『小說』」。
〔註8〕當然這種觀念的轉變與前述的溫卷之風及古文運動關係密切，而愛情題材所
　　　以突出，也與唐人豪放浪漫性格及特殊時代風尚——如妓女與文士的親密交
　　　誼——有關。
〔註9〕唐人往往於小說篇末點明作意在于「勸誡」、「補史」，如〈謝小娥傳〉「君子
　　　曰……如小娥，足以儆天下逆道亂常之心，足以觀天下貞夫孝婦之節。余備
　　　詳其事，發明隱文，符于人心，知善不錄，非春秋之義也，故作傳以旌美
　　　之」，又〈李娃傳〉「貞元中，予與隴西公佐話婦人操烈之品格，因遂述汧國

怪」而側重「傳人」，但因爲仍抱持著要述某人「事跡」的心理，以「立傳」做爲寫作角度的出發點，因此涵蓋範圍便是以「某人」而非「某事」爲基準，而呈現一種諸事並陳的局面。表現於小說，便出現小說內容類型難以定位的困擾。往往一篇小說中，不但出現二種以上的主題，且在情節比重及描寫設計上無分軒輊。如〈崑崙奴〉〔註10〕，全篇顯然是以崔生與紅綃妓的愛情爲經緯，但崑崙奴磨勒施展神奇功夫以促成二人好事的豪俠情節，卻也佔了故事很大篇幅。因此，很難將此篇定位爲愛情小說或豪俠小說。又如〈鄭德璘〉〔註11〕，明明是寫鄭德璘與韋氏女始終遇合的一段姻緣，但中間又夾入洞庭府君的種種神奇；而鄭韋之合，又與洞庭府君有著密切的關係。如此篇，亦是難以將之定位爲志怪小說或是愛情小說。胡應麟便曾指出：「至於志怪傳奇，尤易出入，或一書之中，二事並載，一事之內，兩端俱存」（《少室山房筆叢·九流緒論下》）。志怪述奇，傳奇寫情，二者確常有相混雜的情形；而唐人小說中，除了胡氏所指出的現象外，「愛情」更常與「豪俠」主題並存。凡此，可見唐人固然由於關注角度不同於六朝作者，使「愛情」題材受到極大的重視，而取得了主題性的表現，一些傳奇名篇如〈鶯鶯傳〉、〈李娃傳〉、〈霍小玉傳〉等，不但是以愛情爲主題的故事，甚至可以說是極純粹的愛情小說。但是，題材功能的提昇，只意味著作者（或甚者讀者）對創作興趣的轉移，並不意味著創作觀念就此成熟。唐代小說因爲時代社會乃至民族氣質、文學環境等因素，出現了大量以「愛情」爲主題的佳篇，但愛情主題仍不是有意識地被運用在小說之中。這種情形，在宋元以後出現了轉機。

宋元時期可說是文言與白話兩種古典小說系統勢力消長的轉捩期。一方面，文言小說——尤其是傳奇小說——的發展走到了瓶頸。以愛情小說的觀點言，相較於唐傳奇，宋元的傳奇小說，雖亦可見若干佳篇，且在故事的流傳上，亦具有一定的影響力〔註12〕；但整體而言，不論在故事情節的精彩度、

之事，公佐拊掌竦聽，命予爲傳，乃握管濡翰，疏而存之」。皆可見作者寫作心態，乃是將這些故事定位爲一種史傳的附庸，並非純爲創作一篇小說而作。

〔註10〕《廣記》卷一九四。

〔註11〕《廣記》卷一五二。

〔註12〕本文所參考分析之故事詳見附錄一「分析篇章總目」之宋代部份。又，宋代傳奇中，如王魁故事、雙卿故事等，皆傳頌一時，或爲明代（擬）話本小說所改寫，或成爲戲曲本事；前者可參譚正璧編：《三言兩拍資料》（上海：上

或者描寫手法的藝術性上，宋代文言短篇小說並沒有超出唐人成就。其傳奇集如《綠窗新話》、《青瑣高議》等，或是其他單篇傳奇如〈綠珠傳〉、〈楊太真外傳〉等，前者或掇拾他人所錄成篇而情節猶簡，或情節雖亦哀豔然不出唐人規模；後者則偏好歷史人物，而少虛構浪漫色彩。若就「愛情小說」的主題角度觀之，前者或簡單樸素，或未脫窠臼；後者則愛情純度不高，與其說是愛情小說，不如視之爲歷史小說，而雜述主角人物之愛情。明代胡應麟《少室山房筆叢・九流緒論下》所謂「小說，唐人以前，紀述多虛，而藻繪可觀；宋人以後，論次多實，而彩豔殊乏。」即敏銳地指出了「缺乏虛構性」正是宋人傳奇的病灶所在。至於元代，由於國祚太短，傳奇作品更是乏善可陳。因此，相較於前朝的繁盛，整體來說，宋元（甚至包括明代）實可謂傳奇小說的停滯時期。

　　此時的傳奇小說發展雖已遭遇瓶頸，白話小說的新生命卻正在萌發。文言小說的弱勢，反而造就白話小說萌芽的契機。宋末吳自牧《夢粱錄》卷二十「小說講經史」條下，提到說話四家數中，說「小說」者，有「煙粉、靈怪、傳奇、公案、朴刀、杆棒、發發參蹤〔註13〕之事」又羅燁《醉翁談錄・舌耕敘引》的「小說開闢」條下，也談及說「小說」者，有「靈怪、煙粉、傳奇、公案、兼朴刀、杆棒、妖術、神仙」等不同內容。這些名稱，在當時即使不是專有名詞，至少也是一種約定俗成的題材分類標準。雖然其區界並非很精確〔註14〕，但足以顯示當時在傳述故事時，已有了題材分類的觀念。雖然這些分類名稱，對前朝小說言，是個後設名詞；但就當時及後來的創作者而言，卻提供了「預設主題」及「依題敘事」的概念，使作者在設計故事、撰寫小說時，能注意到小說主題的統一性及突出性，使情節結構能圍繞著某一特定主題發展。此外，今所見可斷代爲宋元話本的作品中，如〈碾玉觀音〉、〈張生彩鸞燈傳〉（《喻世明言》題作〈張舜美元宵得麗女〉，亦見《醉翁談錄》壬集卷之一〈紅綃密約張生負李氏娘〉）、〈鬧樊樓多情周勝仙〉（本

　　　海古籍出版社，1985 年 7 月一版八刷），後者可參程毅中編：《古體小說鈔——宋元卷》（北京：中華書局，1995 年 11 月一版一刷）各條故事後之附錄，此不贅述。

〔註13〕疑應爲「發跡變泰」。

〔註14〕如「小說開闢」下的「煙粉」類中，有〈柳參軍〉一篇，雖然女性主角最後乃以女鬼出現，但全篇也是不折不扣的愛情故事，列於傳奇類並無不可；而「傳奇」類的〈愛愛詞〉固是愛情小說，但愛愛後來自縊而死，也以女鬼姿態出現，則列於「煙粉」似亦無不妥。

事見《夷堅志》支庚卷第一〈鄂州南市女〉、《說郛》卷第十一〈清尊錄〉〉等，不僅本身是極精彩的愛情小說，後二篇的故事來源亦可見於當代文人的筆記當中。這種合流現象，在小說發展方面的意義，不僅爲白話小說擴大了故事來源，也使唐以來傳奇小說的文學成就直接灌溉到到白話小說的土壤中；其社會文化方面的意義，則顯示了兩個階層的作者及關注的角度有彼此干涉交融的情形。影響於小說的，不但是文人小說與民間通俗小說的分別將不再那麼明顯，也預示了一方面，將會有更多的文人投入通俗小說的創寫作當中；另一方面，則是原來專屬文人階層書寫產物的文言小說，將會吸收來自民間的通俗小說表現方式乃至思想內涵，而展現出於唐宋文言作品不一樣的面貌。

　　上述種種小說寫作概念的發展在明代獲得了很好的實踐——此由白話小說篇名的命名方式即可看出。如出現於「三言」、「二拍」中的一些作品，已擺脫前朝模模糊糊地「某人傳」的方式，而鮮明地呈現「某事件」與「人物」的結合，從而點出了小說的主題所在。如〈蔣興哥重會珍珠衫〉（《喻世明言》）、〈杜十娘怒沉百寶箱〉（《警世通言》）〔註15〕、〈大姐遊魂還宿願・小妹病起續前緣〉（《初刻拍案驚奇》）等，創作者已能立定一篇主旨，圍繞著一個事件核心來鋪排情節、設計人物。可見小說主題化的傾向，自宋元萌發，至明確已臻於成熟。而宋元時期白話小說既已吸收了文言小說的文學成果，儲備了豐富的發展資源；再加上晚明浪漫思潮，使倡情之說大盛〔註16〕，更使小說作者有意識地投入「愛情」主題作品的創作。這種種進步的小說觀念，不但具體體現在馮夢龍《情史》的編輯及《金瓶梅》這部「世情書」

〔註15〕三言作品，以下《喻世明言》簡稱《喻》、《警世通言》簡稱《警》、《醒世恆言》簡稱《醒》。
　　　　又，其實依事命名，於宋代傳奇小說已有其例，如《青瑣高議》（前、後、別集）各篇故事之命名，雖然以二至四字爲主，如〈葬骨記〉、〈王幼玉記〉等；但各題之下，又有以七字爲主的副題，如前述諸題之下，又有「衛公爲小蓮葬骨」、「幼玉思柳富而死」等。此種命名方式，雖可謂開風氣之先，但基本上仍依前朝傳統。至如《綠窗新話》，則全以七字命名，在形式上已具備明代白話小說命名的雛形；惟其用字遣詞並不是十分工整，技巧仍未成熟，如〈王仙客得到無雙〉、〈張子野逢謝媚卿〉、〈楊生共秀奴同游〉等，可以看出乃是編者爲湊足七字而勉強餖飣而成者。因此，眞正體現小說依事命名、依題敘事的精神，不能不期之於明代白話小說了。
〔註16〕陳萬益：〈馮夢龍「情教說」試論〉，收入《晚明小品與明季文人生活》，臺北：大安出版社，民國77年5月。

〔註17〕的寫成上，更使短篇愛情小說的質量達到前朝未有的高峰。

綜觀「愛情」主題在明代短篇小說中的表現，可以發現，不論是早期的文言小說集如《剪燈新話》、《剪燈餘話》，或是晚期白話小說集如「三言」、「兩拍」等，除了出現大量的「愛情小說」外；相較於其他題材的表現，「愛情」主題在小說情節中的地位也幾乎是一枝獨秀的姿態——即使篇中情節仍有志怪、俠義等成分，但都是爲烘托愛情而設計的；前者與「愛情」相校較之下，已不如在唐代小說中有足以與愛情主題分庭抗禮的地位，而只是以單純用以穿插點綴主角的愛情歷程罷了。如〈愛卿傳〉，愛愛雖以女鬼之姿現身相見，但這段志怪情節的設計，乃是爲了突顯愛愛與其夫之間的眞情深義，夫妻的陰陽相逢，也側重寫其生死兩隔的悲悽感。這段志怪情節，完全是歸屬於「愛情」這個主題之下而爲其服務的。

「愛情」主題的發展到了明代，堪稱達於極盛。尤其中晚明以後，在短篇小說的形式方面，「愛情」題材的主題地位已大致底定。其精彩佳作，多見於話本小說，如「三言」、「兩拍」等（擬）話本小說集中，不但可見許多風情萬種的愛情小說，且佔有極有比例。然而，儘管明代在小說觀念的發展容有如此精彩的成就，但在傳奇小說——尤其是所謂短篇小說——方面卻仍無法突破宋元同類小說的困境。如明傳奇的代表作「三燈」（《剪燈新話》、《剪燈餘話》、《覓燈因話》）之類的作品，雖然在小說觀念上極爲成熟；但事實上，尤其是《新話》、《餘話》，固有純度極高的愛情小說出現，然其哀豔有餘而創新不足，過度發展的結果，使小說情節結構未免趨於固定俗套，而予人「千人一面」之感。短篇傳奇小說發展至此，可說越形沉滯。因此，古典短篇愛情小說在明末清初之際的發展，除了期之於內涵的突破外，便是向其他體制的小說伸出觸角。就前者言，有清初的《聊齋誌異》振衰起蔽，爲文言小說劃下一個幾近完美句點；就後者言，則是單篇中篇傳奇如〈王嬌傳〉等豔情小說、乃至中篇章回如《好逑傳》等才子佳人小說，及長篇章回如《紅樓夢》等人情小說，以至晚清如《海上花》等狹邪小說的出現。

中國古典短篇愛情小說，由魏晉時代萌發於文言筆記形式、經過唐代對於體制及藝術性的發展、到宋代加入了短篇白話小說及活潑的小說觀念而使

〔註17〕張竹坡〈竹坡閒話〉「恨不自撰一部世情書，以排遣悶懷……」（《第一奇書》卷首），引自朱一玄編：《金瓶梅資料彙編》，天津：南開大學出版社，1985年10月。

之更形豐富、以至明代無論在文言或白話作品方面的形式、表現皆臻於成熟，乃至清初《聊齋誌異》的寫成，正是中國古典短篇愛情小說一段完整的流變歷程。若將晚明到清初、乃至民國初年，「愛情小說」於傳統的故事形式之外，更變化出如「才子佳人」小說、「人情」小說、「狹邪」小說、甚至「鴛鴦蝴蝶派」小說等各類小說的發展歷程加以串聯觀照，則上述這整段由六朝發軔以至民初的小說發展歷程，便是一部完整的「中國古典言情小說」發展史。

二、中國古典短篇愛情小說內在意涵的變遷

　　大致而言，明及其前的短篇愛情小說，所指涉的感情型態，都不脫男女情愛，所差別的，是愛情的存在價值如何的問題。明以後的作品，男女之間的感情已跳脫了「愛情」的狹窄格局，而發展出一種相知相惜的情誼，尤其在《聊齋》中，男女之間不一定只能有愛情，還可以有「友情」。愛情的內涵，在此獲得了提昇與深化。

　　如前節所言，「愛情」的主題性在六朝小說中多是隱而不彰、微不足道；而這種現象正顯示六朝文人對愛情不經意〔註18〕的態度。與女妖女鬼的春風一度，來如春夢去似朝露的豔遇，顯示了身兼敘事者與作者〔註19〕的男性文人們，藉著筆端幻想自慰一下的沙文心態。不過，前文所提及的那幾篇鳳毛

〔註18〕此處的「不經意」或下文的「漫不經心」，只是一種比較性的相對說法，意指相較於「志怪」題材的寫作興趣及動機，六朝作者對於是否要寫作一篇以「愛情」為「主題」的小說，不論文本表現效果或其創作動機，態度顯然要較前者「漫不經心」──而這決不意味筆者對於六朝小說有任何貶損之意。誠如本論文第一章第四節中所指出，評論者對於小說發展的環境條件應有同情的瞭解，不應也不必以一個後設的標準要求之前的小說作品；此外，亦如學者所指出「尤其漢魏六朝時代的小說，只能視為小說的雛形──殘叢小語式的街談巷語；作者也因創作動機的特殊，減低了許多作品的原本可能表現得很好的品質。……他們也許並非存心創作，但在記述之時，對情節的『有心』安排，及對主題內容的『有意』選擇，應該是難免的。我們若暫棄以『殘叢小語』視之的輕忽態度，仔細去體味它們的『有心』及『有意』，相信對漢魏六朝小說的價值，自有一番新的評價。」語見吳達芸：〈漢魏六朝小說中的愛情格局〉，收於《文學評論》第七集，臺北：黎明文化事業股份有限公司，民國72年4月初版，頁44。
〔註19〕理論上，「敘事者」並不能即等同於「作者」，但就我國古典短篇小說言，二者幾乎沒有區別，此由小說中作者經常介入故事大發議論，及敘事觀點幾乎皆採全知觀點，即可得證。

麟角的愛情佳作，卻仍有值得省思之處。這些篇中的男女角面對自己愛情的態度，多半只是任情愫在心中滋長，鮮少能鼓起勇氣將之付諸行動。他們只能將自己交付命運，隨波逐流而已。一旦愛情的幻夢破滅了，只能徒然追悔歎恨，或竟以毀滅自己做爲抗議。如〈韓憑妻〉的何氏，〈吳王小女〉的紫玉，及〈河間郡男女〉的河間女子等皆是。然而，只要潘朵拉的盒子不打開，希望總會存在。這些任憑命運擺弄的男男女女，雖然對自己的愛情多少還是抱有憧憬及期待；但是，他們在經歷了現實的挫折之後，卻只能期待於來自陰界的靈異力量的轉機，以稍稍紓解眼前的困境、或已然的遺憾。因此，偷戀龐阿的石氏女只能靠著夢寐幻形，才能一近情郎；買粉男孩與河間女子必須死而復甦，才得以和情人結爲連理；而韓夫人何氏與吳王小女紫玉，前者只能在死後藉著樹與鳥的形影相依以達生前團圓的心願，後者唯憑一縷芳魂邀韓重入墓做三日夫妻，才稍稍彌補未能結合之憾。這些情節，點出了在六朝那種動盪不安的時代中，人們對愛情是如此地充滿了無力感及不安全感。他們不認爲個人肉體足以對抗現世的任何強勢或者惡勢，因此只能寄託於虛幻的精誠聊以紓困解鬱。

至於唐代，「愛情」主題雖已成爲小說表現的重心，小說人物不論是一般的男女，或是書生與倡妓之間，都有可能發生令人蕩氣迴腸的愛情——唐人對愛情的興趣顯然要遠大於六朝人。試看他們爲愛神傷、爲愛憔悴、爲愛費盡心機，甚至爲愛冒險犯難、甘冒不諱；可見在唐人的價值觀中，「愛情」多麼值得珍惜與爭取。如〈李娃傳〉的鄭生爲了李娃，枉顧了家庭名譽、拋棄了似錦前程；〈無雙傳〉的王仙客爲了劉無雙，鍥而不捨地打探消息、打動古生；〈鶯鶯傳〉的崔鶯鶯爲張生矛盾掙扎；〈霍小玉〉的霍小玉爲李益飲恨而終；〈飛煙傳〉步飛煙爲趙象遭虐而死；〈任氏傳〉的任氏爲鄭六現形而亡……唐人小說在處理愛情的結局時，成功者給予榮寵，失落或遭誣衊者，也會得到哀悼或被賦予報復的權利。因此李娃鄭生、張倩娘王宙（〈王宙〉）、劉無雙王仙客，不僅白首偕老，且子孫榮耀；任氏有韋崟與鄭六深痛的追悔，崔氏有情人柳參軍與表兄王生爲之悟情修道（〈莘州參軍〉）；小玉及飛煙則對負心漢或誣衊者施以懲治。這些安排，都可見唐人對愛情的態度是嚴肅而認眞的。

不過，我們不能忽略的是，「愛情」主題與「豪俠」或「志怪」主題並陳出現的象徵意義。誠然，後二者的存在，固有來自文學題材慣性及時代背景

的影響，但是其何以能被選擇運用在小說中，並與「愛情」情節結合，必然與寫作心理有密切的關係。事實上，這種選擇與結合，正顯示了唐人對愛情在心態上儘管嚮往追求，但在實際情境中，卻與六朝人一般充滿了危機感。當自己的愛情陷入困境時，必得仰賴靈異或外力加以紓解，否則，便只有覆滅一途。於是，倩娘不得不藉「離魂」來挽救自己的愛情（〈王宙〉）；崔氏女變成女鬼重返陽世，才能和情郎無虞廝守（〈華州參軍〉）；霍小玉若無黃衫客的打抱不平，無由得見李益最後一面；而王仙客及崔生若無豪俠古生與磨勒之助，便無法將所愛救出深深重門。相較於前者，〈鶯鶯傳〉與〈李娃傳〉便顯示出一種有趣的對比效果。與前述小說人物相同的是，鶯鶯和李娃亦勇於追求自己的愛情；不同之處，是他們在自己的愛情事件中，全憑己力而無外援。因此我們可以看到，鶯鶯與張生的愛情終將幻滅，而李娃與鄭生的愛情雖然成功了，卻不過是個神話。〔註20〕

這兩個例子恰好由另一個角度揭示出，志怪與豪俠同時爲愛情服務，這種情節組合背後更深一層的意涵。一方面，志怪行爲是超越現實界的；而從某種角度來看，豪俠人物也是不受現世法律價值觀約束的人類。二者都有背離現實社會的特性，也不約而同地爲「愛情」服務，成爲受困愛情的支援者。顯示了在唐人價值觀中，愛情固值得生死以之；但一旦面對社會價值觀時，愛情卻無法通過檢驗。當它在人生競技場中與功名、前途、門第婚姻相競逐時，往往是命定敗北的一方。此時，唯有不受社會現實約束的力量加入支援，愛情才有扳回勝局的可能。從這裡，我們可以看出唐人小說愛情內涵所存在的矛盾與衝突。它盡管肯定人物對愛情的執著、珍視、追求，但也

〔註20〕唐代律法良賤不能通婚，且應當色爲婚。長孫無忌《唐律疏議》卷第十二「戶婚上」、「（疏議曰）……依戶令，雜戶官戶皆當色爲婚」，卷第十四「戶婚下」、「（疏議曰）人各有耦，色類須同，良賤旣殊，何宜配合」，又「（律）諸雜戶不得與良人爲婚。（疏議曰）雜戶配隸諸司，不與良人同類，只可當色相娶，不合與良人爲婚，違律爲婚，杖一百」。而妓女籍隸教坊，唐律有「工樂雜戶」之名（卷第三「名例三」），因此應屬雜戶之流，爲賤民階級──卷第三「名例三」、「（疏議曰）雜戶者，謂前代以來配隸諸司，職掌課役，不同百姓」。即使從良，頂多只能爲人之妾罷了，如《北里志》所記的楚兒、俞洛眞等；甚至當有妓女宜之主動表示願爲孫棨做妾時，後者還連忙敬謝不敏地說道「甚知幽旨，但非舉子所宜，何如！」。此外，就算至親長輩主婚也不行，卷第十四「戶婚下」、「（律）諸嫁娶違律，祖父母父母主婚者，獨坐主婚」。由這種種記載看來，李娃爲滎陽公六禮迎聘入門，還冊封爲汧國夫人，不過是小說家語而已。

無情或者說是無奈地揭示了面對社會既定價值時，個人力量的渺小。然而，也正是因爲愛情的生存如此困難，因此若一旦成功了，便顯得這花果格外珍貴；若是失敗了，也能綻放出一種燦爛的生命輝光，展現出一種壯美的悲劇感。

另外值得注意的是，儘管都充滿了不安全感，唐人與六朝人仍有不同之處。一方面，六朝人的危機感來自時代的離亂，唐人則是來自社會價值觀的衝突，二者的内涵不盡相同；而俠者雖然不受社會法律約束，相較於虛渺不可捉摸的靈異力量，他至少是一種眞實存在的人間力量。因此，由六朝那種完全任由命運擺佈的消極的、退縮的態度，到唐代勇於嘗試、付出的積極心態，我們可以看出愛情的主控權已逐漸由「天」轉移到「人」的手上，而這種對愛情的自主權，經過宋元時期的蘊釀，在明代的小說中展現出最燦爛的光彩。

宋元小說在「愛情」主題的發展地位上，很明顯地呈現一兼具關鍵性及過渡性的局面。一方面，如前文所述，在小說寫作觀念上，出現了依題敘事的寫作傾向。另一方面，文言小說如劉斧《青瑣高議》、羅燁《醉翁談錄》、皇都風月主人《綠窗新話》等，多節錄或概括前朝故事，因襲唐代小說者甚多，因此大致而言，文采既不如唐，内容思想自然也無法有所超越。但是，其較特殊的一點是，若干文言小說中的女性相較於前朝的姐妹們，女性自覺的色彩要濃厚許多，而此尤其表現在身份階級較低的女性身上。最明顯之處，便是表現在對擇偶的自信及堅持及對負心者的報復等行爲。前者如王幼玉初見柳富，即曰「茲吾夫也」（〈王幼玉記〉）、譚意歌乍逢見張正字，也說「吾得婿矣」（〈譚意歌記〉）、曹文姬見任生詩，亦言「吾得偶矣」（〈書仙傳〉），她們都是内心對自己配偶的條件早有所設定，並不甘心令人擺佈；而李氏爲爭夫則不惜親自對薄公堂，最後有情人終成眷屬（〈張浩花下與李氏結婚〉）；至於當自己爲愛情付出後，所得到的竟是無情的背叛時，這些女子也決不願白白犧牲，而必有所報復，如倡女（桂英）化爲厲鬼痛懲負心他娶的王俊民（〈王廷評〉、〈王魁傳〉）、狐妖獨孤氏則把過河折橋的侯誠叔弄得家破妻亡、落魄街頭（〈西池春游〉）。這些女子，由不同角度展現其維護自己愛情的信仰的決心與毅力，充滿了主動性與積極性，且這種強烈的女性自覺，確然是前朝所罕見者；其篇章雖然不多，卻饒富意義。

上述這些文言小說中的女性，當她們面對愛情與婚姻困境時，相較於前

朝小說諸妹，顯然前者更傾向於「自力救濟」、更相信「人力」，而非坐待虛渺不可期的助力。這點，恰在白話小說中的女性所展現出的生命活力，正有不謀而合之處。事實上，上述篇章中的女性，絕大部份是妓女之類的小人物、市井小民，其身份階層正與白話小說流行的階層有相當程度的重疊性，這亦可說明二者所以生命情調如此相似的原因所在。由今日可考大致為此期作品的一些白話小說，如〈碾玉觀音〉、〈張生彩鸞燈傳〉、及〈鬧樊樓多情周勝仙〉（收在《醒世恆言》）等篇來看，小說女性主角所表現出對愛情的積極性與企圖心，皆有別於一般士大夫文學所流露出種種的壓抑顧忌情結，而充分展現了一股專屬民間的樸素卻生猛的情感型態！這些小說較之明代話本小說不僅毫不遜色，二者的生命情調且幾乎無分軒輊。可以看出，宋元話本這種屬於民間鮮活潑辣的生命情態，正是促使愛情小說的發展推向高峰的一個很重要的契機！而文言白話小說的合流現象，也顯示了小說的傳播範圍及其中的階層分野，有逐漸擴大及模糊化的傾向。

此外，宋元時期文言與白話兩種系統的小說的這種交流現象，也意味著上層文化與下層文化的交流，將使兩個階層之間道德觀、價值觀等分際的模糊化；尤其意味著上層文化的若干價值標準逐漸鬆動，並向下產生認同。如前舉〈張生彩鸞燈傳〉等篇，小說人物對於追求愛情的積極與勇氣，不但為前代文言小說中所罕見，較之於於明代「三言」作品，亦不遑多讓。如〈碾玉觀音〉的璩秀秀、〈張生彩鸞燈傳〉的劉素香、〈鬧樊樓多情周勝仙〉的周勝仙，她們的身份不一，或王府的養娘，或節度使之妾，或富家之女，但追求愛情的自主意識卻一樣強烈。如秀秀步步為營，因勢利導，藉著火災、酒意，終於如願地與讓她掛心已久的後生成了親；素香以羅帕傳情；勝仙更藉買水示意，主動地製造機會。這些女子絕不坐等異性顧睞，而是善於把握、主導自己的命運。

但宋元既只是一個轉變的過渡期，小說內涵的表現便無可避免地雜揉並存著一些轉變的痕跡。如前述這些女性形象，固然具有一定程度的積極性，但最後小說處理她們愛情的結局時，仍不免襲用前朝的積習——靈異力量——來幫助她們為保有愛情爭取更大的可能性。如秀秀面對怯懦現實的男人時，只能以女鬼身份才能確保二人的共諧白首；勝仙不是經歷一場死而復活的奇遇，怎能有機會再對冥頑不靈的彭生再訴愛意？而儘管經歷了這些努力，秀秀和勝仙畢竟還是死了！這些設計，正顯示了小說作者在同時接受兩種階層

文化的價值觀衝擊之時，面對這些打破傳統男女互動模式、勇於追求愛情的女性，存在著還不太確定應如何爲她們定位的困擾與矛盾。但這種混亂，在明代、尤其是經過了晚明浪漫思潮的洗禮後，顯示了不同角度的思考結果，前述那種積極的女性形象，在明代小說中獲得了更精彩的發揮、展現出最燦爛的光彩。

　　明代的傳奇小說在質的表現上雖較優於宋朝同一文類的作品，但仍無法超越唐代的神采與原創性，愛情小說的精彩表現不能不期之於白話的擬話本小說。此時期的話本小說直接繼承宋元時期種種萌發的進步因素，展現出「愛情」主題的新局面，使其內涵具備了更積極的意義。由於創作觀念中「依題敘事」概念的清晰化，及「愛情」題材地位的提昇，作者有意識地創作以「愛情」爲主題的小說，因此，「愛情」成爲小說人物生命中一項很重要的命題。他們不但珍視愛情，信任自己爭取愛情的能力，更重要的是，他們不再聽任命運擺佈，更不會輕易地對社會規條低頭。甚至，在必要時還可以選擇摧毀有瑕疵的愛情。

　　這種愛情自主權的彰顯，當然和小說人物的階層有密切的關係。白話小說中的人物多屬中下階層，他們對禮法的顧忌沒有士人階層那麼多，對人生成就的使命感沒有那麼高，因此所表現出的生命情態也相形地較放肆潑辣。如〈閒雲庵阮三償冤債〉（《喻》）的陳玉蘭，當她遇到心儀的男子時，不再像以前的女子般只癡癡地等待著男人顧睞，而是勇於表達自己的心意，因此她主動地以戒指傳遞她對阮三的愛慕之意。〈蔣興哥重會珍珠衫〉的王三巧，在寂寞與情欲的驅動下，她也任憑自己與一個陌生人顚狂了一夜。當玉蘭與三巧的「愛情」演變成「姦情」時，竟寧可背負違背禮教的罪名而追隨愛情，無視道德的罪惡感而選擇「活下去」。於是三巧和情夫陳商相約私奔；玉蘭則矢志不嫁、產下阮三官的遺腹子！即使愛情面臨挫折，明代短篇白話小說中的女子們，也不再坐以待斃，或一心一意地等待白馬王子的救援；而是勇敢地迎向困境，主動地以行動爭取生機，或設謀定計轉化危機。因此〈杜十娘怒沉百寶箱〉的杜十娘、〈玉堂春落難逢故夫〉的玉堂春、〈賣油郎獨占花魁〉的王美娘，紛紛設計賺得鴇兒手中的契約，爲自己贏得自由之身。即使到後來，想望中的愛情出現了瑕疵，原來的美夢竟只是一場騙局時，小說中的女子們也不會只是奄然待斃，毫無自主能力地任病痛或命運將之覆滅，而是選擇親手了斷這段愛情。因此杜十娘故意在眾目睽睽之下，先揭發李甲重利忘

義，再投江自沉；王嬌鸞（《警世通言‧王嬌鸞百年長恨》）則預設巧計使負心他娶的周廷章將來難逃法律制裁，然後才懸梁自盡。她們的死亡，絕不是放縱情緒的結果，而是為求懲罰愛情叛徒，經過理性思考後所下的決定。尤其王嬌鸞所採取的行動，完全訴諸人間現世的法律，而非期待於幽冥的靈異力量，更具有積極的意義。

而上述情節的意義不應孤立來看。綜觀這些「愛情」主題下的情節發展，不論是愛情的發生、追求、維護，乃至了結，其控制權完全是操縱在情事當事人——尤其是女方——的手裡，而鮮少外力加以幫助。〈賣油郎獨佔花魁〉的王美娘對朱重說「我要嫁你」，這句話最能體現小說「愛情自主權」的精神！事實上，這層自主權的展現，除了顯示此時期小說中的愛情，面對的是一個較寬容的社會階層及標準，因而使愛情的存在價值較能為社會價值觀相容外；更重要的是，它顯示了一種人性本位的自我肯定及自我追尋的生活態度，而這種肯定自我，信任人力的自信與積極，是前朝小說所罕見的。

明代白話短篇愛情小說的內涵，將愛情的意義與價值詮釋極為透徹，因此，清初的一些白話小說集如《醉醒石》、《石點頭》乃至《十二樓》等，其中故事所揭示的意旨並未能超出明代的成就。但在文言小說集《聊齋誌異》中，「愛情」的內涵卻可見一番豔異新貌。它除了將明代小說的愛情自主意識更提煉成一種愛情至上主義外，還對自六朝以來承襲不變的愛情型態，另有一番新的詮釋，由狹隘的男女兩性愛情格局，提升成一種超越性別的知己情誼。而寫作愛情主題的動機，不僅只是對世情的描摹，同時更寓託了作者對情之桃花源的夢想！

對於愛情的追尋，《聊齋》人物表現得比前朝小說更為積極而熱烈。前朝小說人物為愛情所付出的努力及所付諸的行動，尚在理性可解的範圍內；《聊齋》人物則更打破了「人力」的侷限，甚至跳脫肉體軀殼，出神入化。《聊齋》中大量出現的靈異場面，和六朝不太一樣。後者「天力」大於「人力」，即人物本身本不存想望，但憑老天「恩賜」靈異以助其彌補心願；前者則是種種靈異力量的產生，乃是受人物意志力的驅使，而這意志力激發的來源，正是愛情！因此，《聊齋》「靈異」情節的運用的意義，與其說是顯示作者如何絕妙的想像力，不如視之為作者彰顯個人愛情信仰與意志力結合後精誠力量的象徵！如〈阿寶〉的孫子楚，為了依隨所念，癡心一點遂足以使他在人鳥的軀殼之間幻化自如；〈青娥〉中的霍桓，只為心繫佳人，竟然以道士所贈小鑱

一路開牆闢穴，直達青娥之所。最特出的是，《聊齋》中的花妖狐魅，不但能不著痕跡地存身人間，更能與所愛偕老以終〔註21〕。人狐結親的如〈嬌娜〉的孔雪笠與松娘、〈青鳳〉的耿去病與青鳳、〈嬰寧〉的王子服與嬰寧、〈鴉頭〉的王文與鴉頭、〈鳳仙〉的劉赤水與鳳仙等；人與花木之妖的如〈香玉〉的黃生與香玉、〈黃英〉的馬子才與黃英、〈葛巾〉的常大用與葛巾；其他如人與魚妖〈白秋練〉的慕蟾宮與白秋練等。凡此，只要彼此有情而誠篤，沒有什麼是不可能的，因此連作者自己都說「情之結者，鬼神可通」（〈黃英〉）。即使如〈阿英〉的甘珏與鳥妖阿英，〈書癡〉的郎玉柱與書仙顏如玉，他們的愛情最後都以殘破遺憾收場，其原因也不在於女方的原形洩露，而在於其中的一方愛情產生了雜質，對彼此的信任及專一發生動搖所致。因此，儘管這些愛情不可思議，儘管小說的表面炫飾了如此超絕的想像力，作者簡直將造化玩弄於股掌之中，令四合八荒的靈異神幻都為愛情奔走效命；也不論愛情的結局是悲是喜，我們都應細察作者所以如此誇張地敘事，正是希望藉此突顯唯誠則之的愛情至上主義！相較於明代小說之關注於現世人生、普羅大眾；《聊齋》所觀照的，是唯我的、哲學的，其愛情主題的內涵，是無法由紅塵現世、柴米油鹽醬醋茶的生活中顯影的。它大不同於明代白話小說中之近乎一種生活態度的宣揚；所揭示的，是一種純心靈界的、精神層次的愛情「理念」。因此，與明代擬話本小說相較，《聊齋》愛情主題的內涵固然表現為一種質的精緻化、純粹化，但也也未嘗不是一種窄化。從這點來說，《聊齋》是古典短篇小說的迴光返照、終結者，並不為過。

《聊齋》中較具現實意義者，應在於對男女感情型態提出了一個新的詮釋。《聊齋》中的男女，不必然只能發生「愛情」，他們也能發展出一種跨越性別差異的知己情誼。這種情誼之間，或許曾有性的接觸，或許只是精神交流。他們之間，或許只出於敬慕對方為人；或許二人已有夫妻之名；或許當初確有若有似無的愛情，卻因某些因素無法結合，因此退一步海闊天空地將此情愫提昇為一種相知相惜的友情。但不論其表面行為的接觸方式如何，知己情誼的發生原因如何，都不會影響彼此的坦然交往、靈犀交通。〈嬌娜〉的孔雪笠與狐女嬌娜、〈香玉〉的黃生與耐冬之妖絳雪，前者由情愛之想轉為兄妹之情，後者雖曾有肌膚之親，但終能誠懇真切地以傾心之交的關係相處。

〔註21〕 《聊齋》中的女鬼無法始終以原形存世，而多必需經過一道還陽為人的手續，才得與男方終生廝守。

而如〈紅玉〉的馮向如與狐女紅玉、〈辛十四娘〉的馮生與狐女辛十四娘、〈黃英〉的馬子才與菊妖陶黃英、〈連瑣〉的楊于畏和女鬼連瑣、〈聶小倩〉的寧采臣和女鬼聶小倩、〈小謝〉的陶望三與女鬼小謝、秋容，雖然最後都結為夫妻，但細察小說敘事的重點，不在於「有情人終成眷屬」的大團圓，或夫妻之間親膩的閨房之樂，甚至，小說根本不寫二人的情色，反而寫彼此的分居（〈黃英〉）。這些篇章描寫的重點，是彼此的談讌交心，是為對方的設想包容，我們看不到任何愛情的佔有性、排他性的情緒——原來夫妻之間也可以不必盡是交頸疊股、濃情蜜意，而是可以如朋友般相知相惜、相敬相重。則男女主角「夫妻」關係的設定，只成為小說作者為情節發展、使男女主角能「名正言順」地朝夕相處的方便法門〔註22〕；作者最終嚮往的，還是那種無性別之分的、惺惺相惜的境界。因此，蒲松齡曾感歎過「余於孔生，不羨其豔妻，而羨其得膩友也。觀其容，可以忘飢；聽其聲，可以解頤。得此良友，時一談讌，則色授魂與，尤勝於顛倒衣裳矣！」（〈嬌娜〉）。《聊齋》在這些故事所揭示的愛情主題中，宣揚了一種崇高難得卻並非無法實踐的男女相處情境，而這種對黛眉知己或粉紅良友的企求嚮往，使《聊齋》的愛情故事能擺脫形式內涵已日漸僵化的短篇小說的愛情模式，而展現出一番清新可喜的面貌。

　　《聊齋》愛情小說的內涵除了上述新詮觀點，還有對前朝小說的發揚處。顯而易見的，幾乎《聊齋》所有的異類女性都是屬於正面形象而為所謂「理想女性」的化身。她們貌美如花、聰慧多才、有情有義……；男主角則大多為名士才子、癡情真性。二者的結合，代表著作者對男女情感型態的一種夢想與追尋。尤其前者形象的塑造，恰好與一些人間悍婦做對照——如〈江城〉的江城、〈馬介甫〉的尹氏、〈呂無病〉的王氏等——益可見作者其實更欲藉這些異類的美好形象來諷刺規勸世間的惡女子們。《聊齋》的這層作意，正是

〔註22〕當然，不得不承認的是，如此處的情節安排，恰好顯示蒲氏的思想中，仍保有許多傳統觀念。尤其若細思下文對豔妻膩友的一段議論，再觀照小說集中一些篇章，便可發現，儘管作者對男女情感提出一些新詮，但《聊齋》男子對女子的動情，往往建立在對方的「色」之上，而後者這種觀念甚至可說是陳腐了。如〈寄生〉的寄生，不論先前對表妹的一往情深、非卿莫娶，或之後對五可由堅拒婚事到欣然接受、甚至迫不及待，種種定情的關鍵，只在於確定了對方的美色！而寄生本是《聊齋》中癡情男子的代表，他所表現出的，不僅是緣色思遷，而且幾乎只是在一念之間，其速度之快，不禁令人錯愕。

遠承唐代，將其愛情小說偶見的諷喻功能發揮到極致〔註23〕。不過，這些托喻的出發點由於很難擺脫一個既有的男性觀點，因此，表面上故事面貌儘管多變、各篇似乎皆有引人入勝之處，但統合觀之，這種觀點未免有流於庸俗化的傾向。

　　《聊齋》愛情主題內涵對前朝的短篇小說言，有繼承發揚處，亦有獨出己見者，其表現則瑕瑜互見。對於其瑕者，作者並不需負擔所有的責任，因為那還牽涉到一些根深蒂固的文化傳統、社會結構、民族性格等深層因素的影響。對其瑜者，其智慧財產權當然要歸屬於作者本人。整體而言，《聊齋》的確是在明代短篇小說外，從不同角度、不同風格為「情」做了一番深刻的詮釋。古典短篇小說的「愛情」主題發展至此，可以說是一個精彩的結束。

三、結語——由短篇愛情小說到古典言情小說系統

　　小說形式及內涵是不斷地改變的，當小說敘述者心靈的悸動與小說演進節奏的頻率同步時，乃結合而呈現小說的文字表象。這裏所謂的「文字表象」正是由故事題材、人物活動、情節結構等組合而成；但這些要素在敘述時，又必須統攝在一個「主題」之下，才能各司其職，相輔相成地敘述好這個故事，完成這篇小說。當然某種「主題」是否存在，端視小說是否具有某種題材而定；但是某種題材的呈現是否能取得主題性的地位，決定權卻在作者。透過上述的分析，我們可以大致了解短篇愛情小說的發展面貌。在文字表象方面，愛情題材乃由六朝隱而不彰的背景性陪襯性地位，演進而為明清具有主題性的地位，發展成純粹的愛情小說。根據這段發展歷程，我們探索各個不同階段小說所表現的內在意涵，解讀其中所寓寄的敘事者的心靈悸動，則是由六朝的對愛情的漫不經心，而逐漸轉化提昇其人生價值，最後，終於被認可為一種生命價值的指標與依歸。

　　要特別說明的是，一方面，所謂「愛情」固然是指男女之間那種追求心靈相契、渴望靈肉結合的親密情感；但事實上，「愛情」這種男女相悅之情，越到後代，在小說中所呈現的面貌也就越複雜多樣。尤其在蒲松齡筆下，男

〔註23〕唐代小說的諷喻手法多體現在社會寫實類的小說中，如〈南柯太守傳〉、〈杜子春〉等，愛情小說中唯〈任氏傳〉及〈李娃傳〉可見運用。尤其是〈任氏傳〉，其作意、人物形象、情感鋪敘等各方面的表現手法，堪稱《聊齋》先驅。但畢竟其作法並未在當時形成規模，而宋明小說又重人間性及寫實性，因此，到了《聊齋》，「愛情」才被充份賦與對某種理想或典範的寄託諷喻的功能。

女之間的情愫，更能超越深具「排他性」的「愛情」，而轉化成深具「包容性」的「友情」。這種愛情型態及內涵上的複雜化，其實正指向一個所謂的傳統「言情」小說系統的成立。

所謂「言情小說系統」，除了前述古典短篇愛情小說外，還應該包括各類中長篇的章回小說。因爲，若以一「小說史」的角度來看，各類小說的發展乃是環環相扣、未可遽然分開。因此，對「古典短篇愛情小說」的研究，不應該將之視爲小說發展史中一個單獨的議題，而是應該放在一個如前述的更宏觀的「傳統言情小說」系統中加以觀察，才能得到一個完整的觀照。以小說流變史的角度觀之，明清以後，短篇愛情小說不論在體制或內涵皆已發展成熟甚至達到巔峰狀態，接續的發展，便是除了固有的短篇形式內涵之外，更向其他型式及內涵發展變化。如晚明的《肉蒲團》等所謂豔情小說、晚明一直貫穿到清末如《金瓶梅》、《紅樓夢》、《恨海》等所謂世情小說、明末清初如《平山冷燕》等的才子佳人小說、乃至晚清如《海上花列傳》等的狹邪小說，以及清末民初如《玉梨魂》等的鴛鴦湖蝶派小說。這些小說在內容類別上，雖各有其不同的敘事重點；但相同的是，都是以「愛情」爲原型，或是寫其變態面，或是寫其現實面，或是寫其猥褻面；不同程度地擴展故事情節，並插入對當時時代、社會種種世態人情的描繪。因此，「中國古典愛情小說」雖然定型成熟於明代的短篇小說，但卻在上述的中長篇小說的發展上產生了不同的體制及內容、意涵上的轉變。至於它們變化的意義，明末清初的才子佳人小說，可謂「愛情小說」的僵化；晚明乃至清初的「世情小說」，可視爲「愛情小說」的擴大；至於與前二者時代幾乎並行的「豔情小說」，及晚清的「狹邪小說」，則可謂「愛情小說」的變質；至於清末民初的「鴛鴦蝴蝶派小說」，則是「愛情小說」的尾聲。而宏觀這所有短、中、長篇小說的流變過程，便是對於「中國古典言情小說系統」的全面考察。唯有就整部「中國古典言情小說流變史」做一全盤性的研究，才能算是對「愛情」這個主題做一最完整的考察，也才能眞正全盤地解析出「中國古典言情小說」的意涵及價值。

然而欲完成這部「中國古典言情小說流變史」，其分析作業之繁浩、牽涉問題之複雜，絕非本文篇幅所能處理，因此，筆者只能由言情小說系統的源頭「短篇文言愛情小說」爲出發點，並以其中的「女性主角形象結構」爲分析文本，以做爲上述系列研究的開端。

第二節　中國古典短篇文言愛情小說的人物結構

一、前言：中國古典短篇文言愛情小說的類型

　　如「前言」中所論，古人在寫作之初，並無「故事類型」的觀念，因此「類型」對中國古典小說言，是一項後設性的問題。在進行分類工作時，經常會出現許多性質模糊的小說，或者同時兼具多種類型特色；或者雖然某種類型特色較明顯，卻夾雜著其他類型的情節，使得整體的情節結構上並不純粹。因此，各種類型之稱，如「俠義」、「愛情」、「仙道」、「志怪」等等，一方面只能就名詞本身的屬性定義做一盡量周延的規範；另一方面，在這種大致的分類「原則」之下，也不能嚴格要求所有篩選出的故事篇章是絕對符合標準的。

　　在上述前題之下，本文所謂的「愛情」小說，既是一種方便的分類稱呼，若要再進一步就所謂「『愛情』小說」的故事類型進行更細致的分類，則同樣的問題依然會出現。因此，以下的分類方式，也只能做到如前段所述的原則性要求而已。

　　由「愛情小說」的類型意義言，這類小說的表現重點，在於敘述男女主角的「愛情」如何發生、如何進展、如何結果；這一連串的情節過程，不但必須透過當事人的「行動」加以推展，且不同的行為模式，也決定了不同的情節發展；而影響男女主角行為模式的一個很重要的關鍵，便是人物的身分屬性。

　　透過對小說文本的解讀、分析、歸納，我們可以看出古典短篇文言愛情小說的主角人物，其身分結構如下：

結構層級	身　分　屬　性	
上（天上）	仙	
中（人間）	人（夫妻、未婚、妓女）	
下（他界）	異　類	鬼
		妖

　　根據此表，可知男女主角的遇合，呈現以下幾種結構關係：「人＼仙」、「人＼人」、「人＼異類」。而男女主角遇合時所屬的層級及身分，與小說的情節模式，彼此之間則存有公式化、類型化的關係——即在某種結構層級的遇合關

係中，具某種身分屬性的人物，其愛情故事往往即呈某一種模式發展。人物的身份地位對小說內容既具有如此關鍵性的影響力，因此，「愛情小說」的類型，便可以主角的遇合關係、身份屬性為定位，做為小說類型區別的依據。要說明的是，上表中所謂的「結構層級」，乃是一種相對性的區隔；而所謂「仙」、「人」、「異類」等「身分屬性」，則是各自對應於其所屬的「遇合關係」而稱呼。因為在小說中，其實不乏仙凡結緣成為夫妻者；凡人異類故事中，亦有狐而為妓者。分類名稱的依據，應依據人物在相對的結構層級中的所突顯出的地位意義，而非依據一般人類社會的、具有普遍性的人際身分。因此，除主角為凡人者須再就其社會身分加以區分為夫妻、未婚男女、妓女三類之外，其餘三類，皆逕以其層級屬性稱之。如此，方能突顯出人物層級與小說類型之間呈現的因果關係。

此外，除了少數篇章外，幾乎愛情小說中所有的「非人」皆由女性主角擔任，形成下述人物性別結構關係：

身 分 屬 性		性	別
仙		女	
人		女	男
異 類	鬼	女	
	妖	女	

這種性別結構，顯示小說世界乃是一個以凡人男性為中心的結構形態；身分的流動性，幾乎皆集中在女性主角。因此在分類名稱的訂定上，我們亦不妨以女性主角身分來做為小說類型名稱的標準。

綜合上述，愛情小說大致有以下六類，即：仙類、夫妻類、未婚類、妓女類、鬼類、及妖類：

遇合時之層級相對關係	對應之身分屬性	小說類型名稱
仙與凡	人 / 仙	仙 類
凡人與凡人	夫 / 妻	夫妻類
	未婚男女	未婚類
	嫖客 / 妓女	妓女類
凡人與異類	人 / 鬼	鬼 類
	人 / 妖	妖 類

　　這六類故事中，篇章數目最少的為「妓女類」，次為「仙類」，次則為「夫妻類」；數目最多的，為「妖類」，次為「鬼類」，次則為「未婚類」。而這些所謂「少」與「多」，不但分際十分鮮明，且影響其多寡的最直接而主要的的因素，就是小說女性主角的身份問題。事實上，我們可以發現，小說人物身份的現實程度與愛情篇章取樣的多寡有必然的關係。篇章數量較少的三類小說，其女性主角的身份皆為「人界」或高於其上者，而這些身份的女性主角，在設計情節、描寫人物時，難免必須受限於一些既定的刻板形象或文化社會的禁忌。如「夫妻類」及「妓類」，不但兩者與異性已有一固定關係存在（夫／妻、嫖客／妓女）；且前者受傳統規範極嚴，後者已有其既定職業形象，人物本身的想像空間較為侷促。至於「仙類」，部份女性主角其實隱喻著「妓」的身份或性質，其面臨的敘事侷限亦如前述。即使果真是上界仙女，則沿襲傳統文人創作遊仙文學的心態及或其中對女仙所塑造成的一些既定形象，也使得「女仙」雖為子虛烏有之物，其身份形象卻早已標籤化；這些，都是影響「仙類」愛情小說數量較少的原因。

　　相對的，數量較多的三類愛情小說，「妖類」與「鬼類」所敘述的女性主角既是憑空捏造，且又是較「次級」於人的他界之物，作者在架構小說方面自可肆無忌憚，端看各人如何發揮。至於「未婚類」方面，一則小說的出發點，往往是一段不確定的男女關係；且小說的取材面（如人物階層、兩性關係等）較同樣是「人界」的「夫妻類」及「妓類」其範圍皆更為寬廣。因此，在敘述一樁樁的愛情故事時，小說自然充滿了各種的可能性。因此其篇章數量不但大為增加，小說面貌也較其他兩類單純屬於「人」的類型要多變。

　　六種類型故事在各代的分佈方面，「鬼類」及「妖類」在歷代出現比例最為平均。除此之外的四類故事，「仙類」、「夫妻類」及「未婚類」皆以出現於宋朝的比例最低——其中尤以「仙類」為最，而此或與宋代文人注重理性的精神有關。至於「妓女類」，是分佈最特殊的，六朝罕見此類型的愛情篇章，明及以下亦寥寥可數，唯於唐宋表現特出。此現象固然與唐宋的文化社會背景有密不可分的關係；但我們不能不明白的是，若對照白話短篇小說的表現，則可發現，事實上，「妓女類」的篇章其實不少，甚至比「夫妻類」還多〔註24〕。而這點，就牽涉到小說體裁與表現內容及傳播階層等之間彼此互動

〔註24〕參筆者碩士論文《中國傳統短篇愛情小說的衝突結構》（師大，民國78年）的〈附錄二〉。

的深層因素了。〔註25〕

二、中國古典短篇文言愛情小說的人物結構

　　小說人物結構的成形與發展，除男女主角爲不可或缺者外，依「性別」與「角色來源」的不同，配角人物乃具有六種類型，即因女性主角而衍生的男女性配角、因男性主角而衍生的男女性配角，及全然與主角無關的男女性配角（如下表）：

配角來源	配　角　性　別	
女性主角	男性	女性
男性主角	男性	女性
（無關男女主角）	男性	女性（註）

註：短篇文言愛情小說罕見此類配角。

　　在小說的人物結構中，配角人物的意義與主角同樣重要。因爲整個小說人物結構的顯像，必須以配角人物所形成的人際關係網絡爲背景，才得以清楚呈現。因此探討短篇文言愛情小說人物結構，重點不在於主配角的個別性，而在於對主、配角人物之間所形成的人際關係網絡進行觀察。對愛情小說而言，「男性主角」與「女性主角」必然是小說中的固定角色，問題在於小說是否只有此二位主角，而以一單純的線性人物結構形態出現（如圖一）；還是除此二位角色以外，尚有其他所謂的「配角」，與前述主角構成一較複雜的四方結構體（如圖二）？

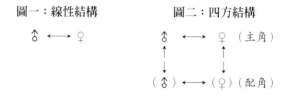

圖一：線性結構　　　　圖二：四方結構

〔註25〕表面上，短篇文言愛情小說「妓女類」的篇章數量雖少，但是並不意味小說的作者對於妓女身份的女性主角不感興趣。誠如前文所指出的，有些「仙類」的女性主角，其實隱喻了「妓女」的身份實質。因此雖然短篇白話小說具有妓女身份的女性主角數量不少，其實並不會與前述現文言小說的現象衝突。而藉著妓女一類角色出現方式的差異性，也正好顯示出文言與白話兩種不同系統的小說，在敘事結構上的差異性。這裡所謂的差異性，指涉的是文本表層現象方面對於角色的虛構性與眞實性之間如何關聯及如何敘述的問題，以及深層結構方面不同階層的男性作者不同的情色觀。

透過對人物結構的分析，除了可以了解到小說人物人際網絡的成形、角色彼此的對應關係、進而突顯出本文的研究主體：「女性主角」在小說中的定位、處境等問題外；並可藉著對人物結構模式的分析，做為進入小說結構深層結構的一個途徑。

必須說明的是，本文所謂的「主角」，指「愛情」事件的當事者；除此之外，小說中的任何角色，皆可稱之為「配角」。但是，對於「配角」人物的觀察，將只限於小說中的「主要」配角，即其動作對於兩位主角人物及小說情節的進行有所影響者，方列入觀察範圍；若其出現可有可無，形同小說「描寫」文字的部份，不列入分析。（見附錄二）

（一）仙　類

在「仙類」的愛情篇章中，清代《聊齋》與其前諸朝作品所呈現出的人物結構有著很大的差異，而這種現象，也存在於其他人與「非人」的戀愛故事類型（即「鬼類」與「妖類」）之中。

清代以前的「仙類」愛情篇章，多呈線性結構；即使有配角人物出現，也是簡單的一位男性或女性而已——我們甚至不能稱這些有配角人物的篇章為「四方結構」，因為事實上小說中包括男女性主角在內，只有三人而已，甚至這個配角人物對於改變男女主角關係並無什麼明顯作用。就女性配角言，幾乎皆是女性主角的隨身婢女青衣，而她們的作用，只是女性主角身邊的一個點綴，頂多擔任若干傳遞消息的工作，對於小說情節的推動，並無明顯的功能。因此，若干小說，如果除男女性主角以外，只有女性配角一人的話，事實上小說仍然與單純只有主角的線性結構是一樣的。至於男性配角方面，多為與男性主角關係親近者，或為其徒，或為其僚友，通常他們所擔任的任務，在於撞破或發現男女主角的戀情，而導致男女主角的分手〔註26〕。這些男性配角在小說中的功能的雖較前述的女性配角明顯，在小說人物結構中的意義，也較前者與二位主角發生較多的關聯性；因此，出現男性配角的篇章，其人物結構勉強可視為不完全的四方結構。

清代以前「仙類」小說的人物結構現象，受到文學演進的影響甚鉅，因為這類小說通常起源甚早，而六朝時期缺乏寫作「小說」的觀念，對於人物的設計，便易趨向於簡單化：即男女配角的設計，傾向於女性配角因女性主

〔註26〕如〈王勳〉、〈元柳二公〉、〈畫工〉等篇。但值得注意的是，通常被他們撞破戀情的女主角，是具有半妖半仙性質的，因神女像幻化而成的女仙。

角而生，男性配角因男主角而生。這種單線性發展的人物脈絡，角色與角色之間的互動性低，人際關係的網絡亦也趨於簡單；再加上人物身份的侷限性，自然小說的情節便趨於單調重複，遂使此期此類小說常令人有千人一面之感。因此，人物結構的單調性，正好說明了何以「仙類」的愛情篇章，總是面貌較平淡，缺少精彩的情節結構。

《聊齋》所呈現「仙類」小說的人物結構型態則與前朝有很大的不同。不但人物結構呈四方結構，男女性配角人物齊全，各角色的性別與來源亦成排列組合式的發展。以女性配角言，身份種類很多，其或為男性主角之母輩、妻、妾，或為女性主角之母、姐妹、婢，或為女性主角之友，其實大致仍皆屬小我家庭範圍中的角色。就男性配角言，身份較為複雜，或為女性主角之父，或為男性主角之岳父，或者與男女主角無關之第三者，如道士、俠盜之類的江湖人物。若自角色來源觀之，自女性主角衍生者，不論男女性配角，多為其家中成員；自男性主角衍生者，亦然。這樣的人物結構，若與前朝「仙類」故事中的人物結構相較，是存在著很明顯的差異的。一方面，前朝的男性配角功能性及出現數量通常要強於女性配角，此則不但故事中大量出現女性配角，數量遠超出男性配角；且其圍繞女性主角活動，使女性主角全然異於前朝的形單影隻，而是以一家庭形態出現的方式，而如此設定男女性主角的人際關係背景，顯示了作者對於仙類的愛情有了與前朝不一樣的考慮與認知。另一方面，前朝的人物結構呈現出較單純的兩人世界，顯然人仙之間的「愛情」主要是繫乎二人而已。但《聊齋》的人物活動既是圍繞著「家庭」而非「個人」，因此人仙之間的「愛情」乃是進入到男女主角任何一人的家庭之中，他們的愛情便牽涉到家庭中的其他成員。在這種情況之下，女性主角的行動以及與他人的互動關係，顯然會較前朝「仙類」愛情篇章中的女性主角要複雜許多，而彼此所面臨的愛情困境也必然有所不同。

（二）夫妻類

「夫妻類」愛情篇章的人物結構普遍呈現為線性結構，小說中具有情節意義功能的人物，就是男女主角。但是若對照其與配角的結構關係，就可發現前述現象與「仙類」或甚至其他人與異類愛情故事所呈現的線性結構，仍有所不同。

呈現四方結構的「夫妻類」小說，其人物結構的特點是，女性配角的出現機率明顯低於男性配角，且二者的身份性質亦呈兩極化。以女性配角言，

大部份的小說並無主要的女性配角，若有，則集中於小我的家庭範圍，多以男性主角的家中長輩身份出現。男性配角方面，則與前者相反，不但出現頻繁，幾乎每篇小說至少會有一位乃至一位以上的男性配角出現；其身份亦大異於前者之多為小我生活圈中的長輩，而是除了少數幾位男女性主角的父親角色外，餘則普遍傾向兩類身份：一則屬於男性主角的社會關係方面的友人、同窗或者同事、長官，一則與主角人物全然無關的社會人物，上焉者可以是帝王、高官（包括已退休者），下焉者如盜賊、舟子、道士等。

此外，若由與主角人物的人際關係角度觀察，配角人物中，因女性主角而衍生者，不僅少之又少，且侷限於長輩型的角色。事實上，「夫妻類」的配角人物，大部份不是因男性主角而衍生者，便是全然獨立於前者的陌生者——這一類人物，往往對男女主角的感情，具有重大的衝擊力，而成為小說的情節轉捩點的關鍵人物——其地位之重要，甚至我們可以將此類人物視為小說人物結構中，足以與「男性主角」、「女性主角」鼎足而三的第三勢力。

綜合來看，屬於小我性質的、家屬身份的配角，在小說中幾乎是沒有什麼影響力，女性者多半做為一種陪襯——尤其為陪襯女性主角，或頂多擔任傳遞訊息的任務。前者如〈江城〉之樊氏、〈呂無病〉之王氏、〈林氏〉之海棠等，乃為陪襯女性主角之江城、呂無病及林氏；後者如〈太原意娘〉的打線媼、〈翠翠傳〉的媒人等。而男性的作用甚且較前述二者更為微弱。最應注意的是與男女主角全無關係的陌生人。在這些來自外在社會的大我環境，且階層、身份複雜的「第三勢力」的配角人物，往往對於男女性主角的愛情具有決定性的影響力。他們或是具負面力量破壞者，或是具正面力量的成全者。他們多半擁有一種特殊的「權力」或「優勢」地位：或是階級方面，如帝王；或是（執法）權力方面，如官府、退隱高官；或是拳頭方面，如盜匪；或是具有特殊本領，如道士。在較複雜的人物結構中，正是這類的配角人物對男女性主角原本平衡的愛情狀態造成衝擊，使形成穩定線性結構的夫妻關係鏈被打斷了；而且一旦後者面臨這樣的壓力，自身幾乎沒有防禦能力，只能坐待另一個第三勢力的救援。因此，幫助續其斷絃，恢復結構穩定的，依然來自這股「第三勢力」性質的「配角」。

這樣的人物結構，顯示了真正影響夫妻愛情困境與紓解的關鍵，無關當事人本身的情感狀態，而在社會中種種強勢因素的抗衡的結果。而這也是單純的「夫妻類」的愛情故事弔詭之處。因為此類愛情故事有一項其他類型故

事所沒有的特點,即其男女關係一開始就為社會所認可,因此其愛情也絕對「合法」。然而即使「夫妻」型態的男女關係本身,有其合法性做為存在的保障,其愛情問題較為單純——至少,來自小我環境所造成的問題較少;但是,愛情的隱私天地卻並非全然可以高枕無憂,家庭制度也不等於愛情的絕對保護者。而對於夫妻關係殺傷力最大的因素,正是來自為夫妻愛情提供存在合法保障的社會。這層水能載舟、亦能覆舟的人物結構所隱含的弔詭性,一方面突顯出夫妻類愛情任人宰割的困窘,一方面也透露出個人私我愛情在傳統社會中微不足道的地位與價值。

此外,在「夫妻類」單純線性的人物結構之下,除了因「第三勢力」所形成的「外力干預」造成夫妻愛情的挫折外,還有一項無可抗拒的、隱性的非人力機制,也會對夫妻愛情造成威脅,這就是「死亡」。如果我們將上述破壞夫妻愛情人為的、顯性的「第三勢力」因素,通稱之為「人禍」的話,亦不妨將「死亡」視為所謂「天命」因素。而從小說藝術效果來說,對於「夫妻」這種受到合法保障的私我情感,如果只有「天命」與「人禍」這兩種純粹外在於男女主角小我世界的結構因素,能對之造成威脅,則面對這種強勢因素所形成的威脅感,處於弱勢地位的男女主角——尤其女性主角——為愛所做的抗爭與奮鬥,將會使夫妻類的愛情顯得格外的悲壯。

(三)未婚類

「未婚類」的人物結構在六種類型的小說中人物結構最為完整且複雜。其他類型的小說,早期多是以線性結構的方式呈現;至元明乃至清代以後,才漸多以四方結構出現。但「未婚類」的小說,卻自始即以四方結構出現,且男女配角的犄角力量勢均力敵。這種現象,顯示出此類故事主角的愛情問題,較其他類型的小說要牽涉到更多更複雜的「人際」及「小我」的問題。而這,也是其他類型的愛情小說所未見的。

以女性配角言,有極大的比例是男女性主角的母親或母輩(如姑母),而來自女性主角者為多;其次為女性主角的婢女。這些女性,皆是來自小我範圍中的家庭成員;不過,她們不是地位高於(男)女性主角的長輩,就是地位乃至階層皆低於女性主角的奴婢之類,與主角地位平行的女性配角則幾乎未見。就男性配角言,最主要者,為男女性主角的父親,其次則為與男女性主角皆無關係的道士或官府中人;此外,便是女性主角之夫。男性配角的現象與女性配角極為類似之處,是前者亦有很大比例是來自所謂小我家庭範圍

中者，而且集中於「父親」的長輩身份。至於與男女性主角全無關係者，其身份則呈兩極分佈：他們不是屬於社會中下階層的道士之類，就是處於社會上層的官府。若自人物來源觀之，自女性主角衍生者，女性配角方面，即爲其母或其婢；男性配角方面，則爲其父或其（法定之）夫。自男性主角衍生者，女性配角方面，爲其母輩人物；男性配角方面，則主要爲其父。除此之外，便是所謂「第三勢力」的配角人物，即前述的官、道。由前述對於配角人物塑造來源、身份的分析，我們可以發現，「未婚類」的愛情故事，其發生範圍，較集中於小我的生活圈中。同時，小說很少發現如「夫妻類」中所謂的「隱性」的情節因素影響到人物結構平衡性的情形；整個小說的人物結構，就是靠主角與主要配角之間的牽制干涉架構起來的。

　　上述幾類配角人物，其功能性多顯著而且積極性，並非只是聊備一格的消極性角色而已——而這也是「未婚類」與其他類型小說不同之處。不論是小我範圍的角色，或是所謂的第三勢力，他們對於男女主角的情感往往能產生決定性的影響力。尤其小我範圍中具有長輩身份的角色，不但出現頻繁，且功能性極強。值得注意的是，如果小說中的「父母」，是視爲一個具整體性的家庭成員，便通常扮演一個「反對者」角色；但若是爲清楚的「母親」或「父親」的單性角色，通常小說中女性主角的母親，或男性主角的母輩，總是站在贊許主角愛情的一方，而父親則贊許者與反對者各佔一半。如果母親與父親的意見相左，通常是以父親的意見爲定奪——這點，也可以說明爲什麼當「父母」被視爲一個整體時，多半是以反對者姿態出現。根據上述分析，可見對「未婚類」的男女主角言，他們的愛情往往必須接受來自「家庭」方面因素的考驗，這種愛情困境，乃爲其他類型小說所罕見。

　　除了上述「父（母）親」角色對於主角人物愛情關係的影響力外，配角人物中所謂的「第三勢力」，其影響力亦同等重要。而且，當「父（母）親」的角色以反對對者的姿態出現，並對主角之間的線性穩定關係造成衝擊時制衡的力量，往往正是來自此第三者。至於這些第三者何以能夠形成制衡力量，維持小說人物結構的平衡性，則有待對於小說深層因素方面的探討。

（四）妓女類

　　在「妓女類」的短篇文言愛情小說中，人物結構亦傾向簡單化，最主要原因，當然是其女性主角身份的特殊及侷限性之故。由於小說的人物結構是建立在「妓女」與「嫖客」的基本關係之上，因此，女性主角社會身份的侷

限性便限制了小說人物結構的複雜性，而使幾乎一半比例的篇章是只有單純的男女兩性主角。

配角方面，由人際關係的角度言，因女性主角而衍生出者，不但爲清一色的女性，且基本上脫離不了「妓」的行業，可以說，完全是一個小我範圍中的人際關係；而由男性主角衍生出的配角，則兩性皆有，範圍較前者爲廣，或來自男性主角的家庭（小我），或來自男性主角的社會關係（大我）。另有一類配角，是全然獨立於男女性主角的人脈關係之外、與其毫無淵源的人物，這類配角，不但身份複雜，且全部皆是男性，其功能性之強，亦足以形成主角以外的「第三勢力」。

若由兩性的角度來檢視配角的結構：在女性配角方面，皆爲男女主角家庭中的成員，爲小我範圍中的人物；其中最主要的角色，當屬鴇母，其他則有男性主角之母或妻、女性主角之妹或婢。男性配角方面，人物屬性分佈較廣，或爲男性主角家庭中成員——通常是父親；或是工作上的關係，如其長官或部屬；或是其平輩之親友，如其中表弟或朋友；最後一類，則是前文所謂的「另類配角」，小說人物結構中「第三勢力」，如打抱不平的豪俠、萍水相逢的異人，或是橫刀奪愛的強人等等。

以男女主角的對應論，既是寫二者的愛情，小說中的男女主角總是男者癡心、女者忠心，因此男女雙方的關係乃是呈現一種雙向互動的平衡狀態。而小說情節的高潮，則在於前述平衡狀態的破壞，而這個主角人物關係平衡的破壞，即形成情節結構中的「衝突」情境。「妓女類」大部份破壞力量的來源，不在於男女主角自身（除〈李娃傳〉及〈霍小玉傳〉），而是來自配角人物、或一個超越人力的力量，如現實法律或命運、死亡。以前者言，大致有三類人物常扮演這個「破壞者」的角色：即屬於「長輩」性質的鴇母、家長，屬於「平輩」性質的「妻」，或毫無關係的的「強人」。而如果我們將所謂「破壞力量」視爲男女主角平衡狀態的「負面」作用力，則相對此「負面」作用力，有時小說中會有一個「正面」作用力。扮演這個正面作用力的角色，有消極者，有積極者。具消極意義者，指對於男女主角的戀情，通常只有從旁幫忙的份，如傳遞消息等；對於戀情的結果，無法起任何決定性的影響。這類角色，通常爲男女性主角方面的平輩的同性配角，即其女方的「婢」及「妹」或男方的親友，而以女方者爲多。具積極意義者，則多爲具有成其好事能力的「成全者」；而扮演這些角色的人物，或是前述「第三勢力」中的人物，或

是來自男性主角社會關係方面的平輩或長官。

由上述分析，我們可以發現，家庭方面的長輩多屬負面力量者，社會關係方面的長輩卻具有正面積極力量。家庭平輩方面，異性平輩屬於負面力量，同性平輩卻多屬正面力量，唯其往往只有消極意義。而第三勢力則正面負面力量平分秋色。由此顯示，在「妓女類」的愛情短篇文言小說中，女性主角自身的力量往往是很薄弱的，她的愛情所可能遭遇到的考驗，有來自自己生活圈卻只有消極的作用，主要還是必須期之於來自男性主角方面的支援；而這也是由唐代到清代《聊齋》（如〈彭海秋〉及〈瑞雲〉）等妓女角色所面臨的一貫困境。在這種狀況之下，一旦男性主角對女性主角棄之不顧，女性主角便只有坐任愛情逝去。因此，如〈霍小玉傳〉中，李益雖因母命而不得不放棄對霍小玉的承諾，但他並不去刻意維護這段感情，甚至避不見面，則小玉的悲慘下場是可想而知的；相形之下，〈李娃傳〉所以特出，除了男女主角結局乃超出法律現實外，正在於李娃衝破了女性坐待白馬王子救援的藩籬，以一己的力量拯救自己的愛情。事實上，後者女性主角的表現，在妓女類的短篇文言短篇小說中極為罕見，而必須期之於如〈玉堂春千里逢故夫〉、〈賣油郎獨佔花魁〉等類的短篇白話小說。

男性主角方面，雖然與女性主角面臨相同的愛情阻力，但顯然他所能得到的支援力量是很可觀的，尤其當他表現出對女性主角愛情的堅定時，往往可以獲得各方的支持。這些具有扭轉局勢力量的配角們，如為長官之屬，便足以對抗強人或法律對愛情的破壞力；如為一位突如其來的異人，則通常可以對抗自然的宰制力量。如〈戎煜〉中，韓滉為戎煜要回了他心愛的妓女，〈瑞雲〉及〈彭海秋〉中，奇異書生和生及彭海秋為素昧平生的賀生及彭好古，利用法術的力量，克服了人力的障礙及時空的限制，使瑞雲及娟娘終於回到真心護花者的身邊；甚至，如果死者已矣，只要存者心懷誠摯，所愛依然可以再一現身，聊慰相思之苦，如〈韋氏子〉中的任處士，便是感於韋氏的用情之深，使其愛妓幽魂再現。但「忠心」的妓女如〈楊倡傳〉中的楊倡及〈薛宜僚〉中的段東美，當嶺南帥及薛宜僚病逝時，她們即處境孤立、自身難保，而唯有殉死一途了。這種現象，顯示在妓女類愛情小說的人物結構中，男女兩性主角的地位是有著極為天壤的差別待遇。

（五）鬼　類

早期的鬼小說仍可見相當比例線性結構的篇章，愈至後期（尤其明清），

才可見較高比例四方結構的例子。

在女性配角方面，多爲男女性主角的家中成員，但大部份來自女性主角，她們大致處於同一層級結構，不是高一輩的母輩，就是低階的婢從之屬。但亦有少部份的例外，她們與女性主角多無親屬關係，而呈一平行地位，如爲歷代具相同身份性質的女子和嬪妃之屬；清代《聊齋》以後，更出現女性主角的同性友人。而女性配角中，出現主角親屬關係以外、與其地位平行的人物，這點是其他類型故事所罕見的。但整體而言，女性配角乃是集中於小我範圍中的女性。男性配角方面，以兩類人物出現最爲頻繁：一爲男女性主角家人，尤以父執輩爲多，其次爲女性主角之夫及男性主角之友；一爲具有法術者，而往往以道士身份出現。不同於其他類型的是，男性配角有近乎一半比例是小我範圍中的人物，大我環境中者則極爲少見。

由另一角度觀之，由女性主角衍生出來者，大部份不是其父，便是其母，或者其妹其婢，可見女性主角的生活圈仍然侷限於小我的範圍之中。只有在《聊齋》中才開始出現女性主角的同性友人；但是，這些同性友人，或者以其義姐、或者以其情敵的姿態出現，且都會與男性主角有產生若有似無、或甚至眞正的愛情，因此，仍是一個小我範圍中的結構關係。至於由男性主角所衍生出者，亦大部份不是其父母，便是其友，因其社會關係而設計者極爲少見。而前述幾種類型故事中，所謂「第三勢力」的配角人物，對於男女性主角的愛情往往具有決定性的影響力，足以打破或續接其關係的平衡狀態；但在「鬼類」的愛情篇章中，不但這類人物數量大爲減少，且身份亦明顯單純化，集中於道士劍客等江湖人物方面。則綜合上述三種來源的人物結構現象，可見「鬼類」的愛情基本上是傾向於小我意識型態的發展。

在這個小我的生活圈中，與前述諸類不同之處，在於「鬼類」的男女性配角們，對於男女性主角的愛情關係，既少有足以造成威脅者，也罕見感情之善終非賴其不可者。換言之，在「鬼類」的愛情篇章中，雖然以四方結構型態爲原則，但仍以男女主角爲結構的主幹，男女性配角在結構中的地位及影響力有限，只不過是兩個小支幹而已，不若前述幾類故事型態中，某些性質的配角人物甚且成爲與主鼎足而三的「第三勢力」。這種結構型態，似乎顯示了在「鬼類」的愛情中，決定愛情如何發展，不是操縱在男女主角手中，就是另有一個屬於隱性的、非人力的情節母題來主導。

（六）妖　類

　　「妖類」愛情故事與「仙類」、「鬼類」的人物結構有一相似之處，即在清代《聊齋》之前，小說或呈現一線性結構，或呈現一種配角人物不完整——男性配角功能性較強，而女性配角表現極弱——的不平衡狀態。到了《聊齋》，不僅男女性配角搭配完整，而且功能性亦明顯，往往對男女性主角的線性穩定結構產生一定的影響力。

　　清代以前的「妖類」愛情篇章，女性配角的出現率非常低，但大部份的篇章，卻幾乎都有一位乃至一位以上的男性配角，且此位男性配角往往就是打破男女性主角愛情關係的關鍵人物。因此，除了線性結構的篇章外，即使有男性配角者，也多只是一個不完整的四方結構。至於這些少數的女性配角，其身份則不是男性主角之母、妻，就是女性主角之婢（但通常後者只是一個陪襯性的龍套而已），可以看出，皆屬小我範圍的性質。而男性配角方面，其身份集中於兩類，一為男性主角之父、友、門生，一則與男女主角皆無關係的社會人物，以道士之流最多。前者皆是圍繞在男性主角身邊之人，雖未必局限於家庭之中，但是一般而言，傳統社會的男性生活圈中，「朋友」、「門生」與當事人的關係，往往相當於「兄弟」、「父子」的關係。因此，事實上這些身份的男性配角皆是屬於一個廣義範圍中的小我性質的人物。若自角色來源看，衍生自女性主角者，可以說只有女性配角中的「婢女」之類的人物，而她們通常功能性很低。衍生自男性主角者，在女性配角方面，為其母、妻；男性配角方面，則如前述之父、友、門生。另一類與男女性主角全無關係者，便是男性配角中的道士之類。

　　由上述可知，清代之前「妖類」愛情小說的人物結構中，不但女性配角極為稀少，甚至衍生自女性主角的角色，亦寥寥可屬，而且根本對於男女主角的關係沒有什麼影響。大部份的男女性配角，皆是衍生自男性主角者，且其角色功能十之八九在破壞男女主角的愛情關係。事實上，即使前述屬「第三勢力」的另類配角的道士一類人物，他們的角色功能也是在於破壞男女主角的愛情。在這樣的人物結構態勢中，顯示女性主角是一個非常孤獨的個體，而為男性主角及其衍生者所包圍。配角人物的稀少，說明了人妖之戀的隱密性；不平衡的人物結構，則暗示了小說女性主角地位的孤危；同時，也說明了何以此段時期的故事中，男女主角的愛情往往總是以破裂收場。

　　上述不平衡的人物結構關係，在《聊齋》中則大爲轉變。最明顯的差異，是《聊齋》「妖類」愛情故事的女妖們，不再是天地間形單影隻的孤獨旅者，而是大約有一半以上的女妖有家庭背景，或有父，或有母，或父母雙全，或有兄弟相伴，或姊妹成群；即使爲孤兒，至少也依叔而立〔註27〕。尤其是狐妖們，頗可見上有高堂、下有手足堪稱完整家庭結構的例子〔註28〕。而幾乎沒有例外的，每篇故事不但男女配角完備，功能清晰，甚至女性配角的功能要強於男性配角，一改前朝在小說地位中的弱勢狀態。

　　就女性配角言，主要者有女性主角的母親、姐妹（包括直系血親、旁系表親、及義姐妹），男性主角的母親（包括遠房姑母等）、妻子，還有一類較爲特殊而爲前朝小說所未見者，即女性主角的平輩友人（或者情敵）〔註29〕及其母親。男性配角方面，主要者有女性主角的父親、兄弟，男性主角的父親、兄弟（包括直系血親、旁系中表兄弟、姻親等）、友人（包括鄰居）；還有一類配角人物，是與男女主角無關者，通常其身份爲一具有相當權勢地位者。自角色的來源觀之，來自女性主角者，女性配角有母親、姐妹、友人（情敵）；男性配角有父親、兄弟。來自男性主角者，女性配角有母親、妻子；男性配角則有父親、兄弟、友人。另一類與男女主角無關者，就是前述的權勢者。

　　這些人物結構有幾點是與前朝「妖類」小說極爲不同的，一則女性主角的家庭組織往往較男性主角的家庭要龐大；小說配角人物中，女性主角的父母親出現次數及功能性，普遍來說也都強於男性主角的同性質衍生角色，甚至對於主角們的愛情關係，具有相當程度的影響力，而取代了在其他類型的小說中對男女性主角愛情極具影響力的所謂「第三勢力」的另類配角的主要功能。事實上，整體來說，另類配角重要性在《聊齋》「妖類」的愛情篇章中不但減弱許多，其破壞力亦不似前朝往往直接針對女性主角而發，而改爲對男性主角因私人恩怨而產生的人身攻擊，對於男女性主角之間的「愛情」，充其量只有間接性的影響而已。由上述分析，可見《聊齋》「妖類」愛情篇章的人物結構面貌，大不同於前朝小說的表現，除了結構組織的完整性外，最有意義的，便是女性主角結構地位的丕變，一反前朝小說中的弱勢，而站穩一

〔註27〕如〈青鳳〉、〈青梅〉。
〔註28〕如〈青鳳〉、〈嬌娜〉、〈鳳仙〉、〈辛十四娘〉等。
〔註29〕如〈青梅〉中的阿喜，與青梅應爲主僕關係，但二女實又情同姐妹，因二人不具血緣關係，因此暫時劃歸友人之屬。

個能與男性主角相抗衡甚至強於後者的地位。此外須注意的是，以往主要影響主角們愛情穩定關係的，通常來自另類配角（且幾乎沒有例外的，他們都是男性）；但在《聊齋》中，有一部份篇章，顯示這個「影響者」的位子已為女性主角的父母親角色所取代；另一部份篇章則可發現影響的關鍵，乃在於主角身上。這種現象，顯示人妖之間的愛情，已由前朝主要受到大我環境等外在因素影響，轉而成為小我之間甚至愛情當事人感情質變的問題。外在因素對愛情的影響力逐漸淡出，顯示小說作者對於「愛情」本身的關注性提高了，因此前者已無法成為愛情失敗的藉口；而愛情的問題必須由愛情自身來解決，則突顯出作者對於愛情至上主義態度。這些對於前朝小說的轉變，值得玩味。

三、結　語

　　不同的人物結構，顯示出不同的愛情內涵與困境。小說的情節模式既是來自主角們遇合的層級結構關係，而其內涵又須賴人物之間的互動關係加以彰顯——而藉由上述對六類小說類型的分析，可以得知，人物關係越固定單純者，以愛情的型態及難題雖然也越單純，但後者卻往往是非人力所能抗拒的強大威脅；關係越具不確定性者，愛情越多樣化，但須影響其愛情的因素也越趨多元。另一方面，越早期的小說，其人物結構通常也越簡單或不完整，而傾向以一線性結構出現；越至後期的小說，則越可見完整的四方結構，顯示作者在創作小說時，對於「愛情」主題的認知態度，已由早期的流於漫不經心或者草率，演變為深化且周嚴的思考。

　　在各類愛情小說中，不論線性結構、四方結構、或者不完全的四方結構，通常女性配角的功能極不顯著。而所謂「第三勢力」的另類配角，通常也是男性。因此，女性主角在結構中，通常是為男性主角、男性主角所衍生的男性配角、及其他的男性配角所包圍著——甚至我們可以說，女性主角乃是處在一個男性主宰的結構中——其在人物結構中地位處境之孤獨，可想而知。

　　此外，綜合前述對六種類型的分析，「仙類」、「鬼類」與「妖類」等三種型的小說，在清代《聊齋》之前的故事，多呈只有男女主角的線性結構，即使出現男女配角，其功能性亦不完整，使人物結構只能呈現一不完整的四方結構；但《聊齋》中的故事，則可見完整的四方結構。因此，《聊齋》之為一

作者色彩、意識極為強烈的小說集，在古典文學尾聲的清代出現，是一極具意義的標誌。古典短篇文言愛情小說中的「人」與「非人」（仙、鬼、妖）的愛情故事，正好以《聊齋》為一分水嶺。《聊齋》之前，因為此三類小說，正好是短篇文言小說發軔的「志怪」的嫡傳香火，因此此期小說承襲了六朝志怪筆記的樸素面貌，在敘事時，對「說故事」的興趣，永遠要大於「寫人物」；人物角色的設計，往往傾向單一化。到了《聊齋》，小說面貌與精神則為之丕變，不論結構方式及完整性，或是女性主角結構地位的由絕對弱勢而漸漸提昇，甚至高於男性主角而成為強勢的一方，這些小說人物現象不但為前朝小說所罕見，更是《聊齋》藝術成就之所在。此外，就三類女性主角皆屬異類身份的小說言，其人物結構的同一性既然如此之高，是否意味著作者在塑造或敘述具有這些身份的女性主角時，在普遍的潛意識心理中認為此三類女性其內在性質是相同的？

最後，不論是在完全或不完全的四方結構中，所謂「第三勢力」另類配角，往往極具重要性。除了「鬼類」與「妖類」故事以外，在其他類型的故事中，對於主角愛情關係最具有影響力者，通常正是此類配角人物。第三勢力的功能性與小說類型之間的關係，是否指出了傳統文人藉愛情小說對於所謂「愛情」其形態、價值或者困境的一些思考或判定？值得深思探究。

藉著對六類小說類型人物結構的分析，我們可以解析歸納出若干小說的現象。這些現象，正可以提供我們以一個較宏觀的、比較性的角度，來省視女性主角在小說中的相對位置及處境如何。而根據這些現象所透露出的訊息，我們更應再向文學的深層之處潛航探索，以期了解操控這些文學表象的機制為何，而對「文本」能有一全方位的認識。

第三節　古典短篇文言愛情小說女性主角的塑形來源

參考敘述學的概念，大致可將小說人物的塑造範疇區別為以下幾類，即「歷史人物」、「新聞人物」、「神話人物」、「社會人物」、「寓意人物」〔註30〕。

〔註30〕張寅德選編：《敘述學研究》，北京：中國社會科學出版社，1998年5月一版一刷，頁313。按原文中並無「新聞人物」一項，因為短篇白話愛情小說中，如杜十娘者，便是當時社會新聞的女主角，為強調其取材之現時性，而相對於「歷史人物」之過去性，因此筆者另設此詞以便對照二者之差異。

這五類人物，前兩類乃是真有其人，或是史籍可考者，如李夫人〔註31〕、楊貴妃之類；或當時轟動社會的新聞事件中的主角，如杜十娘〔註32〕。後兩類為憑空捏造者，由現實社會中不知名的賣粉女子〔註33〕，到《聊齋》中音容笑貌宛然目前的花妖狐魅，皆屬此類。而古典短篇愛情小說中，「虛構」人物是最普遍的，因此第四類及第五類人物正是短篇文言愛情小說人物的最主要的構成範疇，其分佈於各類型的故事之中，不像「歷史人物」多見於「鬼類」的小說中，而「傳說人物」則多見於「仙類」的小說當中。第三類人物，則介乎前兩類（真實－虛構）之間，他們並非史籍時事中的真實血肉，但卻為民間傳聞或信仰中確然存在的人物〔註34〕，如后土夫人〔註35〕。而這些身分「名稱」（能指）的標示，不但暗示其身分的「內涵」（所指）——如行為模式或文化禁忌等，也間接的暗示了小說情節可能的發展方向；更使讀者在面對這些身分的小說人物時，在閱讀心理上起到一定的導引作用。

　　然而，這些分類不見得是十分精確的，尤其很多筆記小說的作者在寫作或記錄故事之初，腦子裏並沒有上述的人物範疇觀念，他們只是很自然的寫下他們所想像或所聽到的人物及情節而已，因此任何如上述的後設名詞都會產生某種程度的分類死角。雖然，自唐傳奇以下到《聊齋》的傳奇故事，作者多在篇中清楚自承所寫人物乃是別有用心、意在諷諫〔註36〕；顯然所創作

〔註31〕《拾遺記》。
〔註32〕這類人物固然頻見於短篇白話愛情小說之中，但文言短篇則在質量方面表現皆不如前者，因此本文暫不討論此類小說人物。
〔註33〕〈買粉兒〉，出《幽冥錄》，見《廣記》卷二七四引。
〔註34〕「傳說人物」原文中作「神話人物」，雖然依照某些學者的看法（如袁珂《中國神話史》，臺北：時報文化出版企業有限公司，民國80年），若從一個廣義的神話定義出發，則由先秦到明清諸類故事記載當中，還是可以整理出一個鉅觀的中國神話系統。但自微觀論之，小說中所出現的民俗信仰神祇，相較於希臘羅馬神話人物之成一完整系統，不但顯得零星片段，且其區域性及傳奇性（與其說是一個神話，不如說是一個傳奇故事）皆過於濃厚，是否適合所謂「神話人物」的外衣，仍有待商榷。因此，筆者擬以「傳說人物」此一較有彈性、較具普遍性且貼近小說人物原有傳播狀態的名稱，來取代具有特定義涵及文化背景的「神話人物」一詞。
〔註35〕〈后土夫人〉，出《異聞錄》，見《廣記》卷二九九引。
〔註36〕如〈任氏傳〉篇末作者云：「嗟乎，異物之情也有人焉。遇暴不失節，徇人以至死，雖今婦人，有不如者。」〈李娃傳〉則云：「嗟乎，倡蕩之姬，節行如是，雖古先烈女，不能踰也。」蒲松齡《聊齋‧自志》亦自承：「浮白載筆，僅成孤憤之書，寄託如此，亦足悲矣！」

出的人物，便具有「寓意人物」的性質。須注意的是，即使各篇作者很清楚地標示出人物所處的年代，或信誓旦旦的聲稱故事主角至今仍然存活；但當我們縱覽六朝至清的短篇文言愛情小說，便可以發現，在同類型的故事中，如果拿掉故事表面的時間坐標、人物姓名，則各篇故事的情節結構事實上皆大同小異，可見上述人物資料的設定不過是一種小說筆法而已。這些看似「眞有其人」的「當代人物」，理論上依然必須視爲「寓意人物」。

此外，「寓意人物」與「社會人物」固然皆爲憑空捏造，彼此卻有其差別性，亦有其重疊性。以「社會人物」身分出現者，有可能也具有「寓意人物」的性質，如李娃；而以「寓意人物」性質出現的人物，卻不見得全然是「社會人物」，也有可能爲異類的妖鬼之類，如《聊齋》中的豔鬼媚妖即是。事實上，敘述學上所謂「寓意人物」，偏重於其構成動機，「社會人物」則偏重其形象定位，分類的定位上已非一致；以此後設分類名詞觀察中國古典小說的人物分類，當然更可能出現上述的模糊之處。因此我們在參考敘述學的分類範疇時，不能不對原有分類標準稍做調整，以便更適合於中國古典小說的實際情況。

如上所述，敘述學的五類人物範疇，其實可依「眞實」與「虛構」的程度分爲三大類。我們不妨即以此爲分類的大前題，將前述的人物類別範疇調整爲以下幾類：

構成依據	分類範疇	身分名稱		所屬小說類型
眞　　實	歷史人物			鬼類
	新聞人物			略（偶見於妓女類）
虛構－眞實	傳說人物			仙類
虛　　構	寓意人物	仙	無名神女	仙類
		人	社會人物	夫妻類、未婚男女類、妓女類
		異類	鬼、妖、精等	鬼類、妖類

如上述，中國古典短篇文言愛情小說的女性主角，其來源屬性主要分屬「歷史人物」、「傳說人物」、「寓意人物」三大類人物範疇，而「寓意人物」又包含了三小類的身分區別，即：仙、人、異類。以下將分別說明之。

一、歷史人物

篇目名稱	出　　　處	人　　物	身　分	小說類型
*周秦行記	廣 489 雜傳記－1 題牛僧孺撰	漢文帝母薄太后	前朝貴族	鬼類
		高祖戚夫人	前朝貴族	鬼類
		元帝王嬙	前朝貴族	鬼類
		楊貴妃	前朝貴族	鬼類
		齊潘淑妃	前朝貴族	鬼類
		綠珠	前朝名婢	鬼類
*顏濬	廣 350 鬼－2 出傳奇	張貴妃	前朝貴族	鬼類
田洙遇薛濤聯句記	餘話 2－27	薛濤	前朝名妓	鬼類

　　出現於短篇文言愛情小說中的「歷史人物」，其身分不是高高在上的前朝的后妃貴族，就是賤民階級的婢妓之類，其形態則一律為幽魂怨鬼。這些出現於小說中的歷史女性，不但是所有小說篇章中出現比例最低，亦是塑造手法最為單調的一種小說人物，甚至有千人一面感覺。究其原因，一則因為此類人物已有先天身份史實上的限制，作者只能依人物既有的歷史形象加以刻畫，無法天馬行空任意揮灑；二則對於異性的豔遇經驗，作者往往強調其「千載難逢」的得來不易，以提高豔遇的珍貴感及聳動性。在這種寫作心態下，平日一般男性不敢希冀染指的后妃之屬，或嚮往已久豔名遠播的名妓之流，自然的便成為寫作的最佳人選。因此，這些前朝豔鬼之所以被安排出現於小說之中，皆是作為男性作者的一種獵豔工具或豔遇對象，其意義在於此際之春風一度，是否能令小說中的男主角一旦歸去，有足以向同儕誇耀的特殊經驗。三則以「鬼」的身分出現，既有其方便性——可以跨代應召，眾芳咸集，充分滿足男性對這些不論時空上或階級上皆遙不可及的女性的性幻想；也有其權變性——一些人間社會的成規可因「鬼」乃他界之物的身分豁免權而得以規避，使男方不致冒犯之罪，女方則免不節之責。至於所謂性格的塑造，就不是重點所在了。

　　正因為歷史女性的出現，並不在於其人格本質的意義價值，而在於她身分的那張標籤的特殊性、在於其「附加價值」。因此，在女主角為歷史人物的故事中，除了〈田洙遇薛濤聯句記〉一篇表現為純粹的愛情小說外，餘者並

不能算是嚴格的愛情小說，多半只能視為〈遊仙窟〉式的豔遇文學。因此在「鬼類」的小說類型中，以歷史人物為女主角者，只能說是聊備一格而已，其故事所顯示的結構形態及意義，反而與若干「仙類」小說有雷同之處，而須與後者並列討論。

二、傳說人物

篇　　名	出　　　處	人　　物	小說類型
趙文昭	廣 295－15 出八朝窮怪錄	清溪神廟神女	仙類、妖類
劉子卿	廣 295－19 出八朝窮怪錄	廬山康王廟泥塑女	仙類、妖類
*王勳	廣 384 再生－8 出廣異記	華岳廟第三女	仙類、妖類
*王遠	廣 7 神仙－3 出神仙傳	麻姑	仙類
*韋弇	廣 33 神仙－1 出神仙感遇傳	玉清仙府	仙類
*玄天二女	廣 56 女仙－4 出集仙錄	九天玄女	仙類
*后土夫人	廣 299 神－1 出異聞錄	后土夫人	仙類
嫦娥	聊 11－573（世界書局版） 聊 8－1069（里仁書局版）	嫦娥	仙類

女主角為傳說人物者，多屬「神女」之類。其中固有以仙人本貌現身者，如上所列〈麻姑〉、〈玉清仙府〉、〈九天玄女〉、〈后土夫人〉、〈嫦娥〉等，這些小說毫無疑問皆屬「仙類」小說的範圍。但也有本以「神像」的形態存世，而後才化身為女子出現於男主角身邊者，如上述其餘篇章皆是；這些女主角的性質，則介乎「仙」與「妖」之間。

就前者言，先秦至兩漢的文學中本有企慕嚮往女神的文字，如《楚辭》中的〈湘夫人〉、宋玉的〈高唐賦〉、〈神女賦〉、曹植的〈洛神賦〉等，能得到一位崇高美麗女子的青睞並進而一親芳澤，這種幻想顯然其來有自；何況六朝以來神仙之說極盛，將這種幻想形之於小說，並不足為奇。與前類「歷史人物」比較，同樣是非現實界的女性，但此類女性主角的刻畫不但較前者為鮮明，其與異性的感情狀態也較前者偏重精神層面。究其原因，一則此類人物儘管為民俗信仰所深信確有其人，然而面貌個性如何，卻各憑傳者杜撰揣摩，因此給予文學極大的想像空間。此外，此類女性乃屬於層級高於「凡人」世界的「仙界」，通常男方對這類女性有不可抗拒必須結合的宿命前題

〔註37〕，因此很顯然的作者對神女或女神類的女主角在寫作態度上較爲尊重，其人物在個性的刻畫、情感的發展及小說地位的安排上，都較可見自己獨特的生命，而不是只爲滿足男性沙文心態所應召而至的豔娃而已。但是因爲女方的層級高於男性，與男主角的相處不是只著眼於彼此的肉體需求。而常可見「相敬如賓」的情形；也相對得在刻畫兩性親密感覺方面顯得束手束腳，反而限制了「愛情」的發展。

至於介乎「仙」、「妖」之間的女性主角，由於其與男主角相遇甚至發生感情，必須經過一道「還原」的手續，即由「神像」（物）而還原爲「神」；因此相對於本相即爲女仙者言，這類神女不但多了些的「妖」味，且人神之相遇，不僅是「神異」，而是滲雜「怪異」的色彩了。但也正因爲如此，此類神女在其令中嚮慕的「聖」的身份上，多了分「俗」性的色彩，因此一旦與男性相遇，反而較純粹爲女仙者更能與對方發展出一分濃密的情感，兩性之間較可見「愛情」的發生，其相處也較似人間情侶。

此外，此類女主角雖然在出場時爲一「偶像」，似乎與「妖類」的「土偶」精在性質上頗有類似之處。誠然由於皆是出自「志怪」的寫作動機，並處理成「愛情」事件的模式，使這兩類故事在女性主角與異性的情感狀態、及作者的塑造心態上頗爲近似。但前者畢竟其本相仍爲一具有神性的女性，且位爲人物結構中的最高層「仙」；而後者則本質就是一個物類之妖，爲人物結構中的最低層「他界」；因此，兩類女主角的下場及觀感便有所不同。後者若一旦爲人識破乃土偶所化，多半在男方驚恐的情緒中遭到焚毀破壞的悲慘下場；前者即使爲對方發現乃其偶像所化，卻也能在一種依戀不捨的徘徊中悵然結束彼此的交往，好聚好散〔註38〕。此外，後對於男性所提供的，通常只有肉體精神的歡愉，只能爲對方帶來「快樂」而已；前者則不論二人結局如何，女性所扮演的，是一個「給予者」的角色，常能滿足或提高男性實質的生活條件〔註39〕。這也是兩類女性角色極不一樣之處。

〔註37〕〈黃原〉「有一女，年已弱笄，冥數應爲君婦」（《幽明錄》）；〈蕭總〉「今與郎契合，亦有因由不可陳也」（《廣記》卷二九六《出八朝窮怪錄》）；〈后土夫人〉「乃冥數合爲匹偶」（《廣記》卷二九九出《異聞錄》）；〈仙人島〉「實與君言，我等皆是地仙，因有宿分，遂備陪從。」（《聊齋》）；〈蕙芳〉「積四五年，忽日：我謫降人間十餘載，因與子有緣，遂暫留止」（《聊齋》）。
〔註38〕如「未曉告辭，結帶而別」（〈崔子武〉《廣記》卷三二七出《三國典略》）。
〔註39〕如〈后土夫人〉「與安道訣別，涕泣執手，情若不自勝，並遣以金玉珠寶，盈載而去。」（《廣記》卷二九九出《異聞錄》）；〈蕙芳〉「見翠棟雕梁，侔於宮

　　與來源爲「歷史人物」的女性主角比較，女主角含有一半「眞實」性質的「傳說人物」，不但在故事篇章比例上較女主角爲「眞實」的「歷史人物」者爲多，而且與男主角之間也較能表現爲一種純粹的愛情狀態。這種現象顯示出小說在設計人物時的揮灑空間，與題材來源之「現實」性、小說文本之「虛構」性之間的微妙關係；而這也正是古典短篇文言愛情小說的女性主角以「妖」、「鬼」兩類身份者爲多的部份原因。

三、寓意人物

　　寓意人物爲短篇文言愛情小說女主角的最主要塑造來源。他們不但數目眾多，且身分面目各異，分佈於各類型的故事之中：

層　級	類　別	身　　　　分		所屬小說類型
天　界	仙　人			仙　類
人　界	凡　人	一般婦女	已　婚	夫妻類
			未　婚	未婚男女類
		妓　女		妓女類
物　界		鬼		鬼　類
	妖	昆　蟲		妖　類
		動　物	鳥　類	
			走　獸	
			爬　蟲	
			水　族	
		植　物		
		器　物		
	魅	（本相不詳）		

　　由上表可以看出，「寓意人物」的範圍廣、種類多，是短篇文言愛情小說人物的大宗。但「寓意人物」的基本條件是「虛構」及「寄託」，這種後設名詞對於六朝小說人物的歸類上，便牽涉到上述文學發展的實際情形與分類名詞難以定位的問題。如學者所言，「凡變異之談，盛於六朝，然多是傳錄舛訛，

　　　殿，几屏簾幌，光耀奪視……因命二婢治具……已而以手探入，壺盛酒，盤盛炙，觸類薰騰。飲已則寢，則花罽錦絪，溫膩非常。」（《聊齋》）

未必盡幻設語。至唐人乃作意好奇，假小說以寄筆端」〔註40〕、「文人之作，雖非如釋道二家，意在自神其教，然亦非有意爲小說，蓋當時以爲幽明雖殊途，而人鬼乃皆實有，故其敘述異事，與記載人間常事，自視固無誠妄之別矣。」、「小說亦如詩，至唐代而一變，……而尤顯者乃在是時始有意爲小說」〔註41〕。可見六朝小說作者既非有意識的創作小說，則眞正出現符合此類人物資格的女性角色，應在唐傳奇以後，因此上述的分類主要便是指唐代以後的小說人物言。此外，正如前文第一章所論，視「小說」爲一純文學的寫作概念，乃至小說內容、人物的分類描寫，甚至要到宋以後才逐漸明確，尤其在作者個人意識愈濃的作品中，因爲作者有意「藉人發揮」，因此「寓意人物」的色彩也愈鮮明，其性質也愈肯定，如《聊齋》中的諸色人等便是「寓意人物」的功能愈發揮到極致的代表作。

　　至於六朝人物如何定位其來源？其實，一種文學現象的出現，既不可能憑空而生，必經過累積、蘊釀及吸收等過程，必然先有一段段模糊的灰色地帶然後才蛻變爲一完整而成熟的文學體裁。因此當我們以一個後設名詞爲已然存在的文學現象做分類定位時，實不必將文學的發展初期也硬性的定位於某項名詞之上。但另一方面，六朝小說中的人物，乃至故事模型，雖然成爲後世小說發展的雛形及靈感來源，尤其是異類故事，自唐以下，直至清代《聊齋》，莫不是承自六朝志怪的一脈正宗。由唐代傳奇〈任氏傳〉的狐妖任氏，到《聊齋》中的諸位花妖狐魅，固然因爲小說寫作環境及條件的成熟，逐漸具備了「寓意人物」的特質，則其發源之始的六朝狐鬼，在整段小說史中，也應該爲她們找一個適宜的參照位置才是。我們不妨這麼說，「寓意人物」因爲必須先有作者「虛構」的意識，而後才有作品產生的可能，背景因素自要較前述二類可以「就地取材」的小說人物爲複雜；且這類人物的產生，配合短篇愛情小說的演進，亦有其階段性逐漸發展成熟的過程。因此以「史」的角度論，六朝小說中未有明確身分標示的三界（仙、凡、異類）人物，依然可以放在「寓意人物」的分類中討論，只是，它們是不完整的「寓意人物」，只能視爲此類人物的「雛型人物」。

　　我們可以發現，很多六朝小說中的女主角，多半無名無姓，尤其是具「異類」身分的女性角色，作者所賦與她們的，多只有「行動」，而無「情感」或

〔註40〕　胡應麟《少室山房筆叢・二酉綴遺》。
〔註41〕　《中國小說史略》，頁 45、73。

「思想」。可以說，她們只是爲滿足一椿男主角的「愛情奇偶」而出現的、填充情節之用的傀儡而已。這一類的女性既沒有靈魂——且事實上，小說本身也並不企圖傳達一個什麼理念——因此，她們沒什麼資格稱爲「寓意人物」。她們的意義，在於其本身的形象、與男主角相遇相處的模式，及小說內在所傳達出的男性文人的幻想，提供給後世的創作者莫大的發揮空間，及創作靈感。不過，即使如此，我們仍不應該忽略若干以「人」的身分出現的女性主角。透藉著這些人物，小說通篇闡述「愛情」的忠貞、可貴、可感、金石爲開等情操；甚至在小說結束時還以主角人物所幻化出各種異狀神蹟來加強故事主旨，使小說人物儼然就是這些情操的實踐者、代言人。由此角度而言，即使作者在傳述故事時並未「有意爲小說」，而是將之視爲一件眞情實事加以傳述，但小說人物事實上已具備了「寓意人物」的精神——甚至，我們說她們是「寓意人物」也不爲過。〔註42〕

　　至唐宋以下，小說創作不但題材來源豐，觀念也較前朝成熟，「小說」既是被當作一種有所「寄託」的文學載體來使用，則其主題性、虛構性也明顯強烈許多；影響所及，便是小說人物的內涵愈見豐厚。尤其女性主角，不再是依傍男性主角、爲填充情節而生的千人一面、徒有其表的木偶，她有自己的文學任務，她必須負責對讀者傳達作者的訊息。小說中可以看到女性主角開始有自己獨立的靈魂與地位，她有自己的名字、情感、想法，她成爲某種理想情操的象徵。具有「寓意人物」性質的女性角色，由六朝的鳳毛麟角，到唐代的百花齊放，小說的女性角色在這類人物身上才獲得了自己的舞台及天空；尤其在短篇愛情小說中，不論凡人或異類，女性角色成爲小說的靈魂人物，而不再只是男性的愛情娃或性玩偶。由唐至清，如李娃（〈李娃傳〉）、霍小玉（〈霍小玉傳〉）、崔鶯鶯（〈鶯鶯傳〉）、崔氏女（〈華州參軍〉）、張倩娘（〈離魂記〉）、步飛煙（〈步飛煙〉）、任氏（〈任氏傳〉）、符漱芳（〈牡丹燈記〉）、劉翠翠（〈翠翠傳〉）、賈蓬萊（〈連理樹記〉）、趙鶯鶯（〈鶯鶯傳〉）、王瓊奴（〈瓊奴傳〉）、速哥失里（〈秋千會記〉）、阿寶（〈阿寶〉）、武青娥（〈青娥〉）、娟娘（〈彭海秋〉）、李氏（〈蓮香〉）、巧娘（〈巧娘〉）、晚霞（〈晚霞〉）、青鳳（〈青鳳〉）、嬰寧（〈嬰寧〉）、香玉（〈香玉〉）、白秋練（〈白秋練〉）、鴉頭（〈鴉頭〉）、

〔註42〕如〈吳王小女〉（《古小說本》出《續異記》）、〈河間郡男女〉（《搜神記》卷十五）、〈買粉兒〉（《廣記》卷二七四出《幽明錄》）、〈龐阿〉（《廣記》卷三五八出《幽明錄》）、〈韓憑妻〉（《搜神記》卷十一）等皆是。

阿繡（〈阿繡〉）、孟芸娘（〈王桂庵〉）等，這些小說的女性主角在塑造上容或可見前朝小說的影響痕跡，但大致而言，皆可自成一典型人物，各有其面目，也傳達了不同時代不同作者的愛情觀。欲尋覓短篇文言愛情小說的佳作，不能不將焦點鎖定塑形來源爲「寓意人物」的女性主角身上。

第四節　古典短篇文言愛情小說女性主角的條件特質

短篇文言愛情小說女性主角的形象可分以下幾項進行觀察：外貌、性情、特長、身份。其中，前三項屬個人特質，後一項屬社會特質。前者只關乎個人條件，屬於純粹小我性質的形象特質；後者則牽涉到人物的社會地位、與社會群體（在小說即表現爲男性主角、女性配角及男性配角的結構關係）的互動關係、進而影響到人物在小說中的行爲模式及命運，因此，是屬於大我性質的形象特質。

在正式進入分析之前，必需先加以說明的是，嚴格說來，六朝至唐的「仙類」、「鬼類」、「妖類」等三種類型的故事中，眞正符合「愛情小說」標準的並不多。以「仙類」故事言，凡間男子與女仙相遇，多半爲露水姻緣式的一夜之親，或有一「命定」的前題。前者雖有若有似無的情愫蕩漾著，但難免予人徒有肉體之慾的感覺；後者則令人懷疑二者之間除了夫妻之義外，是否仍有男女之情？但是，這些描寫雖非愛情小說的絕對條件，卻有可能是必要條件；且若對照這類故事中眞正的愛情篇章，亦可發現不論小說是否能符合嚴格的「愛情小說」的標準，其實彼此女性主角的形象極爲類似。因此，我們不妨仍將「疑似」的篇章亦一齊納入觀察，以期對「仙類」愛情故事的女性主角形象有更完整的認識。

「鬼類」、「妖類」亦有相同的情形。一方面，傳統短篇小說來自「志怪」，因此，對於故事型態的熟悉性及經過歷代的創作因襲，使這個主題小說數量乃居所有短篇文言愛情小說之冠。雖然，因爲小說發展的關係，早期的「鬼類」、「妖類」故事乃以「志怪」爲主，不以「論情」爲要，因此未必通篇呈現出一較完整結構的「愛情」故事。但是，如果我們綜覽歷代的「妖類」小說，便可發現它的情形其實與前述「仙類」小說相似，即：即使在若干具有「愛情」小說雛型的篇章中，其人物形象與後世具備完整條件的「愛情小說」中的人物，二者之間並沒有太大的差異。因此，我們在觀察這類小說的人物形象時，亦不妨將這些嚴格來說不能稱爲「愛情小說」，但已有其雛型的篇章

中的女性主角，也同時列入觀察的範圍，以俾對「鬼類」、「妖類」短篇文言愛情小說的女性主角有一更全面性的認識。

　　以下根據六類短篇文言愛情小說的女性主角分別進行分析。由於小說文本繁瑣，爲了保持論述的明晰要扼要，在論文內文部份，僅舉數例以爲印證說明之用。至於所有小說文本明顯指涉爲人物外貌、性情、特長、身份等的敘述，則將之整理爲對照表格，以收對分析項目清楚完整的呈現。要說明的是，其中前三項乃屬於「個人條件特質」，故獨立整理爲「附錄三」，以便對照；後一項屬於「社會條件特質」，則須置於人際關係中加以對照方能見其意義，故附於「附錄二：人物結構」，以便參看。此外，小說對於人物性情的敘述，往往須依上下文或綜觀全文人物如何行動，而後才能對其性情有一完整的認識，此則非「附錄三」之表格功能所能負擔，因此對小說人物形象的「性情」特質一項，只能摘取文本中的關鍵字句，則此份表格不完整之處，將勢所難免。

一、外　貌

（一）仙　類

　　在「仙類」故事中，不論朝代，就年齡言，多半是才及笄年乃至二八之間的少女，以人的生理狀況言，都是剛進入發育期、乃至青春期的少女。就其容貌言，則多以「豔麗」的姿態出現——而這種寫法，便極易予人「豔異」之感。因爲一般青春期的少女予人的感覺，應是如含苞蓓蕾般清純秀嫩，如色彩學中高明度、低彩度的粉彩系列才是，但歷來作者卻反其道而行，多訴諸高明度、高彩度的強烈穠豔；像這樣的高度反差對比，自然傳達出此姝非人間凡品的訊息。

　　小說對女仙容貌的描寫方式，或是直接訴諸於其氣質外貌，或是由其衣飾隨從側面烘托。寫其容顏的，如「甚麗」（〈崔子武〉）、「豔質」（〈洞庭山〉）、「紅流膩豔」（〈元柳二公〉）、「絕豔」（〈繒雲鬼仙〉）、「美麗光豔」（〈后土夫人〉）、「光豔明媚，若芙蕖之映朝日」（〈仙人島〉）、「服色容光、映照四堵」（〈雲蘿公主〉）、「光華照人」（〈蕙芳〉）。這些訴諸於外貌的形容詞，由六朝乃至於清，幾乎皆有容顏豐豔的傾向；尤其《聊齋》的仙女們，不論其在仙界的身份如何，現身於凡界時的裝扮如何，除對於外表的描述外，更強調內在氣質所散發出的華貴感，此則是前朝所罕見的。對於女仙臉部的特寫外，亦有藉

其特殊氣味來側寫其「豔」的，如「服氣茹芝，異芳芬馥」（〈楊眞伯〉）、「異香濃射」（〈仙人島〉）、「忽聞異香」（〈雲蘿公主〉）等，這些馥烈的香氣，與其豔麗的容貌恰好相互輝映；甚至，即使並非本身所散發者，而爲身上的佩香，也要強調「所佩之香，非世所聞」（〈蕭總〉）。

除了容貌之麗，還有衣裳之麗，如「霓裳」（〈洞庭山〉）、「衣服霞煥」（〈劉子卿〉）、「衣有文采，又非錦綺，光彩耀目，不可名狀」（〈王遠〉）、「被服五綵」（〈介象〉）、「紫衣鳳冠」（〈元柳二公〉）、「冠碧雲鳳翼冠、衣紫雲霞日月衣」（〈楊眞伯〉）、「紅裳豔麗」（〈殷天祥〉）、「衣珠翠之服」（〈后土夫人〉）、「衣翠羅縷金之襦」（〈不詳〉）等。這些華服鳳冠，不但極盡奢華之能事，更予人皇家裝扮的錯覺。但與前述「容顏現象」相異的是，這些華麗的裝束，似乎皆集中在宋元以前；換句話說，這些類似於皇家女子的穿著，在此之前幾乎已形成一種對女仙的固定印象。但是到了清代的《聊齋》，卻大爲不同。試看如「袖紫……各以紅綃抹額，鬢插雉尾，著小紫衣、腰束綠錦」（〈西湖主〉），簡直是個女英雄；而「椎布甚樸」（〈蕙芳〉），則顛覆了前朝一貫的華服而竟出之以樸素。如果再與《聊齋》對女仙又特別強調其氣質的這個特點相互參看，可見《聊齋》對女仙的態度與想像的重點似乎已漸漸跳脫小說對於女仙形象的模式，而自有一套自己的審美觀。

此外，儘管大致而言，諸女仙在容貌方面習以「豔麗」姿態出現，但仍與凡胎俗骨之「豔麗」有所差異。如「霓裳冰顏，豔質與世人殊別」（〈洞庭山〉）、「皓玉凝肌……神澄泓瀅，氣肅滄溟」（〈元柳二公〉）、「並玉質凝膚，體氣輕馥，綽約而窈窕，絕古無倫」（〈玄天二女〉）、「肌膚綽約」（〈縉雲鬼仙〉）。試看這些「冰」、「玉」、「凝」、「綽約」等冷色調的用語，正好營造出女仙那種畢竟高「人」一「界」的距離感，使其豔則豔矣，但絕非一般凡胎俗骨之豔娃妖姬可以比擬者。

（二）夫妻類

若以古時要求婦女的四項標準「婦言」、「婦德」、「婦工」、「婦容」來衡量「夫妻類」故事中的女性主角們，則可發現小說在描寫這些妻子時，較注重第二、三項的要求；至於妻子容貌如何，只是在形式上、不能免俗式的略爲交待一番，並不刻意描寫。此外，由於角色確已爲人妻，遂形成小說中一種有趣的現象，即大部份作者多不特別強調女性主角的年齡；有者，亦偏向年紀較長，多在二十歲以上，可算是諸類小說中年紀最長的女性角色

群了。

對於妻子們容貌的描寫，雖然亦皆佳人，但作者們並不刻意以連篇工筆寫其容貌，而傾向於以三言兩語式的大筆寫意。最多見的是概括式的形容詞：「美」，如言「貌甚美」（〈華陽李尉〉）、「美少」（〈崔碣〉）、「美而賢」（〈林氏〉）；或與「豔」相連，如言「美而豔」（〈張夫人〉）、「美豔絕俗」（〈江城〉）；偶見單出之以豔麗者，如「麗而賢」（〈庚娘〉）、「豔而知書」（〈宮綠娥〉）——然觀其用詞之簡略，及多與「（婦）德」、「（婦）功」相提並論，可見「豔麗」型的形象特質在「夫妻類」的小說中似乎並非表現的主流所在。當然，相較於上述印象式的三言兩語，小說中亦可偶見較具體細微的描寫，但多傾向於淡雅清新，而非穠豔華貴者，如「淡雅」（〈許至雍〉）、「姿媚俊爽」（〈陸氏負約〉）、「明眸秀齒，居然娟好」（〈江城〉）；甚至，即使出身爲妓，亦然，如言「明秀」（〈韋氏子〉）、「色貌才藝，獨步一時」（〈愛卿傳〉）等。

「夫妻類」女性角色容貌的描述，是各類小說中最不爲作者所重視的，而這正是此類女性角色與其他五類女性角色最不同的地方。

（三）未婚類

在三類「人界」的愛情小說中，「未婚類」的女性主角是最爲多樣化的。其年齡層約介於「女仙類」與「夫妻類」之間，多爲十五六至十七八的適婚妙齡女郎。會集中於這樣的年齡層面，一則其爲凡胎俗骨，不若仙人永遠長生不老，總能青春永駐、以髫稚幼蕊的面貌現身；再則所謂「有女懷春，吉士誘之」，正是必須設定於這個年齡層，女性的生理已漸成熟，心理亦做好準備，因此對於小說人物嚮往愛情，追求愛情的動機，才具有足夠的說服力，也使作者發展的空間大爲增加，得以充份鋪述情境、構造情節。因此，除了人與異類的戀情外，「未婚類」的篇章數量是古典短篇文言愛情小說中數量最多的——當然，也是所有「人界」的愛情小說中篇章數量最多的。

所謂「愛情佳話」者，自然「佳人」便不可或缺。因此小說寫這些妙齡女郎的容貌，不免雪膚花貌，人皆佳麗。其實這種述事特色本是古人創作小說時的既定觀念。如《閱微草堂筆記》曾記道雍正年間一樁疑似破鏡重圓的婚姻佳事，因爲女主角只是個蠢婢，因此令聞者大感遺憾；作者亦藉他人之語，點出了敘事文學不免緣飾的定律。〔註43〕

〔註43〕《閱微草堂筆記》卷九〈如是我聞〉第二：「先叔梅甫公曰：此事稍爲點綴，竟可以入傳奇；惜此女蠢若鹿豕，惟知飽食酣眠，不稱點綴，可恨也。」邊

　　事實上，讀者心理需求與小說定律的形成乃互爲因果，因此歷來作者總是花費不少力氣來修飾女主角的容貌。除了使男性主角對女性主角的驚爲天人、一見鍾情顯得理直氣壯，也使小說所述豔聞情事具有說服力。「未婚類」中諸妹，幾乎皆爲美麗婉妙的人間絕色，也就不難理解了。不過，小說雖有言其「麗」、「豔」，卻是秀麗之麗、嬌豔之豔。例如言「纖麗」（〈飛煙傳〉）〔註44〕、「明豔」（〈無雙傳〉）、「韋氏美而豔，瓊英膩雲，蓮蕊瑩波，露濯舜姿，月鮮珠彩」（〈鄭德璘〉）、「娟麗無雙」（〈阿寶〉）、「姿容曼妙意致嬌婉」（〈陳雲棲〉）、「姣麗無雙」（〈阿繡〉）、「五可方病，靠枕支頤，婀媚之態，傾

　　　　隨園徵君曰：「秦人不死，信符生之受誑；蜀老猶存，知諸葛之多枉。史傳不免於緣飾，況傳奇乎！西樓記稱穆素暉豔若神仙，吳林唐言其祖幼時曾見之，短小而豐肌，一尋常女子耳。然則傳奇中所謂佳人，半出虛說；此婢雖粗，倘好事者按譜填詞、登場度曲，他日紅氍毹上，何嘗不鶯嬌花媚耶？先生所論，未免於盡信書也。」

〔註44〕　〈飛煙傳〉基本上是一篇較難歸類的小說，如將其歸於「夫妻類」，將會面臨以下兩項尷尬之處。第一，步飛煙本身只是個妾，而妻妾在身份階層上是極爲不同的，最根本者，「妾」在宗法中沒有地位，與其夫主的關係亦非如一般正室乃爲兩個敵體，而是一個主奴良賤的從屬關係。第二，「夫妻類」小說的結構模式基本上是以「夫」、「妻」雙方的感情爲結構中心的，但此篇並非描寫飛煙與其夫之間的情感（事實上，他們之間跟本沒有情感可言）：因此，與其說這是一個不忠的故事，不如說是一個身體不自由的女性追求愛情的故事，而其對象正是一個未婚男子。則由結構的內在意涵來看，實不屬於「夫妻類」的小說模式。因此，若將之歸爲「夫妻類」討論，似有扞格不入之處。
　　　　筆者將之歸類於「未婚類」，係根據以下三項考慮。第一，男性主角的趙象，乃是一未婚男子的身份。第二，由小說作者態度傾向同情、及情節的結構模式（幽會與家庭權威的阻撓）來看，較傾向於未婚類的小說模式。第三，若以深層結構來觀察飛煙之夫武舉的結構地位，與其說是夫妻敵體的「丈夫」，不如說是象徵（家庭）權威的化身，飛煙對武舉乃是一個下對上從屬的關係，反而較類似「未婚類」小說中未婚女性面對其父（亦是權威的化身）的情境。因此，權衡之下，雖然由女主角的家庭地位來看，〈飛煙傳〉表面上是寫一個婚姻制度中外遇的故事，似乎不屬於「未婚類」的範圍；但由小說男女性主角的身份性質及小說的深層結構看，其形式及內涵是傾向於「未婚類」的——此正如將〈楊倡傳〉歸之於「妓女類」而不歸之於「夫妻類」的考慮是一樣的。其實楊倡已被贖身，可算具有「妾」的身份；但是，「妾」畢竟是「妾」，其身份的曖昧性使楊倡被排除在「婚姻」所能給予一般妻子的保護傘之外，也使其始終無法逃脫「妓」身份的宿命悲劇；如此，小說的設計便不是朝敘述一對「夫妻」故事爲動機，而是以敘述一個「從良倡妓」爲動機，若欲分析此篇故事，便不能單就人物表面關係將之置於「夫妻類」小說中討論，而必將之置於「妓女類」論，才能突顯出此篇的意義。

絕一世」（〈寄生〉）等皆是〔註45〕。因此，這些少艾所呈現出的，既非女仙般的非凡穠豔，也非少婦般的成熟淡雅；而是自有其充滿生命力的明亮與朝氣。描寫的重點，既不若女仙多單就其容貌形容，也不如寫賢妻時輕色重德；而是兼及「色」、「韻」的呈現。因此，常可見將「未婚類」女性主角外表容顏與內在氣質參揉交融的寫法。如「端妍絕倫」（〈離魂記〉）、「端麗聰慧」（〈無雙傳〉）、「常服睟容，不加新飾，垂鬟接黛，雙臉銷紅而已，顏色豔異，光輝動人……然而愁怨之容動人矣」（〈鶯鶯傳〉）、「美姿質」（〈劉潛女〉）、「皆聰明秀麗」、（〈聯芳樓記〉）、「態度不凡」（〈渭塘奇遇記〉）、「雖患難之中，瓊奴無復昔時容顏，而青年粹質，終異常人」（〈瓊奴傳〉）、「風致娟然」（〈菱角〉）、「風姿韻絕」（〈王桂庵〉）、「端妙無比」（〈竇氏〉）等皆是。

由此可以看出，小說作者對於「未婚類」女性主角的要求，並不徒然停留於色相的賞心悅目，或偏重內在的德性完備，而是兼具外在容貌與內在氣質的融和，強調氣韻的天然與動人。這種述事特色，是其他類身份的女性主角所沒有的。

（四）妓女類

文言短篇愛情小說的「妓女類」，主要集中在唐宋兩代，且其前既未見此類故事，之後的女性主角，其形象亦未超出其所立下的典範。因此，此處論述以唐宋為主。

「妓女類」很有趣的一點是，其年齡既與「未婚類」相似，乃主要以二八以上的佳人為主；其容貌則與前述的「仙類」頗為近似，皆以「豔麗」為主，甚至到「豔冶」的程度。描寫的角度，或是由正面寫其豔，如「妖姿要妙，絕代未有，明眸皓腕，舉步豔冶，觸類妍媚，目所未睹」（〈李娃傳〉）、「姿質穠豔，一生未見，高情逸態，事事過人」、「但覺一室之中，若瓊林玉樹，互相照耀，轉盼精彩射人」、「容貌妍麗」（〈霍小玉傳〉）、「殊色也……態度甚都，復以冶容自喜」（〈楊倡傳〉）、「姿豔絕倫」（〈書仙傳〉）、「絕豔」（〈王魁傳〉）、「容貌甚冶」（〈吳女盈盈〉）等；或是以陳設、衣飾等由側面烘托其豔，如「俄徙坐西堂，帷幙簾榻，煥然奪目，粧奩衾枕，亦皆侈麗。乃張燭進饌，品味甚盛」（〈李娃傳〉）、「閒庭邃宇，簾幕甚華」（〈霍小玉傳〉）、「著石榴裙、紫襠襦、紅綠帔子」（〈霍小玉傳〉）、「衣柳黃帔，香溢四座」（〈彭

〔註45〕只有一篇例外，即《聊齋》的〈翟八姊〉，其年紀又大，形象又粗壯。

海秋〉），不論是器用侈麗，或是衣飾鮮麗，所呈現的色彩皆予人濃郁富麗之感。在這些豔妹之外，也有強調脫俗之美者，如「幽豔愁寂、寒芳未吐」（〈王幼玉記〉）、「肌清骨秀，髮紺眸長，荑手纖纖，宮腰嫋嫋」（〈譚意歌記〉）、「體態容貌清秀、舉措閒雅」（〈夫妻復舊約〉）；有趣的是，她們不但集中於宋代小說，且小說皆強調其出身本為良家，只因父母喪亡，才淪落為倡。然而這些介乎良賤之間的女性，畢竟屬於少數族群，妓女身份的女性角色，終究脫離不了一個「豔」字。

事實上，「妓女類」角色的性質可謂六類女性主角的類型中較為複雜者。一方面，她有其單純面，既職業為妓、身份為賤民，因此其角色標籤極為鮮明。另一方面，她又有其複雜面，對以人為中心的宇宙觀言，她既是真真實實的血肉之軀；但在現實社會中，因出身有各種可能性（為謫仙、為良民、為世襲賤民），卻又具有邊緣人的性質。因此，不但如上述「妓」之具有「良家子」的投射，其亦含有「仙」的暗示。小說中常可見逕以「仙」喻「妓」，如「有一仙人，謫在下界」（〈霍小玉傳〉）、「宛然若仙」（〈彭海秋〉）；甚至一些篇章中凡間男子與女仙的露水姻緣，與嫖客與妓女的一夜之親，兩者之間都有神似之處。這些，都很容易令人對「仙」與「妓」產生若干程度的聯想。但是，如前所言，「仙類」中的女性角色，作者們往往不約而同的強調其豔則豔矣，但絕對與凡胎俗骨不同，而刻意營造出一種「冷豔」的距離感；對妓女形象的刻畫，雖亦是豔則豔矣，但手法則另有異趣。其一，後者年齡普遍較前者提高，並非稚嫩幼女，而是已堪稱成熟的妙齡女郎；其二，作者刻意在情境色彩的營造上出之以一種明亮熱鬧的感覺，使妓女們的「豔」，充滿了人間味。凡此，皆使人面對這些女性主角時，只覺其是一具具散發著媚惑氣息的血肉之軀、誘人尤物，引人欲一親芳澤──這樣的形象塑造，與似近若遠的女仙大異其趣。事實上，對於「仙」與「妓」這兩類人物，我們不妨將前者視為女性「聖」的一面，後者為「俗」的一面。而代表「聖」的「女仙」，會有情欲的牽擾，何嘗不是聖性中亦有俗的成份；代表「俗」的妓女，於墮落風塵、出賣肉體之餘，猶希冀保有靈魂的純潔、尋得真摯的愛情，又何嘗不是俗性中也有聖的情操？小說人物這種看似矛盾又似為一體兩面的現象，顯示作者對「體制外」女性複雜的情結，而折射出作者這一（文人）階層男性的情色幻想。

（五）鬼　類

「鬼類」的愛情篇章是所有古典短篇文言愛情小說中數量之多僅次於「妖類」者。而其女性主角的種種容貌特質則囊括了所有「人界」女性主角的特色。

這些由六朝到清代的女鬼們，在年齡方面，雖然生命停擺的時刻大約集中在十七八歲左右；但事實上幼至十二，長至二十多都有，屬高齡層的雙十年華者亦不少見。幾乎囊括短篇文言愛情小說言諸類女性主角的年齡層。至於由人而鬼，再度現身的時距，小說未必有所交待；有者，短則累月，長則數百年，但多以數十年爲主。

如此時間定點及時間長度的設定，自有小說敘事說服力方面的考量。「鬼」既來自陰間，不論是出自民俗信仰的信以爲眞或是純爲文學創作的子虛烏有，其模樣如何，總得靠作者的想像與模擬，因此給予作者極大的創作空間。而其身份面貌的多樣化，亦是很合乎創作的必然性。然而若小說的女性角色被設計成一椿豔遇、或者愛情事件中的女主角的話，她就必須符合「愛情女主角」的條件，遵守「愛情小說」所開給人物的遊戲規則，如此讀者才能理所當然得接受人鬼相戀的發生，小說才有說服力。因此，除了一些前朝名女性等的「歷史人物」外，將女鬼們大致設定在十五六乃至十七八歲的這樣一個充滿生命魅力的年齡，其年齡層恰與「未婚類」的女性主角諧合，乃是有情節合理化方面的考慮。因爲使女鬼以十七八適婚年齡的妙女郎之姿出現，正使小說在人物形象的質感及行爲訊息的傳遞上可達到等同於「未婚類」女性主角所欲營造的的效果。此外，再對照女鬼們的身份及這一類的小說情節，可以發現，大部份女鬼的出現，多半是因爲感動於男性主角一些有意或無意的舉動；則我們不難明白，這些女鬼們如果仍是陽光下生命青春的少女，則不都是活生生的懷春之女嗎？但她們卻在如春花般的年紀去逝了，正如花朵未及怒放，未及恣意享受生命與陽光的潤澤，便遽爾凋零；那麼在臨終前，她們是否曾怨嘆？在幽暗的地底下，她們是否會渴望？——小說作者予「鬼類」的女性主角設計如此的年齡背景，正是爲女鬼現身自白、求愛乃至自薦，提供一個說服力十足的人鬼之戀的心理動機。至於其「出土」的時間，多在「一代」左右，即二十至四十年間。這樣的時距，既不會令讀者覺得女主角「作古」太久，而予人與男主角「老少配」的錯覺；但其辭世時間又已有一定的長度，正可以藉此塑造出一個情境，即：生前清淨的女兒身，

保持了那麼久，如今一旦拋卻，正所謂「一世貞潔，毀於一旦」，而因此襯托出這段隔世之戀的可貴與難得。

在容貌方面，前述諸類小說中的女性主角，各有其較自我而單純的類型，或冷豔（仙類）、或淡雅（夫妻類）、或亮麗（未婚類）、或冶豔（妓女類）；「鬼類」的女性主角的容貌特質，卻不侷限於單一特色，而是亦兼呈了各種味道的女性，囊括了前述各類女性的特色。在較早期的小說中，對女鬼們的形容多半十分簡略含糊，如「顏色不常」（〈李仲文女〉）、「姿顏服飾，天下無雙」（〈談生〉）、「姿色殊絕」（〈王玄之〉）、「容色絕代」（〈華州參軍〉、〈許老翁〉）、「乃絕色也」（〈鄔濤〉）等，總之，強調其容貌之出眾。甚至，以一個「美」字，則更是概括了所有的評語，如曰「美婦人」（〈秦樹〉）、「美麗非凡」（〈鍾繇〉）、「甚美」（〈李章武傳〉）、「美姝」（〈金鳳釵記〉）、「美人」（〈晚霞〉）等。而這種「美」，是傾向於「豔麗」型的，換言之，女鬼之美，與小說對女仙的描述，頗有類似之處。如曰「豔絕無雙……光采映發」（〈劉長史女〉）、「容色豐麗，情態纏綿，舉止閑婉」（〈張果女〉）、「風貌舣麗」（〈謝翺〉）、「姿態豔絕」（〈巧娘〉）、「豔絕」（〈林四娘〉）、「並皆殊麗」（〈阮小謝〉）、「豔絕」（〈房文淑〉）、「麗者」（〈連瑣〉）等；甚至有近乎「豔冶」的形容詞，如「妖冶……淑婉之姿，亦絕代」（〈顏濬〉）、「婷婷嫋嫋……韶顏稚齒，態度妖妍，詞氣婉媚」（〈牡丹燈記〉）等。由六朝到清代，「豔」或者「麗」似乎已成為對女鬼一慣的形容詞了。

在「鬼類」的愛情篇章中，越至後代，越可見將女鬼譬若女仙的例子。如「風鬟霧鬢，綽約多姿，望之殆若神仙」（〈滕穆醉遊聚景園記〉）、「一麗人宮妝豔飾，貌若天仙」（〈秋夕訪琵琶亭記〉）、「女慨然華妝出……反不疑為鬼，疑為仙」（〈聶小倩〉）、「神情婉妙……對燭如仙」（〈章阿端〉）、「容華端妙……則少女如仙」（〈伍秋月〉）、「貌類神仙」（〈宦娘〉）等。這些篇章，皆集中在明清，可見「鬼」與「仙」的界限有漸泯的趨勢。事實上，宋代所謂「鬼仙」之稱〔註46〕，已標示出了「鬼」與「仙」之間的模糊地帶。在明以前，多可見豔鬼淺露僵屍本像或變為惡刹的情節〔註47〕；此後不但較少見，即使有，所營造的氣氛已不若前朝般可怕。如「但見一粉骷髏與生並坐於

〔註46〕《夷堅甲志》卷十二〈縉雲鬼仙〉。
〔註47〕前者如〈李仲文女〉、〈談生〉、〈鍾繇〉、〈道德里書生〉、〈莫小儒人〉、〈劉子昂〉等篇；後者如〈范俶〉、〈李咸〉、〈王垂〉、〈楊大同〉、〈婦人三重齒〉、〈京師酒肆〉、〈童銀匠〉等篇，皆是六朝至宋之間的作品。

燈下」（〈牡丹燈記〉）、「立刻倒地，口中血水流溢，終日而屍已變」（〈愛奴〉）、「則端娘已弊床上，委蛻猶存，啓之，白骨儼然」（〈章阿端〉）等；甚有顛覆前述情節者，即先以屬鬼本相現身，而後化爲豔女相對，如〈聊齋〉之〈梅女〉、〈林四娘記〉等。如此，皆可見晚期小說作者對「女鬼」這個符號所能負載的訊息與內涵有了更多的思考，才使人物的形貌產生如此多變的面貌。

儘管女鬼普遍傾向於濃麗色彩，但一片鬼氛魅影中，還是有幾抹清麗色調的，而她們的形容詞，則較近乎的「未婚類」的女性角色，如「姿質婉麗，綽有餘態」（〈王敬伯〉）、「意態閒麗」（〈葉若谷〉）、「光麗動人」（〈胡氏子〉）、「秀麗姝少」（〈唐蕭氏女〉）、「婉麗殊絕」（〈新繁縣令〉）；甚至有予人娟秀之感的，如「一國色麗人，雲翹靚粧，娉娉婷婷而至」（〈林四娘記〉）、「風姿娟秀」（〈魯公女〉）、「丰韻殊絕」（〈阿霞〉）、「笑彎秋月，羞暈朝霞，實天人也」（〈公孫九娘〉）、「姿態嫣然」（〈梅女〉）、「風致韻絕……亭亭可愛」（〈愛奴〉）。不過，我們也可以發現，後者這些篇章，幾乎集中於《聊齋》的篇章中，此一則顯示「類仙」式的形容，是歷代「鬼類」小說的「主流派」，一則顯示《聊齋》對於打破文言小說敘事模式的企圖，而這也正是《聊齋》的價值所在。

除了直接就女鬼的容貌特質塑其形象，小說亦可見由「衣飾」、「器用」、「香氣」來寫其予人的特殊感。寫衣飾者，如「綠裙紅衫，素顏奪目」（〈李咸〉）、「帶圓冠，著淡碧衫，繫明黃裙」（〈蔣通判女〉）、「著粉青衫，水紅襦」（〈葉若谷〉）、「青衣紅裳」（〈莫小儒人〉）、「紅裙翠袖」（〈牡丹燈記〉）、「衣服甚華」（〈王垂〉）、「鮮衣」（〈梁璟〉）等，幾乎皆是對比強烈的色彩。寫「器用」者，如「於濤寢室，炳以銀燭」（〈鄔濤〉）、「高堂峻屋，明燭盈前」（〈張相公夫人〉）、「供張華楚，治具豐潔」（〈史翁女〉）、「出紫玉杯飲韶」（〈秋夕訪琵琶亭記〉），皆傾向於「華麗」質感。至於寫「香氣」者，如「馨香襲人」（〈劉長史女〉）、「異香芬馥」（〈李陶〉）、「忽奇香馥郁、縹緲而來」（〈秋夕訪琵琶亭記〉）、「香氣飄揚，莫可名狀」（〈林四娘記〉）等。上述這些寫法，無論衣飾之鮮麗、器用之華楚、香氣之濃郁，皆與「仙類」相似——而二者類同所顯示出的意義，正可與前文有關容貌特質亦似與女仙的討論做一呼應。特別要指出的是，在這些馥郁奇香中，卻別有一縷清香與眾不同。《聊齋》的〈呂無病〉，寫女鬼呂無病的外表是「衣服不潔，而微黑多麻，類貧家女」，

而她的氣味卻是「忽聞氣息之來，清如蓮蕊」。「氣味」在這裏的運用，卻已經跳脫其他篇章較爲表相式的作用，而逕成爲一種人格氣質的象徵，心靈性情的具體化，再對照小說對她的敘述「女閒居無事，爲之拂几整書，焚香拭鼎，滿室光潔」，乃以具體行動舉止方面的潔淨感來暗示其人格之美，正與前述如清蓮般的氣質相互映照。而此正顯示，女性之美，已不在於其容貌，而在於其氣質。這樣的寫法，雖然只有一篇，但足已顯示《聊齋》對於女性的審美觀，是有其獨到之處，這也是短篇文言愛情小說在敘述人物角度上的一項突破。

（六）妖　類

「妖類」的女性主角其原形大致有以下幾類，或爲大自然的動物、植物況乃至礦物，包括昆蟲類（蠶、蚯蚓、蚱蜢、蟻、蜂、蠹魚）、水族類（鼉、龜、白魚、螺、蒼獺）、畜獸類（虎、馬、犬、豕、鼠、狼、獐、狸、狐、猿、猩猩）、爬蟲類（龍、蛟、蛇）、鳥類（天鵝、鶴、鷺、烏、鸚鵡）、草木類（楊、李、桃、石榴、百合、蓮、杜鵑、耐冬、牡丹、菊）、礦物類（金銀、玉、石）。此外，則爲純粹出自人的幻想或人們實際生活中的器用，前者如山精木魅之類（枯骨之精、山魅）；後者如明器、偶像、畫像、燈。但不論其原形爲何，是眞有其物或子虛烏有，總之，皆是一般生活中所熟悉者。

在六種類型的小說當中，「妖類」是最特殊的一類。這些妖之原形，雖然都是來自人們的日常生活，它們或是生活在居處四週，或是爲人所豢養，或是經常爲人所恐懼，或是經常接觸到的圖騰意像而眞信其有者。但相較於前述五類小說人物，「妖類」女性主角在形象的敘述角度上卻有顯然相異之處：前者無處不是人，後者則唯恐（讀者）忽略其本非人。以前五類小說言，屬於「人界」的三類小說（夫妻類、未婚類、妓女類）中的女性主角不必論了，因爲她們本就是眞實血肉的人；至於相較於「人界」而品級較高的「仙類」中的女仙，或是品級較低的「鬼類」中的女鬼，她們的根源也依然是「人」；單憑人物外表的描述，實在參不透其原來竟爲仙或是鬼，非要其自我表白或顯示什麼特異功能，才透露出其眞實身份。但「妖類」就不同了。小說在描述人物形象時，不但往往一開始便將其原形的特色融入其中，處處洩露蛛絲馬跡，或直指其容貌儀表，如「（豬）惟覺其口有黑色」（〈李汾〉）、「（狐）膚赤薄如嬰兒，細毛徧體」（〈毛狐〉）、「（鶴）姿色鮮白……女施設飲食而多魚」（〈徐爽〉）、「（水族）趙妻謂之曰，我夜捫汝體，殊冷峭，何也」

（〈趙良臣〉）、「（白金）被服靚粧，略不聞聲息……其婦人身體如冰」（〈宜春郡民〉）、「（蠱魚）肌膚瑩徹，粉玉無其白也」（〈素秋〉）；或由其服飾透露，如「（蜂）綠方長裙，婉妙無比」（〈綠衣女〉）、「（燈）有紅裳，既夕而至」（〈楊禎〉），如〈崔玄微〉一篇，則分別以「綠裳」、「白裳」、「紅裳」、「緋衣」來暗示楊、李、桃、石榴等四類植物。不僅如此，到故事終了，還非要讓女妖現出原形，如「見一清色白頸蚯蚓，長二尺許……奩乃螺殼，香則菖蒲根」（〈王雙〉）、「瞥觀一物從屏風裏飛出，直入前鐵鑊中……唯見鑊中聚菖蒲根，下有大青蚱蜢」（〈徐逸〉）、「見大白蚓，長丈餘，粗若柱」（〈蔣教授〉）、「而耳畔啼聲，嚶嚶未絕，審聽之，殊非人聲，乃蜂子二三頭，飛鳴枕上」（〈蓮花公主〉）、「視女轉過房廊，寂不復見……哀鳴聲嘶……則一綠蜂，奄然將斃矣」（〈綠衣女〉）、「見任氏欻然墜於地，復本形而南馳」（〈任氏傳〉）、「忽變作老狐，宛轉而仆」（〈上官翼〉）、「至水竇，變成野狐，從竇中出去」（〈薛迥〉）、「及明，見窗中有血，眾隨血去，入大坑中，草下見一牝狐，帶箭垂死」（〈王黯〉）、「見牝狐死穴中，衣服脫卸如蛻，腳上著錦襪」（〈鄭四娘傳〉）、「以背蒙首，背壁臥，食頃無聲……見一狐死被中」（〈計眞〉）、「霹靂一聲，媚娘已震死閾閫矣……乃眞狐也，而人髑髏猶在其首，各家宅眷急取其所贈諸物觀之，其綠羅則芭蕉葉數番，臙脂則桃花瓣數片」（〈狐媚娘傳〉）、「衾將斂，尸化為狐」（〈蓮香〉）、「婦人大叫一聲，忽躍而去，立於屋瓦上……婦人遂委身於地，化為猿而死」（〈陳巖〉）、「遂裂衣化為老猿，追嘯者躍樹而去，將抵深山，而復返視」（〈孫恪〉）、「言訖，化為一猩猩與同岸相逐而走」（〈焦封〉）、「此去九里，有大蛟龍無首，長百餘丈，血流注地，盤洿數畝，有千萬禽鳥，臨而噪之也」（〈陸社兒〉）、「但見枯槐樹中，有大蛇蟠屈之跡，發掘，已失大蛇，但有小蛇，數條盡白」（〈李黃附〉）、「即化成白鶴，翻然高飛」（〈徐奭〉）、「有女子素衣來……後成白鷺去」（〈錢塘士人〉）、「轉眼化為鸚鵡，翩然逝矣」（〈阿英〉）、「草中見百合苗一枝，白花絕偉，根本如拱，瑰異不類常者……百疊既盡，白玉指環，宛在其內」（〈光化寺客〉）、「但白骨在床，發其篋，皆瓦石及紙錢耳」（〈漳民娶山鬼〉）、「果一盟器婢子，背書紅英字，在空舍柱穴」（〈張氏子〉）、「且出所得詩及金掩鬢等物，視之，皆泥捏成者……塑四美姬像於其中，東坐者失一掩鬢；右二人臂缺二鐲，耳亡雙鐺；左一人面，脫花鈿兩枚」（〈江廟泥神記〉）、「果自隙而出，入西幢，澄澄一燈矣」（〈楊禎〉）等——其實，「妖類」的愛情往往沒有結果，也正是肇

因於女妖們的原形被發現之故，而打破這種故事模式的，則要一直到清代的
《聊齋》。凡此，皆是以外表形貌或舉止來暗示此女的原形身份，似乎唯恐讀
者不明白人物原本爲何，與前者之往往唯恐讀者識破其眞實身份的寫法，大
異其趣。

　　就「妖類」年齡而言，其實大部份的篇章——尤其唐及其前——並未刻
意強調女妖的年齡。若就提及的篇章來看，其年齡層以及笄至二八者爲多，
恰在「鬼類」年齡層的前段，而與「仙類」的年齡層相近。其中原因，在於
「鬼類」的女性角色雖亦是他界之物，即使擁有一些陰界的法力神通，但其
年齡、形貌如何，卻是生前死時即已固定，無法藉由「幻術」加以變更。但
「仙」與「妖」卻是幻化而成，可以任意變換其形貌，做最「完美」的呈現，
令人玩味的是，竟然皆集中在如此稚嫩的年齡。

　　小說作者描寫「妖類」故事女性主角的容貌特質，有相當比例是言之籠
統含糊者，或但曰其美，或曰其爲好婦等。如「（蜂）妙好無雙」（〈蓮花公主〉）、
「（蜂）婉妙無比」（〈綠衣人〉）、「（鼉）容色甚美」（〈張福〉）、「（虎）姿容端
正」（〈虎婦〉）、「（豬）甚有姿質」（〈元佶〉）、「（豬）乃人間之極色也」（〈李
汾〉）、「（狼）容色美麗」（〈冀州刺史子〉）、「（狼）好女子」（〈黎氏〉）、「（狸）
美姿容」（〈淳于矜〉）、「（狸）容色甚美」（〈鄭氏子〉）、「（狸）容質甚美」（〈茶
僕崔三〉）、「（狐）作好婦形」（〈陳羨〉）、「（狐）姿容絕代」（〈上官翼〉）、「（狐）
色甚殊」又「女才質姿貌，皆居眾人先」（〈計眞〉）、「（狐）貌甚美」（〈徐安〉）、
「（狐）姝美」（〈李參軍〉）、「（狐）絕有姿容」（〈狐媚娘傳〉）、「（猩猩）殊常
儀貌」（〈焦封〉）、「（龍）甚有容質」（〈陸社兒〉）、「（蛟）見一美女」（〈老蛟〉）、
「（龍女）乃殊色也」（〈柳毅〉）、「（蛟？）絕色」（〈煙中怨〉）、「（蛇）美容貌」
（〈太元士人〉）、「（百合）姿貌絕異」（〈光化寺客〉）、「（盟器婢子）美人」（〈張
氏子〉）、「（神像）姿容絕世」（〈趙文昭〉）、「（神像）女子絕色」（〈花月新
聞〉）。如這些形容詞，可以很明顯的看出，不論物類，不分年代，其用語幾
乎沒有太大的出入，甚至，將之移至其他類型的女性角色身上，亦不見扞格
不入之處。

　　相較於前者的模糊，「妖類」的愛情小說中當然也有較明確的形容女性角
色外貌的。或是配合其之爲「女妖」的身份，而呈現出一種妖冶媚態之感，
如曰「（龜）姿性妖婉」（〈謝宗〉）、「（狐）妖麗冶容」（〈姚坤〉）等；或是楚
楚哀怨、動人心弦，如曰「（龍女）然而蛾臉不舒，巾袖無光，凝聽翔立，若

有所伺，東望愁泣，若不自勝」又「然若喜若悲，零淚如絲」（〈柳毅〉）、「（蛟宮之娣）含嚬淒怨，舞畢斂袖，凝然翔望」（〈煙中怨〉）等。儘管有這些異同的描述，但不論其原形為何，大致仍不脫「豔」、「麗」的原則。如曰「（龜）形甚端麗」（〈朱法公〉）、「（白魚）潔白端麗」（〈微生亮〉）、「（螺）容顏端麗」（〈吳堪〉）、「容色甚麗」（〈天寶選人〉）、「（貓）顏貌光麗」（〈顧瑞仁〉）、「（狸）年稚色豔」（〈梁瑩〉）、「（狸）姿容豐豔」（〈孫乞〉）、「容色殊麗」又「妍姿美質，歌笑態度，舉措皆豔，殆非人世所有」又「光彩豔麗」（〈任氏傳〉）、「（狐）豐姿端麗」（〈王璿〉）、「姿態絕豔」（〈衢州少婦〉）、「而李容色端麗，無殊少年時」（〈計真〉）、「一女子光容鑑物，豔麗驚人，珠初滌其月華，柳乍含其煙媚，蘭芬靈濯，玉瑩塵清」又「美豔」（〈孫恪〉）、「（龍女）逸豔豐厚」（〈柳毅〉）、「（龍女）容色穠豔」（〈凌波女〉）、「（蛟娣）豔女」（〈湘中怨解〉）、「（蛇）姿豔若神仙」（〈李黃附〉）、「（鵲）甚麗」（〈蘇瓊〉）、「（鳥）姿容殊麗」（〈泰州人〉）、「（蓮）容質豔麗」（〈蘇昌遠〉）、「（南山枯骨之精）容貌殊麗」（〈金友章〉）、「（畫像）姿色甚麗」（〈崔子武〉）、「甚麗」（〈畫工〉）、「（神像）塑容秀麗」（〈花月新聞〉）、「（燈）容色殊麗，姿華動人」（〈楊禎〉）、「（銀）年少端麗」（〈宜春郡民〉）等。

　　除了直接形容其容貌外，小說還往往由側面烘托或反襯其豔，最常著手的角度，就是女性角色的衣飾。不過，如「仙類」小說，雖描述上亦有相同的手法，但其人物衣飾多傾向於華美；「妖類」小說則不盡然如此，而是呈一極端表現，或者絕豔華麗一如前者，或者單色純淨，而後者這種裝扮，是各類女性角色中所僅見者。衣飾華麗者，如曰「（狐）被服粲麗」（〈武孝廉〉）、「（狐）衣服炫麗而黑醜」（〈醜狐〉）、「（牡丹）宮妝豔絕」（〈葛巾〉）、「衣服霞煥」（〈劉子卿〉）；作者大多簡略帶過，並不如女仙般描述較為詳細。衣裳簡單者，小說不是言其衣紅，便是衣白。衣紅者，如曰「（狐）果有紅衣人，振袖傾鬟，亭亭拈帶」（〈辛十四娘〉）、「（蛟）青衣而紅裳，哭甚哀」（〈趙良臣〉）、「（杜鵑）紅裳豔麗」（〈殷天祥〉）、「（耐冬）女郎偕一紅裳者來」（〈香玉〉）；衣白者，如曰「（猿）貌甚姝，衣白衣」（〈陳巖〉）、「（蛇）因見白衣之姝，綽約有絕代之色」又「少頃，白衣出，素裙粲然，凝質皎若，辭氣閑雅」（〈李黃〉）、「（百合）忽逢白衣美女」（〈光化寺客〉）、「（白蓮）素衣紅臉」（〈蘇昌遠〉）、「（白牡丹）見女郎素衣掩映花間」（〈香玉〉）。有趣的是，「白」似乎與「妖」關係十分密切，不但小說以衣白者最為普遍，甚至女妖

的原形也多爲白色〔註48〕，例如白蚯蚓（〈王雙〉、〈蔣教授〉）、蠹魚（〈素秋〉）、白狼（〈冀州刺史子〉）、雌白鵠（〈蘇瓊〉）、白鶴（〈徐奭〉）、白鷺（〈錢塘士人〉）、白蛇（〈李黃附〉）、白魚（〈微生亮〉、〈白秋練〉）、百合（〈光化寺客〉）、白蓮（〈蘇昌遠〉）、白牡丹（〈香玉〉）。而究其中原因，應不是來自單方面者。一方面，如上所舉許多物種之中，或有其常態中便有白色者，如花、蠹魚、鳥類等，但亦有所謂「白子」者，即其白色爲基因突變所成，並非常態所能見，如蚯蚓、狼、蛇、魚等。而後者在生物觀念並非十分科學化的古代，自然被視爲怪異，若要想像物類有所幻化，則此類「白子」自是最佳人選，也最具有說服力。另一方面，白色之物、或者「白」這個顏色對於心理層面言，往往可以起一種暗示作用，予以觀者一種潔淨、超然的正面感覺；小說若想消除「妖」所予人那種濃濁、邪魅、怪異的負面感覺，從而接受其所塑造出的佳麗形象，將「白」色運用於女妖身上，無疑的便可達到上述的效果。

要特別指出的是，由上述對女妖外表的形容，我們可以發現，它們不但簡略，且「端麗」、「豔麗」、「殊麗」等詞重複率亦高，可見小說作者們對於這類女性的印象似乎已形成一既定的模式。而這類的描述傾向，正和前面的「仙類」頗有神似之處。此外，在「仙類」故事中，女性主角往往伴有異香，「妖類」故事亦然。如日「（蜂）蘭麝香濃」（〈蓮花公主〉）、「（狸）覺異香馥烈」（〈茶僕崔三〉）、「（狐）異香錦衾」（〈西池春游〉）、「（狐）覺芳氣勝蘭」（〈嬌娜〉）、「（狐）驀聞奇香襲鼻」（〈衢州少婦〉）、「（狐）實以香屑蒙紗而步者乎」（〈辛十四娘〉）、「（蛇）聞其異香盈路」（〈李黃附〉）、「（鳥）異香芬馥」（〈鳥君山〉）、「（樹木）滿座芳香，馥馥襲人」（〈崔玄微〉）、「（牡丹耐冬）二人袖裙飄拂，香風流溢」（〈香玉〉）、「（牡丹）忽聞異香竟體，指膚軟膩，使人骨節欲酥，去後，衾枕皆染異香」（〈葛巾〉）。不論是以香氣強調女性主角的豔麗感，或是描述的香氣類型（傾向於濃烈者），種種塑造人物的方法，和前述的「仙類」，皆有類似之處。不過，雖然香氣的運用似乎普遍分佈於飛禽走獸動物植物，但主要還是集中表現於「狐」與「花」二類女妖身上——而它們在眞實世界中，本身便是具有某種明顯氣味，即所謂狐臭、花香

〔註48〕其實男妖也有類似的情形，而其蠱惑女子生下的異物，也多有白色，如〈補江總白猿傳〉的男主角是一隻白猿；〈王素〉寫白魚精誘惑女子，後者生下一物，其中皆是白魚子；〈杜修己〉薛氏爲犬妖所惑，生下一子，悉是白毛。

者。因此，「香氣」的出現，不可否認的也是爲了小說暗示手法的一種運用，以強調人物本身的原形特質。此外，如「郎君頗聞異香，某輩所聞，但蛇臊不可近」（〈李黃附〉）的敘述，雖於小說中僅一見，卻正好說明了「妖類」女性主角諸般美好的外貌，不過是用以媚惑人的手段；而技倆得以成功，則未嘗不是男性「色不迷人人自迷」的心理因素作祟之故。

不過，「仙」、「妖」之間畢竟還是有些許的差別，即「仙類」偏向於「冷豔」之感，「妖類」則並不刻意強調。究其原因，應在於異類幻化，目的便是勾動男性心弦，形成兩情相悅的情境，如果還刻意製造距離感，便與小說的設計理念衝突，因此自然應只見其「豔」而不見其「冷」。儘管有上述的微小差別，「妖」與「仙」在大體上還是十分類似；甚至，就其皆屬「非人界」這一點而言，謂二者實爲一體之二面，並不爲過。事實上，若干「妖」故事中，女妖有時和女仙的確分不太清楚。如有些具有「女神」（地方性的）或「帝女」身份的神祇〔註49〕，其塑像往往幻化成女子誘人，最後甚至被人焚燒毀壞〔註50〕。則就前者言，其爲神；就後者言，如此的變化及下場，其又爲妖了。此外，尤其是原形爲狐的一些女性角色，往往自稱爲「狐仙」或自言已登「仙品」者〔註51〕。「妖」與「仙」關係如此密切，因此，爲去除「異類」所予人之可怖感，遂可見小說強調女妖之「若仙」，以達誘導讀者對眼前的美女產生「心嚮往之」的目的。如曰「（蛇）神仙不殊」（〈李黃〉）、「（蛇）姿豔若神仙」（〈李黃附〉）、「（蓮）閱其色，恍若神仙中人」（〈蘇昌遠〉）、「（獐）芳容韶齒，殆類天仙」（〈花姑子〉）、「（狐）儀度嫻婉，實神仙也」（〈鴉頭〉）、「（狐女）嫣然展笑，眞仙品也」（〈小翠〉）、「（狐）見繡幕有女郎，麗若天人」（〈長亭〉）、「（狐）則二八麗者，縹服在室，眾以爲神……眞如懸觀音圖像，時被微風吹動者」又「驚爲天人」（〈小梅〉）、「（狐）楚楚若仙」（〈張鴻漸〉）等。就「妖」與「仙」皆屬「非人」的角度言，其之爲文人情色幻想的載體，二者似乎並沒有太大的差別。但是，「仙」與「妖」，畢竟一爲高高在上的天人，一爲他界之物類，其品級彷彿天壤雲泥；且同樣是不屬於我界之品類，與其嚮慕遙不可及的女仙，必須對之又敬又從，何不轉親

〔註49〕如〈趙文昭〉之清溪神女、〈王勳〉之華岳第三女等。

〔註50〕如〈江廟泥神記〉。

〔註51〕如〈胡四姐〉「得仙人正法」、〈辛十四娘〉「後蒼頭至太華，遇十四娘乘青騾，婢子跨蹇以從，問：……致意主人，我已名列仙籍矣。」、〈封三娘〉「妾少得異訣，吐納可以長生，故不願嫁爾。」

投懷送抱的女妖,可以任意親其芳澤?二者在性質上呈現如此強烈的對比,在外表上卻又如此的相似,則此小說現象背後深層因素中,有關文人情色幻想中的矛盾情結是很有趣也值得深究的。

必須指出的是,上述以「仙」喻「妖」的寫法,其實有很大比例是出自《聊齋》,由此可見《聊齋》對「妖類」的女性主角獨特的審美觀。普遍來說,「妖類」的女性主角所表現出的「豔麗」感,可以說此幾乎已成為一種模式,但《聊齋》卻試圖打破這種固定印象,而給予女妖〔註52〕們一些新的風貌。雖然,《聊齋》中的一些描述仍未脫前朝窠臼,如曰「容華絕代」(〈嬰寧〉)、「姿容絕俗」(〈蕭七〉)、「荷粉露垂,杏花煙潤,嫣然含笑,媚麗欲絕」(〈胡四姐〉)、「則傾國之姝」(〈蓮香〉)、「顏色頗麗」(〈狐諧〉)、「絕代姝也」(〈封三娘〉)、「麗人也」(〈張鴻漸〉)、「光豔尤絕」(〈長亭〉)、「光豔無儔」(〈狐妾〉)、「容光豔絕」(〈汾州狐〉)、「豔麗雙絕」(〈香玉〉)、「絕世美人也」(〈黃英〉)等,並無異於前人的描述。但是仍有一些敘述,傾向於將這些女妖們表現出一股娟秀清新的閨秀姿韻,如曰「則病態含嬌,秋波自流……嫣然微笑」(〈白秋練〉)、「弱態生嬌,秋波流慧,人間無其麗也」(〈青鳳〉)、「細柳生姿」(〈嬌娜〉)、「遇一小女,著紅帔,容色娟好,從小奚奴,躡露奔波,履襪沾濡」又「渠有十九女,都翩翩有風格……是非刻蓮瓣為高履,實以香屑蒙紗而步者乎……然果窈窕」(〈辛十四娘〉)、「丰韻殊絕」(〈阿霞〉)、「青梅長而慧,貌韶秀」(〈青梅〉)、「態度嫻婉,舉世無匹」(〈狐夢〉)、「雅甚娟好」(〈荷花三娘子〉)、「姣麗無雙」又「容光煥發」(〈阿繡〉)、「酣睡未醒,酒氣猶芳,賴顏醉態,傾絕人寰」(〈鳳仙〉)、「姿容秀美,又溫淑」(〈小梅〉)等,後者的描述,若與前文諸女妖的形容相較,只覺前朝諸妖大多俗麗有餘且濁氣十足,而《聊齋》中的花妖狐魅則不但不覺其俗,且較人間的絕妙女子更勝一籌。此外,前朝寫女妖,多只就其容貌敘述,少及人物的性情如何;《聊齋》則兼及姿態,並藉此寫人物的內在性情,使小說的描寫不會流於「『膚』淺」而已〔註53〕。如曰「笑容可掬」又「其聲嬌細」(〈嬰寧〉)、「女掩口局局而笑」(〈蕭七〉)、「嫣然含笑」(〈胡四姐〉)、「把袂歡笑,辭致溫婉」(〈封三娘〉)、「嫣然展笑」(〈小翠〉)、「姿致娟娟,顧之微笑,似將有

〔註52〕尤其是「狐妖」。
〔註53〕其實唐傳奇中亦可見對人物姿態的描寫,如〈任氏傳〉、〈申屠澄〉、〈袁氏傳〉等,但其「姿態」多只有「動作」的作用,如《聊齋》以性情寓於其中的寫法,並不多見。

言，因以秋波四顧」（〈阿英〉）等。我們不難發現，這些女妖的美好，有一個共同的特質：「笑」。在《聊齋》「妖類」的女性角色身上，我們常可以見到各種姿態不同的「笑」，而不論是那一種味道的笑容，總能使女妖們豔麗如花的容貌，不致成爲空有美麗卻毫無性靈的「畫皮」，而是生動鮮活、充滿了無限情意。因此，如〈嬰寧〉一篇，作者不但以「笑」妝點嬰寧動人無邪的氣質，更藉著嬰寧的「笑」打動男主角，藉著「笑」的變化寫這位女性角色心理世界的轉變，可謂將「笑」的作用發揮得淋漓盡至。而這些女妖形象的轉變，自然也寓意著這類人物形象內涵的轉變。

二、性　情

（一）仙　類

對應於上述宋明以前諸朝與清代《聊齋》對於女仙容貌敘述重點的同異之處，對女仙的「性情」與「專長」方面的描寫亦呈現相同的情形。我們可以很明顯的看出，在《聊齋》之前，對女仙的描寫，幾乎只及於其外在方面的容顏之美，或服飾之麗；至於其內在的性情（專長）如何，則多半付之闕如。而《聊齋》則已漸重女仙內在氣質而輕其外飾，其中的女仙各有其性情，人格呈現較前朝之徒具外表要完整且深刻得多。如文芳雲、文綠雲兩姊妹（〈仙人島〉）個性活潑輕俏，但又知進退分寸，嫦娥（〈嫦娥〉）、雲蘿公主（〈雲蘿公主〉）及錦瑟（〈錦瑟〉）則個性持重、喜怒較不形於色，後者且更慈悲爲懷。性情的差異，其實與其仙界的身份有觀，文氏姊妹是所謂「地仙」，當然人間味重些，尤其其慧點取笑，直與一般多才慧的青春期少女無什二致；其餘三位，一爲天上謫仙（嫦娥），一爲聖后之女（雲蘿公主），品極較高；而一位則年紀較長（二十餘），自然亦應表現出較端重的態度。

放眼小說演變史，小說作者對「仙類」女性主角性情方面的描寫，向來是較爲輕忽的；唯有《聊齋》似乎才發覺這些女仙也該有自己的喜怒哀樂。這種敘述人物手法上的覺醒，使得這類小說人物也更加的人性化，而更易爲讀者所接受與親近。

（二）夫妻類

相對於「容貌」（婦容）方面描寫的簡略，作者往往花費較多的篇幅陳述妻子們的「性情」（婦德）及「專長」（婦功）。可見對於不同身份的女性，作者所設定的形象比重亦有所異，對於妻子們的形象要求，顯然作者在意的是，

其所呈現出的，是否是一位完美稱職的妻子，而非只是徒有其表的「花瓶」而已。但是，不論六朝乃至於清代，作者們的形容詞雖有不同，總不脫所謂「賢」、「理」的範圍，而造成其同質性極高的有趣現象。

當然，這些妻子們呈現如此高的同質性，與其多爲作者定位爲士人之妻有絕對的關係。但值得注意的是，這種現象造成的影響是，一則過於強調女性主角的「內在」形象之完美，對於以「浪漫」、「感性」爲導向的愛情小說，便有難以發揮之苦。此外，由於在六類古典短篇文言愛情小說中，除「妓女類」外，「夫妻類」的篇章是六類故事中數量最少，但女性主角所表現出的形象特質同質性卻又是最高的，此遂導致「夫妻類」在愛情小說中，其故事表現較爲枯躁，而往往予人千人一面之感了。

（三）未婚類

在各類小說中，唯有「未婚類」女性角色的外貌、性情、特長是作者在各項描寫的比重上份量較爲相當的。

基本上，「未婚類」女性角色的品德皆不容置疑，如言「崔之貞愼自保，雖所尊不可以非語犯之」（〈鶯鶯傳〉）、「孝事舅姑，恭順夫子，一家內外，罔不稱賢」（〈連理樹記〉）、「言德工容，四者咸備」（〈瓊奴傳〉）、「女孝謹」（〈陳雲樓〉）。儘管如此，小說中的小姐們依然各有其脾氣個性，並非如「夫妻類」中的妻子們，似乎個性面目都沒有太大的差異，而這也是造成「未婚類」愛情故事面貌多變的一個很重要的因素。她們或是充滿著閨怨情態，如言其「時愁豔幽邃，恆若不識，喜慍之容，亦罕形見，異時獨夜操琴，愁弄悽惻」（〈鶯鶯傳〉）、「鶯既嫁而鬱鬱不得志，凡佳辰令節，異卉奇葩，輒對之掩鏡悲吟，閉門愁坐」（〈鶯鶯傳〉）；或是較爲嬌縱，如「內一老叟，若不爲意，韋氏怒而唾之」（〈鄭德璘〉）、「彈琴好弈，不知理家人生業」（〈陳雲樓〉）、「但頑女頗恃嬌愛好，門戶輒便拗卻，不得不與商榷，免他日怨遠婚也」（〈王桂庵〉）；或是溫柔婉約，如「賦性和柔，婉娩特甚，二嫂酷妒之，女不較也」（〈鳳尾草記〉）、「女爲人溫良寡默，一日三朝其母，餘唯閉門寂坐」（〈青娥〉）。幾乎一篇小說就有一番性情，小說也因此呈現出多樣化的表現，使「未婚類」愛情篇章格外的引人入勝。

與其他類型的短篇文言愛情小說相較，其他各類小說女性主角的諸項個人特質，在不同時代多少都有不同比重的描寫，或重容貌，或重性情，或二者兼具……只有「未婚類」的女性主角，不分朝代，總能呈現一內外兼美的

特色，不會過分流於浮豔，或矯枉過正以致呆板。未婚類的女性主角，似乎是歷代小說作者最鍾愛的女兒。

（四）妓女類

對於這類女性主角的性情，小說多半強調其「慧」與「傲」。前者固與其職業所需有關，若不善於察顏觀色、體貼人意，如何能引君入甕？因此，李娃（〈李娃傳〉）與鄭生由初見到重逢，幾個眼神、幾番應答，便逗引的這乍入社會的嫩雛傾囊以授；而娟娘（〈彭海秋〉）為道士攝來陪宴，即使對眼前狀況滿腹狐疑，也仍能「含笑唯唯」。從另一角度來看，此輩女流若不聰明穎慧，如何能在送往迎來之間攫獲知心人、追求真愛？此外，由於小說所設定的，多半為所謂「名妓」之流——否則，若是一般野花，又何值得作者大書特書？——因此，在對自身才貌的自負、鴇兒的奇貨可居、恩客的趨之若鶩等多方心理因素堆疊下，小說中的妓女們多半流露出一股自我意識極強、自命不凡或不屑一顧的神氣。如「李氏頗贍，前與通之者，多貴戚豪族，所得其廣，非累百萬，不能動其志也」（〈李娃傳〉）、「有一仙人，謫在下界，不邀財貨，但慕風流」（〈霍小玉傳〉）、「少年子弟，爭登其門，不惜金帛，盈遴簡嘉藕，乃許一笑」（〈吳女盈盈〉）、「客求見者以贄，贄厚者接一奕、酬一畫；薄者留一茶而已」（〈瑞雲〉）等，皆可見其心性之高傲自我。又如李娃之堅持收容鄭生、脫離姥姥，並一意輔助鄭生恢復課業、連番告捷；及霍小玉對李益「自知非匹」，但她還是在絕境中求最後一絲可能，而提出了相守八年的要求。像這些敘述及人物所表現出的舉動，充分顯示出妓女一類的女性主角，雖然是三類人間女性主角中地位最卑下者，但她們面臨人生的抉擇時，卻往往是最清楚「我要什麼」，且最勇於去實踐。因此，性情之「傲」的這層設定是有其必要性的。因為「妓女」以服務伺候客人、討人歡心為主，本是最沒有自我個性；唯有賦予小說中的這些女性主角以一身傲骨，方能造成一種反差效果，使深藏於其卑賤社會烙記下特殊而可貴的人格特質獲得最大可能的突顯，從而使這個角色獲得讀者的同情與共鳴，進而接受可能不符合社會現實的小說情節結尾。

（五）鬼　類

明代以前「鬼類」愛情篇章的女性角色，多只集中描寫其容貌，女鬼的性情如何，並未多加著墨；明清以下，才見對女鬼的性情方面加以敘述。這

點，亦與「仙類」的現象類似。在各篇對於女鬼的描述方面，一般多與良家女兒或妻子的標準並無差別，或溫柔有禮，或貞靜端謹，如曰「舉止溫柔……奉長上以禮，待僕婢以恩，左鄰右舍，俱得其歡心；且勤於治家，潔於守己，雖中門之外，未嘗經出。眾咸賀生得內助」（〈滕穆醉遊聚景園記〉）、「妾沉鬱獨居，無以適意，每於此吟弄，聊遣幽懷」（〈秋夕訪琵琶亭記〉）、「而女孝謹，顧家中貧，便脫珍飾，售數萬」（〈晚霞〉）、「陳密扣商所為，終不洩，其隱人之惡如此……烈魂不散耳」（〈林四娘記〉）、「女厲聲抗拒，紛紜之聲，達於間壁」（〈阿霞〉）。但亦有與其「鬼」身份較符合者，而顯露出較特異的性情，或表現為一股憂鬱而略帶神經質的氣質，如「遙見女郎，獨行邱墓間，神情意致，怪似九娘……女竟走，若不相識……色做怒，舉袖自障……則澌然滅矣」（〈公孫九娘〉）。或俏皮促狹，如〈小謝〉中的小謝與秋容，「長者翹一足，踹生腹；少者掩口匿笑……女遂以左手拊髭，右手輕批頤頰作小響，少者益笑」、「夜將半……覺人以細物穿鼻……但聞暗處隱隱作笑聲……俄見少女以紙條撚細股，鶴行鷺伏而至……飄竄而去……又穿其耳……雞既鳴，乃寂無聲」、「少者潛於腦後，交兩手掩生目，瞥然去，遠立以哂」，事實上，這樣輕俏的形象，反而在狐妖故事中較為常見。

　　附帶一提是，「鬼類」小說不同於前述諸類型小說的是，「鬼類」的愛情篇章中，亦可見對於女鬼「行動」的描寫。而雖然女鬼性情各異，或許與其畢竟為「陰物」的性質有關，總是傾向於「幽靜」的一面；因此，配合女鬼貞靜的個性，女鬼的舉止也是充滿了輕虛陰柔之感。如「有美女從西北阪壁中出」（〈李陶〉）、「旋聞室北角悉窣有聲，如有人形，冉冉而至，五六步即可辨其狀……與昔見不異，但舉止浮急，音調輕清耳」（〈李章武傳〉）、「婷婷嫋嫋，迤邐投西而去」（〈牡丹燈記〉）、「乘月去，飄忽若風」（〈伍秋月〉）、「暗中鬼影幢幢……鶴行鷺伏而至……飄竄而去」（〈阮小謝〉）、「無病乃先趨以示之，疾若飄風」（〈呂無病〉）。由於女鬼的原形多是嬌麗的處女，因此其形象塑造的重點上，除了表現「鬼」的特質外，仍難免前者的痕跡，使女鬼整體形象的呈現，便可見與其他類型的人物有重疊模糊之處。但對人物「行動」的描述，卻是其他類型絕無僅有的。

（六）妖　類

　　前朝對於女妖性情的描寫，較突出者集中於虎、猿猴及狐三類女妖身上。就前兩類類言，其實描寫較完整的也只限於唐代少數篇什而已。如〈申屠澄〉

的虎妖、〈陳巖〉及〈袁氏傳〉的猿妖等，皆可謂唐傳奇妖類愛情小說中個性較明顯的一些女性角色。但〈陳巖〉寫猿妖發怒撕毀陳巖衣物、又使陳巖受盡皮肉之苦。可謂描寫得淋漓盡至。但猿妖兇性之發作，往往突然而來，缺乏性格上的解釋。若與《聊齋・江城》寫江城之虐待其夫之狀，便很明顯可見前者之兇狀，純然顯示乃獸性大發而已，其性格中的妖性如此之濃，則寫的畢竟是「獸」而非「類人」。至於其餘二篇則非常類似，皆具有端謹落落大方中略帶愁怨的特質，但除非篇首及篇末對於其原形的暗示，否則讀者無法看破其之為妖的身份；而這樣的形象呈現，則並未跳脫一般小說對於士人階層女子的描寫。

歷來對於狐妖的性情是各類妖故事當中最見刻畫的；但《聊齋》之前大部份的狐妖亦同前述的虎妖，小說作者總是因襲一般小說中閨秀賢婦的特質：貞靜賢淑、知禮端謹。如「每到時節，狐新婦恆至京宅，通名起居，兼持賀遺及問訊」(〈賀蘭進明〉)、「祇對皆有禮，由是人樂見之。每至端午及佳節，悉有贈儀相送」(〈王璿〉)、「有佳客至，則呼之侑酒，無事輒終日閉泊，未嘗時節出嬉」(〈玉真道人〉)、「媚娘賦性聰明，為人柔順，上自太守，次及眾官之室，各奉綠羅一端、朵脂十帖，事長撫幼，皆得其歡心，由是內外稱譽，人無間言」又「暇則恭自紡績，親繰蠶絲，深處閨房，足不履外閾」(〈狐媚娘傳〉)等，皆塑造成賢德女子的典範，極為世故。惟〈任氏傳〉的狐妖任氏，有較生動的設計。小說描寫任氏的個性頗具江湖氣息，她有點自卑，卻又十分自信〔註54〕，敢愛敢恨，恩怨分明，重然諾，講義氣，為求報答知己有些不擇手段，為知心人明知丟了性命亦在所不辭。任氏的個性是如此人性化，卻又迥異於當代小說閨閣青樓中的鶯鶯燕燕們；她頗有「俠」的味道，不太按社會既定的行為模式或道德標準行事〔註55〕，不甘心只做個呆板

〔註54〕〈任氏傳〉「任氏側身周旋於稠人中以避焉，鄭子連呼前迫，方背立，以扇障其後，曰，公知之，何相近焉？鄭子曰，雖知之，何患？對曰，事可愧恥，難施面目。」顯示任氏對自己的身份頗有羞愧之意。而韋崟與其交為異性知己，並供應其生活所需時，任氏要求韋崟交給她一些困難的任務，以便她為其完成而顯示報答之誠意，小說寫道「任氏知其愛己，因言以謝曰……或有妹麗悅而不得者，為公致之可矣，願持此以報德。……旬餘，果致之，數月厭罷。任氏曰，市人易致，不足以展效，或有幽絕之難謀者，試言之，願得盡智力焉」——後果達成韋崟所願。此正充份顯示任氏對自己能力的自信。

〔註55〕如前所述任氏對自己能力自信的表現，其實卻糟蹋了別的女子的貞潔，客觀而言，是不道德甚至不合法的。

的標準賢婦人，因此小說突出她這種不照章行事的不羈性情，乾脆藉其口自述「家本伶倫，中表姻族，多爲人寵媵」，以便呼應其行爲之「脫軌」。像這樣的描寫，是前朝甚至唐代小說中所罕見者，卻頗與《聊齋》的描寫有類似之處。

除任氏外，宋代小說中亦偶見性情特出的狐妖，如獨孤氏（《青瑣高議‧西池春游》）。其特出之處，在於前朝的狐妖們，不論性情如何巧慧靈點，在人格特質上仍是傾向溫厚的、在感情態度上亦持守被動地位。宋代此位狐妖則否，完全是一付強悍主動的女強人模式，除了在情感上採主導，甚至還表現出明顯的佔有欲；對情郎更是愛憎分明：愛之欲其生、「負」之欲其死，全然顛覆了既有的婦女閨範。試觀其一開始對侯生採取主動，連番投詩相誘；引君入甕後又欲擒故縱，使侯生反而思念更殷；至於出入相隨、爲夫理家治產等等，男主角侯生完全在其掌握之中。而獨孤氏先有妒逐青衣、拒夫納妾；後又對侯生另取施加報復，致其妻亡家破、落魄街頭，而自己卻早已另擇良木而居，種種作爲，充份表現出其愛恨分明的強烈性格。而這樣強烈的人格特質之外，故事尾聲卻峰回路轉，不但安排獨孤氏的報復到此爲止，還在街頭偶遇時施錢與侯生，以示舊情難忘之意。使得對於獨孤氏的敘述情境方面，呈現一正面的筆觸。獨孤氏的形象，充滿了強烈的女性自覺色彩，確是歷朝短篇文言愛情小說所罕見者，但它，卻是個特例！而作者於篇末評論道：「鬼與異類，相半於世，但人不知耳。觀姬一事何怪？」以一「怪」字對這樣的女性行事蓋棺論定，評論者的否定語氣及藉事諷刺的意圖昭然若揭，其與人物形象的顛覆色彩及敘事的正面筆調之間所形成的弔詭，耐人尋味。

妖類故事最精彩的，自屬《聊齋》眾妖。其花草蟲魚鳥獸諸妖，性情各異，的確跳出了前朝普遍向閨閣婦女看齊的刻板模式。其或理性孤傲，如菊妖黃英、耐冬妖絳雪、紫牡丹妖葛巾；或柔情嬌弱，如白牡丹妖香玉、魚妖白秋練、鸚鵡妖阿英、鼠妖阿纖等；或慧點俏皮，如蠹魚妖素秋、獐妖花姑子；或嬌縱任性，如蓮花公主、青蛙妖十娘等。這些女妖的塑造，多能依據其原形的特質而加以發揮，並非只是塑造一個「異類」而已，因此，多能於「摩形」之外，亦深入人物的內在而「寫情」。然而，上述《聊齋》諸妖，若以物種言，多是各類零星出現；出現頻率最高者，則非狐妖莫屬。

這種現象，其原因除作者特加青睞外，前朝小說所形成的狐妖志怪傳統，

也有直接的影響。有趣的是，在《聊齋》中刻劃最力的兩種異類：狐妖與女鬼，其性質雖屬他界之物，但《聊齋》對二者性情的描寫很不一樣。後者本為人，而體質虛空，舉動浮輕，因此個性亦傾向於陰柔；狐本質為獸，行動敏捷，因此即使幻化為人形佳麗，性格亦傾向陽剛，而且多多少少都有人情之內、卻非世俗常態的行為發生。如〈嬰寧〉以「笑」來表示狐女嬰寧如春陽照室般的性格，她無處不笑、無事不笑，如此肆無忌憚，世間女子豈敢如此囂張——連其大母都不得不承認：「亦不鈍，但少教訓，嬉不知愁」、「呆癡才如嬰兒」；但卻又璀燦可人，跟本就是解語花：「但聞室中吃吃皆嬰寧笑聲……女猶濃笑不顧……始極力忍笑，又面壁，移時方出，纔一展拜，翻然遽入，放聲大笑，滿室婦女，為之粲然」、「但善笑，禁之亦不可止，然笑嫣然，狂而不損其媚，人皆樂之，鄰女少婦，爭承迎之」。〈鳳仙〉寫狐妖鳳仙因不滿父親嫌貧愛富，不以青眼向白丁，竟在其壽宴唱悲曲，以諷刺其父，兼以表態：「鳳仙不悅曰，婿豈以貧富為愛憎耶……鳳仙終不快，解華妝，以鼓拍授婢，唱破窰一折，聲淚俱下。既闋，拂袖竟出，一座為之不懽」如此任性、如此頂撞，既出於人情，但卻又非人間孝子賢孫所敢為者。〈小翠〉寫狐女小翠代母報恩，翩然出現王子常府，配與癡子元豐，終日為伴「第善謔，刺布作圓，蹴踘為笑，著小皮靴，蹴去數十步，紿公子奔拾」、「女闔戶，復裝公子作霸王、作沙漠人，己乃豔服束細腰，扮虞美人，婆娑作帳下舞，或髻插雉尾，撥琵琶，丁丁縷縷然，喧笑一室，日以為常」，其頑皮慧黠，全然是這個年齡女孩子好玩諧謔本性的流露；但「夫人往責女，女惟俛首微笑，以手床，既退，憨跳如故」、「以脂粉塗公子作花面如鬼……呼女詬罵，女倚几弄帶，不懼亦不言」、「夫人怒，奔女室詬讓之，女惟憨笑，並不置詞」，如此蠻不在乎，絕非一向受「柔順」閨訓薰陶的女兒所能表現。其他如〈紅玉〉中的狐妖紅玉性格乾脆、幹練俐落，「乃翦莽擁篲，類男子操作」、「遂出金治織具，租田數十畝，僱傭耕作，荷鑱誅茅，牽蘿補屋，日以為常」，簡直可以譽美今天所謂女強人；但是其親自下田操作、拋頭露面的張羅傭工，似乎也並非一般婦女做得到的。〈嬌娜〉中的狐妖嬌娜，精通醫術，於危難之間，不以男女為嫌，親自把脈下刀醫治孔雪笠，「女乃斂羞容，揄長袖，就榻診視……乃一手啟羅衿，解佩刀、刃薄於紙，把釧握刃，輕輕附根而割，紫血流溢，沾染床席」，初見陌生人，她並非無少女的羞怯，但是卻能識大體，親切而冷靜的為所當為；至如見孔生為救己而遭不測，為救孔生，竟「使松娘奉其首，

兒以簪撥其齒，自乃撮其頤，以舌度紅丸入，又接吻而呵之」，如此眞情流露，卻絕不會予人逾禮之感，其間分寸，確非人間女兒所能拿捏踐履。至於〈青梅〉的狐女青梅爲報恩，向其主推薦理想的夫婿人選，而後又當機立斷、勇於選擇自己的伴侶，像這樣恩義分明，不但有自我主張，且敢於實踐，相較其主的猶疑以致錯失良機，皆是一般世間女子所不能爲者。這些狐妖們形象傑出之處，在於與前朝的同類相較之下，雖更具有人味，但是，卻不至於令人以爲其就是人。同時，如唐代的任氏，即使性格塑造的如此立體，但終究還是較原始些，但免不了現出原形的窘態；《聊齋》的狐妖們則大多不必靠現出原形來點明自己的原形，小說作者乃藉著其性情表現不同於一般循規蹈矩、只知謹守閨訓的凡人女子，而是本色十足，充份表達出自己的喜怒哀樂的這層特色，來塑造其「妖性」之所在。相較於一般世間女子們總是表現出一個「超我」大於「自我」的充份「社會化」的性格，《聊齋》的狐妖們，卻是「自我」大於「超我」。如此的塑造手法，不但能展現多種不同的人物面貌，鮮明生動的突出狐之所以爲狐的特色，更能使讀者益覺人物親切眞實，從而接受作者所欲藉著這些可愛的狐妖所寓寄的一些理念看法。如此的形像塑造手法，不但活化深化了「妖類」故事女性角色的內涵，更提升了這類故事的境界與意義。

　　不過，雖然《聊齋》對於「妖類」的女性主角形象塑造有如上述的成就，我們仍不能不承認，在《聊齋》中仍有一些女妖雖然其形象亦鮮活可人，但性格的塑造依然跳脫不出傳統的格局，或甚至呈現矛盾之處。如〈青鳳〉之狐妖青鳳端謹嬌怯，對於耿去病之狂妄，屢屢以閨訓嚴格婉拒：「驟見生，駭而卻走，遽闔雙扉……女遙語曰，惓惓深情，妾豈不知，但閨訓嚴，不敢奉命。」又「女羞懼，無以自容，俯首倚床，拈帶不語。……女低頭急去」；而〈小梅〉的狐妖小梅，則是「雖然一夕數見，並不交一私語」，她們較「未婚類」中的閨女還要拘謹。而知〈辛十四娘〉之狐女辛十四娘，小說言其「爲人勤儉灑脫，日以紝織爲事，時自歸寧，未嘗踰夜」又「日杜門，有要訪者，輒囑蒼頭謝門」；〈青梅〉的狐女青梅，亦是「入門，孝翁姑，曲折承順，尤過於生，而操作更勤，廢糠秕不爲苦，由是家中無不愛敬青梅」；這些角色所表現出的，全然是一付人間幹練婦女的家主婆架勢。如後二者，其在形象的塑造上，一方面如前文所舉例，固可見其過於常人之處；一方面，在某些地方，卻又不能免俗的必須以傳統女性的行事標準爲準則，遂使「狐」

的慧黠靈巧，因人間的行爲標準減色不少。她們所表現出的種種性格舉止，或許確能符合傳統社會對於兩性規範或主婦職責的要求，而做爲一種絕佳的示範——甚至，也許這就是作者作意所在——但，那種彌足珍貴的自然本色的失落，不但使「妖類」小說的迷人處減色不少，更令人惋惜其使《聊齋》的進步意義打了不少折扣。

不過，大體而言，《聊齋》對於描寫「妖類」女性角色所展現的成就仍相當可貴。而我們所當珍視的，除了作者慧心之難得，最主要的價值，還是在於其打破了歷來小說乏於描寫女妖性情的缺失。深究後者原因，或許是因爲「女妖」本身的身份便已極爲特殊，加上其出現於愛情小說中的動機便是該對其中的男性主角施以色誘、令其動心，爲求在有限篇幅中達到目的，難免總是止於人物表面條件的夸飾，而不及於其內在的刻畫。因此《聊齋》對於人物性情專長著墨頗多，除了標示了小說進步之跡；其更深層的意義，也意味著「妖類」本身的形象內涵，及其所突顯出的男女關係已有所轉變了。

三、特　長

（一）仙　類

如前所述，在《聊齋》之前，小說對女仙的描寫，幾乎只及於其外在的容顏之美，或服飾之麗；至於其內在的性情如何，或有任何專長，則多半付之闕如。有者，也是很普通的長於書札（〈楊眞伯〉）或歌舞（〈玄天二女〉）而已——甚至，這種專長令人很容易與如〈遊仙窟〉之類表面寫遇仙、其實寫嫖妓的豔情小說中十娘之類的女性產生聯想。而《聊齋》中的女仙們，嫦娥擅長擬態、芳雲學富五車且會法術變幻、雲蘿公主善弈及女紅、西湖主則長於運動武事、翩翩及蕙芳皆會法術。眾女仙們雖然各擅勝場，但仍傾向於道家法術的展現，此自與其爲仙人身份之背景不無關係。

當然，《聊齋》與其前朝的小說表現會有如此的差異，應與小說進化、情節設計及人物重心的表現有關。就後者言，尤其是六朝的小說，篇幅既短，且小說對於女仙的表現重點及出現意義，在於扮演某位書生一段露水姻緣式豔遇中的豔女而已，因此在這些小說裏，重點在於書生及其豔遇，則不管其遇仙、遇鬼、遇妖，其實意義都差不多。在這裏速食式的、一面之緣的男女遇合關係中，對於女仙的描寫，自然會流於表面化。而《聊齋》寫凡間男子

與女仙的相遇，重點在於二人的姻緣乃至愛情的描述及闡釋，甚至人物表現的重點亦可見放在女性主角身上者；加之以傳奇體寫男女情事，自然刻畫委曲詳盡，對於人物的述敘，更可由外表而寫至內在，做較完整的表現。

（二）夫妻類

如前所述，「夫妻類」的女性主角由於身份侷限性最大，因此作者在塑形方面空間亦非常有限。正如其在「性情」描寫所呈現的高度同質性，具妻子身份的女性主角，小說多寫其專長就是知書能文而已。〔註56〕

（三）未婚類

作者對於「未婚類」的「專長」往往可見相當篇幅的描述。事實上，對於「未婚類」的愛情小說總是以「結為連理」為愛情的終極目的這點而言，所有適齡未婚女性所具備的條件其實都可視為將來「人妻」的準備工作，其所具備的專長，也都朝「為人妻」的養成教育而設計。因此，小說對於這些佳麗的「婦功」自然也就備加囑目。

「未婚類」中女性角色的專長，除了讀書識字之外，多集中於三項：女紅（刺繡）、音樂（包括音律及樂器）、詩文。三項之中，或長於某一單項，或第二三項兼擅；就後者言，因為譜曲必然填詞，因此音樂與詩文往往觸類旁通，彼此兼長。有趣的是，小說中長於女紅者，半不及於知音識字；而知音識字者，則多不言其擅於女紅〔註57〕。若同時對照其身份，便可發現，似乎大部份單純喜好詩文或女紅者，多來自一般平民家庭；而精通音律者，其出身都較特別。就前者言，小戶人家的女兒，便精於刺繡；若是士人階層，或者富商之女，則長於詩文。而這種不同領域專長所造成的效果，便使一則可見小家碧玉的靈巧，一則可見大家閨秀的雅致，塑造出不同的形象效果。而其中的意義是，不同身份階層的各類人物，其行事方式、行為標準、世俗顧忌可能便有所差異，從而造成不同的情節結構。至於後者，其或為他人姬妾（如步飛煙、柳氏）、或為女道士（如陳雲棲）、或為俗稱「拖油瓶」者（如瓊奴）〔註58〕。而同樣是對正常完整婚姻與真正愛情充滿了渴望，藉著不同

〔註56〕專長中另有一較特出的本領：持家（〈江城〉）；但這點尚須與《聊齋》其它篇章並觀，才能得到一較完整的結論。

〔註57〕只有〈鶯鶯傳〉例外，小說言其「喜文詞，猶精於剪製刺繡之事」。

〔註58〕若一般平民家庭的女子，當然也可能會「琴」，因「琴」本是傳統士人案頭之物，此如〈連理樹記〉中的賈蓬萊，小說即言其「娛情琴畫」。不過，與前文

專長所描繪出的不同社會階層、家庭地位處境乃至心靈氣質的女性主角，其遭遇及下場卻迥然不同。

（四）妓女類

在「妓女類」中，作者往往花費較多的篇幅來描繪女性主角動人的容貌姿態等，然所謂「色藝雙絕」，妓女的才情亦很重要。在專長方面，不是長於音樂歌舞，就是擅於詩書染翰，或是二者兼擅；但是，有一點是妓女們所無的，即「女紅」。在「妓女類」的愛情篇章中，小說作者敘述這些女子們的「才藝」，不是詩、書、琴、棋，便是歌唱、舞蹈，手工方面如刺繡等，則從未言及──而這些也是正與前述「未婚類」的形象特質的同異之處。「未婚類」中強調長於詩書者與精於剪刺者不分軒輊，對音樂的能力，則並不刻意強調；但在「妓女類」中，卻總先強調其顧曲能力，其次再言其亦會詩書等等。顯然，良家與賤民之別，才妓與才女之異，也就在於此。然而自另一角度言之，清清白白的良家女子，與歷盡風塵的妓女，除了女紅一項外，在形象的設定上竟有如此相近之處，卻也頗耐人尋味。

（五）鬼　類

在人物的專長方面，「鬼類」的女性角色與「仙類」不同的是，二者皆非現實界的人物，但後者在小說中不乏對於其「神通」的描寫，前者卻少極見足以表現「鬼」氣、暗示其特殊身份的專長。有者，如「居無何，簿妻病心痛瀕死……英以藥一劑授齊生，云以飲爾嫂，世間百藥不能起其疾，當有瘳，若不吾信，則死矣」（〈縉雲鬼仙〉）、「我鬼也，不從吾言，力能禍汝……汝近日於某處行一負心事，說出恐就死耳」、又「凡吾閭有訪陳者，必與狎飲，臨別輒贈詩，其中廋詞，日後多驗」、「有一士人，悅其姿容，偶起淫念，四娘怒曰，此獠何得無禮，喝令杖責。士人忽然仆地，號痛求哀，兩臂杖痕周匝。眾為之請，乃呼婢東姑持藥飲之，了無痛苦，仍與驩飲如初」（〈林四娘記〉）。像這些描寫女性主角幽暗力量之威力者，皆難免與人恐怖之感。因此，為免（讀者）記起其「女鬼」的身份，小說總是傾力量現其之為一個可人伴侶的魅力，而長於琴棋書畫的女鬼，遂屢屢可見。而女鬼所以令人忘卻恐懼、嚮往豔羨，其魅力絕大部份正是來自其豐富的才情。善弈者，如「源素不善弈，

諸篇之特意強調不同的是，此處只是帶過一句而已，顯然對此位士人之女，所重者還是其詩文方面的才華。

教之弈，盡傳其妙，凡平日以其稱者皆不能敵也」（〈綠衣人傳〉）、「使楊治棋坪，購琵琶，每夜教楊手談」（〈連瑣〉）。會畫者，如「女善畫蘭梅，輒以尺幅酬答，得者藏什襲以爲榮」（〈聶小倩〉）。但儘管目的都是強調其聰慧才情，大量充斥於小說中的，仍是對於其能文知音的描寫爲主。知音律者，如曰「女郎乃撫琴揮弦，調韻哀雅，類今之登歌……此非俗所豔所宜，唯岩栖谷隱可以自娛耳……乃鼓琴，且歌遲風之詞」、「乃令小婢取箜篌，作宛轉歌……女郎脫頭上金釵，扣琴弦而和之，意韻繁諧」（〈王敬伯〉）、「少所習，乃撫軫泛弄冷然」（〈王垂〉）、「願歌鳳棲之曲，即歌之，清吟怨慕」（〈梁璟〉）、「每與闔戶雅飲，談及音律，輒能剖析宮商……兒時之所習也，唱伊涼之詞，其聲哀婉。」（〈林四娘〉）、「使楊治棋坪，購琵琶，每夜教楊手談，不則挑弄絃索，作蕉窗零雨之曲，酸人胸臆，楊不忍卒聽，則作曉苑鶯聲之調，頓覺心懷暢適。挑燈作劇，樂則忘曉」（連瑣）、「其聲梗澀，似將效己，而設絃任操若爲師……至六七夜，居然成曲，雅足聽聞。」「少喜琴箏，已頗能諳之，獨此技未有嫡傳，重泉猶以爲憾」（〈宦娘〉）。懂詩文者，如曰「子婦……又贈詩曰……」（〈李章武傳〉）、「某亦嘗學詩，欲答來贈，幸不見誚……美人求絳牋……其筆札甚工，翻嗟賞良久」（〈謝翱〉）、「爲詩以贈穆曰……穆深嗟歎，以爲班婕妤所不及也」（〈獨孤穆〉）、「妾雖不敏，亦頗解吟事，今既遇賞音，而高山流水，何惜一奏，因盡出其家所藏唐賢遺墨示洙，其中元稹、杜牧、高駢詩詞手翰猶多」（〈田洙遇薛濤聯句記〉）、「又每與公評騭詩詞，瑕則疵之；至好句，則曼聲嬌吟，意緒風流。公問，工詩乎？曰，生時亦偶爲之。視其詩，字態端好」又「性耽吟詠，所著詩，多感慨淒楚之音，人不忍讀」（〈林四娘〉）、「既翻案上書，忽見連昌宮詞，慨然曰，妾生時最愛讀此，殆如夢寐」又「與詩談文，慧黠可愛，窮燭西窗，如得良友」又「女每於燈下爲楊寫書，字態端媚，又自選宮詞百首錄誦之。」（〈連瑣〉）、「且是女學士，詩詞俱大高」（〈公孫九娘〉）、「惜餘春之俚詞，皆妾爲之也」（〈宦娘〉）。

這些才情，與前述「妓女類」女性主角的現象極爲類似。事實上，如果我們從一個比較寬鬆的角度來審視「妓女」與「女鬼」這兩類女性，她們之間倒頗有一些共同點。其一，她們皆是社會主要架構〔註59〕之外的女性。前者本爲社會的邊緣人，因此連鴇兒也得稱爲「假母」；後者根本爲非現實界的人。其二，她們都是「等級」較低的女性。前者相對於「平民」階層而言，

────────────

〔註59〕皇室以下，傳統的社會主要結構組織爲個人──家庭──宗族。

乃「賤民」階級；後者則相對於「人」而言，爲「異類」。其三，她們都不必
負擔家庭責任，因此對男性的作用而言，「娛悅」的作用要大於「生計」的作
用。其四，這兩者在感情的表達上，都允許較大的空間，較自由的方式——
因爲前者生存的本領就是「賣笑」，後者則基本上可以不理會陽間律法的限
制。基於這些因素，既然女鬼作爲男性對情色的一種嚮往與寄託，如何令愛
情小說中的「鬼類」故事的女性主角具備「娛心」的條件，而足以令男主角
動心，足以令人拋卻恐懼厭惡、而迸出愛情火花？則在現實界中，專以吸引
異性爲業的高手「妓女」的若干特質，自然成爲這些女鬼量身訂做的參考依
據了。

除了上述特質，小說仍可見女鬼的其他專長，如「言語」。如曰「陳說語
言，奇妙非常」（〈徐玄方女〉）、「其談慧辯不可言」（〈王垂〉）、「言談晤黠，
姿態橫生」（〈史翁女〉）、「言詞慧利」（〈滕穆醉遊聚景園記〉）、「每說秋壑舊
事，其所目擊者，歷歷甚詳」（〈綠衣人傳〉）、「韶聞其論，心甚服焉，其所言
當時宮掖間事，多不悉記」（〈秋夕訪琵琶亭記〉）。不過，我們可以發現，通
常長於言談的，都是具有歷史背景的女性主角；而這些對話所關注的，也多
是一些歷史陳蹟、或渺冥不可知之事；再對照一些夫妻故事中，在世之夫往
往對去世還魂之妻詢問一些幽冥之事，其所佔篇幅，有時甚至超出對夫妻之
情的描寫〔註 60〕。可見前者重點主要還是在於藉此顯示作者對歷史幽冥之事
的興趣，倒非刻意表現女鬼的才華。

此外，由小說中另外可見的一些零星散見的特長中，我們可以看出作者
對於「女鬼」複雜的情結。小說可見女鬼亦具備一般「良家婦女」甚至「賢
妻」的才能：或爲女紅，如「於女工特妙，王之衣服，皆其裁製，見者莫不
歡賞之」（〈王玄之〉）；或強調其博學多識，「女翻檢得之，先自涉覽，而後進
之」（〈呂無病〉）；甚至對於經濟來源的供給，「子婦所供費倍之」（〈李章武
傳〉）、「每至必有贈餉，初但得錢，久而攜銀盞，浸浸及於瓶罍，所獲不勝多」
（〈南陵美婦人〉）；或公務之餘的襄助，「凡署中文牒，多出其手，遇久年疑
獄，則爲廉訪始末，陳一訊皆服。觀風試士，衡文甲乙，悉當，名譽大振」（〈林
四娘記〉），對於這些才幹的稱道，顯示小說作者對於身旁的幽冥紅粉，所希
冀的不僅是精神心靈上的愉悅感，還有實際生活中的效益收穫，而後項才能
的設定，使女鬼的身份性質中，亦參雜了一般人間對於賢妻或良家閨女的標

〔註60〕如〈許至雍〉。

準與期待。

　　然而，在現實社會中「妓女」與「良家子」的待遇與預期不僅互相衝突，二者的社會責任及身份意義也互相矛盾。但小說作者卻企圖將兩種彼此矛盾而分屬於的「快樂原則」與「現實原則」的角色需求訴求於同一對象之上——一個可以不受陽界律法拘束的非現實界之物。由這點我們不難明白，「鬼類」的愛情小說數量之多僅次於「妖類」故事，固然是因爲鬼世界本身的虛幻性提供作者很大的想像空間，更因爲這個空間充滿了各種足以滿足男性作者對理想異性情色幻想的可能性。

（六）妖　類

　　歸納小說的描述，女妖們的專長大致表現在以下幾項；其一、文學，如曰「遂吟詩曰……青山與白雲，方展我懷抱。吟諷慘容」（〈孫恪〉）、「能誦楚人九歌、招魂、九辯之書，亦常擬其調，賦爲怨句，其詞麗絕，世莫有屬者」（〈湘中怨解〉）、「至于篇什書札，俱能精至」（〈姚坤〉）、「頗解文字」（〈白秋練〉）。其二、言語，如曰「言笑談謔，汾莫能及」（〈李汾〉）、「然新婦對答有理」（〈冀州刺史子〉）、「雅善談」（〈黃英〉）、「狐諧甚，每一語，即顛倒賓客，滑稽者不能屈也，群戲呼爲狐娘子」（〈狐諧〉）。其三、聲律，如曰「於音聲特究其妙」（〈李麐〉）、「一夕共酌，談吐間，妙解音律，聲細如絲，裁可辨認，而靜聽之，宛轉滑烈，動耳搖心」（〈綠衣女〉）、「女闔戶，復裝公子作霸王、作沙漠人，己乃豔服束細腰，扮虞美人，婆娑作帳下舞，或髻插雉尾，撥琵琶，丁丁縷縷然，喧笑一室，日以爲常」（〈小翠〉）、「以鼓拍授婢，唱破窯一折，聲淚俱下」（〈鳳仙〉）。其四、女紅，如曰「值端午節，一夕置綵絲百副，盡餉族黨，其人物花草，字畫點綴，歷歷可收」（〈花月新聞〉）、「眉目袍服，製甚精工」（〈花姑子〉）、「操女工，精巧絕倫」（〈嬰寧〉）、「女作披肩，刺繡荷囊，日獲於贏餘，飲膳甚優，積年餘，漸能蓄婢媼」（〈鴉頭〉）、「梅又以刺繡作業，售且速，賈人候門以購，惟恐弗得，得資稍可御窮，且勸勿以內顧誤讀，經濟皆自任之」（〈青梅〉）、「雅善談，輒過呂所與共紉績」（〈黃英〉）、「俄獻佳餚，烹飪良精」（〈黃英〉）。其中烹飪一項專長乃前朝所未有，而獨見於《聊齋》。其五、醫術，如曰「乃登榻坐安股上，以兩手爲按太陽穴，安覺腦麝奇香，穿鼻沁骨，按數刻，忽覺汗滿天庭，漸達四肢」（〈花姑子〉）、「女取出草一束，燂湯升許，即床頭進之」（〈花姑子〉）、「女乃斂羞容，揄長袖，就榻枕視，把握之間，覺芳氣勝蘭……口吐紅丸如彈大……女收丸

入咽，日，愈矣」（〈嬌娜〉）、「妾以神氣驗之，脈析析如亂絲，鬼症也」又「蓮解囊出藥日，妾早知有今，別後採藥三山，凡三閱月，物料始備，瘵蠱至死，投之，無不蘇者，然症何由得，仍以何引，不得不轉求效力」（〈蓮香〉）、「我有丸藥，能起死」（〈武孝廉〉）、「靈藥一裹，勞寄致之……知是狐報，服其藥，果大瘳，旬日平復」（〈荷花三娘子〉）。其六，各類神通，如日「袁氏遂搜得其劍，寸折之，若斷輕藕爾」（〈孫恪〉）、「或有姝麗悅而不得者，爲公致之可矣，願持此以報德……旬餘，果致之。日，市人易，不足以展效，或有幽絕之難謀者，試言之，願得盡智力焉」（〈任氏傳〉）、「素秋出，略道溫涼，便入複室，下簾治具，少間，自出行炙……素秋笑入，頃入，搴簾出，則一青衣婢捧壺，又一嫗托柈進烹魚……但聞內吃吃作笑聲……既而筵終，婢嫗撤器，公子適嗽，誤墮婢衣，婢隨唾而倒，碎碗流炙，則帛翦小人，僅四寸許……素秋笑出，拾之而去，俄婢復出，奔走如故……此不過妹子幼時卜紫姑之小技耳」（〈素秋〉）、「女握手，飄若履虛，頃刻至其家」（〈蕭七〉）、「得仙人正法，當書一符黏寢門，可以卻之」（〈胡四姐〉）、「家中備具，頗甚草草，及歸，則自門達堂，悉以罽毯貼地，百千籠燭，燦列如錦」（〈蓮香〉）、「妾固短於才，然三十席亦不難辦……家人但聞刀砧聲繁碎不絕……轉視，則看俎已滿，托去復來，十餘人絡繹於道，取之不竭……客既去，乃謂劉日，可出金貲，償某家湯餅」（〈狐妾〉）、「一夕夜酌，偶思山東苦醁。女請取之，遂出門去，移時返日，門外一罌，可供數日飲」（〈狐妾〉）、「女在署，已知之，向劉日，家中人將至，可恨傖奴無禮，必報之」又「女凡事能先知之，遇有疑難與議，無不剖」（〈狐妾〉）、「妾少得異訣，吐納可以長生，故不願嫁耳」（〈封三娘〉）。其七、治家本領，如日「既至官，俸祿甚薄。妻力以成其家，交結賓客，旬日之內，大獲名譽，而夫妻情義益浹。其於厚親族，撫甥姪，泊僮僕廝養，無不歡心」（〈申屠澄〉）、「其或賓客之來，裕不及分付，而酒饌之類，隨呼即出，豐儉舉得其宜」、「裕有疑事，輒以諮之，則一一剖析，曲盡其情，裕自得內助，而僚寀之間，亦信其爲賢婦人也」（〈狐媚娘傳〉）、「遂出今治織具，租田數十畝，僱傭耕作，荷鑱誅茅，牽蘿捕屋，日以爲常，里黨聞婦賢，益樂貲助之，約半年，人煙騰茂，類素封家」、「女笑日，妾前以四金寄廣文，已復名在案，若待君言，誤之已久」、「腴田連阡，夏屋渠渠矣」（〈紅玉〉）、「女聞，謂生日，曩公子來，我穴壁窺之，其人猿睛而鷹準，不可與久居也，宜勿往」（〈辛十四娘〉）、「又時出金帛作生計，日有嬴餘，輒投撲滿」（〈辛十四

娘〉）、「女乃排撥喪務，一切井井，由是大小無敢懈者」、「女終日經紀內外，
王將有作，亦稟白而行」、「以此百廢具舉，數年中田地連阡，倉廩萬石矣」（〈小
梅〉）、「得金益合商賈，村外治膏田二十頃，甲第益壯」、「黃英既適馬，於壁
間開扉通南第，日過課其僕……鳩工庀料，土木大作，馬不能禁，經數月，
樓舍連互爲一，兩第竟合，不分疆界矣。然遵馬教，閉門不復業菊，而享用
過於世家」（〈黃英〉）。這些治家本領，或是振衰起敝、恢復家業；或是善於
經營，使男主人無後顧之憂，可專心攻讀，或悠遊自我；或是扮演「諫者」
的角色，或是負責「督課」的任務。總之，其治家的圓滿表現最終就是使男
家成地方首富或者飛黃騰達。其八、財富，如曰「且其人馬且眾，舉家莫不
忻悅」（〈冀州刺史子〉）、「生居貧，氾人常解篋，出輕繒一端，與賣胡人，酬
之千金」（〈湘中怨解〉）、「袁氏贍足，巨有金繒」（〈袁氏傳〉）、「家資甚豐，
又生二男，至十歲，家乃巨富」（〈虎婦〉）、「凡日用所需，無不給仰於狐」（〈狐
諧〉）、「婢媼參謁，賞賚甚豐」（〈狐妾〉）、「婦笑向袖中出白金二錠，約五六
金，翹邊細紋，雅可愛玩」（〈毛狐〉）、「女以元寶置几上」（〈醜狐〉）。這點其
實與前者「治家本領」關係密切，因爲前者最後多歸結於成就偌大家業，而
後者的這項條件往往亦正是達成前述目的的重要因素。其他亦可見較零星的
表現，如曰「頗慧，所聞見，輒記不忘」（〈青鳳〉）、「而愛花成癖，物色戚黨，
竊點金釵購佳種，數月，階砌藩溷，無非花者」（〈嬰寧〉）、「黃英客僕種菊，
一如陶」（〈黃英〉）、「女每與畢奕，畢輒負」（〈狐夢〉）等，除第一條外，其
餘皆是偏向技藝方面。

　　由上述歸納，我們可以發現，除「醫術」、「女紅」只見於《聊齋》中，
其餘本領皆是歷代皆可見的。其中，「文學」、「言語」、「聲律」等偏重精神生
活的才情；「治家」、「財富」傾向於實際生活的能力；「神通」則爲作者對於
異類變化想當然爾應當具備的能力。這六項當中，前三項較集中於早期的小
說，出現頻率亦不如後面三項；而後三項不但散見於歷代作品之中，且出現
極爲頻繁。這種現象，是很值得玩味的。

　　事實上，前述幾類人物當中，幾乎各類女性角色都免不了具備「文學」、
「言語」、「聲律」等才能，顯示在小說作者的眼中，這些才藝乃是一個可人
的女性的必備條件，當然務必使男士動心的女妖們，也不能免俗了。從整段
小說發展史的角度來觀察，我們可以發現，具備這些條件的女妖多屬較六朝
及唐代等早期作品中者。雖然早期的女性角色中，亦可見兼具精神生活及實

際生活雙重本領者，如〈申屠澄〉中的虎妖、〈孫恪〉中的猿妖等，但是大部份的女妖仍是以提供男性「快樂原則」為主者，而這種形象，與「妓女類」的女性主角十分近似。我們可以說，在早期的「妖類」小說中，女妖們本身的意義主要只是做為一個豔遇的對象，則當然其條件的設定必向人間的標準看齊，而「妖」身份的設定無異是增加這種豔遇的刺激性與特殊性。許多六朝小說對於女妖的專長或草草幾句、或根本付之闕如，正是因為她們的意義止於上述；此外，女妖與男性的相遇，大多只是春風一度或為時極短的露水姻緣，在這種情況下，女妖具有什麼長處，不僅顯得不是那麼重要，事實上小說情節的設計中也沒有足夠的空間好好描寫她的任何專長——甚至，作者根本沒多大興趣去交待這些細節。

到了唐代，小說作者似乎試圖在男性與異類結合的感情模式中尋求一個較穩定且長遠的關係，因此女妖開始被賦予家庭性的意義。女妖們由六朝多為沒有名份的野合女子，開始擁有「妾」或甚至「妻」的身份；她由提供一時的感官歡樂，轉而成為對男性主角生活產生影響力：或在實質上助他功成名就，或提供生活上的經濟來源，或在精神上成為倚賴的重心。如前所引的某些唐代小說中的女性角色，不論是寫其「治家能力」、「財富」或是「神通」，不但可見較為詳盡或大篇幅的描寫；且相較於前朝，這些專長內容亦明顯有所轉移。雖然其中有小說文體進步的因素在，但主要原因仍不能不歸之於小說作者對於「女妖」這個角色的本體意義及存在價值已有所轉變。正是這種轉變，使「女妖」有了自己的舞台位置與演出空間，使「女妖」這種人物有了自己的性命及生命——而若我們說這種「轉變」象徵了「妖類」的女性角色在小說中地位的提升，亦並不為過。

承續這種變轉，「女妖」在《聊齋》中獲得最淋漓盡至的發揮，其內涵不僅變得更為充實，且人物的「任務」也更加複雜。《聊齋》的女妖們的專長最常見者為「女紅」、「醫術」、「治家能力」及「各類神通」。很明顯的，她們已由最早偏重提供男性「娛樂」的功能，轉而偏重提供「實際」生活的幫助。而最值得玩味的是「女紅」、「醫術」兩項專長的出現。以前者言，早期的的「妖類」故事中的女妖們多是不諳女紅的，如「竟買衣之成者，而不自紉縫也」（〈任氏傳〉）、「女工之事，罔不了心」（〈李鷹〉）、「所為無異於人，但不見姬理髮組縫裳」（〈西池春遊〉）。再對照前述「未婚類」及「妓類」小說，女性角色之諳女紅與否，可以說是「良」、「賤」分別的一個指標。上文也指

出早期女妖的角色意義，不過是做爲男主角的一個豔遇對象，因此其爲「妓」、爲「仙」、或是爲「妖」，其實並不重要；換句話說，在某種程度上，「妖」其實是等同於「妓」〔註61〕。前引早期的「妖類」故事竟還刻意強調爲「妖」的女性角色不諳女紅，正是印證了這層創作心理的深層意涵。但《聊齋》卻反其道而行，不但有女妖精於刺繡技藝，且還成爲換取一家生活所需的經濟來源；若再配合小說中大量出現的描寫女妖如何以一位「家庭主婦」、「主中饋者」的姿態來協助丈夫、經營一個家庭，甚至白手起家，建立起一份可觀的產業，我們便可以明白，作者之所以設計女妖亦具備一份良家女子必備的生活技能，正是藉著對於家庭的貢獻及重要性，以充份肯定女妖在小說中獨立充實的角色內涵及正面意義。

而這種獨立的角色地位亦可由「醫術」一項專長的具備加以印證。早期小說中，頗可見女妖現出原形後，或是黯然分手，或是被追殺，或是窘態百出，總之，女妖的生命及尊嚴是被藐視、乃至朝不保夕的。但《聊齋》中尤其是狐妖，多具有起死回生的妙手或是靈丹；她們不再是無法自保、小命操在別「（男）人」手中的「異類」，反而是起死回生、救人危急的再世華佗。她們與（男）人的關係，由早期的「被迫害者」，一變而成爲《聊齋》中的「施與者」。則「醫術」一項專長的賦予，不但顯示了「女妖」這類女性角色的本體價值大爲提高，更意味著「妖類」愛情小說中男女互動關係的轉變。而藉著對《聊齋》「妖類」故事的女性角色形象的觀察分析，謂傳統短篇文言愛情小說發展至此，實爲一光輝的結束，應是很貼切的。

四、身份——出身或社會地位

在「仙類」、「夫妻類」、「未婚類」、「妓女類」、「鬼類」、「妖類」等六類

〔註61〕事實上，小說多頗可見狐妖託身出自平康者，如〈任氏傳〉的任氏自言「家本伶倫」、〈蓮香〉中的蓮香託言「西家妓女」，甚至〈鴉頭〉中的鴉頭及其母姊更是明目張膽大張豔幟。筆記中亦可見妓女詭言己爲狐以擺脫顧客者。如「某講學先生以苛徒甚，諸生乃買通妓者假冒狐女以誘之，先生果中計，二人共宿，至曉促去，女且詭言己能隱形，至其生至，而迎女者至，乃自揭身份，先生授課後大慚而去」（《閱微草堂筆記》卷十六，〈姑妄聽之〉第二「董曲江錢萃言」條）；又如某妓「風韻絕佳……吐詞嫻雅，姿態橫生……實憎其醜態，且懼行強暴，姑詭以偽詞，冀求解免」（《閱微草堂筆記》卷十八，〈姑妄聽之〉第四「京都有富室子」條）。凡此，皆可互證「妓」與「妖」（尤其是狐妖）關係上的密切。

故事中，「仙類」及「妓女類」二類故事，由於故事形態的限制，女主角的身分地位已貼上一既定的標籤，因此在這兩類故事中，女性主角們本身的社會性格並沒有太大差異。而其餘四類，則呈現各種不同的面貌。

（一）仙　類

以「仙類」故事言，雖然女性角色基本上已有小說命題上的身份限制，但我們仍然可以發現，不論是命定或自薦，這些會發生感情波動，或與凡間男子產生瓜葛的女仙們，大多是品級較低的仙女〔註62〕。或是區域性的女仙，如天台山仙女、洞庭諸仙；或是地方廟祠的無名神女，如清溪廟神女、康王廟泥塑女神、山祠畫女等；或是只是出身仙人之府、為仙人之女，如華岳廟第三女、廣利王女、雲蘿公主、文芳雲等；或為仙人之婢，如粉蝶；此外，便是待罪之身的謫仙，如《聊齋》的嫦娥、蕙芳。

由此可以看出，這些品級較低的女仙，因其活動環境本就與凡人極為相近，自有與凡間男性接觸的便利性；而其「仙」身份階級的降低，自然也意味著「神性」降低，及「俗性」的相對提高，更增加了「動凡心」的可能性及說服力。至於「謫仙」身份的設定，一則必須隱藏「仙性」，二則必須謫降人間，根本就是為「仙凡結緣」的命題而量身定做的。身份的設定，為女仙與凡人男性的結緣，提供了可信度與說服力。

（二）夫妻類

就「夫妻類」言，真正刻畫夫妻情深的故事，早期除了〈韓憑妻〉以外，餘多出現於宋元以後。在這些篇章中，妻子們大多有其明確的身份標誌：姓名，如王意娘（〈太原意娘〉）、劉翠翠（〈翠翠傳〉）、羅愛愛（〈愛卿傳〉）等；們她們的身分，只有後面兩篇知道其分別為淮安民家女及嘉興名妓。不過，如果將表列的其他筆記記載關於夫妻之情的篇章一起並觀的話，便可發現，凡是標示出身分者，多屬士人或至少半知識分子階層，上焉者為高官之後，如王氏（〈李行脩〉）為江西廉使之女、陳氏（〈陳氏前夫〉）為侍郎之女等；下焉者亦為塾師之女，如江城（〈江城〉）。一般平民或商人階層者不但寥寥可數，且較集中於宋元以後，如前引〈翠翠傳〉等篇即是。但是，我們更應注意的是，幾乎一半以上的妻子不但身分不詳，甚至連個姓氏也沒有，即使著名的故事〈韓憑妻〉及〈芙蓉屏記〉，女主角也只有「何氏」、「王

〔註62〕〈后土夫人〉為例外。

氏」二字而已，對其出身來歷，作者似乎都沒什興趣加以介紹；即使故事是以妻子為主，似乎作者對男性主角的出身來歷，永遠要較介紹女主角得來得詳明清晰。

（三）未婚類

相較於「夫妻類」，「未婚類」的女性主角們的身分現象顯然有趣變化得多。以中國社會階層來看，如下表：〔註63〕

系統一（具血緣關係）		系統二（無血緣關係）		
一	二	三	四	五
皇　帝	貴　族	官　吏	士	農工商

由六朝到清代，無論那一個階層的女性（事實上，還應包括上表所未列出的平民以外的「賤民階層」），上自帝王之女（如〈吳王小女〉之紫玉），乃至朝臣之女（如〈無雙傳〉之劉無雙），或大姓之女（如〈寄生〉之張五可），下至窮富商賈之女（如〈買粉兒〉之無名氏、〈阿寶〉之阿寶），幾乎都可以出現在這片愛情的舞台上。「未婚類」的女性主角不僅階層分佈不若前述幾類女性主角集中於士人或知識分子階層，而是均勻地分布於各類階層，各個朝代。唯一須加以注意的是，在「未婚類」的故事中，出現平民階層最末流的商人階層而為商人子女的女性主角自六朝即已出現（〈買粉兒〉），但大量以「富商之女」的姿態出現的，卻要在宋元以後。且有趣的是，如唐代故事〈鄭德璘〉中的韋氏女，雖然自小說的描寫看來，亦是富商，但她卻不識詩書；宋元以後的富商之女，卻有其氣質才情與士人子女不相上下者，如薛氏姊妹即長於詩詞（〈聯芳樓記〉）。如果不特意強調其出身，這些富賈千金與名門閨秀根本沒有太大的區別；我們甚至可以這麼說，二者之間的分際已漸趨泯滅。而身份的區隔與角色設定的模糊性所形成的反比現象，將意味著這類女性主角所表現出對於愛情的應對方式也將有所改變，而有複雜化的傾向。

（四）妓女類

「妓女類」的女性主角，由於其身份的標籤極為明顯，因此擺明了就是屬於「賤民」階級的女性。不過，唐宋傳奇對於妓女淪落煙花之前的來歷如

〔註63〕文崇一：〈中國傳統價值的穩定與變遷〉，收於《中國文化的危機與展望——當代研究與趨向》，時報文化出版事業有限公司，臺北：民國70年初版。

何,有著十分不同的處理方式。就唐人言,除了〈霍小玉傳〉中曾強調小玉乃「霍王小女」外,其餘篇章幾乎女性主角一出場即為倡者,作者對於其來歷多不做交待。宋人則否,很多篇章往往強調女性主角原為良家子,甚至仕宦之後,以突顯此倡並非一般煙花下流。如〈王幼玉記〉言王「本京師人,隨父流落於湖外」、〈譚意歌記〉言譚「隨親生於英州。喪親,流落長沙,今潭州也」、而〈夫妻復舊約〉中的春娘,其父原為推官,「戎寇大擾,邢夫妻皆遇害,春娘為賊所虜,轉賣在金州倡家」;甚至言其本為謫仙的,如〈書仙傳〉曹文姬對其夫表白「吾本天上司書仙人」。宋代對於以妓為生的女性主角,屢屢強調其過去出處,是唐代小說所罕者。

而出處不同,對於女性主角的描寫,也就有所差異。如對應於其外貌方面的,便是唐代的妓女們,普遍豔光照人;宋代則可見幾縷清幽雅態。二者對於愛情及婚姻對象的態度,也有所不同。唐代者出場即以賣笑為生,對於愛情或佳偶的降臨,只能採取被動,因此態度較為消極;宋代的妓女們,情況類似前者的,其態度亦然;但若有強調其良家背景者,則多半充滿自覺,心中對於自己的未來的婚姻與出路,自有一套標準,其面對理想對象時,也表現得前者積極——而這種積極的色彩,隱然於與宋元以下白話小說中所展現的女性強悍的生命形態,正有不謀而合之處。

(五)鬼 類

綜觀歷代「鬼類」類型的愛情小說的女性主角,有幾近一半是身份不詳的;且這種「妾身不明」的情況各代皆有,並未集中於任何一代。其餘標示出女性主角身份者,少部份是屬於前朝妃嬪或宮人,大部份則幾乎皆屬於「仕宦之女」。而這些女兒的死因,很多是隨父上任後,因病或其他不明原因死於任所,待父調任,棺木無法隨行,遂停靈於某地。因此,很多女鬼現身時的身份,不但是屬於中上社會階層的士人女兒,且往往是未婚的處女之身。

由這種身份的設定,我們不難明白何以前述女鬼的專長中,除琴棋書畫外,亦有女紅等項。因為這類的女性角色,本多出自良家,若未夭折,也是準備有朝一日將配佳婿。因此,一個良家女兒所應具備的本事,她們當然也不能免俗。

此外,而這些身份的設定,正與前述女鬼的個人形象特質有相應之處。前文曾討論過,「未婚類」與「鬼類」的女性角色,有一定程度上有其類同性。

最明顯的，就是表現在女鬼的社會特質方面。而這種小說現象，其實正顯示了這兩類女性主角的一體兩面。與女鬼的豔遇，固然出自文人作者的幻想；但處女女鬼的出現，亦未嘗不是爲了跳脫現實社會對適婚而未婚女子的諸多限制，所作的權變之道？使年輕女兒對愛情的意勇於追求，乃至越出常軌，有一個充份的藉口？也使讀者對女性角色的行爲，更能欣然接受？

　　女鬼既與未婚女性有如此可觀的關聯性，而綜合前述女鬼與「妓」的密切關係，我們可以看出，女鬼面貌之多樣化，正反映了小說作者對於「女鬼」這類女性角色，投射了多重對人間異性的複雜難名的情結。

（六）妖　類

　　一般「妖類」的女性主角在小說中多不言直接言其身份爲何，尤其早期的小說中的女性主角，與異性的關係多半只是一夕之歡；小說敘述的重點，也在豔遇事件之發生。因此女妖的背景來歷如何，就顯得不是那麼重要。甚至在《聊齋》中，我們頗可見到若干故事中的女妖，當男性主角追究她們的家世門閥時，多半避而不談自己的出身，而以他語搪塞。如「妾與君不過傾蓋之友，婚嫁尚不可必，何須令知家門？」（〈白秋練〉）、「君視妾當非能咋噬者，何勞窮問」（〈綠衣女〉）、「身雖賤陋，配吏胥，當不辱寞，何苦研窮？」（〈蕭七〉）、「無須細道，但得一言，妾當自至」（〈阿英〉）。可見，「身份」的表白，作用在確定二者交往的程度底限如何，不論如何，女妖之爲一極具邊緣色彩的角色，總有理由避談身份的問題：如果只是萍水相逢、露水姻緣，又何必窮究到底；如果意在眞情、只問曾經擁有，又何必在意對方來歷。不過，與六朝速食式的愛情比較，唐代以後的女妖們，的確較前輩們傾向於與異性發展出一段較長久而穩定的關係，而她們也多一會爲自己假造一個身份。據此，我們也可約略窺見「妖類」小說中兩性關係演化的痕跡。

　　「妖類」故事的女性，除了少數是以妖類族群本身的貴族身份出現，如〈柳毅〉中的洞庭龍王之女、〈蓮花公主〉中的蜂類公主等；大部份的篇章，女妖都是假託一個俗世人間的身份。但是，除小說藉人物之口自白外，事實上很多篇章並未清楚告訴讀者，這位女性角色的身份爲何。不過，由敘述中我們仍可推測出女妖設定的階層。大致而言，或是中上階層的士人、甚至富室之女。寫士人之女者，如〈申屠澄〉的虎妖，雖未言及女子家世，但是其出口成章，輒引經典以對，訣別時亦吟詩以贈；〈孫恪〉的猿妖，不但信口吟詩以寄意，且詭稱爲所謂「袁長官」之女；而〈素秋〉藉對蠹妖素秋之

兄「與語，風雅尤絕」、「書舍光潔」的形容、〈青鳳〉藉狐妖青鳳之叔「儒冠」的裝扮、〈嬌娜〉藉狐妖嬌娜之兄的滿室異書等。凡此，皆是以側筆點染烘托的方式，藉其他人物來點女性主角的「擬士人之女」的身份形象。寫富室或甚至「貴家」者，如〈長亭〉寫狐妖長亭之父「炫陳幣帛」以求醫者，其居處則「廊屋華好」、〈張鴻漸〉則寫狐妖舜華的陳設「品物精潔」又「設錦裀於榻」、〈葛巾〉中的牡丹花夭葛巾甚且自稱「魏姓，母封曹國夫人」；凡此，皆是企圖營造出一種富室乃至富貴女兒的身份質感。相對於前述屬中上階層的身份，另有一批女妖，則是託身於賤民階級的青樓，甚至明張豔幟，本身真正為妓的。前者如〈任氏傳〉的狐妖任氏自言「家本伶倫」、〈蓮香〉中的狐妖蓮香詭言自己乃「西家妓女」、〈香玉〉中牡丹花妖則聲稱自己「隸籍平康巷，被道士閉置山中」；後者如〈鴉頭〉中的狐妖鴉頭一家，不但其母為鴇兒，即鴉頭姐妹亦是娼者——不過，如鴉頭之例在小說中是絕無僅有的。

探究短篇文言愛情小說「妖類」女性主角身份設定的若干現象，如假託為中上階層女兒者，與作者多為文人階層有絕對的關係；至於託為妓者，則是著眼於在情節設計上，對女性主角得以獨來獨往、甚至對男性投懷送抱等行為的合理性。但是「妖類」與「未婚類」等類型之間，其身份特質竟表現出如上述的重疊性，則必然有其更深層的因素，如文人階層的情色觀等，此則待下文的探討。

附帶探討的是，女妖們的家庭關係。呼應上述「妖類」小說女性主角的身份現象，早期的女妖多以孤女姿態出現〔註 64〕；越至後世，雖然仍時可見單身一人的女妖，如〈綠衣女〉的蜂妖、〈狐媚娘傳〉、〈紅玉〉、〈蓮香〉、〈張鴻漸〉中狐妖們，但讀者卻可見到更多家庭關係愈形完整的女妖們——尤其是在《聊齋》一書中。與那些獨來獨往的異類同輩相較之下，《聊齋》女妖的所思所為往往牽涉其家人甚多，因而與在小說的人物或情節結構方面有著十分不同的面貌。她們或與兄弟相依，如〈黃英〉中的菊妖與弟相依、〈素秋〉中的蠹妖素秋則依兄而立、〈嬌娜〉中的狐妖嬌娜則與其父兄同堂；或有姐妹為伴，如〈鳳仙〉、〈長亭〉、〈辛十四娘〉、〈胡四姊〉中狐妖們，多有兩三位

〔註64〕 即如〈申屠澄〉中的虎妖一家，雖然小說開始之初，女性主角的父母皆出現過，但隨即嫁女而去，不但後來再也不曾出現，情節開始時父母出場的安排也不見對後來情節產生什麼影響。因此事實上小說絕大部份情節中，這位虎妖小姐其實無異孤女的身份。

姐妹，辛十四娘甚至有十八位姐妹；而前面三篇且更為兩代同堂，由其父（或叔）當家；也有與母親相依者，如〈白秋練〉中的魚妖白秋練、〈小翠〉的狐妖小翠、〈鴉頭〉中狐妖鴉頭等；即使沒有至親，也有近親或義姐妹為伍，如〈青鳳〉中的狐妖青鳳依叔、〈嬰寧〉中狐女嬰寧為其大母收養（其大母為鬼）、〈阿英〉的鸚鵡妖與其表姐同居、〈葛巾〉的牡丹妖葛巾與堂妹玉版同處、〈香玉〉中的牡丹妖香玉亦有義姐絳雪為伴、更別說〈蓮花公主〉中的蜂妖蓮花公主根本就是與族人同進退了。這種家庭關係的密切性，正好呼應了女妖們與異性往往也都有一段長久的關係——不但結婚生子、甚至白首到老。

此外，「妖類」女性角色中家庭關係越緊密者，多半是男性長者當家，即所謂「父親（或叔父）」的角色。而女性長者，即所謂「（親生）母親」的角色，則多與女性主角關係較為疏離。她們或是在女性主角幼時便棄之而去，如〈嬰寧〉、〈青梅〉中的狐女嬰寧、青梅便是遭狐母遺棄者；或是將女性主角託於某人後即離去，如〈小翠〉的狐妖小翠、〈白秋練〉中魚妖白秋練等人之母親；或甚至是與此女性主角關係絕裂，如〈鴉頭〉的狐妖鴉頭與其母親。「母親」的角色的缺席，顯示女妖們基本上仍是出身於一個父權式的家庭結構中，而這層家庭背景的設定，也意味著儘管女妖們行為頗有特立獨行之處，但必然脫離不了傳統社會結構的影響勢力範圍。

第五節　古典短篇文言愛情小說女性主角的行為取向

本節所謂的「行為取向」，主要是針對小說女性主角「愛情」歷程進行中，各階段為因應「愛情」所採取的各種行為模式。

古典短篇文言愛情小說女性角色身份各異，其行為模式亦不盡相同。但是因為有一共同的行為動機：愛情，因此，綜合來看，女性主角在經歷「愛情」的酸甜苦辣時，隨著小說情節的進展，通常女性主角們的愛情歷程，總不出「開始」、「發展」、「結尾」等階段；而同樣的歷程，不同身份的女性，所表現出的行為模式亦有所不同。因此我們在探討女性主角面對愛情的行為模式時，必須注意到身份及行為模式之間的關係。藉著這些行為模式的分析，可以了解到古典短篇文言愛情小說的女性角色們，當她們置身愛情漩渦時，其自主性如何、困境如何、及命運如何；而這些表現，又顯示了什麼意義及訊息。

　　要說明的是，本文所謂的「行為模式」，既以「小說」為選樣分析的文本，則因應這種文類文本的結構型態，在據以說明的樣本上其長度必然呈現極大的懸殊。以傳統文言小說言，其情節結構多半是「開始」部份篇幅極短，「發展」部份最長，而「結尾」則次之。此外，基於短篇文言小說的發展歷史及寫作動機，具有所謂「筆記」小說性質者，其寫作之始本非為一「純文學」的目的而創作，則在情節結構的分段區隔上便不是那麼明顯，而使「發展」及「結尾」部份時有重疊。往往小說的進行，在「開始」部份之後，或是馬上跳入「結尾」；或是在「發展」之後，便無疾而終，並沒有一個完整的結束動作。因此，在比對小說分析樣本時，必然會發現同一篇小說，其文本或只見「開始」、「發展」部，或只見「開始」、「結尾」部，故以下各類型故事的表格分析中，可能會在某些篇目之下是並無情節模式的標記的。不過，本文既強調以「宏觀」為分析視角，且是以小說「女性主角」的「行為模式」而非以「小說情節」為分析重心，則上述情形應無礙於分析的進行及其客觀性。

　　基於上述情節結構與小說表現的關係，當我們透過情節鋪敘的過程，以分析女性主角所呈現的行為模式時，便會發現如欲類化小說女性主角在愛情「開始」、「發展」、「結尾」等各階段中的行為模式，必須採取不同的分類原則。愛情「開始」時，是一種分類方式；愛情「發展」及「結尾」時，又是一種分類方式。以愛情開始言，此情之發生與否，必牽涉愛情兩造相遇時的互動關係；而所謂「互動」，其型態主要不是「單向」，就是「雙向」。前者可出現如「（女性主角）主動型」及「（女性主角）被動型」、「（男性主角）願者上鉤型」等行為模式；後者則可出現所謂「兩情相悅型」。不過，上述各類模式的行為動機，尚屬人物的意識範圍之內；也有非出自意識而是因某種外力（如「契約」）而形成、無所謂「互動」的男女關係，此即所謂「夫妻型」的行為模式。

　　至於愛情「發展」及「結尾」階段中女性主角的行為模式，一方面如前所言，古典短篇文言小說的情節結構特色便是情節的「發展」及「結尾」部份往往有重疊的情形，因此二者的情節的單元重疊比例亦高；而據此以分析小說女性主角的行為模式時，其分類原則便可採取一致。此外，各篇愛情故事的情節發展變化莫測，正是因為出現於小說中影響人物愛情的各類因素作用不同，故小說作者也賦予小說人物不同的因應方式。因此在分析女性主角在愛情「發展」及「結尾」階段的行為模式時，對其行為模式的分類將會較

「發生」階段的模式分類要多元化。其分類的依據，除了考慮女性主角與對方的互動狀態外，也考慮此角色的本位狀態。前者指「相處模式」、「契約模式」、「分手模式」、「重逢模式」、「溝通模式」、「報模式」；後者如「靈異模式」、「情緒模式」、「角色模式」、「規範模式」等。

　　以下的分析所要達成的目標，首先就是「什麼樣的女性主角表現出什麼樣的行為模式」；其次則為「為什麼這樣的女性主角會表現這樣的行為模式」。前者，我們將在本章中尋得答案；後者，則在「第三章」中嘗試做一解釋。對於短篇文言愛情小說六類女性主角於愛情各階段行為取向的分析結果，將於本章中以篇目表格及文字說明互相參看。

一、愛情的開始

（一）仙　類

　　「仙類」女性主角愛情的發生，出於情動者少，而緣於其他因素者多。而既然愛情是定義於一個兩性的基礎上，因此，與其說是面對「愛情」時的行為取向，不如說是女仙們面對「異性」的行為取向，還要更精確一點。因為，本來仙界人物講的就是沒有七情六欲，不食人間煙火；則愛情之為物，對女仙而言根本非意料中事。因此，就愛情發生的程序來看，通常女仙們的愛情幾乎是沒有「期待」這一步驟的。要細究她們對「愛情」的行為取向如何，必須由與異性接觸後，才能判斷出二者之間究係有無感情——甚至愛情發生。

主類型	子類型	崔子武	趙文昭	袁相根碩	洞庭山	天台二女	黃原	劉子卿	蕭總	王勳	韋弇	楊眞伯	畫工
主動型	(1)感動而自薦		△					△					
	(2)命定			△		△	△		△				
	(3)憐才											△	
	(4)無特別原因	△			△								
被動型	(1)被惑									△			△
	(2)長輩許嫁												
兩情相悅型													

主類型	子類型	后土夫人	張無頗	縉雲鬼仙	嫦娥	翩翩	西湖主	仙人島	雲蘿公主	神女	蕙芳	粉蝶	錦瑟
主動型	(1)感動而自薦												△
	(2)命定	△			△						△		
	(3)憐才									△			
	(4)無特別原因					△							
被動型	(1)被惑												
	(2)長輩許嫁							△	△				
兩情相悅型			△	△			△					△	

　　通常女仙們乍與異性接觸時，與異性之間的情感關係，大致不出以下幾類行為模式：「主動型」、「被動型」及「兩情相悅型」〔註65〕。前二種類型中，因發生原因各異，又可區分為上表所示如「感動而自薦」、「命定」、「憐才」等若干子類。

　　根據上表，「仙類」愛情故事的女性角色與異性相遇時，以主動者為多。究其原因，女仙身份層級所屬的「仙界」，乃高於男性主角所屬的「人界」，因此可以享有較多主動的權利。此外，從小說情節及場景的安排上來看，不論男性主角的身份為何，所謂「女仙」，對他們而言，不是豔容如花卻冷硬無生命的塑（畫）像，就是雲深不知處的傳說。因此，上至士子書生，下至販夫走卒，女仙們只是一個遙不可及乃至不可能想像的對象——就人物設計的邏輯性來看，通常男士們是不太會對這類女性直接產生愛情乃至主動表達愛意。小說二位異性主角之間要迸出愛情火花，便只能期之於女方採取主動了。

　　這些採取主動女仙們，熱情者直接自薦，含蓄者也會託夢以告。但是，細究之，所謂「主動」，事實上亦不盡然。因為，雖然主動型的女性主角，在扮演「愛情」的當事人時，的確是先採取行動，向對方表達愛意；但是，情感的滋生，除了第(3)(4)二項子類為自發性外，(1)(2)兩項，卻是都是事前有一個「推動力」（或者「前題」），「促使」（或者「誘發」）女仙採取行動，

〔註65〕這裏的畫分標準，以「行為表現」為準，而不追究「行為動機」。因此，先採取行動表達愛意者，為「主動型」；對方先採取行動表達愛意後，自己身不由己或因此才有所回應者，為「被動型」；彼此情動於中，而付諸行動的時機亦幾乎不分彼此者，為「兩情相悅型」。以下各類女性角色的行為亦本此。

才使女仙在「愛情」的發生關節上，成為一個「主動者」。則若追究行為動機，嚴格來說，這兩類的行為取向，應是在一種被動的狀態下發生的。這個所謂的「推動力」（或者「前題」），就(1)言，自是對方的一點誠心或愛慕之意；就(2)言，則是無法抗拒的「宿命」。尤其是前者，雖然男性主角的傾慕之意，可能只是出之於對「他物」一種客觀性的讚美、或純粹個人的情緒抒發而已〔註66〕；但是，對女仙而言，若無這番「無意」的表白在先，她為會因之而採取行動？因此，無論異性的表白是出於有意無意，女仙其實是在受到「暗示」及「鼓勵」情況下才有所為的。則儘管行為表現方面，是女仙主動；但追究行為本質或動機，不能否認的實際上她仍是處於一種被動的情況。至於在「宿命」前題之下，才得與異性以達兩好者，且不論「宿命」在小說中只是做為一種藉口或果然信以為真，但女性主角非要以此做為自己感情的通行證，其行為便已不是出於本然的意志，而含有被動的成份了。

這種表裏不一的現象，再加上小說亦不乏「被動型」的例子，顯示了小說作者處理這一類女性主角時的矛盾心理。一方面，女性主動示愛的行為，因為非日常生活所能經驗者，因此在小說的敘事效果上，確然可以達到一種聳動的效果；在讀者的心理上，亦可以滿足文人幻想的自慰心理。但另一方面，作者明明寫女性主角的主動，卻又非得為其加上一個理由，來申明此種行為的發生，既非關女性本身自發的芳心大動，而且還是受到「鼓勵」或「許可」——即使屬純然主動（(3)），其原因之起，仍非關愛情。儘管「女仙」有其身份層級上的蔽障，儘可採取主動地位，但似乎作者對於小說女性的這種舉動還存有疑慮，為使「主動」之舉不會顯得那麼突兀，便必須為女仙們的行為設計一些「緩衝區」，以便既能達到小說敘事效果，又能使讀者合理接受如此的安排。本此，亦可解釋小說所為什麼亦出現相當比例的「被動型」，正是因為作者上述疑慮心理的表面化之故。

至於「被動型」方面，事實上「被惑」子類中所出現的所謂女仙，乃是介於「妖」、「仙」之間的人物，因其出現於男性主角面前時，乃是先以一「偶像」的形態出現，並非如其他篇章之純粹女仙以其「本身」現身；而「長輩許嫁」一項，又只見於《聊齋》的故事之中。可見這類行為模式主要來自作

〔註66〕就小說言，此處「他物」指女仙的化身或者塑像——但不論何者，都只是一個「物」，而非女仙的「主體」。因此，不論男性主角如何對之表露欣賞愛慕，純然是出自於一種客觀審美的情緒，而不等於對這位女仙有任何主觀情愫產生。

者個人主觀的創作觀念，並不具備「仙類」小說的普遍性意義。因此綜合來看，在愛情發生之初，「被動型」的行為模式並非女仙的常態。

而「兩情相悅型」雖與前者皆為「仙類」行為模式中比例偏低者，但與前者相異之處，在於此類行為模式在分佈上幾乎歷代皆有，可見其有故事寫作上的慣性存在，依然可視為具有「仙類」小說的普遍性意義。只是，其比例如此之低，終屬此類小說中的「非主流派」。究其原因，在於與女仙身份性質之特殊，及與男性主角之間的身份層級存在著明顯差異之故；而此正與女仙普遍以「主動型」的因素互為表裏。

（二）夫妻類

略。〔註67〕

（三）未婚類

「未婚類」的愛情故事中，女性主角的行為取向主要有四類：「主動型」、「被動型」、「兩情相悅型」及「婚約型」。其中因感情表現或發生原因不一，又各自可分為幾項子類。「主動型」者又可分為「單戀」及「互戀」；「兩情相悅型」則可再區分為「一般」、「青梅竹馬」、「日久生情」及「一見鍾情」等四類。以朝代分佈觀之，則「主動型」集中於魏晉，「兩情相悅型」集中於唐，「被動型」則散見魏晉及清代《聊齋》。這樣的朝代分佈，正好呼應了「仙」、「鬼」、「妖」三類以「主動型」為主而集中於魏晉，「妓女類」以「兩情相悅型」為主而集中於唐的現象。

主類型	子類型	吳王小女	河間男女	徐玄方女	鄒中婦人	李仲通婢	王道平	零陵太守女	賈公女	南徐士人	買粉兒	龐阿	王乙	盧李二生	薛肇	邛人	王宙
主動型	(1)單戀							△	△			△	△				
	(2)互戀	△															

〔註67〕由於「夫妻」是一已然確定的男女關係，而根據「夫妻類」小說的情節分析，夫妻之間的愛情往往在夫妻二人的關係受到考驗或面臨危機時才突顯出來。因此，對這類小說而言，一旦小說情節結構顯示出這是一篇愛情小說的話，則「愛情」在此，是跳過其「發生」的階段，而直接進入「發展」乃至「結束」的部份。因此，對於「妻子」身份的女性主角在「愛情的發生」這個部份的行為分析，只得從缺。

主類型	子類型									△	△					
被　動　型										△	△						
兩情相悅型	(1)一般型	△				△											
兩情相悅型	(2)青梅竹馬																△
兩情相悅型	(3)日久生情																
兩情相悅型	(4)一見鍾情																
婚　約　型																	

主類型	子類型	孫五哥	鄭生	韋皋	崔護	柳氏傳	飛煙傳	無雙傳	鶯鶯傳	鄂州南市女	吳小員外	金鳳釵記	聯芳樓記	渭塘奇遇記	秋香亭記	連理樹記	鸞鸞傳
主動型	(1)單戀					△				△							
主動型	(2)互戀											△	△	△			
被　動　型																	
兩情相悅型	(1)一般型						△		△								
兩情相悅型	(2)青梅竹馬							△							△	△	
兩情相悅型	(3)日久生情			△													
兩情相悅型	(4)一見鍾情				△									△			
婚　約　型																	△

主類型	子類型	鳳尾草記	瓊奴傳	秋千會記	阿寶	連城	青娥	阿繡	菱角	王桂庵	寄生	寶氏	宦娘	生王二	翟八姊	陳雲棲
主動型	(1)單戀														△	
主動型	(2)互戀										△			△		
被　動　型						△	△									
兩情相悅型	(1)一般型									△		△				
兩情相悅型	(2)青梅竹馬	△	△													
兩情相悅型	(3)日久生情															
兩情相悅型	(4)一見鍾情							△								△
婚　約　型				△		△										

　　由上表可以看出，女性主角面對愛情的發生時，多屬「兩情相悅」的模式。對於女性在一種兩情相悅的互動而非單向的情境之下開展其愛情，顯然這樣的方式是最合乎作者及讀者的理想。因此這一類型的篇章，不但數目眾多，而且朝代分佈均云。此外，在這一類型的四項子類中，「一般」類又居篇章數目之冠，由小說通常不太預設什麼場景來解釋二人生情的背景，更可見小說作者乃是把這樣的開始視為此類女性主角愛情發生時理所當然的情境。

　　「兩情相悅型」之外，「主動型」的篇章亦不少見。但同樣採取主動，與「仙類」女性主角不同的是，一旦女仙們主動示愛，男士們多半是受寵若驚、而後欣然接受，鮮有遭到拒絕的。「未婚類」的女性主角則不那麼幸運。當一個未婚女子看到一位心儀的異性，不論直接或透過第三者主動向之示愛，竟然有很大比例是遭到拒絕或辱罵的，遂使這種主動，只落得「單戀」的下場。而越是早期的小說，這種現象越是明顯。能因此而締結良緣的，則集中於明代以後。不過，「單戀」型的女性角色，她們通常較男性主角處於一優勢地位，或是社會地位方面，如長官之女對門下衙吏（〈零陵太守女〉、〈賈充女〉、〈龐阿〉）；或是經濟方面，如富者對貧者（〈鄂州南市女〉、〈翟八姊〉）。而這點，與「仙類」的女性角色總是採取主動的因素，便有若干程度的重疊。只是，一為仙，一為人，當她們面對異性及自己的感情時，雖然同樣採取主動，小說作者卻給予如此不同的待遇，箇中原因，值得玩味。

　　至於「被動型」者，一開始女性主角對於男性主角的愛意渾然不覺，一旦意識到或經由第三者的提醒而發現，不但往往因此而感動萬分，而且會相對的會以極濃烈的動作回報對方，甚至達到生死以之的地步。這種現象，以魏晉的愛情故事表現最為鮮明。不過應注意的是，通常被動型的女性角色，其社會地位要低於男性，尤其經常以「士子」對「商人之女」的關係出現。這樣的行為表現與前述「主動型」人物的組合關係，其實恰好成為一體之兩面。

　　「未婚類」女性角色在愛情之初的行為模式中有一項為其他人物類型的愛情故事所無者，即「婚約型」。「婚約型」中的女性主角們所表現出來的，是不論她們是否親眼見過對方，但對於這位已然定親的對象卻往往投以極大的肯定及依戀；如家長有反悔的意圖時，則必然會據理力爭。小說寫這類的行為表現時，通常會有一個前題，即她們所遭遇的對象，必然是符合自己渴

慕已久卻屢不得遇的理想形象；換言之，在「他」出現之前，女性主角們其實在心理上已有一段相當時間的「預備期」，早有對於一段完美「愛情」或著「婚姻」的期待與嚮往。因此，一旦合條件的男性主角一出現，原先的期待心理便可輕易的投射為現實的影像——事實上，在「婚約」的承諾下，當「未婚類」小說的女性主角面對自己「愛情」將由幻想而成為事實、由虛影而成為真人的轉換時，與其說她是對這個男性主角產生無比堅定的情感，不如說是她執著於自己的夢想與信念要更貼切。

綜合上述分析，「未婚類」的女性主角可謂是純粹愛情的最佳代言人，當她們面對愛情的發生時，情感的滋生，不但往往是自發性的，而且不需要什麼特別的理由；甚至，她們可以為自己的一個信念而勇於所為。這樣的行為表現，是其他類型女性主角所無法做到的。

（四）妓女類

「妓女類」女性主角的行為表現與愛情關係較為複雜，而這與其身份之特殊性有關。一方面，她們在婚姻方面所受到的制約最多；但另一方面，她們在感情或異性關係方面所受到的制約也最少。這兩者看似衝突卻又互為因果的身份特殊性，形成了這一類女性主角面對愛情發生時一些較複雜的行為表現。

主類型	李娃傳	霍小玉傳	楊娼傳	韋氏子	歐陽詹	歐陽詹附	戎煜	盈盈傳	王魁傳	譚意歌記	王幼玉記	夫妻復舊約	書仙傳	古田倡	傅九林小姐	愛卿傳	彭海秋	瑞雲
主 動 型	△					△											△	△
被 動 型			△	△												△		
兩情相悅型		△			△		△	△	△	△	△	△	△	△				

由上表可以看出，小說描寫妓女感情的形態其實並不複雜，以「主動型」及「兩情相悅型」為主，甚至沒有「子類」可言。這種行為模式的單純化，則與「妓女」身份屬性的鮮明有關。因為「妓女」的社會地位雖然低於男性主角，但其之為特種行業的女子，本就是生張熟魏，主動對男性投懷送抱；一旦遇意中人，當然不吝對之頻頻示好。但是，由另一角度觀之，職業的狹隘性，也使她們面對想望中的感情時，並沒有太多的選擇，也無法擁有太

多的自主權──她們永遠是被選擇的一方。即使為紅牌妓女、上廳行首，對於上門的客人還可以決定假以辭色與否，但是不論如何，她們的感情空間及自我表現，只有等尋芳客選定以後，才輪到她來做選擇。因此，在這樣的情境之下，小說對這一類型的女性角色，如果涉及任何愛情的發生，即使於閱人無數之後，主動向意中人示好，但也頂多只能做到如此而已；感情如何發展及回應，決定權卻是在對方身上。雖然慣於生張熟魏，但「主動型」的女性主角，當她們遇上一位意中人時，即使不怯於即時表達自己的心意，卻也只能「回眸凝睇，情甚相慕」、「屢目於生」、「眉目含情」，以眼神示意而已，無法有任何進一步的舉動。其行為效果不但消極；其感情狀態，也頗為無奈。

事實上，我們可以發現，「主動型」的行為模式，總是發生在女性主角「被召」的情況之下；而「兩情相悅型」則較多發生在女性主角「公餘之暇」，即其非應召之身時。就後者言，或為門外偶遇，或為尋初夜婿，或因出入妓家而與之相識……愛情發生時的情境差異，除了影響行為模式外，是否也指向了不同的愛情結局？小說現象及其深層因素，頗值得觀察。〔註68〕

至於「被動型」，小說多將之置於一「婚姻」──即「從良」──的情境之中。但此處這種被動而發的感情，與前述幾類女性主角的感情形態卻不太一樣。前述幾類女性主角所謂的「被動」，指的是愛情滋發乃受感於男性主角，或是其與對方之相從，並非出於自己原始主觀的意識；但不論如何，其與男性主角之間，總是存在著「愛情」。妓女們的被動，則多出以一「感恩」的心理。小說述敘她們與男性主角，多由後者納之為妻妾開始；而這種關係的設定，決定了女性主角的感情狀態。因為這些男性，不僅為她們贖身，且極為尊重憐惜她們，而這是妓女賣笑生涯中所難得遇到，也是她們夢寐以求的歸宿。因此，相應於這樣的待遇，女性主角們遂表現出「義」重於「情」的感情方式。這類人物關係的小說，雖仍可視為愛情小說，但事實上滋生愛情者，只在於男性主角；女性主角回報於對方的，則是一份「恩義」之情。

綜合來看，「妓女類」的小說比較偏向於對主角愛情之「發展」及「結局」的敘述──尤其是對於「兩情相悅型」及「被動型」的女性主角們。對於愛

〔註68〕事實上，「主動型」者，結局多為有情人終成眷屬；「兩情相悅型」者，除〈李娃傳〉外，結局多以悲劇收場。但〈李娃傳〉的喜劇收場，卻又是一樁「神話」罷了。似乎女性主角未按社會的遊戲規則謹守自己行業所應有的感情分寸，其遂遭懲罰。詳見第三節對此的討論。

情如何發生，只有「主動型」有較多的著墨。俗諺云「婊子無情」，因此妓女們如何證明其為真情、或者如何維繫一份感情，才是讀者所較感興趣的——而這，須賴小說的鋪敘過程才得以交待。因此，小說作者往往傾力於小說情節的「發展」及「結束」部份的敘事；在小說的「開始」部份，對於女性主角的愛情之發生，便往往一筆帶過，聊做交待而已了。

值得一提的是在宋代的一些故事中，女性主角與對方之相遇，固是在一兩情相悅的情形之下；但是，其中更有一份自覺意識，而不僅是情思飄蕩而已，如王幼玉初見柳富，即曰「茲吾夫也」（〈王幼玉記〉）、譚意歌乍逢見張正字，也說「吾得婿矣」（〈譚意歌記〉）、曹文姬見任生詩，亦言「吾得偶矣」（〈書仙傳〉）；而其出此讚賞的原因，在於對方的人品條件確然符合其期望，因此在心悅目感之餘，更有一份理性的色彩。這樣的行為表現，與其在小說之初，多強調其乃良家出身有很大的關係。事實上，白話小說的民間小女子，對於自己的愛情婚姻，往往勇於追求，宋代文言小說所出現的這些行為表現，正可與之呼應。這些篇章雖然比例不多，但已可有模式化的傾向，如果對照（擬）話本小說女性角的表現，當會獲得更鮮明的印證。

（五）鬼　類

主類型	子類型		吳祥	秦樹	徐玄方女	章汜	徐琦	李仲文女	劉長史女	張果女	張絢娘	盧充	談生	鍾繇	李陶	王玄之	崔甚	王敬伯
主動型	書齋自薦				△			(△)	△	△	△		△	△	△	△		△
	迷途投宿	春風一度	△	△														
		有所求而自薦																
		相從										(△)						
	萍水相逢	春風一度																
		相從																
被動型	被　祟																	
	求　歡																	
	被　感					△												
兩情相悅型	陰間偶遇				△													
	生前相歡																	
	媒　介							△				△						

主類型	子類型		李章武	華州參軍	曾季衡	謝翱	獨孤穆	許老翁	葛氏婦	王志	道德里書生	新繁縣令	范俶	李咸	王垂	鄔濤	梁璟	顏濬
主動型	書齋自薦				△	△				△							△	
	迷途投宿	春風一度																
		有所求而自薦					△											
		相從																
	萍水相逢	春風一度									△			△	△			
		相從																
被動型	被崇							△	△									
	求歡																	
	被感																	
兩情相悅型	陰間偶遇																	
	生前相歡		△	△														
	媒介																△	△

主類型	子類型		蔣通判女	葉若谷	京師異婦人	饒州官廨	楊大同	乘氏疑獄	陳王猷婦	紹雲鬼仙	張太守女	莫小儒人	劉子昂	趙七使	餘杭宗女	胡氏子	京師酒肆	童銀匠
主動型	書齋自薦			△			△			△	△							
	迷途投宿	春風一度																
		有所求而自薦																
		相從																
	萍水相逢	春風一度			△												△	
		相從																
被動型	被崇																	
	求歡																	
	被感																	
兩情相悅型	陰間偶遇																	
	生前相歡																	
	媒介																	

主類型	子類型		大儀古驛	京師異婦人	婦人三重齒	張客奇偶	唐蕭氏女	張相公夫人	呂使君宅	史翁女	南陵美婦人	金鳳釵記	滕穆醉遊聚景園記	牡丹燈記	綠衣人傳	田洙遇薛濤聯句記	秋夕訪琵琶亭記	聶小倩
主動型		書齋自薦																
主動型	迷途投宿	春風一度						△	△			△						
主動型	迷途投宿	有所求而自薦																
主動型	迷途投宿	相從				△												△
主動型	萍水相逢	春風一度	△	△							△							
主動型	萍水相逢	相從												△		△	△	
被動型		被　祟																
被動型		求　歡																
被動型		被　感																
兩情相悅型		陰間偶遇																
兩情相悅型		生前相歡																
兩情相悅型		媒　介																

主類型	子類型		巧娘	林四娘	林四娘記	魯公女	晚霞	連瑣	阿霞	公孫九娘	梅女	伍秋月	小謝	愛奴	呂無病	房文淑	鬼妻
主動型		書齋自薦										△					
主動型	迷途投宿	春風一度															
主動型	迷途投宿	有所求而自薦															
主動型	迷途投宿	相從															
主動型	萍水相逢	春風一度															
主動型	萍水相逢	相從															
被動型		被　祟															
被動型		求　歡								△		△					△
被動型		被　感					△										
兩情相悅型		陰間偶遇						△							△		
兩情相悅型		生前相歡															
兩情相悅型		媒　介															

　　「鬼類」愛情小說的愛情型態和一般凡人之戀最大的不同，在於女鬼們的愛情固然有發展成為長久關係甚至結為夫妻者，但更多的是才一開始馬上就得面臨分別。也就是說，「女鬼」的愛情往往跳過「發展」這個階段，由「開始」階段，接著便進入「結束」階段——事實上，女鬼愛情「開始」的方式其實往往也就指向了「結束」的方式。在「鬼類」的短篇文言愛情小說中，女性主角在愛情發生之初的行為模式有「主動型」、「被動型」、及「兩情相悅型」三類。其中以「主動型」所占篇章比例最大，「被動型」及「兩情相悅型」則份量相當。不過，「主動型」及「兩情相悅型」的例子固然由六朝至清呈一普遍分佈狀態，但「被動型」的故事卻比較集中於清代的《聊齋誌異》當中，顯示了女鬼「被動型」的行為模式並不是這一類女性主角的小說行為常態，而是有強烈的作者個人創作因素在其中。

　　所謂「主動型」，指女鬼主動向對方表示傾慕之意、甚至求歡；依發生場所的不同，此類型又可分為「書齋自薦」、「迷途投宿」及「萍水相逢」等三項子類。「書齋自薦」則指男性主角處於書齋之中，而女鬼突然而至——但事實上，「書齋」可以是旅舍、官廨、寺廟、荒宅……等任何在相當時間內具固定性質的地點。「迷途投宿」指男性主角迷失路途，偶然行至女鬼所在（其實通常即為其「墓塚」或瘞屍之處）求宿；「萍水相逢」指男女主角偶然相遇於街頭郊區等；其中後兩類發生的地點屬於戶外，而前一者則屬於室內。其實女鬼面對異性時，絕大多數採取「主動」的這種行為模式並不太因為地點的不同而有太大的差異。她們總是突然出現在男性主角面前，有的便直接表達相慕之意，欲伸繾綣；有的則先來一段前奏，或招待以酒食，或唱和以詩絃，然後才登床就寢。但不論戀情發生的場合為何，是否有任何前奏曲，其相遇的序曲中總免不了以「性交」來強調女鬼的「愛慕」之意。不過，雖然採取主動的行為模式大致類似，但室內自薦與戶外相遇時極為不同的是，女鬼在室內或至少書齋窗下幽然現身時，往往並不隱瞞自己的真實身份，且當她們自薦枕席或對男性主角示意言歡之後，所發展的關係型態，都較另二類地點所發生的情感要來得長久，甚至還有結為夫妻者；而女鬼與異性在「迷途投宿」及「萍水相逢」等二類情境下的場合相遇時，對方往往並不知道眼前女子的真實身份，他們所發生的戀情，則以春風一度者為多。相形之下，後者感情的發生，顯得匆忙而草率。因此，發生場合的性質，與戀情的型態有絕對的關係。

　　這種差異產生的原因，正在於古典短篇文言愛情小說的敘事角度是屬於一個男性的視角，講的是一個男性豔遇的故事，則戀情的發生自然應該是屬於男性敘事者所在的陽世人間，才有發展的可能性。以「書齋」（旅舍、寺廟……）言，它是一個固定的場所，而且是屬於男性主角的、真實的、陽界的場所，因此可以在其中發展出一份為時較久也較固定的關係；至於「迷途投宿」，或是「萍水相逢」，兩者的發生場所其實往往就是「墳塚」，一個屬於女性主角的、陰界的、虛幻〔註69〕的地方，主角們相遇於此，其戀情自然沒有發展的空間。而在上述三類場合中，以「書齋（旅舍）自薦」占此類型比例最高，正顯示了基本上屬於文人階層的男性小說作者，創作這一類愛情故事時的心理狀態及創作動機。

　　不過，雖然具有異類身份的「鬼類」的女性主角和「人類」的女性主角行為最大的不同，在於她們以採取主動者為多；但這種行為模式，總是在男性主角處在一個孤立狀態時之才出現。不論後者是獨處書齋旅舍，心有所思；或是迷路不知所往；或是隻身在外遊逛，都是屬於精神或形體比較空虛的狀態。而傳統文人一致的體認，便是鬼不會無端自來，若有便是因為人心空虛或是有所欲求，如此「鬼」方會趁虛而入〔註70〕──小說作者既然以男性為

〔註69〕　就一個客觀「存在」角度言，「墳塚」就如「公園」、或者「碼頭」、「寺廟」等，固然是一個真實的「地點」；但若陽人跨越了陰陽界限，渾然不覺進入其中，則就此闖入者主觀意識言，「墳塚」是一個具虛幻性質的「他界」。

〔註70〕　傳統文人多認為「鬼」得以與人發生交接，是先因「人心有鬼」，而後才予真鬼──不論豔鬼或惡鬼──可趁之機。如《夷堅三志》己之二「程喜真非人」條言「新淦人王生，雖為閭閻庶人，而稍知書，最喜觀靈怪集、青瑣高議、神異志等書……出郊春遊，忽起妄念，謂，往古以來，有多少奇怪靈異之事，我未之見也，今此處孤村迥野，豈得無之？誠願一睹。正思慕間，一美女信步至前，斂容道萬福……」而此女正是一女鬼，藉口投靠，後為道人識破，以五雷法驅之。《閱微草堂筆記‧灤陽消夏錄》之六「李雲舉言」條言，某囑僕以黑手裝鬼嚇其友，僕反為真鬼所中，又二人同讀書佛寺，一人本欲裝鬼赫友，而真鬼隨之而來。文後曰「蓋機械一萌，鬼遂以機械之心從而應之，斯亦可為螳螂黃雀之喻矣」；卷九〈如是我聞〉之三「交河有書生日獨步田野間」條言某書生見婦人於田中，疑為幽會者，逼視之則無，歸則發病及譫語，後鬼來辭曰「我餓鬼也，以君有祿相，不敢觸忤，故潛匿草間，不虞忽相顧盼，枉步相尋，既爾有情，便當從君索食，乏惠薄暮，即從此辭」；卷十三〈槐西雜志〉三「有廖太學悼其寵姬」條言某人寵姬新喪，避地遣幽，即有女鬼冒充其姬之魂以求薦，後因發覺其言語破綻而識破鬼之冒充一事，文後曰「此可悟世情狡獪，雖鬼亦然，又可悟情有所牽，物必抵隙」；卷二十三〈灤陽續錄〉五「董秋原言」條，言某偶出外，其婦暴卒而不及別，遂常思念，已而其婦之鬼來，遂常相往

主，寫的也是男性的故事，自然「以逸待勞」的總是男性主角，幽然而現的只能是女性豔鬼了。

　　至於「兩情相悅型」，與其他「鬼類」女性主角行為不同之處，在於採取此種行為模式的女鬼與異性發生情感時，彼此相對身份屬性的特殊性。由上表可以看出，女鬼愛情以此形態發生者，不是在一個極特殊的場合：陰間，就是在女鬼生前。換言之，其他兩類愛情發生的「單向」型的行為模式，不論主動被動，皆是標準的「人鬼戀」──「異類」（女性主角）與「人」（男性主角）之戀；但「兩情相悅型」中男女主角，不然就是二者皆鬼，不然就是二者皆人，他們的身份性質是平等的，而不是如其他行為模式中的女鬼與異性，一屬等級較低的「他界」，一屬等級較高的「人界」。但事實上，若抽離掉這些「他界」或者「人界」的「標籤」，只就其身份屬性的「絕對值」來觀察，我們就可以發現，如「兩情相悅」這種「互動」型戀曲的譜出，只有在男女兩性主角處於一個平等的身份屬性狀態之下，才會發生；否則，若主角們的身份屬性是不對等的──即男性主角是「人」，而女性主角則具有「人界」以外的身份屬性──則二者愛情的激撞發生，通常也是在一個不對等的、單向式（主動型或被動型）的關係下發生。對照前文對於「仙類」愛情的發生，以主動者居多；但「未婚男女類」卻以「兩情相悅型」居多，亦可以印證女鬼的愛情發生行為階段的這種現象。

　　女鬼採「被動型」行為模式者，絕大部份出自《聊齋》──「仙類」的「被動型」也有同樣的現象。相較之下，由「主動型」不僅占多數且各朝故事皆有這兩點現象來看，顯然在愛情的發生階段，「被動型」的行為模式並非這一類愛情故事小說女性主角的常態。在這類型行為模式的故事中，有所謂「被祟」及「求歡」二項子類。但「被祟」子類模式中的鬼乃是男性，而女性主角則人類。這一類型的故事，並非「鬼類」愛情故事中的常態，只因「妖類」故事中，亦可見此類模式的篇章出現，而所列篇章中的男鬼，其性質亦有近乎妖者，因此在此亦附記一筆。至於「求歡」一項，故事絕大部份出自《聊齋》。其人鬼戀的發生，往往是男性主角主動向女性主角求歡示愛，而由女性「決定」接受與否。雖然，一如歷代小說一貫的文本傳統，男性角在求

　　如生時，一日其婦早來，後婦又至，乃揭穿前相往者乃淫鬼冒充也。文後曰「凡餓鬼必託名以求食，淫鬼多假形以媚人，世間靈鬼，往往非真。此鬼本西市倡女，乘君思憶，投隙而來，以盜君之陽氣」；〈灤陽消夏錄〉之四「姚安公未第時」條有「所謂鬼不自靈，待人而靈也」論調亦同。

愛之時，多半不知道對方是鬼（〈梅女〉一篇除外）——而我們也無從判斷如果此位事先男士知道眼前佳麗竟為鬼物時，是否會有不同的反應——；但是，同樣是事後才知對方真實身份，由以往的書生坐享戀情豔遇降臨到自己的身上，到《聊齋》中男性主角主動追求，而決定權卻在對方。《聊齋》的這種現象，不但提升了「女鬼」這種異類角色在小說中的價值與意義，更意味了女性不再為男性的性幻想服務、據依附在男性的想像之中，而是成為一個值得追求、具有主體性的、獨立生命的個體。行為模式的轉變，顯示了女性主角在小說敘事意義及角色地位的轉變——而且是具有積極意義的轉變。這正是《聊齋》突破前人小說之處。

（六）妖　類

主類型	子類型	蠦馬	園客	王雙	徐邈	淳于棼	張方	登封士人	殷琅	蔣教授	蓮花公主	綠衣女	張福	丁初	楊醜奴	謝宗	張景	鍾道	微生亮	白水素女	吳堪
主動型	(1)書齋自薦	△	△	△								△							△		
	(2)迷途投宿																				
	(3)萍水相逢												△	△	△	△					
	(4)命定										△									△	△
	(5)報恩																				
被動型	(1)被祟						△										△		△		
	(2)長輩許嫁																				
	(3)求歡																				
	(4)被感																				
兩情相悅型								△	△												
夫　妻　型					△																
願者上鉤型																					

主類型	子類型	朱法公	朱誕給使	王素	鄧元佐	白秋練	袁雙	虎婦	天寶選人	申屠澄	崔濤	溫敬林	顧端仁	吳郡士人	李汾	冀州刺史子	張四妻	張某妻	梁瑩	黎氏	花姑子
主動型	(1)書齋自薦						△							△	△						
	(2)迷途投宿				△																

主類型	子類型																				
	(3)萍水相逢													△								
	(4)命定																					
	(5)報恩																					
被動型	(1)被祟	△	△		△														△	△	
	(2)長輩許嫁																					
	(3)求歡							△					△	△					△	△		
	(4)被感																					
兩情相悅型				△				△											△	△		
夫　妻　型																						
願者上鉤型																						

主類型	子類型	淳于矜	徐安	張立本	孫乞	杜修己	李元恭	鄭氏子	茶僕崔三	陳巖	孫恪	任氏傳	上官翼	王苞	賀蘭進明	王璿	計真	姚坤	玉真道人	衢州少婦	狐媚娘傳
主動型	(1)書齋自薦							△	△				△						△	△	
	(2)迷途投宿																				
	(3)萍水相逢			△																	
	(4)命定																				
	(5)報恩																				
被動型	(1)被祟		△	△		△	△														
	(2)長輩許嫁																		△		△
	(3)求歡								△												
	(4)被感																				
兩情相悅型										△				△							
夫　妻　型												△				△	△				
願者上鉤型																					

主類型	子類型	荷花三娘子	青鳳	嬌娜	嬰寧	蕭七	胡四姐	蓮香	紅玉	狐諧	辛十四娘	狐妾	阿霞	毛狐	青梅	鴉頭	狐夢	阿繡	小翠	長亭	鳳仙
主動型	(1)書齋自薦					△	△	△			△				△	△					
	(2)迷途投宿																				

主類型	子類型																				
	(3)萍水相逢																				
	(4)命定																				
	(5)報恩																	△			
被動型	(1)被祟																				
	(2)長輩許嫁			△						△									△	△		
	(3)求歡	△											△			△						
	(4)被感													△								
兩情相悅型		△				△																
夫妻型																						
願者上鉤型																						

主類型	子類型	小梅	張鴻漸	雙燈	汾州狐	武孝廉	醜狐	陳巖	徐寂之	焦恪	孫封	陸社兒	淨居巖蛟	王眞妻	朱覲	柳毅	史悝	柳子華	湘中怨解	煙中怨	趙良臣
主動型	(1)書齋自薦				△		△						△					△	△		
	(2)迷途投宿		△							△	△										
	(3)萍水相逢				△		△	△				△									
	(4)命定			△																	
	(5)報恩	△																			
被動型	(1)被祟													△	△						
	(2)長輩許嫁																				
	(3)求歡																				
	(4)被感																				
兩情相悅型															△						△
夫妻型																					
願者上鉤型																		△	△	△	

主類型	子類型	李華	李華附	趙文昭	劉子卿	朱綜	蘇瓊	泰州人	錢塘士人	僧寺畫像	花月新聞	鳥君山	阿英	光化寺客	戶部令史妻	殷天祥	田登孃	趙師夐	香玉	葛巾	黃英
主動型	(1)書齋自薦			△	△	△		△	△			△		△				△			
	(2)迷途投宿																				

主類型	子類型																		
	(3)萍水相逢	△			△														
	(4)命定							△											
	(5)報恩																		
被動型	(1)被祟												△		△	△		
	(2)長輩許嫁																	△
	(3)求歡																	
	(4)被感																	
兩情相悅型																△		
夫　妻　型																		
願者上鉤型																		

主類型	子類型	金友章	漳民娶山鬼	張氏子	廣陵士人	姚司馬	崔子武	畫工	陳濟妻	盧涵	王勳	永康倡女	蘇昌遠	岑氏	宜春郡民	土偶胎	唐四娘侍女	江廟泥神記	楊禎
主動型	(1)書齋自薦	△		△			△						△	△	△			△	△
	(2)迷途投宿																		
	(3)萍水相逢									△					△				
	(4)命定																		
	(5)報恩																		
被動型	(1)被祟			△				△											
	(2)長輩許嫁																		
	(3)求歡							△			△								
	(4)被感																		
兩情相悅型			△								△								
夫　妻　型																			
願者上鉤型																			

　　「妖類」女性主角在愛情發展之初的行為模式可以說是六類愛情小說的女性主角中最多樣化者。其行為模式，依然可以區分為「主動型」、「被動型」、「兩情相悅型」，此外，便是「夫妻類」及「願者上鉤型」。雖然就篇章出現比例言，後兩類顯然很低，但並不影響「妖類」女性主角的行為模式仍然是所有人物類型中最多樣化的事實。

　　就妖之原形言，所有的物類之中，以狐妖出現最為頻繁，且人物形象也
屢屢突破妖類形象的窠臼。事實上，除了配合各種物類不同的原形特色，除
了幻化為人後的外表形象亦隨之呼應外，就個性或行為模式言，女妖並不因
原形的差異而有太大的區別。因此，普遍來看，任何物類都有可能出現在任
何朝代、表現出各種行為模式。差別在於，那一種物類是小說作者較為偏愛
者。而由所錄篇章及出現類型來看，「狐妖」正是出現頻率最繁、行為模式最
多樣化、及朝代分佈最均勻者；當然，如果對照前文對於狐妖形象的分析，
亦可發現與行為表現正有許多相呼應之處。

　　在「主動型」的行為模式中，依其發生型態不同，又可分為五項子類，
即「書齋自薦」、「迷途投宿」、「萍水相逢」及「命定」、「報恩」。其中前三項
在「鬼類」亦出現過，而第四項與「仙類」重複，只有第五項是其他類型的
人物所未見的行為模式。在這五項子類當中，與「鬼類」相同的是，「妖類」、
「主動型」的「書齋自薦」都是篇章數量最多的一類；而這項子類朝代分佈
最平均、主角身份原形最繁，亦為「妖類」「主動型」中其他四項所望塵莫及
者。後者的雖然篇章數量大致相當，但數量明顯銳減，且主角原形也集中於
「水族」、「狐」、「猿」等少數幾類物種。

　　所謂「書齋自薦」，與前述「鬼類」的此類行為一樣，發生的地點事實上
是不限於「書齋」之中的，而是泛指一個固定的場所，它可以是一個普通的
居家場所，或是一個明確的地點如書齋、旅舍、寺廟、公廨等。而女妖之來，
多未做任何解釋或藉口，或者直接以行動代替言說，單刀直入，來即共寢，
並無多言，更無前戲；或者不請自來後，有所談讌。相較於「書齋自薦」型
的鬼類之例散見於較早期由魏晉至宋元的篇章之中，妖類者則集中於清代《聊
齋》，且以狐妖故事為主。而這種差別的形成原因，固然由於小說流變的過程
之中，早期的小說較為雛型樸素，因此自然缺乏描寫，而多半只有故事架構；
但由另一角度觀之，這些細微的行為差異，使前者毫不見任何個人特質，後
者則可見出此位女性主角的個性人格等得獨立生命色彩。這些同中有異的模
式現象，恰恰透露出小說在塑造人物時，對於人物在小說中所具有的角色地
位及意義，顯然已有所轉變，而轉變的最大意義，在於「女妖」這種卑微的
人物角色，在小說中獲得了自己的生命與主體價值，不再只是男性作者發洩
性幻想的一個「衢道」而已。

　　不過，大部份的篇章，女性主角對自己的自薦行為還是有所解釋或藉口。

她們或是遮遮掩掩，製造某些藉口，以免對方懷疑其原形爲妖。這些障眼法的共同點，不是自稱爲鄰家之女，便是將自己描述成一位「弱勢」女子，訴求成一種「逼不得已」的態勢，不但博得男性主角的同情，更掩蓋了「自薦」的主動性。而她們最常使用的身份，便是自稱爲孤女（〈上官翼〉、〈衢州少婦〉）、寡婦（〈朱縱〉）、逐婦（〈茶僕崔三〉）、或有家不得歸的奔女（〈姚坤〉）。值得注意的是，以弱勢姿態出現的女妖，多半集中於魏晉及唐的篇章之中；唐代以下，女妖似乎不認爲自己的主動有什麼好遮掩的，因此，多是直陳對眼前人的愛慕景仰之意（〈綠衣女〉、〈白秋練〉），或是告以彼此有宿命緣份（〈柳子華〉、〈花月新聞〉、〈阿英〉）；更有熱情大膽者，吐露自己無法忍情的心曲（〈江廟泥神記〉）。

女妖們以唐爲分界所顯示出的行爲差異，不應孤立來看，我們可以發現，她們與「未婚類」女性主角的行爲模式正有某些不謀而合之處。一則「未婚類」女性主角行爲模式屬「主動型」者比例並非極高，且集中於明清以後。二則明清的愛情故事中，未婚女子不論是採取主動者，或兩情相悅者，也不論其結果是喜是悲，小說作者多半直接就其生活的現實行爲描述；而唐以前篇章中，則多半有一些如復活、離魂等超現實的行爲伴隨著女性主角的示愛，前者如〈零陵太守女〉、〈龐阿〉，後者如〈王宙〉。這些小說現象，除了對照出唐以前的小說（未婚）女性在行爲上較爲拘謹，而明清以後的小說女性則較爲大膽動積極外；小說中種種超現實的現象，更無異是對於女性主角超越禮法行爲的一種說詞及掩飾，以使其主動示愛或私奔之舉，既顯得不會那麼突兀，也是爲讀者留下一些諒解的空間──這些所謂的「說詞」、「掩飾」，與女妖種種捏造身份的「藉口」，又有何差異？這些不謀而合的現象，其實已形成一種小說流變史的問題，而造成這種同中有異、異中有同的小說現象的深層因素，值得再去挖掘探討。

至於其他「主動型」的行爲模式，如「迷途投宿」一項，正如「鬼類」「主動型」的同項子類，亦是女性主角以逸待勞，守株待兔，等男性主角送上門來。不同於女鬼們留宿對方後相處方式的多樣化：或只是春風一度，或提出某項要求，或相從爲歡；在「妖類」故事中，無論女妖所在之地設備如何華楚，女妖們總是對之毫不戀暫，一旦將對方安頓下來後（通常是在一頓讌飲招待之後），女妖們幾乎總是迫不及待地向男方提出欲附婚約的要求，而後便與對方劍及履及地離開他住。

　　「萍水相逢」則雖與「書齋自薦」頗有雷同之點，爲女妖投向男性主角的所在；但不同的是，「萍水相逢」中男性主角駐腳之處，乃爲一暫時性的地點（多爲水邊碼頭等泊船之所），停留時間不長，或一時三刻，或三天五天，並非如書齋旅舍寺廟等，可以做相當時間數月半載的居留。而地點性質恰恰決定了後續情感的發生形態。此外，與「鬼類」相較，「萍水相逢」後落腳處的所屬權亦有所異。女鬼們多半至女方所在續其燕好；女妖則反之，而是多半隨至男方處所。究其原因，所謂「無恃『人』之不來，恃吾有以待之」，這些具有「他類」身份的女性主角們，能將對方引至自己所在，必然是該地有所傲人之處。就女鬼言，她們本多身處豐葬之墓，儘可以就地取材，幻化成豪門巨宅；但女妖則不一樣，她們的原形所居，不是地穴水湄，或是甚至露天席地、促居第三者室中一角，這些地點，本不適合談情說愛，更別說藉此打動對方——正如〈秋夕訪琵琶亭記〉中男女主角將發展至肌膚之親時，女主角所言：「今夕當歸舍中，謀爲久計，不宜風眠露宿，貽俗子輩嗤笑」，因此，自然必須相隨至男方居處了。這種居不定所的異類習性，正可以之解釋何以「迷途投宿」的女妖們總是迫不及待地離開其處、跟隨男性主角他去。

　　「主動型」中另有兩項篇章數量較少的子類型，「命定」及「報恩」。若以行爲發生情境言，前者其實可納入「書齋自薦」一項的子類之中，因爲，這些不請自來的女妖們，除了其行爲動機明顯是有一「命定」前提下，行爲本身其實與「書齋自薦」並無多大分別，逕視爲其「副型」亦不爲過。「報恩」一項，只見於《聊齋》故事，並非「主動型」行爲模式的常態。而這兩項子類所指涉的行爲模式，也是在五類「主動型」行爲模式子類型中，並非一開始即男女主角彼此有情者，但是其既被歸納爲愛情小說，而此椿情事竟可以「非關情事」開端，可見古典小說愛情觀之一班。

　　妖類的「被動型」行爲模式又可分爲三項子類，即「求歡」、「被惑」、「下嫁」。以「求歡」一項子類言，與前述各類「主動型」大異其趣的是，採取主動的諸多女妖們總是直接大膽，甚至有熱情如火，迫不及待便與對方發生肉體關係；而「被動型」、「求歡」一類的女妖在面對男性主角的求愛之舉時，固然有欣然接受者，但亦有出現「驚懼」反應者（如〈天寶選人〉），使其與男性主角的結合，遂是在一種「不得已」的狀態下發生。而這種反應，爲任何一類人物的「被動型」行爲模式所未見。其發生情境雖與「主動型」的「萍

水相逢」非常類似，多半是男女主角於戶外不期而遇，只是後者爲女妖主動向男士示好，前者則是男方主動向女方求歡。但是，屬「被動型」行爲模式的篇章，整體而言，其所佔篇章比例，卻顯然不如「主動型」者多，朝代分佈前者亦不如後者均勻。這種現象，顯示在小說人物性格的認定上，作者還是傾向於女妖採取主動的。再對照篇章數量比例佔「被動型」中最高的第二項子類「被祟」，其實其女性主角爲「人」而非「女妖」，而這種身份的女性主角卻又非「妖類」愛情篇章中的常態。如此，便可見在「妖類」愛情故事中，人妖情事的發生，主要還是設定爲「女妖」「主動」示愛的行爲模式之上。至於第三項子類的「（長輩）許嫁」一項，值得注意的是集中出現於明清的篇章之中，與前述「被祟」一類的集中出現於魏晉及唐，恰成一極端的對比。此外，前述幻化以惑人間女子的，溫血動物極爲少見，而以冷血動物如爬蟲、水族或昆蟲類居多；後者被人買賣或被長輩許嫁者，則幾乎爲狐女。事實上，「父母之命」、「媒妁之言」，本是傳統社會成立夫妻關係的前置作業；夫妻在洞房花燭夜之後，才開始培養他們之間的「愛情」，亦不足爲奇。則妖之被賣爲妾、或被長輩許嫁，何嘗不是人間婚姻及情感形式的翻版？不過，更重要的是，這樣的行爲模式意義，顯示了人妖之間的結合，由早期唐代大量出現的自稱孤女、自薦婚姻，到明清的更符合人間社會遊戲規則的舉動，女妖已漸漸擺脫其「異類」的鮮明色彩，而朝向一個更具人性的形象發展，因爲，女妖也開始有家庭，也開始加入人類社會的作息——或者說，小說作者已由早期寫一個「異類」的「述異」心態，而逐漸轉變成努力去寫一個「類人」。女妖的人物生命也將因爲這些轉變而顯得更具生命質感、更有「人（情）味」。

　　值得注意的是，與其他具有「非人」性質——即「仙類」及「鬼類」的女性主角比較，可以發現上述三項子類「妖類」女性主角在這部份的行爲模式，與前二者重複的比例很大。尤其是在主類型的「主動型」及「被動型」方面，幾乎囊括了「仙類」及「鬼類」二類女主角的行爲模式。如「妖類」女性主角這種行爲模式高度的相似性及概括性，顯示了其與「仙類」及「鬼類」女性角色之間，在深層的角色塑造及身份結構方面，具有極密切的關係。而呼應前文對於「女妖」行象的分析，這種行爲模式現象，恰好也說明了女妖面貌的多變、及其愛情故事的多樣化，正是因爲其身份的深層結構中，其實同時揉和了「女仙」與「女鬼」兩種別如雲泥般性質的人物行特

質之故。

　　與前述兩種主類型相較，「兩情相悅型」的篇章比例顯然較低。而若與其他人物類型的相同主類型行爲模式比較，則亦不如「未婚類」及「鬼類」內容的較趨多元，而呈現一種較呆板的現象。在此類行爲模式中，人妖彼此悅戀，有很大比例是發生於萍水相逢的情境之下；其次，便是類似迷途投宿等。而其之異於「主動型」的「萍水相逢」等子類，在於雖然情境如此相彷，但女妖之出現，並非預設男性主角的到來，而是類似人間未婚男女的一見鍾情，純然出於不期而遇。不過，女妖畢竟不同於一般人間女子，因此，與男性之相遇，多是落落大方並無羞澀之態。「妖類」的「兩情相悅型」集中表現於唐代及清代的《聊齋》，而前者篇章比例又高於後者；再對照所有人物類型中，「未婚類」的「兩情相悅型」是最多采多姿的，其亦是集中表現於唐代。由此可見，對「妖類」而言，一方面，出現朝代的侷限性，顯示「兩情相悅型」並非這類人物的主要行爲表現；但另一方面，也指出了小說現象的出現，與某個特定時代的文學慣性是有絕對直接的關係。

　　「妖類」故事有兩類比例極低的行爲模式，即「夫妻型」及「願者上鉤型」。前者小說一開始女妖即已爲人婦妾，所表現出的，便是一付賢婦模樣，助夫成事、襄贊家務，行爲全然不見其之爲「妖」的特色，根本已同化爲「人」了。而「夫妻型」行爲模式的特出處，也正在於這一類行爲是其他主類型行爲中，唯一並非只針對男性主角本身、而是牽涉到對方家庭生活者。像這一類藉著符合人類社會對主婦標準的要求行事，以表現夫妻情深的女妖，尤以原形爲「狐」者居多。小說作者在各形各色女妖中，不約而同獨衷情於狐女，使其深深介入人類家庭生活；且「狐」在妖類愛情故事中與「家庭」關係之深，故相較於其他類型女妖，其形象塑造上往往亦具有濃厚的家庭色彩——最明顯的例子，便是《聊齋》中的眾多擁有家庭成員的狐女們。

　　至於「願者上鉤型」，其實可視爲「主動型」中「自薦」子類的副型。如前所言，自薦的諸女妖們，多以一「弱勢」者姿態爲訴求以打動男性主角；「願者上鉤型」亦然。其差別在於，自薦者先針對某一特定對象而有自薦之舉，而後才以各種「弱勢」姿態以爲其行爲的解釋；「願者上鉤型」則是先擺出此一姿態爲餌，以吸引男性注意，並不預期任何特定對象。有趣的是，「願者上鉤型」的女妖原形，以「爬蟲」居多，且集中於早期的作品；其來源，或與

〈柳毅傳〉有極大的關係。雖然，龍女之爲柳毅，乃先有所俟；而「願者上鉤型」則爲不期而遇。但是，女妖形象的塑造皆偏向柔水似水、楚楚可憐；初遇男性主角時亦皆自稱出身孤弱，不是爲兄嫂所苦，就是爲翁姑所迫。則若謂「願者上鉤型」女妖的孤弱形象與〈柳毅傳〉龍女的淒楚氣質，二者在塑造的深層心理上有相當的重疊性，應不爲過。

「妖類」故事中，有些感情型態較爲特殊而無法歸入上述任何一類者，如《聊齋》的〈素秋〉、〈嬌娜〉、〈封三娘〉等，故事中的女性主角素秋、嬌娜與封三娘，前二者與男性主角乃發展爲兄妹般的情誼，後一者則與另一女性角色范十一娘頗有同性戀的傾向。這些情感型態或爲男女愛情的提昇，或爲異性之戀的變相，都是因乎作者個人才氣及感情觀而出現的特例，既非這類小說的常態，也不具有行爲模式的意義，因此，本文對此暫不予討論。

小　結

模式	仙類		未婚類		妓女類		鬼類		妖類		朝代
主動型	感動而自薦	△	單戀	△			書房(旅舍)自薦	△	書房(旅舍)自薦	△	1
				△				△		△	2
				△		△		△		△	3
								△		△	4
				△		△		△		△	5
			互戀	△			迷途投宿	△	迷途投宿		1
				△				△		△	2
				△				△			3
				△						△	4
											5
							萍水相逢		萍水相逢	△	1
								△		△	2
								△		△	3
								△		△	4
								△		△	5
	命定	△							命定	△	1
		△								△	2
											3
											4
										△	5

	憐才	△					報恩		1
									2
									3
									4
		△						△	5
	無特別原因	△							1
									2
									3
									4
		△							5
被動型	被崇			△		被崇	被崇	△	1
		△			△				2
								△	3
									4
				△					5
	長輩許嫁						長輩許嫁		1
									2
								△	3
								△	4
		△						△	5
						求歡	求歡	△	1
								△	2
									3
									4
							△	△	5
						被感	△ 被感		1
									2
									3
									4
							△	△	5
兩情相悅型			一般型	△	△	陰間偶遇	△	△	1
		△		△	△			△	2
		△		△				△	3
				△					4
		△		△			△	△	5
			青梅竹馬			生前相歡			1
				△			△		2
							△		3
				△					4
									5

		日久生情	△		媒介	△		1 2 3 4 5
						△		
		一見鍾情	△					1 2 3 4 5
其他型		（婚約型）				（夫妻型）	△	1 2 3 4 5
			△					
			△			（願者上鉤型）	△	1 2 3 4 5
							△	

說明：1＝魏晉；2＝唐；3＝宋元；4＝明；5＝清。

　　在愛情開始階段，幾類主要行為模式「主動型」、「被動型」及「兩情相悅型」，上述五類女性角色皆曾發生。各類行為模式出現的時代，以「主動型」言，魏晉時代出現頻率最高；「兩情相悅型」多見於唐代；而「被動型」則多見於清代。顯示人物的行為模式的分佈與時代特質之間關係極為密切。

　　此外，身份層級的不同，其行為模式的傾向亦不盡相同。具「非人」性質的「仙類」、「鬼類」、「妖類」的女性主角，以「主動型」為主；其他屬「人界」層級的女性主角，如「未婚類」及「妓女類」，則以「兩情相悅型」為主；而各類人物的最主要行為模式其模式子類，亦相形較為繁雜。上述行為模式現象，顯示出在兩性互動的關係中，男女地位不對等者，其感情亦多傾向於單向式的開始；否則，則傾向於互動方式。愛情的發生型態非關當事人誰先動心的問題，而在於雙方地位或身份層級等外在因素，這種行為模式的特色，也將出現在愛情的「發展」及「結尾」階段。

　　特別要指出的是，由上表我們可以看出，「主動型」是所有行為模式中出現機率最高的。但是，在這樣的男女兩性關係的互動中，一般而言，女性採

取主動而成功者，多是在男性處在一個相對劣態的態勢上，或是後者的身份層級較低（如女仙對凡男），或是其生活條件貧困（如有本領的女仙女妖對謀生無計的落魄男子），或是感情狀態空虛（如多情的女性主角面對喪偶或缺乏佳偶的男性）等等。如果兩性所處是一個平衡的立足點（如同爲「人界」的男女）〔註 71〕，則女性的主動示愛多半會遭到拒絕。此外，各類的主動示愛行爲，往往更加上了一層包裝，使女性的所謂「主動」，並非單純的刀對刀、鎗對鎗地單刀直入。而包裝的方式則各形各色，如或以「命定」爲藉口，或以「第三者」爲媒介等。似乎對女性主角言，「互動關係」上的主動已是行爲的極限，如果再直接暴露其情欲，就不允許了。這些障眼法的設計，正是使女性主角的主動示意行爲，刺激而不刺眼。而其中所牽涉到敘述者的心態，值得探討。

此外，角色本身身份設定固然會影響到該類角色愛情的開始型態，使各類角色之間自有其具普遍性的模式傾向；但如果某些特殊模式總出現於某一特定時代或作品，就不能不考慮後者對於人物所產生的特殊影響。就短篇文言愛情小說，《聊齋》正是具有這樣的影響力。因爲各類女主角的反普遍性模式的行爲，如「仙類」、「鬼類」、「妖類」的女性主角乃以「主動型」爲主，其「被動型」則幾乎都是出現在《聊齋》的故事當中；妓女角色在面對愛情的降臨時，多以感激之心（由下仰望上的角度）來面對男性主角，《聊齋》則可見不一樣的互動關係等等；一些跳出公式化行爲模式的表現，往往在《聊齋》中可見極深刻的敘述。事實上，若進一步觀照各類女性主角愛情「發展」及「結尾」階段的行爲模式，亦可發現《聊齋》的女性主角，往往能擁有與其前輩不一樣的命運，而這些命運，正具有積極意義。前文（第二章第一節）曾經論述《聊齋》在小說史上的定位及價值等問題，在此正可充份得到證明。

所謂「情動於衷」，愛情的發生，本應關乎當事人的心靈活動、關乎當事人的感情狀態，但是透過上述的分析，卻可見影響各類女性主角愛情「開始」階段行爲模式的因素中，絕大多數卻非關愛情，這種現象，值得深思。

〔註71〕此處所強調的是「身份層級」（爲天生所賦予者），而非「身份地位」（爲社會所賦予者）。因此，如果男女性主角是處在同一個「身份層級」（如皆爲「人界」），即使男性主角的「身份地位」低於女性（如女方爲男方長官之女，男方爲女方父親部屬；或女方爲富室之女，男方爲酒舖奴廝），女方採取動依然會遭到拒絕。

二、愛情的發展

（一）仙　類

女仙們在愛情發展階段其行爲模式之單純，僅次於「夫妻類」。在女仙的互動行爲方面，可見「相處模式」、「契約模式」、「分手模式」、「重逢模式」、「溝通模式」、「報模式」等，而集中表現於「相處模式」；其自我行爲，則較少見著墨，僅見「情緒模式」及「規範模式」，而尤偏向後者。

從下表我們可以看出，女仙的愛情發展少有外力影響，在愛情的昇溫中，女仙們多能享受愛情美好的一面，進而表現在感官的歡愉上——不是歡宴，就是歡寢。所謂「食、色，性也」，女仙愛情發展階段的行爲特徵，正是充滿了「慾」的符碼——口腹之慾或肉慾。但在自我行爲方面，相對於前述的縱樂歡愉，女仙卻又表現爲一純理性的「理想女性」，她們對男性主角，不僅提供了感官上的歡愉感；在日常方面，更是有效改善了男性主角的精神及經濟生活品質；甚至臨別之際，一般詩文等軟性饋贈固不必論，更重要的是，她們還提供了許多具實質人生意義或有利生活的物資：或是一脈骨血，或是日後家用。這些具互動性及自我性的行爲表現，前者集中出現於六朝及唐，後者則集中出現於唐及清代——尤其是清代。分佈的差異性，顯示了前朝與後代對於愛情定位及其附加價值不同的看法。

此外，女仙在愛情發展的階段中，「情緒模式」表現平淡，顯然「愛情」對她們並沒有造成太大的困擾，而這也與上述女仙之自我理性行爲互相呼應。但是，女仙與凡夫之間身份地位層級的懸殊，卻也在女仙與情人之間造成了距離感，因此在愛情的發展中，她們必須以「隱瞞」這項動作來模糊二者之間身份屬性的差異性；或者以「表白」等舉動，來強調自己的情意，以彌縫彼此間因身份層級而形成的疏離感。「表白」與「隱瞞」雖說是兩種看似完全相反的行爲，其實卻是異曲同工，其行爲背後的意義是一樣的，因其皆來自女仙對彼此身分質性仙凡差別的焦慮感。事實上，本文所討論短篇文言愛情小説六類女性主角中，除「夫妻類」外，雖然在愛情的發展階段中，都有「溝通模式」的行爲發生，但只有屬「非人」身份的女性主角們（即「仙類」、「鬼類」、「妖類」）才出現如此互爲表裏的一組行爲模式；另二類皆屬人間身份的「未婚類」及「妓女類」則沒有「隱瞞」的行爲模式。身份屬性所形成的問題與行爲模式的表現，二者如何關聯，何以如此關聯，對於關聯性的深層因素，值得加以探索。

女仙在愛情發展中，固然多有歡樂，但也難免提早面對分手時刻。她們與其他女性主角最大的不同點，在於造成分手的因素，不在於第三者，而是絕對來自主角本身，尤其是來自女仙。女仙在爲自己的愛情進行曲譜下休止符時，往往強調乃是出於天意，有所謂「緣盡」之說；再對照愛情「發生」階段，女仙乃以「主動型」居多；及前文已指出的其乃是處在扮演一「供應者」的立場；這些行爲模式的意義，顯示在愛情事件中，女仙正是處於主導的地位，而這份主導權，來自其高於「人界」一級的「仙界」身份。

在「仙類」的愛情故事中，感官享樂或生活資源的「提供者」，皆是身爲女性主角的仙女們；而小說的作者爲男性，小說的敘述視角亦是屬於男性的。則表現於女仙與凡夫愛情發展階段中的，受惠者遂皆屬男性——我們不禁要問，女仙在這椿愛情中，究竟有什麼收穫？理論上，「愛情」對於不食人間煙或火的世外女性來說，意義應該比較重大，因爲她必須承受較強烈的改變與調整。但事實上，我們在小說作者對於女仙行爲的敘述中，幾乎不曾看到女仙在發展自己愛情的過程中有任何自我意識，或在採取行動時自道其中有任何意義；我們所看到的，只是敘述者（或者是作者）急於誇口在這椿愛情中，小說中的男性主角藉著對女性主角的任何舉動，獲得了什麼樣好處的那種沾沾自喜的心態。文本所表現出的女性主角的一切所謂優勢地位，其實還是玩弄在異性作者手中的文字遊戲，女性主角的文本，是否就是實質的一切，還是只是個符號？是我們所要深思的。

編號	主類型	子類型		袁相根碩	洞庭山	天台二女	黃原	劉子卿	蕭總	韋弇	楊眞伯	畫工	后土夫人	張無頗
5	①相處模式	歡宴		△	△	△	△	△		△				
7		歡好（共寢）				△	△	△	△					
9		相從						△						
11(1)	②契約模式	約盟												
21(1)	③分手模式	分別	♂求還			△								
(2)			♀緣盡別											
26(1)		解難	♀解♂難											
38(2)	④重逢模式	♂央求												
41(1)	⑤溝通模式	表白												
43		隱瞞					△							

編號	主類型	子類型											
44	⑥報模式	報償											
45		報復				△							
57	⑧情緒模式	日久生情									△		
71(1)	⑩規範模式	留贈	詩文							△		
(3)			子嗣								△	
(4)			家用									
(5)			預言									
73(1)		供給	家用									
(2)			娛情									

編號	主類型	子類型	緒雲鬼仙	嫦娥	翩翩	西湖主	仙人島	雲蘿公主	神女	蕙芳	粉蝶	錦瑟
5	①相處模式	歡宴				△						
7		歡好（共寢）				△	△	△		△		
9		相從										
11(1)	②契約模式	約盟			△				△			
21(1)	③分手模式	分別 ♂求還										
(2)		分別 ♀緣盡別	△	△								
26(1)		解難 ♀解♂難						△	△			△
38(2)	④重逢模式	♂央求		△								
41(1)	⑤溝通模式	表白					△		△			
43		隱瞞										
44	⑥報模式	報償						△				△
45		報復										
57	⑧情緒模式	日久生情										
71(1)	⑩規範模式	留贈 詩文										
(3)		留贈 子嗣			△							
(4)		留贈 家用						△				
(5)		留贈 預言	△									
73(1)		供給 家用			△			△	△	△		
(2)		供給 娛情		△			△				△	

（二）夫妻類

在夫妻愛情的發展階段中，女性主角的行為取向表現為「契約模式」及「分手模式」者最為頻繁，而「溝通模式」則付之闕如。這與上述所謂「非人」類的女性主角所展現出的行為取向是全然不同的。

分析「溝通模式」缺席之因，就三類「非人」類的女性主角言，她們的愛情，總是會面臨來自各類人為或命定的「威脅」而使戀情終結。就「妓女」言，則有職業命運上的悲劇宿命，所謂「易得無價寶，難得有情郎」，飄搖不定的男女關係本是常態，即使短暫卻真實的戀情則是奢求，愛情的命運如此多舛，更別說「白首共諧」了。至於「未婚類」的女性主角，美好姻緣是可以期待甚至實現的夢想，但是傳統的環境對未婚閨女而言，要如願發展想望中的愛情，仍有很多外在因素所形成的困境必須加以克服，未到最後結局，誰也不知她與男性主角的命運如何。只有具有「妻子」身份的女性主角在「愛情」這層男女關係中的地位是受到合法保障的。由女性主角行為取向集中於「分手」一項可以看出，雖然夫妻類的女性主角在愛情進行階段中必須經常與對方的「分離」而有所做為；但參照小說愛情「發展」階段的情節，卻又可以發現，造成分手的原因，幾乎都是來自「人為」的因素：或是「權威者」的橫刀奪愛，或是人禍意外的拆散。但即使她的愛情橫遭破壞，甚至因而殉死，最後也往往有超現實的「異象」為其平反，不會令其白白犧牲。而上述得失的意義，顯示「妻子」即使受到人為因素的破壞，但她仍有「天命」做最後的屏障。「夫妻類」的女性主角既享有合法的兩性關係，可以在一個受到保護的環境中安心享受她的夫妻之情，當然不會產生「危機感」或是「不安全感」；而這便使得夫妻之間的情意或其男女之際顯得如此理所當然、不言而喻，自然她也沒有必要多費唇舌對對方刻意強調或表白什麼，「溝通」這項行為便顯得不需要——事實上，相對於「仙類」在愛情發展階段相當強調「相處模式」，而「夫妻類」在這部份的表現卻顯得很貧乏，亦正呼應了上述對於「溝通模式」的分析。

誠如前文所言，「夫妻類」愛情故事的女性主角，是六類故事中唯一不需為自己與男性主角的「關係」而擔憂，而所擁有的愛情也是六類愛情小說女性主角中最可靠安全者。但小說鋪敘一定會有轉折及波瀾，夫妻相依相親難免出現裂痕。參照故事文本，便可發現，出現裂縫的因素鮮少來自當事者個人，而多屬外在因素。本此，在妻子們的愛情歷程中，順應上述小說結

構發展而包含較多可能性的「分手模式」，出現比例便極高；相對的，個人因素色彩較重的「契約模式」、「負約」一項，比例便極低——有者，也是男性高於女性。而由下表更可以看出，當「夫妻類」的女性主角在面對夫妻之情的挫折時，有大量的行爲表現是集中於「失身存後」及「殉死」兩項子類。而這二項行爲正是充滿了理性色彩。前者不必論，在以「餓死事小，失節事大」的傳統社會中，能爲一脈骨血而忍辱苟活，如不是即極大生命韌性及極強的意志力，難以爲之；而「殉死」一項，參照故事文本，便可發現妻子們的殉夫，絕不是一時激情下的衝動之舉，而是往往已安排好一切後事，或者爲夫報仇後，才從容就死。而同樣具有理性色彩，「失身存後」一項普遍分佈於唐宋之前，「殉死」一類則較集中於宋元以後，個中原因，頗值得玩味。

妻子們在愛情進行式中還有一項明顯的行爲模式，即「約盟」。其中情境，大多是夫之將死，而身爲其妻的女性主角對其夫信誓旦旦，決不改嫁；但也有少數篇章是身爲妻子的女性主角將死，欲其夫發誓不再另娶者。如前言中所指出，「愛情」之異於其他情感者，正在於它是一種獨佔性極強的情感型態；要對方發誓自己死後絕不再嫁另娶，雖說是一種極自私的心態，卻合乎心理狀態的描述。然而與前文屬「分手模式」兩項子類之具有濃厚理性色彩的行爲相較，這種「約盟」的行爲，顯然傾向較強烈的個人情緒色彩。事實上，這一類行爲模式的出現，是頗具諷刺性的。前文分析「溝通模式」缺乏時，曾指出因爲具有一層合法、穩定、安全的關係基礎，因此夫妻愛情中「理性」的成份極濃。在這種情形之下，「約盟」這種實質上如此情緒性的行爲出現，正指出了原本穩定的關係基礎必然出現了危機，才須以另類方式來彌補加強動搖的夫妻關係。而如果我們將「承諾」視爲「契約」的一種，不論形式如何，一紙婚書是一種契約，口頭的誓言未嘗不也是一種契約？差別在於前者是黑字白紙，具有法律保障性；後者只憑個人良心，不具任何實質約束力。雖然現實生活中只承認前者而不承認後者，但前者效力卻只限於夫妻雙雙存活之時，只能約束外在行爲能力，而無法規定內在心靈活動；後者卻能予信以爲眞者心理上無比的安全感，甚至眞正發揮作用延續到地老天荒。因此，如果一椿婚姻必須賴後者這樣一種虛幻的契約來獲得心理上的安全感，顯然「約盟」這類行爲取向對整椿愛情言，具有負面意義。它的負面意義，我們將會在對愛情「結尾」的部份中獲得更進一步的

印證。

「溝通模式」的闕如，「相處模式」的貧乏，其意義顯示「夫妻型」女性主角的「愛情」內涵是「理性」的成份居多，「感性」的成份較低。而呼應前者，偏向情緒性的「契約模式」、「約盟」一類行為，其實意涵了負面的符號意義，指向了愛情墜落的危機；當妻子們面對夫妻離散且自己的生命受到威脅時，則大量集中在相當理性的「存後」及「殉死」兩類行為，以證明自己對於夫妻愛情的堅持。這兩類妻子行為取向的對照，更是突顯出，當一位女性的身份定位在家庭倫常之內時，她的愛情內涵也將和一般想像中浪漫唯美的男女愛戀有著很大的不同。

編號	主類型	子類型		陸東美	韋隱	崔尉子	陳義郎	李文敏	華陽李尉	崔碣	張夫人	陸氏負約	陳氏前夫	晁安宅妻
9	①相處模式	相　　從		△	△									
11(1)	②契約模式	約　　盟									△	△	△	
14		成　　婚												
16(1)		負約	♂						△					
(2)			♀											
18(3)	③分手模式	挫折	戰　爭											
21		分　　別												
25(1)		遭難	♂											
(2)			♀失身存後			△	△	△		△				△
(3)			♀守節守身											
27		殉　　死												
35	④重逢模式	復　　活												
37		索　　命						△						
39		偶　　遇												
45	⑥報模式	報　　復												
49	⑦靈異模式	離　　魂			△									
70	⑩規範模式	婦　　道												

編號	主類型	子類型			俠婦人	袁從政	楊政妻妾	太原意娘	愛卿傳	翠翠傳	芙蓉屏記	庚娘	江城	鬼妻	林氏
9	①相處模式	相　從								△					
11(1)	②契約模式	約　盟				△		△							
14		成　婚								△				△	
16(1)		負約	♂					△							
(2)			♀				△								
18(3)	③分手模式	挫折	戰　爭							△					
21		分　別													
25(1)		遭難	♂										△		
(2)			♀失身存後												
(3)			♀守節守身								△				△
27		殉　死							△	△			△		
35	④重逢模式	復　活													△
37		索　命													
39		偶　遇												△	
45	⑥報　模式	報　復										△			
49	⑦靈異模式	離　魂													
70	⑩規範模式	婦　道			△			△						△	

（三）未婚類

　　「未婚類」的女性主角在愛情發展階段所表現出的行為模式非常多樣化。除了「角色模式」從缺外，其餘各類模式皆有所表現。在這些行為模式之中，構成女性主角的愛情發展階段最重要的行為結構，為「相處模式」及「分手模式」；它們分別代發展過程中愛情的「合」與「離」，也是推動著愛情進行的兩股動力。至於兼具離合性質的「重逢模式」，則可視為前述二者的副型。這三項行為模式就如同建築物的梁柱，建構出「未婚類」女性主角愛情發展階段這棟樓層的主輪廓；而包括「契約模式」、「溝通模式」、「報模式」、「靈異模式」及「情緒模式」，則為建物的隔間，將房舍的功能形貌做更清楚的呈現。此外，各主行為模式之中，又各有其較為集中表現的子類。如

「相處模式」方面，集中表現於「媒介」、「私會」；「契約模式」方面，集中表現於「約盟」及「成婚」；「分手模式」集中於「挫折」、「堅盟」及「亡」；「重逢模式」集中於「復活」、「偶遇」；「溝通模式」集中於「表白」；「情緒模式」集中於「單戀」及「感動」。其中「媒介」、「私會」、「成婚」、「挫折」、「亡」、「單戀」等爲較平均出現於各代者，「復活」主見於魏晉，「表白」主見於唐以後，「約盟」、「堅盟」及「偶遇」則主見於清代。這樣的現象，則顯示了角色身份與行爲取向之間特殊的關聯性，及不同時代作者價值觀的異同。

　　相較於愛情的「開始」階段，愛情「發展」階段最關切的，應是愛情明朗化的問題。「未婚類」女性主角在愛情發展階段具有前述的意義的行爲，如「情緒模式」方面，主要表現在「單戀」、「感動」之上；其餘如「閨怨」、「日久生情」、「矛盾」，則只有單一零星的表現。就前二者言，恰爲二類相反的情緒反應，而其乃承續「開始」階段的「主動型」及「被動型」而發展者。但在這個階段中，對於女性主角的愛情推展具正面效果的行爲取向，主要還應在於「相處模式」。在此類行爲模式中，「未婚類」的女性主角所表現出的行爲取向有「媒介」、「私會」、「歡好（共寢）」、「私奔」等項。以「媒介」言，不但爲前二類女性主角所不曾出現者，且爲出現此類行爲模式中表現最爲多樣者。對照文本，可以發現這項行爲模式多半發生在「愛情」的發展階段發生之初，女性主角多半以「奴僕」、「信物」、「媒婆」爲媒介，向男性主角傳遞訊息，或甚至主動表達愛意。由其出現之頻繁及介質之多樣，顯見「媒介」行爲之於「未婚類」的女性主角言，除了是此類人物推動愛情一項極爲重要的行爲取向外，更有其人物身份類別與行爲取向之間的獨特關聯。在三類介質當中，私我性極高的「奴僕」一項最常爲「未婚類」女性主角所用，反而一般傳統觀念中最具工具性的「媒婆」使用率卻不高。究其原因，「信物」的使用，意味著男女性主角必須做面對面的接觸，不但機緣不易出現，其中所牽涉到心理障礙的突破及旁人撞見的風險更非同小可；而「媒婆」一項，通常女性主角需要透過一位他者（如父母）才得以傳喚媒婆，則其隱私感情勢必公開，亦有其不便處。至於奴僕──尤其是貼身婢女或其他女性僕人──在奔走傳達訊息時，身份便是一項很好的掩護，不致令旁人生疑，有其安全性；女性主角對之使喚便來，不須透過第三者，有其方便性；而既爲主僕關係，女性主角便可對之具有約束力而不致有洩密之虞，又具有私密性。本此，

當「未婚類」的女性主角在愛情「發展」階段必須透過「媒介」來推動她的愛情時,「奴僕」的大量使用,自是不足爲奇。此外,對照愛情「開始」階段,雖然基本上不分那一類型,皆可見「媒介」行爲的後續發展,但以「主動型」開始者與「媒介」行爲取向關係最爲密切,而這種關聯性顯示了「未婚類」女性主角在愛情方面的行爲限制性。一方面,即使一位閨女屬意於某位男性,而願意鼓起勇氣主動向對方傳達這項訊息,她仍不被允許當面直接傾訴,而必得間接得透過第三者、在一種不完全的「主動」型式之下,才得以傳送出這項訊息。這表示對一位未婚女子言,愛情的直接性本能性是不「合法」的,除非將愛情加以轉換包裝,否則永遠只能是女性主角心中的一個美麗憧憬而已,無法付諸行動。而即使必須透過第三者,她仍得小心翼翼地選對適當的人選,以最隱私的、密祕的方式傳送出去。這些行爲模式現象,顯示了「愛情」的滋生是一項受到社會質疑及監視的風險行爲,因此她必須避開眾人耳目,密祕進行,以確保愛情不致胎死腹中、半路夭折。

由「私會」行爲之頻繁亦可映照出「未婚」女性愛情地位的這種限制與壓抑。首先我們應有所認識的是,小說所寫的,不論是一般所罕見的事物,或是眞實事件的變形、或者社會人情的折射,儘管它絕不是日常生活中的柴米油鹽醬醋茶,卻仍是根源於現實人情。因此,「私會」行爲的大量出現顯示了它是許多愛情中人所嚮往而不能的行爲。對「愛情」的渴望,竟須透過這樣一種自私性極高而非法色彩又如此之濃的的行爲來加以滿足,益可見未婚女性在發展自己愛情時所面臨的困境。

愛情的「合」是如此困難,「未婚類」的女性主角又該如何面對愛情發展中的阻礙?通常女性主角最常面對的,是「挫折」及「亡」,二者且有其因果關係。由下表可以看出,女性主角的愛情「挫折」最主要因素來自「父母」,其次爲「第三者」,其次爲「戰爭」、「家難」、「誤會」,前二者尤其導致女性主角的「亡」。就「挫折」言,諸般因素中最具影響大的「父母」,其之爲女性主角的直系家人是無庸置疑的;而「第三者」所指的女性主角的合法丈夫,或是男性主角的合法妻子,亦是其直系家屬。其它影響比例較小的三類,則較關乎大環境的因素。由此可見,來自於身邊家人的阻礙力量,在未婚女性的愛情發展中佔有極強的宰制權。更重要的是,觀照「分手模式」中的另一項行爲取向「亡」,當女性面對上述諸般愛情阻礙時,她所唯一能做的,竟然只是以自己的「生命」做爲外力對自己愛情橫加干涉的抗議!而不論是壯烈

的「殉死」，或不明原因的「暴死」、長期煎熬後而「悒死」，總之，別無它法。
再看即使是非刻意性的愛情阻力，如「分手模式」的「延誤」一項，時機的
延宕導致了愛情的擦身而過，儘管是出於無心，但發生的背景情境仍與家庭
脫離不了關係。則上述種種行為模式，除了顯示未婚女性包夾於「長輩」及
「同輩」、「家庭」及「社會」之間，基本上是沒有任性發展情感的的自由外；
再由其愛情發展階段的載舟覆舟，無不主要起自身邊的現象來看，這類女性
的生活空間亦是極為狹隘的。此外，既然能對她的愛情任加宰割者，都是比
她擁有更多「權威」者；則在她所生活的有限空間中，唯一比她弱勢者，可
為她所操控者，只有無「權」可言的奴僕了。這點，也可以由另一角度說明
何以「未婚類」女性主角要發展自己的愛情時，必得大量求助於比自己地位
低但「關係」親密的女性僕婢。

　　在現實生活中，未婚女性的愛情發展既充滿了困境，則對於美好愛情的
憧憬將如何滿足？一方面，由下表可見，在「分手模式」之後，往往可見大
量的「溝通模式」出現。不過，此類模式主要表現在「表白」一項行為之
上，且集中出現於唐以後。這顯示了未婚女性對於愛情挫折的無力感，在現
實生活中，她是無法以任何具體的行動來抗拒或挽回外力所加諸於其愛情之
上的破壞，只能以如此消極的口頭表白以證明自己的心跡。而在現實中既然
如此無助，只有跳脫「現實」另尋出路。我們可見小說賦予未婚女性若干具
有超現實性質的行為能力，或是藉以擺脫現實世界法則的約束力，好奔向自
己所愛；或是以為與對方重逢續緣的契機，以彌補現實已然發生的遺憾。前
者即表現為「靈異模式」及「情緒模式」中的「單戀」，後者則表現為「重逢
模式」中的「復活」。值得注意的是，這些具有超現實性質的行為取向，雖說
各代皆有，但較集中在唐及其前的故事篇章中；明清以後的篇章，對於愛情
失落的威脅，相對的可見較多較現實層面的行為取向，分別表現在「契約模
式」的「約盟（來世）」、「分手模式」的「堅盟」、及「溝通模式」的「表
白」、及「重逢模式」的「重逢」與「偶遇」等行為取向上。這些行為，對於
愛情實際的命運或許不見得具有任何扭轉乾坤的作用（如「契約模式」所屬
子類），甚至還存在些僥倖心理（如「偶遇」）；但相較於其他遇挫輒死，或者
寄望於虛渺靈異行為發生者，顯然這些舉動象徵著主角人物對於「現世」愛
情或忠誠的肯定與堅持，在某種程度上來說，較前述諸般行為取向，仍是較
具積極性的。

最後，在「未婚類」女性主角的愛情發展階段，偶爾可見愛情初步開花結果。它們主要表現在「契約模式」的「成婚」及「私定終身」二種行為取向。前者是指經過父母認可及媒聘等手續，合法的婚姻行為，散見於各代；後者則指男女性主角二人私自約定，只有天知地知你知我知、「不合法」的婚姻行為，集中於魏晉。後者例子雖不多，但當女性主角出現這種行為後，其命運往往就是死路一條（「分手模式」中的「亡」）——不是「暴死」，就是「悒死」。顯然，如此私相受授的行為，既不被祝福更不被允許，故而遭到如此嚴厲的懲罰。至於「成婚」一項，雖然如「夫妻類」中所指出的，它是受到保障的男女關係，但對於小說的女性主角言，卻不意味「從此兩人過著幸福快樂的日子」，反而是另一愛情受難的開始。只是，相較於其他為愛情奮鬥的未婚女性，她們的愛情阻力多來自家庭因素；這些得以提早在愛情「發展」階段就有情人終成眷屬的女性所面對的愛情波折，其造成因素與前者具「親密的家人」性質者全然不同，它們或是外在的大環境因素（如「戰爭」、「（權威者奪愛）他嫁」），或是隱微的個人因素（如「誤會」）。這點，不但與「夫妻類」的愛情波折可見呼應之處，亦顯示了未婚女性的「愛情」與「家庭」、「公理」之間的等號關係。當「愛情」與後二者的模式標準發生誤差時，它是會遭到後者嚴厲的批判甚至驅逐的；反之，則會受到保護。這時，唯一能傷害到愛情的，或者是出現一個「權威性」更大於「家庭」的外來者由外在施壓，或者就是愛情本身由內在開始變質傾頹。而這些，正是上述「戰爭」、「他嫁」、「誤會」等因素破壞力之所在。

「未婚類」女性主角愛情發展階段所面對的問題，雖然主要在於如何促成愛情的「合」、挽救愛情的「離」，但她總是較費力於對於後者的處理。這意味了現實世界對於未婚女性的愛情總是不假辭色，因此她必須承受來自各方的壓力與橫阻。顯然欲嘗愛情的浪漫與甜蜜，必須付出無比的代價。

編號	主類型	子類型		吳王小女	河間男女	徐玄方女	鄞中婦人	李仲通婢	王道平	零陵太守女	賈公女	南徐士人	買粉兒	龐阿	王乙	盧李二生	薛肇	邛人	王宙
1(1)	①相處模式	媒介	奴僕								△				△				
(2)			長輩																
(3)			朋友																

編號	模式	小類	項目	1	2	3	4	5	6	7	8	9	10	11
(4)			信　物					△						
(5)			媒　婆											
(6)			鬼											
4			私　會		△									
7			歡好（共寢）											
8			私　奔											
11(1)	②契約模式	約盟	來　生								△			
(2)		約盟	許　嫁											
14			成　婚									△	△	
15			私終定身	△			△							
17(1)	③分手模式		被　棄											
18(1)		挫折	父母阻絕	△			△							
(2)		挫折	第三者	△						△				
(3)		挫折	戰　爭											
(4)		挫折	家　難											
(5)		挫折	誤　會											
19(1)		延誤	他　嫁											
(2)		延誤	年　長											
(3)		延誤	死　亡											
20			錯　過											
26(1)			解　難											
27			殉　死											
28			堅　盟											
29			求承諾											
34(1)		亡	暴　死	△	△						△			
(2)		亡	悒　死				△							
35	④重逢模式		復　活		△	△	△			△				
38(1)		重逢	偶　遇											
(2)		重逢	挫折解											
39			偶　遇											△

編號	主類型	子類型		孫五哥	鄭生	韋皋	崔護	柳氏傳	飛煙傳	無雙傳	鶯鶯傳	鄂州南市女	吳小員外	金鳳釵記	聯芳樓記	渭塘奇偶記	秋香亭記	連理樹記	鴛鴦傳
41(1)	⑤溝通模式	表白																	
42		示愛																	
44	⑥報模式	報償											△						
46		夢兆															△	△	
47	⑦靈異模式	應驗															△	△	
49		離魂																	△
50(1)		附身寄情	親人																
(2)			他人																
53		單戀（靈異）								△	△								
54	⑧情緒模式	感動											△	△					
55		閨怨																△	
57		日久生情																	
59		矛盾																	
69(1)	⑩規範模式	子嗣																	
70		婦道																	

編號	主類型	子類型		孫五哥	鄭生	韋皋	崔護	柳氏傳	飛煙傳	無雙傳	鶯鶯傳	鄂州南市女	吳小員外	金鳳釵記	聯芳樓記	渭塘奇偶記	秋香亭記	連理樹記	鴛鴦傳
1(1)	①相處模式	媒介	奴僕						△		△						△		
(2)			長輩																
(3)			朋友					△											
(4)			信物															△	
(5)			媒婆																
(6)			鬼																
4		私會							△		△			△	△	△			
7		歡好（共寢）																	
8		私奔														△			
11(1)	②契約模式	約盟	來生																
(2)			許嫁																

編號	模式	類	項目												
14			成　婚				△								△
15			私終定身												
17(1)			被　棄												
18(1)		挫折	父母阻絕	△							△				
(2)			第三者												
(3)			戰　爭				△								
(4)			家　難					△							
(5)			誤　會												
19(1)	③分手模式	延誤	他　嫁	△										△	△
(2)			年　長		△							△			
(3)			死　亡										△		
20			錯　過			△									
26(1)			解　難												
27			殉　死												
28			堅　盟												
29			求　承　諾												
34(1)		亡	暴　死						△	△					
(2)			悒　死												
35			復　活												
38(1)	④重逢模式	重逢	偶　遇											△	
(2)			挫折解												△
39			偶　遇												
41(1)	⑤溝通模式		表　白					△			△			△	△
42			示　愛										△		
44	⑥報模式		報　償												
46			夢　兆												
47			應　驗												
49	⑦靈異模式		離　魂												
50(1)		附身寄情	親　人									△			
(2)			他　人												

編號	主類型	子類型	鳳尾草記	瓊奴傳	秋千會記	阿寶	連城	青娥	阿繡	菱角	王桂庵	寄生	竇氏	宦娘	生王二	翟八姊	陳雲棲
53	⑧情緒模式	單戀（靈異）															
54		感　動															
55		閨　怨															
57		日久生情	△														
59		矛　盾							△								
69(1)	⑩規範模式	子　嗣															
70		婦　道															△

編號	主類型	子類型		鳳尾草記	瓊奴傳	秋千會記	阿寶	連城	青娥	阿繡	菱角	王桂庵	寄生	竇氏	宦娘	生王二	翟八姊	陳雲棲
1(1)	①相處模式	媒介	奴　僕						△									
(2)			長　輩															
(3)			朋　友															
(4)			信　物		△													
(5)			媒　婆										△					
(6)			鬼												△			
4		私　會															△	
7		歡好（共寢）																
8		私　奔																
11(1)	②契約模式	約盟	來　生					△	△			△						
(2)			許　嫁								△							
14		成　婚							△			△						
15		私終定身																
17(1)	③分手模式	被　棄															△	
18(1)		挫折	父母阻絕					△										
(2)			第三者	△														
(3)			戰　爭															
(4)			家　難			△												
(5)			誤　會								△							

編號	模式	類別		1	2	3	4	5	6	7	8	9	10	11	12	13
19(1)		延誤	他嫁													
(2)			年長													
(3)			死亡													
20		錯過														
26(1)		解難												△		
27		殉死		△											△	
28		堅盟			△	△	△	△								
29		求承諾										△		△		
34(1)		亡	暴死				△									
(2)			悒死													
35		復活														
38(1)	④重逢模式	重逢	偶遇						△							
(2)			挫折解													
39		偶遇								△			△	△		△
41(1)	⑤溝通模式	表白		△												
42		示愛														
44	⑥報模式	報償														
46		夢兆														
47		應驗														
49	⑦靈異模式	離魂														
50(1)		附身寄情	親人													
(2)			他人													
53		單戀（靈異）			△				△							
54		感動			△		△	△								
55	⑧情緒模式	閨怨														
57		日久生情														
59		矛盾														
69(1)	⑩規範模式	子嗣				△										
70		婦道				△										

（四）妓女類

「妓女類」女性主角在愛情發展階段的行為模式，主要表現在「分手模式」及「溝通模式」，「相處模式」、「情緒模式」及「規範模式」偶有所見，「契約模式」及「靈異模式」則只是零星一二例而已。其中「分手模式」與「相處模式」乃是做為一組明顯的對比行為模式，勾勒出妓女角色愛情發展階段的骨幹；其餘各行為模式則做為前者的主要或者次要參照模式。這樣的行為模式結構，不但顯示出妓女愛情的悲情特質；而且建構出一個「悲」、「喜」對比的情境，使前述悲情更為鮮明濃厚。在「相處模式」及「情緒模式」中，我們確然可以看到妓女們沉醉在愛情的甜蜜中；但是，這兩類模式之後，接踵而來的往往便是「分手模式」，且較前兩類行為模式的出現頻率為頻繁；使愛情的喜樂不過是做為離散的序曲，其作用只在突顯愛情破碎的悲傷罷了。事實上，絕大部份的「妓女類」愛情故事都少不了各種形式的生離死別，愛情的夭折，是這一類女性角色在愛情發展階段難以避免的命運。

在這個階段中，妓女們對愛情的體認，表現在「相處模式」的「相從」及「情緒模式」的「（受）寵愛」之上。尤其是前者的行為表現，最足以說明妓女角色對愛情的認真態度。因為，「妓女」之為業，本應是朝三暮四、送往迎來，然而她卻一反「常態」，對某一特定對象始終如一，如非愛情力量的驅使，何能如此？對照文本，我們往往可以看到，當妓女們與男性主角相從左右、形影不離之際，也正是她們最感快樂的時刻。兩情相悅的愛情固然快樂，但以「妓女」這樣一個特殊的行業而言，為人所愛便堪稱幸福，而後者，亦未嘗沒有愛情。因此，當有一位男性願意把她當做一個女人來加以寵愛時，這個妓女，亦應會感到快樂吧。「相從」與「（受）寵愛」這兩項行為模式，顯示出妓女角色在在愛情中與對方的互動關係，或是兩情相悅，或是被愛大於愛人，但無論其關係地位如何，至少她是真真實實得擁有了一份愛情。

然而，在「喜」之後隨之而來的，卻是分手的悲慟，主要表現在「分手模式」的「被棄」、「分別」、「挫折」、「殉死」、「殉情」、「相思而疾」等項，其中所牽涉的兩性互動關係亦有所不同。「被棄」是女（或男）性主角為對方所拋棄，只有拋棄者的單方意願，且其愛情已然變質；「殉死」、「殉情」、「相思而疾」則雖為單方行為，但是在一兩情相悅的情境之下才會發生。前二者若對照文本，更可發現，其中往往還牽涉到鴇兒的從中做梗；「挫折」雖亦屬

兩情相悅，但是造成其分手的原因，來自一客觀因素，如「（男方）貧困」；至於「分別」則屬雙方意向較爲曖昧不明，因小說並沒有給予清楚的訊息。在這些分手行爲中，雖然各項行爲的出現頻率差距不大；但是若以愛情狀態及兩性互動關係的角度觀之，顯然因愛情當事人愛情變質而造成二人分手者少，來自於外在因素者多。後者，或是疾病死亡，或是經濟能力，或是鴇兒威脅等。然而也正因爲如此，妓女們的愛情才顯得無奈，因爲個人情變，或許還有挽回的餘地，畢竟「意志」是操縱在各人的手中，時間、情境、訴求等等，都能使一個人回心轉意；但若是生命的威脅，或是職業的宿命，都不是她單一人力所能抗拒的。後者一是自然造物的規律，一是社會既有的成見，皆非個人獨力所能扭轉；一旦這些因素介入妓女的愛情，身爲社會的賤民階層的弱勢族群，她也只能束手無策、坐任愛情橫遭摧折。因此，事實上如「殉情」、「殉死」等行爲的發生，未嘗不是妓女們在無力回天之餘，爲自己的尊嚴所做的最後抗議。

常言「婊子無情」，固然與異性的接觸，「妓女」較其他身份的女性要容易的多，因爲她本就以此爲業，無須任何社會禮教的羈絆，或是女性矜持的顧慮；但是，相對的，一個男性對於這種太易上手的情感也越不珍惜；即使她付出眞心，難免仍令人懷疑。擁有一份眞愛，對妓女而言，確實較一般女性還要困難。因此當越過了愛情開始階段的懷疑、猶豫、半眞半假，到進入愛情的確定與發展階段時，妓女們總是要比普通人更費心地去維護她得來不易的愛情。如果她不多爲自己辯白聲明，對方如何能理解她的眞心？因此心聲的表白、愛意的傾訴，就成爲必要的動作了。「溝通模式」中「表白」、「示愛」等行爲的出現頻率不算低，正顯示了「妓女類」女性主角在維護愛情的苦心與難處。

維護愛情的方法，除上述「表白」、「示愛」以外，最具體的做法，便是向社會普通女性的行爲標準看齊，以示自己從一而終的決心，對愛情的認眞。因此，我們亦可見妓女們在「婦道」（規範模式）方面的表現，以做爲對愛情的保證。

「妓女類」的女性角色其實是極單純的人物類型。因爲她既是現實生活中眞實存在的人物，又有明確的身份標籤，因此她在小說中的發展空間是很有限的——她們的愛情也反映出這項特點。簡言之，妓女的愛情是一椿不被看好的愛情。即使愛情在發展階段總是充滿各種可能的變數，總是會悲喜交

集，但是，妓女角色愛情的發展階段，卻是明顯地以「悲離」爲其主調。因爲在社會既有觀念中，她不該是個產生眞情眞愛的女性、她不可能與男性只有愛情而無交易……如果一個妓女有了愛情，或爲愛情所做的種種，基本上都將違反社會既有的行爲模式，妓女的愛情基本上既是一種「反社會」的行爲，當然不易爲社會所認同。因此，即使在愛情發展階段，她們能嘗到愛情的甜美；但是，這首情歌的主旋律既是離別，則在這樣一個情境之下，如果她們依然還認眞地自剖心境、固執的企圖表現出符合社會標準的行爲以爭取社會認同，展現在此類人物身上的，正是其如此卑微弱勢的身份標籤，與其心靈深處所激昂出那種悲壯的生命情調所形成的強烈對比。

編號	主類型	子類型		李娃傳	霍小玉傳	楊娼傳	韋氏子	歐陽詹	歐陽詹附	戎煜	吳女盈盈	盈盈傳	王魁傳
9	①相處模式	相　　從		△	△							△	△
11(1)	②契約模式	約盟	來　生										
(2)			許　嫁										△
14		從良親迎								△			
17(1)		被棄	♀棄♂	△									△
(2)			♂棄♀		△								
18(1)		挫折（♂貧）											
21(1)	③分手模式	分　　別								△	△		
27		殉　　死											
28		殉　　情											
30		相思而疾						△	△			△	
41(1)	⑤溝通模式	表　　白								△	△		
42		示　　愛											
46	⑦靈異模式	夢　中　見											
61	⑧情緒模式	寵　　愛				△	△				△		
69(1)	⑩規範模式	子　　嗣											
70		婦　　道				△							

編號	主類型	子類型		譚意歌記	王幼玉記	夫妻復舊約	書仙傳	古田倡	傳九林小姐	愛卿傳	彭海秋	瑞雲
9	①相處模式	相　　從		△	△	△	△					
11(1)	②契約模式	約盟	來　生									
(2)			許　嫁									
14		從良親迎										
17(1)	③分手模式	被棄	♀棄♂									
(2)			♂棄♀									
18(1)		挫折（♂貧）										△
21(1)		分　　別										
27		殉　　死								△		
28		殉　　情						△	△			
30		相思而疾										
41(1)	⑤溝通模式	表　　白					△					
42		示　　愛					△					△
46	⑦靈異模式	夢　中　見									△	
61	⑧情緒模式	寵　　愛										
69(1)	⑩規範模式	子　　嗣										
70		婦　　道								△		

（五）鬼　類

　　「鬼類」女性主角愛情「發展」階段的行爲模式，以「相處模式」及「溝通模式」的表現爲主；前者集中在「招待」、「歡好（共寢）」、「相從」三項子類，後者則集中表現於「表白」及「隱瞞」二項子類。其他各類模式，除了「重逢模式」的「復合」、「情緒模式」的「唱和」出現頻率稍高外，其餘各項子類的表現多半呈零星狀態。這樣分散型的行爲取向，說明了女鬼行爲的多樣化。如上述的行爲分佈取向，顯示出女鬼們在愛情「發展」階段，最主要的便是如何以一個「非人」身份與男性主角相處並維持戀情的問題。因此，在這個階段的行動總綱領，主要便是「相處模式」，其他行爲模式，都是依附

於其上衍生而出。這些衍生出的行為模式中，又以「溝通模式」為基礎，視溝通的情形如何，再導引出其他的行為模式出來。

「相處模式」中所表現出的行為取向，包括「媒介」、「自薦」、「薦伴」、「私會」、「招待」、「歡好（共寢）」、「相從」等項。一般而言，大部份女鬼之出現，並不須假他人通報，多是自己當下現身，因此此處「媒介」一項行為，主要呼應女鬼生前的身份，並沒有太複雜的行為意義；與「未婚類」女性主角的「媒介」行為，其功能與意義並不相同。至於「相從」一項行為，不但出現頻率極高，且朝代分佈十分均勻；「歡好（共寢）」的情形亦相當類似；「招待」出現頻率雖不若前二項，但其之出現必與「歡好（共寢）」相始終，則值得注意。觀照小說文本，更可發現這三項行為之間，往往存有「招待」→「歡好（共寢）」→「相從」的順序關係。綜合這三項行為取向所傳達出的訊息來看，一方面在愛情的「發展」階段，女鬼的愛情狀態多呈現一個「合」的喜樂情境，這與前述二類人間身份的女性角色，在愛情「發展」階段多是充滿「離」的悲調，全然相異。而這種相依相隨關係發生的關鍵，在於「歡好（共寢）」這項親密行為，透過它，二人的情感才真正進入發展的高原期。事實上，女鬼與男性的交歡共寢，往往是情節結構中的高潮所在。另一方面，女鬼在「歡好」之前甚至事後，往往會「招待」對方一番，簡單者粗茶薄酒，隆重者珍饌舞樂；事前行之者藉以示意，事後行之者以謝其不棄。男性主角在飽食一頓之後，往往欣然接受女鬼的示愛求歡。因此，這項行為直可視為女鬼「交歡」之前的「前戲」，是女鬼愛情剛進入「發展」階段之初的一項指標性行為。這樣的行為模式結構，顯示女鬼們與人間情郎相處，極重感官的愉悅感。而這種感官主義的傾向，尚可由多處行為取向加以印證。如追溯愛情「開始」階段的大部份「相從」行為，多屬「主動」型者；而「相處模式」中的「自薦」行為，其重點在於肉體交歡之始的兩性互動狀態，與「歡好（共寢）」之強調肉體交歡時當下的行為狀態，其實不過五十步與百步之差，因為二者的實質皆在於男女的肉體交接；此外，「情緒模式」中「唱和」的出現率偏高，亦是呼應上述行為特質，但是此項行為雖不脫感官享樂的形式，卻亦有精神心靈相契的成份在內，使女鬼的愛情不致流於純粹的情欲，還是有相當程度的精神境界。

與「相處模式」行為功能相對的為「分手模式」，其所包括的行為取向方式繁多（詳見下表），分別隸屬「挫折」、「分別」、「逸去」、「驅去」、「遭難」、

「解難」等行爲子類之下。在各類子類行爲模式中，「遭難」與「解難」爲一組相對的行爲取向，強調造成女性主角對方分手的「意外事件」的發生與解除。「逸去」與「驅去」亦爲一組相對的行爲取向，強調女性主角與對方分手時的「互動狀態」；前者強調女性主角之「主動」離開對方，後者強調女鬼之「被迫」離開對方。「分別」行爲中女性主角與對方的互動狀態較爲模糊（因小說在敘述上並未給予明顯的訊息），僅強調造成雙方分離狀態的「原因」。「挫折」雖亦類似「分別」之強調女鬼與男性主角發展中感情受到阻撓的「因素」，但「分別」指涉二人愛情已然破碎，「挫折」則情感依然堅定。雖然在這些小類之中，各項行爲取向的出現率普遍偏低，但分佈卻十分均勻，顯示小說作者雖未對以何種形式分手形成共識，但對於兩人難免走向這一步，卻似乎看法頗爲一致。「分別」的出現頻率之高，雖爲「分手模式」各項子類模式之最，甚至較其他子類高出將近四倍之多，卻仍不如「相處模式」中三主要行爲取向的表現。這種現象，顯示在愛情「發展」階段，女鬼與對方的分離爲必要而非絕對的一種行爲。對照小說文本，更可以發現「分手模式」多接續「相處模式」出現，顯然此種行爲模式的功能在於銜接轉換愛情「發展」階段開始時相依相隨的快樂，以爲進入愛情「結尾」階段的過渡。因此「分手模式」不但爲愛情的「結尾」做一暖身，更暗示了女鬼愛情的結尾形態。

　　觀察造成「分別」（或「挫折」）的行爲動機，大部份皆無關乎愛情當事人是否情變，而是緣於一些旁人針對女性主角之「鬼」身份做梗的外在因素，或者歸之於「緣盡」等命定之說。顯然女鬼愛情的致命傷，不在於當事人感情的變質，而是來自女性主角身份的特殊性，而這也正是這類女性主角在愛情方面的悲劇宿命。前述幾類女性主角所不曾出現過的「角色模式」，更可印證這點。「角色模式」的範圍，一般指「鬼（妖）」身份才具有的本領、特質，或遭遇，而女鬼「角色模式」表現最突出的，便是「揭穿」一項。對照小說文本，不論被揭穿的女鬼的「原形」或者「（鬼）身份」，往往會引起兩種極端反應：不是使女鬼與對方感情向前跨一大步，便是造成二人的分手。前者，與「溝通模式」對女鬼愛情所產生的效應不謀而合；後者，則與「分手模式」所造成的效果殊途同歸。而這兩種行爲發展各有其立足點，前者合乎文學家的浪漫情懷，後者則出於人情之常。由此可見，因女鬼身份特殊性所發展出的行爲，在愛情「發展」階段，往往具有關鍵性的影響。

　　女鬼身份對其愛情的影響力，由「溝通模式」出現的頻繁性亦可得證。「溝通模式」是因「相處模式」而衍生出的附屬行為模式中，最重要的行為指標。女鬼在愛情「發展」階段既以「相處模式」為行動綱領，因其身份的特殊性，與男性相處的過程中，與對方的溝通互動便顯得十分重要。在「溝通模式」中，女鬼表現出的行為取向有「表白」及「隱瞞」兩類看似全然相異的行為取向。就後者言，本來以「鬼」身份之非常，女鬼面對異性時刻意隱瞞自己為「鬼」的身份，以免對方驚駭而破壞好事一樁，自是「人」情之常；不過，若對照小說文本，便可發現女鬼對男性主角有所隱瞞，固然有如上述的情形；但亦有一些例子，是女鬼出現之時，對方便已「心知其為鬼」，因此女鬼並不避諱自己為鬼，即使有所隱瞞或支吾搪塞者，只是針對自己的出身或死因。這種行為較多出現於唐宋以後的小說篇章，所造成的效果，一方面是做為小說情節設計上的一個懸疑，因為女鬼所隱瞞者，往往便是情節伏筆之所在；另一方面，如果對方雖知為鬼，且不計較其來路究竟為何，而仍有戀戀之情的話，益可藉此以突顯出二者之間的真情，及此段愛情之難得。後者這種隱瞞方式，與「表白」行為在其內在意義方面有很大相似性。女鬼的「表白」大致有兩種內容，一是告知對方彼此之間的「命定婚約」，一是向對方「有所求助」。而不論是對方事前早已懷疑或心知肚明，或是事後恍然大悟，總之，「表白」行為是在一個對方已知其為鬼的情境中的發生的，而且在這份表白之後，往往更激發男性主角憐香惜玉之心，使二人的關係更上一層樓。因此，如不論小說效果的差異性，事實上「表白」的行為意義與「隱瞞」的後類情境是沒什麼差別的。而對照「分手模式」，我們更可發現，出現前述「溝通模式」兩項異曲同工的行為取向的篇章，幾乎都沒有「分手模式」的行為出現。透過「溝通」的行為方式，雖不論其表面所呈現出的行為取向如何，但卻皆更確定了兩性之間的感情穩定性，其中意義，頗令人玩味。

　　女鬼愛情「發展」階段中，「契約模式」及「重逢模式」亦屬對女鬼愛情具有正面意義的行為模式。就前者言，「契約模式」所包括的行為取向方式雖多（詳見下表），但各項行為取向的出現頻率卻普遍偏低；且多半出現於明清以後。當然「契約」的形式如何，對於男女主角相處狀態的持久性有一定的暗示作用。「定約」、「成婚」、「婚約」各項，因為例子實在太少，無法說其是否集中出現於某些朝代，只能說因各代皆可見其例，因此大致還具有「模

式」的意義；至於「約盟」一項，則明顯以明清居多，尤以《聊齋》爲其高
密度區。回歸小說文本，一般而言，出現「契約模式」者，多非只是一夜夫
妻、露水姻緣，而能維持一段較爲長久的戀情。由此，正可見傳統愛情的脆
弱。試看如前述的「夫妻類」、「妓女類」，不論是何種形式的契約，也不論其
可以實質地抵抗外力的威脅，或只是藉以達到心理上的安定感，「契約」行爲
幾乎都是做爲其情感的一種屏障之用。至於女鬼角色，當進入愛情的發展階
段後，其態勢既已穩定，以如此身份，想要圖一份天長地久的關係，只有藉
若干具有約束力的方式加以確保。具「鬼」身份的女性主角以「契約」來確
定、保障兩性關係持續的內在意義，與「妓女」身份的女性主角極爲類似；
因爲，廣義而言，她們的「非常」身份皆不容許擁有一般正常人的愛情生
活、男女關係，因此，一旦愛情到來，如何以一強有力的方式來保護其愛
情，是一個大問題，顯然，藉「契約」加以固定，是她們不約而同的選擇。
致於明清以後，不但「約盟」類的行爲取向更見頻繁，且集中於「私奔」、
「來生」、「許嫁」等象徵意義大於實質意義的行爲取向。這些行爲取向，對
於男女主角的長遠關係雖不若「成婚」、「婚約」等具有實際作用；但由於後
者並不意味就是走向一個喜劇收場的美好結束，因此前者事實上正是以此充
滿變數及各種後續可能發展的行爲取向，暗藏了對於女鬼愛情結尾或宿命的
轉機。

　　宿命包袱的跳脫，由「重逢模式」亦可一見端倪。在「重逢模式」中，
包括「復活」、「晝見」、「偶遇」、「復合」等項，而這類模式的功能，無異「相
處模式」的一種補強行爲。大致而言，除「復合」一項外，其餘出現頻率皆
不高。如前所言，女鬼的「分手模式」往往出現在「相處模式」之後、愛情
「發展」階段終了之前，對女鬼的愛情「結尾」階段具有一定的指標作用。「重
逢模式」亦有出現於「分手模式」之後者，因此它意味著女鬼愛情敗中求活
的一線希望、滅頂前的最後掙扎。試觀這類模式所包含的幾項子類，「復合」、
「（陰間）偶遇」很明顯得打破了「分手」的僵局；「復活」、「晝見」則象徵
了女性主角已不同程度地擺脫了「鬼」的身份，表現出一個正常人應有的行
爲方式——而如前所言，女鬼愛情發展的關鍵，正在於其「身份」的特殊性，
如能打破身份的宿命悲劇，愛情覆滅的危機便可獲得抒解，「重逢模式」的出
現，其意義也正在於此。

　　最後，附帶一論女鬼愛情「發展」階段中所出現的「規範模式」。由下表

可以看出，「規範模式」以「留贈」一項子類出現最為頻繁，所贈內容則五花八門，由珍寶乃至女紅，由物品乃至子嗣皆有。與「仙類」的女性主角有許多重疊之處的是，如珍寶、詩文等裝飾性之物，「鬼類」故事亦較多出現於唐及其前；宋以下所見者，則較多見家用、子嗣等有實質意義之物。且前者女鬼與對方關係維持時間較短；後者則反之。這種現象，顯示不同時代、乃至不同觀念作者對於女鬼愛情的意義、權利看法的差異，對於女鬼只是扮演一位一夜情式的「豔遇」的臨時女主角，她的餽贈，正符合其身份的虛浮性；而若女鬼與男性主角發展的是一份穩定的、長遠的感情，則女方所帶來的，自然也必須符合生活的實際利益。「規範模式」中各代所顯示的微妙差異，其實也象徵了女鬼在各個時代不同的愛情發展方式及內涵。

綜觀女鬼愛情「發展」階段的行為模式特質，與前述幾類女性主角大為不同者，在於「鬼類」女性主角乃是以「感官愉悅」及「形影相隨」為主調的一段嬉遊曲。但是，發展階段所展現的喜樂相隨，卻不意味著愛情「結尾」的情調亦復如此──此由「分手模式」的出現即可見其端倪。其或悲或喜的關鍵，正在於女鬼角色身份的特殊性；這份特殊性，亦正是這類女性主角悲劇宿命之所在。因此，在愛情樂章將進入尾聲時，是否能延續主調而就此天長地久，或承接伏筆而終究只是一個殘破的春夢，關鍵正在於女鬼們是否能打破這份宿命的桎梏。

編號	主類型	子類型		吳祥	秦樹	徐玄方女	章沘	不詳	李仲文女	劉長史女	張果女	徐琦	盧充	談生	鍾繇	李陶
1(1)		媒介	鬼吏	△	△											
2		自薦		△	△											
3		薦伴		△												
4	①相處模式	私會		△												
5		招待				△										
7		歡好（共寢）				△	△	△	△	△	△					
9		相從				△				△	△					
11(1)	②契約模式	約盟	復活													
(2)			相從													

(3)			私　奔											
(4)			來　生											
(5)			許　嫁											
12		定　約												
14		成　婚												
15		婚　約						△						
16(1)		負約	♂											
(2)			♀											
18(2)		挫折	第三者											
(6)			疾　病											
21(1)			露水姻緣		△									
(2)			(♂)背約								△			
(3)			緣　盡											
(4)	③分手模式	分別	遷　葬											
(5)			驅　退											
(6)			投　生											
(7)			他　力											
(8)			不　詳											
22(1)		逸去	自　願											
23(1)			驅　去											
25(1)			遭　難											
26(1)			解　難										△	
34			亡											
35			復　活				△							
36	④重逢模式		晝　見		△									
39			(陰間)偶遇											
40			復　合		△									
41(1)		表白	命定婚約											
(2)	⑤溝通模式		有所求助											
43			隱　瞞											

編號	主類型	子類型	王玄之	馬絢娘	王敬伯	李章武	華州參軍	曾季衡	謝翱	獨孤穆	許老翁	葛氏婦	王志	道德里書生	新繁縣令
44	⑥報模式	報　恩													
45		報　復													
51	⑦靈異模式	被　崇													
52		被　召													
54	⑧情緒模式	感　動													
55		閨　怨													
56		生前相歡													
58		唱　和													
60		懷　疑												△	
62(1)	⑨角色模式	揭穿　身　份													
(2)		揭穿　原　形											△	△	
66(1)		本領　預　知													△
67		探視存者													△
68	⑩規範模式	懷　胎											△		
70		婦　道													
71(1)		留贈　珍　寶					△								
(2)		留贈　詩　文										△			
(3)		留贈　子　嗣										△			
(4)		留贈　家　用											△		
(5)		留贈　女　工													
(6)		留贈　解難之方													
73(1)		供給　家　用													
(3)		供給　聲名事業													
(4)		供給　服　侍													

編號	主類型	子類型	王玄之	馬絢娘	王敬伯	李章武	華州參軍	曾季衡	謝翱	獨孤穆	許老翁	葛氏婦	王志	道德里書生	新繁縣令
1(1)	①相處模式	媒介　鬼　吏													
2		自　薦													

3		薦　伴										
4		私　會										
5		招　待			△							△
7		歡好（共寢）			△		△					△
9		相　從		△		△				△		
11(1)	②契約模式	約盟	復　活									
(2)			相　從									
(3)			私　奔			△						
(4)			來　生									
(5)			許　嫁									
12		定　約				△						
14		成　婚										
15		婚　約										
16(1)		負約	♂									
(2)			♀			△						
18(2)	③分手模式	挫折	第三者									
(6)			疾　病									
21(1)		分別	露水姻緣									
(2)			（♂）背約				△					
(3)			緣　盡									
(4)			遷　葬									△
(5)			驅　退									
(6)			投　生									
(7)			他　力									
(8)			不　詳									
22(1)		逸去	自　願									
23(1)		驅　去										
25(1)		遭　難										
26(1)		解　難										
34		亡					△					

序號	模式	子類	細項	1	2	3	4	5	6	7	8	9	10	11
35	④重逢模式	復活												
36		晝見												
39		（陰間）偶遇												
40		復合					△							
41(1)	⑤溝通模式	表白	命定婚約		△									
(2)			有所求助							△				
43		隱瞞		△					△					
44	⑥報模式	報恩												
45		報復												
51	⑦靈異模式	被崇										△	△	
52		被召												
54	⑧情緒模式	感動												
55		閨怨												
56		生前相歡					△							
58		唱和							△					
60		懷疑												
62(1)	⑨角色模式	揭穿	身份											
(2)			原形											
66(1)		本領	預知											
67		探視存者												
68	⑩規範模式	懷胎												
70		婦道												
71(1)		留贈	珍寶				△					△		△
(2)			詩文				△							
(3)			子嗣											
(4)			家用											
(5)			女工	△										
(6)			解難之方											
73(1)		供給	家用											
(3)			聲名事業											
(4)			服侍											

編號	主類型	子類型		范俶	李咸	王垂	鄔濤	梁璟	顏濬	蔣通判女	葉若谷	京師異婦人	饒州官廨	楊大同	乘氏疑獄	陳王獻婦
1(1)	①相處模式	媒介	鬼吏													
2		自薦														
3		薦伴														
4		私會														
5		招待														
7		歡好（共寢）		△							△			△		
9		相從									△	△	△			
11(1)	②契約模式	約盟	復活													
(2)			相從													
(3)			私奔													
(4)			來生													
(5)			許嫁													
12		定約							△							
14		成婚								△						
15		婚約														
16(1)		負約	♂													
(2)			♀													
18(2)	③分手模式	挫折	第三者													
(6)			疾病													
21(1)		分別	露水姻緣													
(2)			（♂）背約													
(3)			緣盡													
(4)			遷葬													
(5)			驅退													
(6)			投生													
(7)			他力													
(8)			不詳													

編號	模式	項目	1	2	3	4	5	6	7	8
22(1)		逸去　自願								
23(1)		驅去								
25(1)		遭難								
26(1)		解難								
34		亡								
35	④重逢模式	復活								
36		晝見								
39		（陰間）偶遇								
40		復合								
41(1)	⑤溝通模式	表白　命定婚約							△	
(2)		表白　有所求助								
43		隱瞞								
44	⑥報模式	報恩								
45		報復								
51	⑦靈異模式	被祟								
52		被召			△					
54	⑧情緒模式	感動								
55		閨怨								
56		生前相歡								
58		唱和	△	△	△			△		
60		懷疑								
62(1)	⑨角色模式	揭穿　身份	△							
(2)		揭穿　原形								
66(1)		本領　預知								
67		探視存者								△
68	⑩規範模式	懷胎								
70		婦道		△						
71(1)		留贈　珍寶								
(2)		留贈　詩文								
(3)		留贈　子嗣								

編號	主類型	子類型												
(4)		家　用												
(5)		女　工												
(6)		解難之方												
73(1)		家　用												
(3)	供給	聲名事業												
(4)		服　侍												

編號	主類型	子類型		縉雲鬼仙	莫小儒人	劉子昂	趙七使	餘杭宗女	胡氏子	京師酒肆	童銀匠	大儀古驛	張客奇遇	唐蕭氏女	張相公夫人	呂使君宅
1(1)		媒介	鬼吏		△											
2		自　薦														
3		薦　伴														
4	①相處模式	私　會														
5		招　待													△	
7		歡好（共寢）								△					△	△
9		相　從				△	△	△			△	△		△		
11(1)			復　活													
(2)			相　從													
(3)		約盟	私　奔													
(4)			來　生													
(5)	②契約模式		許　嫁													
12		定　約														
14		成　婚														
15		婚　約														
16(1)		負約	♂													
(2)			♀													
18(2)	③分手模式	挫折	第三者													
(6)			疾　病													

21(1)			露水姻緣											
(2)			(↑)背約											
(3)			緣　盡											
(4)		分別	遷　葬											
(5)			驅　退								△			
(6)			投　生											
(7)			他　力											
(8)			不　詳											
22(1)		逸去	自　願											
23(1)		驅　　去												
25(1)		遭　　難												
26(1)		解　　難												
34		亡												
35	④重逢模式	復　活												
36		晝　見								△				
39		(陰間)偶遇												
40		復　合		△										
41(1)	⑤溝通模式	表白	命定婚約											
(2)			有所求助							△				
43		隱　瞞						△						
44	⑥報模式	報　恩												
45		報　復												
51	⑦靈異模式	被　祟												
52		被　召												
54	⑧情緒模式	感　動												
55		閨　怨												
56		生前相歡												
58		唱　和												
60		懷　疑					△							

編號	主類型	子類型												
62(1)	⑨角色模式	揭穿	身　份		△				△					
(2)			原　形											
66(1)		本領	預　知											
67			探視存者											
68	⑩規範模式		懷　胎											
70			婦　道											
71(1)		留贈	珍　寶											
(2)			詩　文											
(3)			子　嗣											
(4)			家　用											
(5)			女　工											
(6)			解難之方											
73(1)		供給	家　用											
(3)			聲名事業											
(4)			服　侍											

編號	主類型	子類型		史翁女	南陵美婦人	金鳳釵記	滕穆醉遊聚景園記	牡丹燈記	綠衣人傳	田洙遇薛濤聯句記	秋夕訪琵琶亭記	聶小倩	巧娘	林四娘	林四娘記
1(1)	①相處模式	媒介	鬼吏												
2		自　薦				△									
3		薦　伴													
4		私　會											△		
5		招　待		△											
7		歡好（共寢）		△											
9		相　從			△	△	△		△		△				
11(1)	②契約模式	約盟	復活								△				
(2)			相從												

(3)			私 奔		△								
(4)			來 生										
(5)			許 嫁										
12		定 約											
14		成 婚				△				△			
15		婚 約											
16(1)		負約	♂										
(2)			♀										
18(2)		挫折	第三者								△		
(6)			疾 病								△		
21(1)		分別	露水姻緣										
(2)			(♂)背約										
(3)			緣 盡										
(4)			遷 葬										
(5)	③分手模式		驅 退										
(6)			投 生										
(7)			他 力										
(8)			不 詳										
22(1)		逸去	自 願										
23(1)			驅 去			△							
25(1)			遭 難										
26(1)			解 難										
34			亡										
35			復 活										
36	④重逢模式		晝 見			△							
39			(陰間)偶遇										
40			復 合								△		
41(1)		表白	命定婚約					△			△	△	
(2)	⑤溝通模式		有所求助										
43			隱 瞞					△					

編號	主類型	子類型	魯公女	晚霞	連瑣	阿霞	公孫九娘	梅女	伍秋月	小謝	愛奴	呂無病	房文淑	鬼妻
44	⑥報　模　式	報　　恩												
45		報　　復												
51	⑦靈異模式	被　　祟												
52		被　　召												
54	⑧情緒模式	感　　動												
55		閨　　怨												
56		生前相歡												
58		唱　　和						△		△	△		△	△
60		懷　　疑												
62(1)	⑨角色模式	揭穿　身份												
(2)		揭穿　原形												
66(1)		本領　預知												
67		探視存者												
68	⑩規範模式	懷　　胎												
70		婦　　道												
71(1)		留贈　珍寶												
(2)		留贈　詩文												
(3)		留贈　子嗣											△	
(4)		留贈　家用												
(5)		留贈　女工												
(6)		留贈　解難之方												
73(1)		供給　家用												
(3)		供給　聲名事業												
(4)		供給　服侍												

編號	主類型	子類型	魯公女	晚霞	連瑣	阿霞	公孫九娘	梅女	伍秋月	小謝	愛奴	呂無病	房文淑	鬼妻
1(1)	①相處模式	媒介　鬼吏												
2		自　　薦												
3		薦　　伴												

序號	模式	項	細項											
4		私會												
5		招待												
7		歡好（共寢）					△					△		
9		相從				△	△				△	△	△	△
11(1)	②契約模式	約盟	復活											
(2)			相從										△	
(3)			私奔											
(4)			來生	△					△					
(5)			許嫁				△						△	
12		定約												
14		成婚												
15		婚約												
16(1)		負約	♂											
(2)			♀											
18(2)	③分手模式	挫折	第三者											
(6)			疾病											
21(1)		分別	露水姻緣											
(2)			（♂）背約		△									
(3)			緣盡											
(4)			遷葬											
(5)			驅退											
(6)			投生	△										
(7)			他力		△									
(8)			不詳											
22(1)		逸去	自願				△							
23(1)		驅去						△						
25(1)		遭難								△	△			
26(1)		解難												
28		求承諾					△							
34		亡												

編號	模式	分類	項目	1	2	3	4	5	6	7	8	9	10
35	④重逢模式		復　活										
36			晝　見										
39			（陰間）偶遇	△									
40			復　合		△								
41(1)	⑤溝通模式	表白	命定婚約					△					
(2)		表白	有所求助				△						
43			隱　瞞					△					
44	⑥報　模　式		報　恩							△			
45			報　復										
51	⑦靈異模式		被　崇										
52			被　召										
54	⑧情緒模式		感　動	△									△
55			閨　怨										
56			生前相歡										
58			唱　和		△				△				
60			懷　疑										
62(1)	⑨角色模式	揭穿	身　份										
(2)		揭穿	原　形										
66(1)		本領	預　知										
67			探視存者										△
68	⑩規範模式		懷　胎										
70			婦　道										
71(1)		留贈	珍　寶										
(2)		留贈	詩　文										
(3)		留贈	子　嗣										
(4)		留贈	家　用								△	△	
(5)		留贈	女　工										
(6)		留贈	解難之方										
73(1)		供給	家　用										
(3)		供給	聲名事業										
(4)		供給	服　侍										

（六）妖　類

「妖類」女性主角愛情「發展」階段的行為模式，除「情緒模式」外，皆有所表現。但各類模式中，「相處模式」及「溝通模式」表現頻率普遍偏高且各項子類出現率較平均；其餘各類行為模式，則頻率強弱對比明顯，呈現某（幾）項子類表現突出而其餘表現貧弱的現象：如「契約模式」的「為夫妻」、「分手模式」的「分別」、「逸去」、「驅去」、「角色模式」的「現原形」、「異行」、「規範模式」的「婦道」等，皆是其中表現較強者。由上述模式現象看來，女妖愛情「發展」階段的行為模式乃呈兩條路線發展，一是以「相處模式」為主要行動綱領，以「溝通模式」、「契約模式」的「為夫妻」、「規範模式」的「婦道」為附屬行為，具有「歡合」情境的行為取向；一則是以「分手模式」為主，以「角色模式」的「現原形」、「異行」為附屬行為，呈現「悲離」情境的行為取向。在這兩組行為模式中，前者各類行為模式不但表現較後者為強，且其附屬模式組合內涵亦較複雜，顯然女妖的愛情「發展」階段乃是以前者所營造出的「歡合」情境為主。

在「相處模式」中，「歡好」一項不但出現頻率一枝獨秀，幾為其他行為取向的兩倍有餘，而且朝代分佈極為平均，確為女妖愛情「發展」階段一項極具指標性的行為取向——女妖乃是以「性」為介質，推動其與男性主角的情感關係跨進「發展」階段。一如女鬼，女妖的愛情亦有感官主義傾向，但與女鬼稍有不同的是，不但女妖在這個階段全然未出現象徵心靈活動的「情緒模式」；而且，不論是愛情「開始」階段女妖多以「主動」型開始，或是此階段如「招待」、「前戲（言語）」及「自薦」等行為取向，雖然其出現機率並非極高，僅及「歡好」的二分之乃只四分之一，但一則其所呈現出的普遍性已足以具備模式功能，再則它們都含有濃厚的感官特質。因此，與女鬼相較，女妖愛情「發展」階段所展現的愛情本質中，「靈」與「肉」比例值是低於女鬼的。但是，這並不意味女妖愛情品質低於女鬼，只能說這兩類「非人」女性主角的愛情形態有所差異而已。

事實上，女妖對愛情所付出的心力，絕不遜於女鬼。一方面，「相處模式」的「相從」、「往來不絕」，及「契約模式」的「成夫妻」，三項行為尚有差強人意的表現。其中「相處模式」的兩項行為取向，正是感情的一種持續狀態。如果男女二方的相處，純以肉欲，就如同妓女與嫖客般，彼此的關係是根本不可能長久的，除非產生了心靈層次的提昇，使二人的遇合，至少

是在一種靈肉相融的狀態之下，其關係才有可能持續發展；「相從」及「來往不絕」正是寓寄了這種心靈的提昇狀態。至於「契約模式」的「成夫妻」一項，顯示男女雙方企圖追求一種更穩定的、長久的關係與感情保障，藉著「夫妻關係」這層最牢不可破的「契約」的訂定，更清楚的指出男女性主角對彼此愛情的肯定。再觀照女妖愛情「發展」階段中的「規範模式」，子類的「子嗣（人）」及「婦道」兩項，乃此類模式中表現最為突出，且分佈朝代及物類亦堪稱平均者。而這兩項行為取向所訴求的，正是活生生的、人間社會的家庭價值觀——試看女妖的本質，不是獸類便是物類，不是野性未馴，就是無知無情，若要做出符合前述「規範模式」的表現，不但違反其本性，且必然付出很大的努力才得以達成。如果與對方沒有心靈上的交契，如果不是為了愛情，女妖們何必如此費心？又焉能達到如此行為標準？因此，雖然在主要行為模式的表現上，女妖的愛情呈現一種明顯的情欲色彩，但是如前述三項行為取向的標示，卻又點明了在女妖愛情感官主義中，仍存有其精神層面。

對女妖愛情發展具有正面意義的行為模式，除上述諸項外，「溝通模式」中的「表白」與「藉口」對於愛情的推動亦有相當的影響力。女妖的表白內容，有時雖不避諱其原形為何，但更強調其出現，乃在於報恩或受到感動之類具有正面意義的行為動機。其用意，無非使男性主角卸去對於「異類害人」的疑慮，而正視女妖對其所投注的情義。因此，「表白」的行為雖有時在不得已的情況下才發生，卻對於機雙方感情的增進大有幫助。至於「藉口」一項，發生時機多在女妖感情「發展」階段之初，與「表白」多發生在感情進行相當程度之時雖有所不同，且二者的行為表面亦看似有所差異——前者坦承，後者則捏造身份以掩飾真實身份。但「藉口」的行為動機，乃是針對人類對於異類幻化所產生的疑懼，因而不得不加以掩飾；其目的，不過希望藉此以使二人的情感有更大的發展空間，其與「表白」的行為動機其實並無差異。不過，不論是「表白」或「藉口」，焦點所在皆在女性主角的「妖」身份，可見「妖類」女性主角的特殊身份正是其愛情發展中的一大隱憂。

試與女鬼愛情發展「階段」相較，二者在「溝通行為」方面的行為效果及意義極為類似；但若就「重逢模式」相較，則二類女性主角的表現有極大的差異。在女鬼的愛情「發展」階段中，「溝通模式」與「重逢模式」皆具有重要的影響力，前者對愛情成功或夭折往往具關鍵性地位，後者則負有扭轉

女鬼宿命悲劇的任務。在女妖的愛情「發展」階段，雖然「溝通模式」的重要性並未改變，行為功能、意義亦與女鬼的此類行為極為類似；但「重逢模式」的重要性卻大為降低。其中原因，在於女妖與女鬼具有本質上的差異，而這種本質差異，也使得二者愛情的終極命運有所不同。

「重逢模式」的貧乏表現，可以就「分手模式」及「角色模式」反向切入探討。這兩類對於女妖愛情發展具負面作用的行為模式，主要行為取向表現在「分手模式」的「分別」、「逸去」、「驅去」及「角色模式」的「現原形」及「異行」。在前類模式的行為取向中，「分別」、「逸去」、「驅去」、「摧毀」、「亡」乃具有相近行為功能的一組模式，分別指陳女妖與對方分手的原因；「遭難」與「解難」為一組具有因果關係的行為模式；「追殺」與「殺害」則為性質相對的兩組行為模式——前者女妖為被害人，後者則女妖為行兇者。這些行為取向，顯示女妖在愛情發展過程中，乃是處在弱勢地位。因為，除了「逸去」及「殺害」等行為是具有自發性外，其餘各類行為，皆為外力壓迫下所發生者。而在這些造成情海生波的行為中，不論「分別」、「驅去」、「摧毀」、或是「追殺」等外力壓迫，或是「逸去」、「亡」等自身行為，都非關男女主角情感變質的問題；即使如「殺害」一項行為，女妖的殺夫殺子，也不是因為她不再愛它們了，而是女性主角本質中的獸性難以遏制之故。事實上，上述諸項因外力壓迫而出現的行為，其所謂「外力」的來源，也是因女性主角的「妖性」而起，它們多來自一個第三者（有時還結合了男性主角）「除妖」的動機。「角色模式」中「現原形」及「異行」可以更清楚得說明「妖身份」對於女妖愛情的影響力。這兩項行為的差異在於前者是在一個被動的情況下發生，而後者則為女妖不自覺流露出來者。事實上，後者多半集中表現於「本身怪異」，因此兩者之間自有某種程度的相似性。就前者言，這項模式的發生雖然沒有明顯的朝代集中性，但是越早期者其行為效果往往與「分手模式」越形一致，皆指向女妖愛情的破碎；而越晚期出現者則與「溝通模式」的「隱瞞」效果類似。就後者言，「異行」雖不必然導致女妖與對方的分手，但對照文本，卻可發現女妖的這些怪異舉止，往往是做為小說情節安排上的一種伏筆，最後，仍然走向愛情破碎、二人分手一途。這些現象，不約而同的指出了女妖愛情的「發展」階段，其角色身份的特殊性對其愛情發展的影響力。而這層身份特殊性所造成的限制能否突破，則成為女性主角是否能與對方破鏡重圓的關鍵所在。因此，如前所言，「重逢模式」的幾乎不曾出現，正是因

爲女鬼本質畢竟爲人，要回復陽界人身終究不難；而女妖原形爲獸或物類，要徹底改變本質卻非易事。因此，身份爲「妖」、爲一種異類，使女妖的愛情不但不如女鬼曲折多變，危機中又有轉機，更使女妖在扭轉愛情命運的機會方面，顯然不如女鬼幸運。

由上述各類行爲模的表現來看，雖然「分別」、「逸去」、「驅去」三項外，其餘表現皆極低，而即使前三項出現頻率居「分手模式」之最，卻仍不及「相處模式」幾項主要行爲取向頻率之半，可見女妖的愛情發展乃是以歡合爲主。但由「重逢模式」的缺乏，顯示了越近結尾時，其愛情的危機便越形明顯；加上愛情「發展」階段進入「結尾」階段之前，前述以「分手模式」領軍的「悲離」情境的陰魂不散，正是暗示了女妖的愛情結局，將會大異於「發展」階段所展現的情調。

編號	主類型	子類型		齧馬	徐邈	淳于棼	登封士人	殷琅	蔣教授	蓮花公主	綠衣女	張福	丁初	楊醜奴	謝宗	鍾道
1(1)	①相處模式	媒約	鬼													
2		自	薦													
3		薦	伴													
5		招	待													
6(1)		前戲	言語										△	△	△	
(2)			招待													
7		歡	好					△			△	△				
8		私	奔													
9		相	從													
10		來往不絕									△					
12	②契約模式	約 後 期														
13(1)		赴約	♀→♂													
(2)			♂→♀													
14		爲 夫 妻								△						
16(1)		負約	♂													
(2)			♀	△												

編號	模式	分類	子類									
21(1)	③分手模式	分別										
22(1)		逸去	自願									
(2)		逸去	被迫	△				△				
23(1)		驅去	（僧道尼）									
(2)		驅去	符									
(3)		驅去	親友									
25(1)		遭難	♂									
(2)		遭難	♀									
26(1)		解難	♀解♂難									
(2)		解難	♂解♀難									
31		摧毀										
32(1)		追殺	♂					△				
(2)		追殺	他人			△						
(3)		追殺	物									
33(1)		殺害	情人									
(2)		殺害	夫（子）									
34(1)		亡										
38(1)	④重逢模式	重逢										
39		偶遇							△			
40		復合										
41(1)	⑤溝通模式	表白										
43		藉口										△
44	⑥報模式	報恩										
45		報復										
48	⑦靈異模式	還魂										
62(1)	⑨角色模式	揭穿	原形									
(2)		揭穿	居處									
63(1)		現原形	被迫	△	△	△	△					
(2)		現原形	自承									
(3)		現原形	無意中						△			

編號	主類型	子類型		微生亮	白水素女	吳堪	朱法公	王素	鄧元佐	白秋練	袁雙	虎婦	天寶選人	申屠澄	崔濤	溫敬林
64		冒　充														
65(1)		異行	本身怪異											△		△
(2)			違背道德													
(3)			忌憚恐懼													
66(2)		本領	富　有													
(3)			才　能													
68		懷　胎														
69(1)		子嗣	人													
(2)			物													
70	⑩規範模式	婦　道				△										
71(1)		留贈	分別之際													
(3)			日　常													
72		遺物失														

編號	主類型	子類型		微生亮	白水素女	吳堪	朱法公	王素	鄧元佐	白秋練	袁雙	虎婦	天寶選人	申屠澄	崔濤	溫敬林
1(1)		媒約	鬼													
2			自　薦							△						
3			薦　伴													
5			招　待						△							
6(1)	①相處模式	前戲	言　語													
(2)			招　待													
7		歡　好					△		△	△						△
8		私　奔														
9		相　從					△						△			
10		來往不絕								△						
12	②契約模式	約　後　期														
13(1)		赴約	♀→♂				△									
(2)			♂→♀													

編號	模式	類別	細類									
14		為夫妻		△				△		△	△	
16(1)		負約	♂									
(2)			♀									
21(1)		分別						△				
22(1)		逸去	自願									
(2)			被迫									
23(1)		驅去	（僧道尼）									
(2)			符									
(3)			親友									
25(1)		遭難	♂		△							
(2)			♀									
26(1)	③分手模式	解難	♀解♂難		△							
(2)			♂解♀難									
31		摧毀										
32(1)		追殺	♂									
(2)			他人									
(3)			物									
33(1)		殺害	情人									
(2)			夫（子）									
34(1)		亡										
38(1)		重逢										
39	④重逢模式	偶遇										
40		復合										
41(1)	⑤溝通模式	表白			△	△					△	
43		藉口										△
44	⑥報模式	報恩										
45		報復										
48	⑦靈異模式	還魂										
62(1)	⑨角色模式	揭穿	原形									
(2)			居處									

編號	主類型	子類型															
63(1)		現原形	被　迫														
(2)			自　承														
(3)			無意中	△													
64		冒　充															△
65(1)		異行	本身怪異							△							
(2)			違背道德														
(3)			忌憚恐懼														
66(2)		本領	富　有														
(3)			才　能														
68		懷　胎															
69(1)		子嗣	人									△					
(2)	⑩規範模式		物					△		△						
70		婦　道								△		△				
71(1)		留贈	分別之際														
(3)			日　常														
72		遺　物　失															

編號	主類型	子類型		顧端仁	吳郡士人	李汾	冀州刺史子	梁瑩	黎氏	花姑子	淳于矜	豫章男子	孫乞	鄭氏子	茶僕崔三	陳羨
1(1)		媒約	鬼													
2		自　薦														
3		薦　伴														
5		招　待						△		△						
6(1)	①相處模式	前戲	言　語			△										
(2)			招　待													
7		歡　好			△					△					△	△
8		私　奔														
9		相　從		△												
10		來往不絕		△						△				△		△

編號	模式	項目	細目	1	2	3	4	5	6	7	8	9	10	11	12
12	②契約模式	約後期							△						
13(1)		赴約	♀→♂												
(2)			♂→♀						△						
14		為夫妻					△		△		△				
16(1)		負約	♂												
(2)			♀												
21(1)	③分手模式	分別													
22(1)		逸去	自願												△
(2)			被迫							△					
23(1)		驅去	(僧道尼)												
(2)			符												
(3)			親友												
25(1)		遭難	♂						△						
(2)			♀												
26(1)		解難	♀解♂難						△						
(2)			♂解♀難												
31		摧毀													
32(1)		追殺	♂												
(2)			他人												
(3)			物												
33(1)		殺害	情人												
(2)			夫（子）				△								
34(1)		亡													
38(1)	④重逢模式	重逢													
39		偶遇													
40		復合													
41(1)	⑤溝通模式	表白								△					
43		藉口		△								△		△	△
44	⑥報模式	報恩													
45		報復													

編號	主類型	子類型		孫嚴	任氏傳	上官翼	王苞	賀蘭進明	王黯	王璿	李廳	僧晏通	李參軍	計員	姚坤	玉眞道人
48	⑦靈異模式	還魂														
62(1)		揭穿	原形													
(2)			居處													
63(1)	⑨角色模式	現原形	被迫					△				△				
(2)			自承													
(3)			無意中													
64		冒充														
65(1)		異行	本身怪異													
(2)			違背道德													
(3)			忌憚恐懼													
66(2)		本領	富有								△					
(3)			才能													
68	⑩規範模式	懷胎														
69(1)		子嗣	人													
(2)			物													
70		婦道							△							
71(1)		留贈	分別之際		△											
(3)			日常													△
72		遺物失														

編號	主類型	子類型		孫嚴	任氏傳	上官翼	王苞	賀蘭進明	王黯	王璿	李廳	僧晏通	李參軍	計員	姚坤	玉眞道人
1(1)	①相處模式	媒約	鬼													
2		自薦														
3		薦伴														
5		招待														
6(1)		前戲	言語													
(2)			招待													
7		歡好			△											

序	模式	類	內容											
8			私　奔											
9			相　從		△					△		△		
10			來往不絕				△							
12	②契約模式		約　後　期											
13(1)		赴約	♀→♂	△										
(2)			♂→♀											
14			為　夫　妻											
16(1)		負約	♂											
(2)			♀											
21(1)	③分手模式		分　別											
22(1)		逸去	自　願											
(2)			被　迫				△							
23(1)		驅去	(僧道尼)											
(2)			符				△							
(3)			親　友											
25(1)		遭難	♂											
(2)			♀											
26(1)		解難	♀解♂難											
(2)			♂解♀難											
31			摧　毀											
32(1)		追殺	♂											
(2)			他　人											
(3)			物											
33(1)		殺害	情　人											
(2)			夫（子）											
34(1)			亡						△					
38(1)	④重逢模式		重　逢	△										
39			偶　遇											
40			復　合											

編號	主類型	子類型		衢州少婦	狐媚娘	荷花三娘子	青鳳	嬌娜	嬰寧	蕭七	胡四姐	蓮香	紅玉	狐諧	辛十四娘	狐妾
41(1)	⑤溝通模式	表　白														
43		藉　口		△									△			
44	⑥報模式	報　恩		△												
45		報　復														
48	⑦靈異模式	還　魂														
62(1)	⑨角色模式	揭穿	原　形													
(2)			居　處													
63(1)		現原形	被　迫					△								
(2)			自　承													
(3)			無意中													
64		冒　充														
65(1)		異行	本身怪異	△										△		
(2)			違背道德										△			
(3)			忌憚恐懼													△
66(2)		本領	富　有													
(3)			才　能													
68	⑩規範模式	懷　胎											△		△	
69(1)		子嗣	人							△			△			
(2)			物													
70		婦　道						△		△						
71(1)		留贈	分別之際													
(3)			日　常													
72		遺　物　失														

編號	主類型	子類型		衢州少婦	狐媚娘	荷花三娘子	青鳳	嬌娜	嬰寧	蕭七	胡四姐	蓮香	紅玉	狐諧	辛十四娘	狐妾
1(1)	①相處模式	媒約	鬼													
2		自　薦														
3		薦　伴														

5		招 待													
6(1)		前戲	言 語												
(2)			招 待												
7		歡 好		△			△							△	
8		私 奔													
9		相 從													
10		來往不絕		△		△		△							
12	②契約模式	約 後 期													
13(1)		赴約	♀→♂	△											
(2)			♂→♀												
14		為 夫 妻													
16(1)		負約	♂												
(2)			♀							△					
21(1)	③分手模式	分 別													
22(1)		逸去	自 願												
(2)			被 迫	△	△										△
23(1)		驅去	（僧道尼）		△										
(2)			符												
(3)			親 友												
25(1)		遭難	♂												
(2)			♀					△							
26(1)		解難	♀解♂難												
(2)			♂解♀難					△							
31		摧 毀													
32(1)		追殺	♂												
(2)			他 人												△
(3)			物												
33(1)		殺害	情 人												
(2)			夫（子）												
34(1)		亡													

編號	主類型	子類型	阿霞	毛狐	青梅	鴉頭	狐夢	阿繡	小翠	長亭	鳳仙	小梅	張鴻漸	雙燈	汾州狐
38(1)	④重逢模式	重　逢													
39		偶　遇													
40		復　合													
41(1)	⑤溝通模式	表　白													
43		藉　口													
44	⑥報　模式	報　恩													
45		報　復													
48	⑦靈異模式	還　魂													
62(1)	⑨角色模式	揭穿　原形													
(2)		揭穿　居處													
63(1)		現原形　被迫								△		△	△	△	
(2)		現原形　自承													
(3)		現原形　無意中													
64		冒　充													
65(1)		異行　本身怪異					△	△							
(2)		異行　違背道德													
(3)		異行　忌憚恐懼													
66(2)		本領　富有													
(3)		本領　才能		△											
68	⑩規範模式	懷　胎													
69(1)		子嗣　人													
(2)		子嗣　物													
70		婦　道		△			△	△			△				
71(1)		留贈　分別之際													
(3)		留贈　日常													
72		遺　物　失													

編號	主類型	子類型	阿霞	毛狐	青梅	鴉頭	狐夢	阿繡	小翠	長亭	鳳仙	小梅	張鴻漸	雙燈	汾州狐
1(1)	①相處模式	媒約　鬼													
2		自　薦													

3		薦　伴												
5		招　待												
6(1)		前戲	言　語			△		△	△					
(2)			招　待											
7		歡　好		△		△		△	△				△	
8		私　奔												
9		相　從											△	
10		來往不絕		△										
12	②契約模式	約　後　期											△	
13(1)		赴約	♀→♂											
(2)			♂→♀											
14		爲　夫　妻		△						△				
16(1)		負約	♂											
(2)			♀											
21(1)	③分手模式	分　別												
22(1)		逸去	自　願											
(2)			被　迫			△								
23(1)		驅去	(僧道尼)											
(2)			符											
(3)			親　友											
25(1)		遭難	♂											
(2)			♀									△		
26(1)		解難	♀解♂難											
(2)			♂解♀難									△		
31		摧　毀												
32(1)		追殺	♂											
(2)			他　人			△								
(3)			物											
33(1)		殺害	情　人											
(2)			夫（子）											

34(1)			亡													
38(1)	④重逢模式		重　逢													
39			偶　遇			△										
40			復　合													
41(1)	⑤溝通模式		表　白										△	△		
43			藉　口								△					
44	⑥報模式		報　恩													
45			報　復													
48	⑦靈異模式		還　魂													
62(1)	⑨角色模式	揭穿	原　形													
(2)		揭穿	居　處													
63(1)		現原形	被　迫													
(2)		現原形	自　承													
(3)		現原形	無意中		△						△					
64			冒　充													
65(1)		異行	本身怪異					△		△						
(2)		異行	違背道德													
(3)		異行	忌憚恐懼				△		△							
66(2)		本領	富　有													
(3)		本領	才　能													
68	⑩規範模式		懷　胎													
69(1)		子嗣	人													
(2)		子嗣	物													△
70			婦　道													
71(1)		留贈	分別之際													
(3)		留贈	日　常													
72			遺物失													

編號	主類型	子類型	武孝廉	醜狐	陳巖	徐寂之	焦封	孫恪	陸社兒	柳毅	柳子華	湘中怨解	煙中怨	趙良臣	李華
1(1)	①相處模式	媒約 鬼													
2		自薦		△											
3		薦伴													
5		招待	△				△				△				△
6(1)		前戲 言語													
(2)		前戲 招待													
7		歡好	△												
8		私奔													
9		相從				△							△	△	
10		來往不絕													
12	②契約模式	約後期													
13(1)		赴約 ♀→♂													
(2)		赴約 ♂→♀													
14		為夫妻				△					△				
16(1)		負約 ♂													
(2)		負約 ♀													
21(1)	③分手模式	分別								△	△				
22(1)		逸去 自願													
(2)		逸去 被迫													
23(1)		驅去 (僧道尼)													
(2)		驅去 符													
(3)		驅去 親友													
25(1)		遭難 ♂													
(2)		遭難 ♀							△						
26(1)		解難 ♀解♂難													
(2)		解難 ♂解♀難													

編號	模式	類別	細項											
31		摧毀												
32(1)		追殺	♂											
(2)		追殺	他人											
(3)		追殺	物											
33(1)		殺害	情人											
(2)		殺害	夫（子）											
34(1)		亡												
38(1)	④重逢模式	重逢												
39		偶遇												
40		復合												
41(1)	⑤溝通模式	表白												
43		藉口					△							
44	⑥報模式	報恩												
45		報復												
48	⑦靈異模式	還魂												
62(1)		揭穿	原形											
(2)		揭穿	居處											
63(1)		現原形	被迫											
(2)		現原形	自承											
(3)		現原形	無意中											
64	⑨角色模式	冒充												
65(1)		異行	本身怪異	△	△	△		△						
(2)		異行	違背道德											
(3)		異行	忌憚恐懼											
66(2)		本領	富有		△						△			
(3)		本領	才能					△			△			
68	⑩規範模式	懷胎												
69(1)		子嗣	人					△						
(2)		子嗣	物											

編號	主類型	子類型		李華附	趙文昭	劉子卿	蘇瓊	徐奭	錢塘士人	花月新聞	烏君山	阿英	光化寺客	香玉	葛巾
70		婦 道													
71(1)	留贈	分別之際					△								
(3)		日 常		△											
72		遺 物 失													

編號	主類型	子類型		李華附	趙文昭	劉子卿	蘇瓊	徐奭	錢塘士人	花月新聞	烏君山	阿英	光化寺客	香玉	葛巾
1(1)	①相處模式	媒約	鬼												
2		自 薦												△	
3		薦 伴				△									
5		招 待						△			△				
6(1)		前戲	言 語												
(2)			招 待												
7		歡 好				△							△	△	
8		私 奔													△
9		相 從													△
10		來往不絕				△								△	
12	②契約模式	約 後 期													△
13(1)		赴約	♀→♂												
(2)			♂→♀												△
14		爲 夫 妻									△				
16(1)		負約	♂												
(2)			♀												
21(1)	③分手模式	分 別			△										
22(1)		逸去	自 願						△			△	△		
(2)			被 迫												
23(1)		驅去	(僧道尼)												
(2)			符												
(3)			親 友				△								

25(1)		遭難	⚥										
(2)			♀										
26(1)		解難	♀解♂難										
(2)			♂解♀難										
31		摧　毀											
32(1)		追殺	♂										
(2)			他　人										
(3)			物										
33(1)		殺害	情　人										
(2)			夫（子）										
34(1)		亡										△	
38(1)	④重逢模式	重　逢									△	△	
39		偶　遇											
40		復　合											
41(1)	⑤溝通模式	表　白				△					△		△
43		藉　口										△	△
44	⑥報模式	報　恩											
45		報　復											
48	⑦靈異模式	還　魂										△	
62(1)		揭穿	原　形										
(2)			居　處										
63(1)		現原形	被　迫			△		△					
(2)			自　承								△		
(3)			無意中									△	
64	⑨角色模式	冒　充											
65(1)		異行	本身怪異	△							△		
(2)			違背道德										
(3)			忌憚恐懼										
66(2)		本領	富　有										
(3)			才　能										

編號	主類型	子類型		黃英	金友章	漳民娶山鬼	張氏子	廣陵士人	姚司馬	崔子武	畫工	土偶始	唐四娘侍女	江廟泥神記	楊禎
68	⑩規範模式	懷胎													
69(1)		子嗣	人												△
(2)			物												
70		婦道								△		△			
71(1)		留贈	分別之際				△								
(3)			日　常												
72		遺物失													

編號	主類型	子類型		黃英	金友章	漳民娶山鬼	張氏子	廣陵士人	姚司馬	崔子武	畫工	土偶始	唐四娘侍女	江廟泥神記	楊禎
1(1)	①相處模式	媒約	鬼												
2		自　薦											△	△	
3		薦　伴												△	
5		招　待		△					△						
6(1)		前戲	言　語												
(2)			招　待												
7		歡　好						△						△	
8		私　奔													
9		相　從				△									
10		來往不絕				△	△						△	△	△
12	②契約模式	約　後　期												△	
13(1)		赴約	♀→♂		△										
(2)			♂→♀												
14		為　夫　妻		△											
16(1)		負約	♂												
(2)			♀												
21(1)	③分手模式	分　別		△						△					
22(1)		逸去	自　願					△							
(2)			被　迫												

編號	模式	類	項目	1	2	3	4	5	6	7	8	9	10	11
23(1)			（僧道尼）											
(2)		驅去	符				△							
(3)			親　友											
25(1)		遭難	♂											
(2)			♀											
26(1)		解難	♀解♂難											
(2)			♂解♀難											
31			摧　毀							△				
32(1)		追殺	♂											
(2)			他　人											
(3)			物											
33(1)		殺害	情　人	△				△						
(2)			夫（子）											
34(1)			亡											
38(1)	④重逢模式		重　逢										△	
39			偶　遇											
40			復　合											
41(1)	⑤溝通模式		表　白										△	
43			藉　口											
44	⑥報　模式		報　恩											
45			報　復											
48	⑦靈異模式		還　魂											
62(1)	⑨角色模式	揭穿	原　形											
(2)			居　處											
63(1)		現原形	被　迫											
(2)			自　承							△				
(3)			無意中	△										
64			冒　充											
65(1)		異行	本身怪異	△	△									△
(2)			違背道德											

(3)			忌憚恐懼							△
66(2)		本領	富　有							
(3)			才　能	△						
68			懷　胎						△	
69(1)		子嗣	人					△		
(2)	⑩規範模式		物							
70			婦　道	△						
71(1)		留贈	分別之際		△			△		△
(3)			日　常							
72			遺物失						△	

小　結

由下表中我們可以發現，有幾類行為模式是幾乎各類女性主角皆會出現的，即「相處模式」的「相從」、「契約模式」的「約盟」、「成婚」、「分手模式」的「分別」及與死亡相關的各類行為（如「亡」、「殉死」等），「溝通模式」的「表白」，而「規範模式」的「婦道」更為各類女性主角皆會出現者。可見在愛情「發展」階段，一是由以「相處模式」為主、「契約模式」、「溝通模式」為輔的「歡合」的情境；一則是以「分手模式」為主的「悲離」情境；而不論以何種情境為主調，皆強調「規範模式」的存在。此外，因為角色種類及所屬身份層級的不同，各類女性主角的行為模式，乃呈現一種有趣的對比。包括「仙類」、「鬼類」、「妖類」等各類「非人」性質的女性角色，其愛情情境多呈現一「歡合」的狀態；而「夫妻類」、「未婚類」及「妓女類」等屬於「人界」的女性角色，則多呈現一「悲離」的情境。

就三類「非人」的女性者主角言，其愛情的發展乃兼具感官主義與心靈交契。此三類女性角色在愛情「發展」階段，「性」的接觸乃為一不可或缺的行為模式；但相對的，她們在享受肉體歡愉之餘，尚不忘給予對方一些實質的回饋，她們總能不同程度給予對方小至隨身配件、大至一脈香火，甚至幫助對方立業致仕。美妙的肉體經驗及實際的生活助益，這些行為模式對於愛情發展階段的意義，在於使這些不可能的愛情顯得令人嚮往、具有吸引力，從而定義了愛情的附加價值。相對於三類非人性質的女性主角，其餘三類人類女性主角的愛情「發展」情況由表面來看則令人同情。然而事實上，前者

在「歡合」之餘，往往寓寄了「悲離」的危機；而在「悲離」之後，卻又可能會出現生機——但由於女性主角的身份宿命問題，所謂的危機可能根本難以挽回，因此有很大部份的小說，只發展到前半段的危機出現而已。

事實上，地位對等、身份宿命等問題，是愛情的「發展」階段中，造成愛情困境的關鍵所在。透過分析，可以發現，影響愛情進展的因素，幾乎皆非關感情本身是否變質，而往往來自一些外力干涉（如家庭、社會權威、強人等），或是不可抗拒的個人客觀因素（如生命的極限、異類原形原身等）。前者可視爲「機緣」性的因素，主要影響「人界」、「夫妻類」及「夫婚類」的女性主角；後者則屬於「宿命」因素，主要影響前者以外其餘四類的女性主角。值得注意的是，後者這四類女性主角雖分屬不同的身份層級（「仙界」、「人界」及「他界」），但是，其共同點是其身份屬性皆極鮮明，亦皆有其身份屬性上的限制性；與男性主角產生愛情時，往往會產生一種不對等的互動關係。而這種角色類別與行爲模式的分佈對比現象，與愛情「開始」階段所呈現者有很大程度的重疊性。

左右愛情推進與否的因素，既然來自各類大我小我範圍；而爲維護愛情，勢必認同前述各類因素的遊戲規則或要求標準，以做爲交換愛情的代價。這種交換行爲，主要表現在「規範模式」中的「婦道」。甚至，某些類型的女性主角——如「妓女類」及「妖類」——爲達到這些要求，表現出一反刻板既定觀念中形象的行爲模式；這種拗折本性的表現，正好突顯了她們對於愛情的忠貞。此外，事實上上述影響因素，多可見於「分手模式」及「規範模式」中，不論其形式爲何，一個共通點就是，它們都源於人類社會的架構體系或價值系統。因此，當各類女性主角努力認同它們的要求、或企圖超越他們所帶來的威脅時，其實正是以各種方法彌縫彼此之間的不對等地位。

這種不對等地位對愛情「發展」階段的影響力，還表現角色類型的「溝通模式」方面。我們可以發現，地位不對等的態勢越鮮明者，其溝通方式便傾向於「隱瞞」或「藉口」，好藉著遮飾的動作爭取更多愛情的空間；反之，則多採取「表白」的方式。

愛情「發展」階段中還應注意的問題是女性對於身體自主權的問題，而其與「死亡」乃具有密切的關係。上述對於女性主角身份與對等關係對愛情所造成的困境的討論，其實正顯示出女性主角對於自己的身體，並不享有太多的自主權；因此，她才不得不受到各類因素的擺佈。身體主權既然有限，

則一旦愛情遭到挫敗，如果自己的行為能力已達極限而無力回天時，唯一能憑藉以與之抗爭者，便是以「死」來做最後搏命的一擊了。因此我們可以發現，女性主角多有以「死亡」為後盾，展示對於愛情積極的維護、捍衛，或消極的宣示自己的不平。

女性主角們在愛情「發展」階段所表現出的行為模式是很弔詭的，一方面，她們在追求愛情時，往往表現出反社會既定形象的行為，如未婚女子私奔，妓女從一而終等；但另一方面，為維護愛情，她們又必須努力認同一些既定的社會標準，如「規範模式」中的一些行為。而愛情的歷程越快樂，其所隱藏的危機（宿命的危機）也就越難超越。其中的矛盾情結，與愛情「開始」階段所言及的敘述者的觀看問題，正有不謀而合之處。

編號	類別	仙類	夫妻類	未婚類		妓女類		鬼類		妖類	
1(1)	①相處模式			媒介	奴僕			媒介		媒約	
(2)					長輩						
(3)					朋友						
(4)					信物						
(5)					媒婆						
(6)					鬼				鬼吏		鬼
2											自薦
3									薦伴		薦伴
4			私會					私會			
5		歡宴						招待		招待	
6(1)										前戲	言語
(2)											招待
7		歡好（共寢）		歡好（共寢）				歡好（共寢）		歡好	
8				私奔						私奔	
9		相從	相從			相從		相從		相從	
10										來往不絕	
11(1)	②契約模式	約盟	約盟	約盟		約盟	來生	約盟	復活		
(2)							許嫁		相從		
(3)									私奔		
(4)									來生		
(5)									許嫁		

12								定　約		約　後　期	
13(1)										赴約	♀→♂
(2)											♂→♀
14			成　婚		成　婚	從良期迎		成　婚		爲夫妻	
15					私定終身			婚　約			
16(1)			負　約					負約	♂	負約	♂
(2)									♀		♀
17(1)	③分手模式				被　棄	被棄	♀棄♂				
(2)							♂棄♀				
18(1)				挫折	父母阻絕	挫折	(♂貧)				
(2)					第三者			第三者			
(3)				戰　爭	戰　爭						
(4)					家　難						
(5)					誤　會						
(6)								疾　病			
19(1)				延誤	他　嫁						
(2)					年　長						
(3)					死　亡						
20					錯　過						
21(1)	分別	♂求還	分　別			分　別		分別	露水姻緣	分　別	
(2)		♀緣盡別							(♂)背約		
(3)									緣　盡		
(4)									遷　葬		
(5)									驅　退		
(6)									投　生		
(7)									他　力		
(8)									不　詳		
22(1)								逸去	自　願	逸去	自　願
(2)									被　迫		被　迫
23(1)								驅　去		驅去	(僧道尼)
(2)											符
(3)											親　友
24	解　咒										

25(1)		遭難	♂				遭難		遭難	♂
(2)			♀失身存後							♀
(3)			♀守節守身							
26(1)		解難	♀解♂難		解　難		解　難		解難	♀解♂難
(2)			♂解♀難							♂解♀難
27				殉　死	殉　死	殉　死				
28					堅　盟	殉　情				
29					求承諾		求承諾			
30						相思而疾				
31									摧　毀	
32(1)									追殺	♂
(2)										他　人
(3)										物
33(1)									殺害	情　人
(2)										夫（子）
34(1)					亡	暴　死		亡	亡	
(2)						悒　死				
35	④重逢模式				復　活	復　活		復　活		
36								晝　見		
37					索　命					
38(1)		重逢	♀自來		重逢	偶遇			重　逢	
(2)			♂央求			挫折解				
39					偶　遇	偶　遇		（陰間）偶遇	偶　遇	
40								復　合	復　合	
41(1)	⑤溝通模式	表　白			表　白	表　白	表白	命定婚約	表　白	
(2)								有所求助		
42					示　愛	示　愛				
43		隱　瞞						隱　瞞	藉　口	
44	⑥報模式	報　償			報　償			報　恩	報　恩	
45		報　復			報　復			報　復	報　復	

序號	模式							
46	⑦靈異模式		夢兆		夢中見			
47			應驗					
48							還魂	
49		離魂	離魂					
50(1)			附身寄情	親人				
(2)				他人				
51					被崇			
52					被召			
53	⑧情緒模式		單戀（靈異）					
54			感動		感動			
55			閨怨					
56					生前相歡			
57			日久生情					
58					唱和			
59			矛盾					
60					懷疑			
61		寵愛			寵愛			
62(1)	⑨角色模式				揭穿	身份	揭穿	原形
(2)						原形		居處
63(1)						現原形		被迫
(2)								自承
(3)								無意中
64								冒充
65(1)						異行		本身怪異
(2)								違背道德
(3)								忌憚恐懼
66(1)					本領	預知	本領	
(2)								富有
(3)								才能
67					探視存者			
68	⑩規範模式				懷胎		懷胎	
69(1)			子嗣			子嗣		人
(2)								物

70	婦	道	婦	道	婦	道	婦	道	婦	道	婦	道
71(1)	留贈	詩 文							留贈	珍 寶	留贈	分 別
(2)		珍 寶								詩 文		之 際
(3)		子 嗣								子 嗣		日 常
(4)		家 用								家 用		
(5)		預 言								女 工		
(6)		救 命								解難之方		
72												遺 失 物
73(1)	供給	家 用							供給	家 用		
(2)		娛 情										
(3)										聲名事業		
(4)										服 侍		

三、愛情的結尾

（一）仙　類

　　女仙的愛情進入結尾階段時，其行為模式已有簡單化的趨勢，最主要者為「分手模式」、「相處模式」及「規範模式」等三類。

　　在「仙類」愛情故事中，女仙所處的「仙界」與男性主角所處的「人界」本是兩個不同的世界，有著不同的情欲標準及生活慣性，因此「仙類」愛情故事女性主角的愛情以「分手模式」結尾，應屬意料中事。然而，時代的差異，仍使女仙角色處理愛情的方式有所變化。由下表可見，唐宋以前，女仙的愛情多以分手結束，因此其行為取向集中於「分手模式」；清代，則傾向廝守一生，其行為取向則傾向於「相處模式」及「重圓模式」。此外，女仙在愛情結尾階段的行為取向還集中表現於「規範模式」，而其子類模式也明顯呈兩極化表現——唐宋以前，集中於「留贈」一項；清代則集中表現於「子嗣」、「婦道」等項。

　　表現為「分手模式」者雖然以唐宋以前為多，但是仍可見若干清代的例子，二者在模式子類的表現則有所不同。以前者言，對於女仙們的愛情結尾，或是大筆寫意（「好散」），只見二人悄然分手，至於「分手」是誰提出的、什麼原因，則未見其詳。文本有明確言及分手原因的，則皆出於單方意願：或是表現為男性主角思鄉欲歸、女仙挽留無效的「思歸」；或是女仙主動告知緣盡應去的「令歸」；二者的內在意義亦有所異同。就女性主角的立場及行為的

行動性言，「思歸」是女性主角被迫分手、被動告知；「令歸」則是女性主角主動提出分手、主動告知。對照文本觀察出現在這兩類行爲模式中的男性主角及與女仙的相遇情境，前者發生的地點在所謂的「仙境」；男性主角的身份多屬較卑微的樵夫之類，他們是在一個全無動機的情況下誤入仙境；女仙們與其相遇，乃是以逸待勞。後者發生的地點在「人境」；男性主角的身份則爲文士之流，先已存在對女性豔遇的幻想或美感態度；女仙與其相遇，多爲翩然降臨。以此對照前文女仙面對分手時的被動性與主動性行爲取向，我們可以發現，前者女仙對於誤入仙境的男性主角言，雖是以逸待勞，且早在預料之中〔註72〕；但是，她們這種守著自己的桃花源、無法選擇對象，只能「坐待郎至」的侷限性，相較於後者女仙得以跨出自己的領域，主動挑選對象並求歡求婚，顯然前者的行動非常不自由——而這份不自由，正意味著她們乃是被「困」在仙境之中。小說文本總是述敘道，當命定中的男性終於出現時，她們是多麼歡欣，因爲孤寂終於打破；但由樵夫竟是以「潛逃」的姿態企圖遁出仙境來看，又可想見這些卑微的男人們對於女仙們的盛情是多麼不自在，又是多麼想念貧窮平淡卻平實的人間世界；即使女仙苦苦挽留，使他們多停留了一段日子，但對於對方已無戀暫之心的事實，也無可奈何，最後也只能任之而去。至於採取「令歸」爲愛情結尾行爲模式的女仙，其在行爲表面所顯示的主導權，與其愛情「開始」階段亦多屬「主動型」的行爲模式應是有其內在的一貫性。但是，行爲模式表面可見的一致性，固然顯示女仙對愛情全程所擁有的主控權；然而其實質上是否眞如行爲表面所顯示地如此積極性，則不無疑問。

　　試對照女仙愛情「開始」階段，結尾行爲模式具被動性質的「思歸」的女仙，其愛情「開始」階段的行爲取向多屬「主動型」中「命定型」子類；而具主動性質「令歸」的行爲者，其愛情「開始」階段亦多屬「主動型」中「命定型」子類。這樣觀照的意義，就前者言，結尾部份「思歸」的被動性，除了宣示愛情兩造地位的懸殊性對於愛情的殺傷力外，也寓意了女仙在愛情事件中因身份與行動所形成的困境。據此再進一步引伸，如果撇開男女主角的身份不論，只將上述人物的愛情模式視爲單純地一「男」與一「女」的愛情情境，則此類女性在一個「眞命『夫』子」出現；當男人出現後，不論他

〔註72〕　〈天台二女〉「二女遂忻然如舊相識，曰，來何晚耶」；〈袁相根碩〉「見二人至，忻然云，早望汝來，遂爲室家」。

是否值得，女人認命地竭心討其歡心，克盡責任做好服侍與招待的工作；當男人想離去時，她卻不能置一詞，只能眼睜看他離去，再回頭面對空蕩的歲月，重新以「命定」的理由做爲生命的安慰劑——這樣的命運，何嘗不是眞實世間許許多多凡胎俗骨女性的愛情寫照？但弔詭的是，我們在愛情小說以「人界」女性爲主角的文本中，是看不到上述的愛情情境的；反而須在一個人世以外的「仙界」、在具「非人」性質「女仙」身上，才能看到對上述女性愛情困境的描述，個中因素，頗耐人尋味。

此外，「女仙」的特殊身份，固然使其獲得在兩性愛情地位上的特殊權力，得以採取主動。但正如「開始」階段對女仙「命定型」的分析，在行爲動機上，女仙的所謂「主動」，有很大比例是先有某種「誘發」或「暗示」的前題，而後才會有所行動，則不論敘述者對於女仙與男性相遇爲命定是信以爲眞或只是故意爲人物製造的藉口，小說總是得爲女仙的「主動」營造成一個具有「被動」色彩的環境，好使女仙角色在採取主動時心安理得。同樣的，回歸女仙以「令歸」爲愛情結尾行爲模式的故事文本，便可以發現，女仙對男性主角提出分手要求的說詞，仍是「命定」——而這正是承襲「開始」階段的矛盾心態而來。當然，對於小說人物及小說效果言，能在一個非關自己感情因素的原因下分手，對彼此愛情的罪惡感及悲傷感會減輕許多；但也未嘗不是早已預見終將分手的必然結局，因此便準備好一套說詞，好使這段短暫戀情結束得理直氣壯一些。由上述分析可知，「令歸」在表面固是具有主動性的行爲模式，但實際上仍脫離不了「欲迎還拒」的矛盾心理，它在行爲動機仍是得令人物（或其實是讀者）對自己的行爲產生「不得已」的被動感。因此，「令歸」行爲模式所欲蓋彌彰的「被動」行爲內涵，與「思歸」行爲模式中對於女仙愛情困境的寓意，實有異曲同工之妙。而女仙這種充滿了矛盾色彩的行爲模式，暗示了「女仙」人物塑形時的矛盾複雜情結。

與唐宋女仙愛情多以「分手模式」收尾大相逕庭的，便是《聊齋》中表現爲相守一生的行爲模式。若謂前者的愛情故事結尾是畫下句號（。），則後者便是爲愛情畫上刪折號了（……）。根據下表，我們可以看出，所謂的「相守以終」的愛情結尾，應包括三段歷程，即「分手模式」→「重圓模式」→「相處模式」。因此，以相守一生爲愛情結尾者，其實是包含了早期小說的結尾行爲模式，並進而對之欲做一翻案。而翻案的重點，其一是使六朝至唐等早期小說中不能跨出仙境的女仙，與男性主角回歸人間（「共歸」）；其二則是

打破分手定律，使女仙攜子或追隨男性主角或是歸於世外（「偕隱」），或是隱於人間（「人間終老」），甚至女仙不必然與對方朝朝暮暮，而可自由來往於仙凡之間（「來去自如」），隨時與對方保持聯絡。這一類型的結尾行為模式，女仙的行為取向已跳脫了前期「主動性」、「被動性」的爭議，而是充滿了極高的「自主性」，女仙欲將情緣做一了結，她可以自設一計脫身而去（「♀自去」）；當她終究難捨這段情份，也是出於自己意願而與男性主角共歸（「共歸」）；甚至餘生何去何從，也多是出於女性主角的決定。可以說，在愛情自主權方面，此時期的女性主角較其前輩是要提高了許多。

　　上述以喜劇方式結尾愛情者，多會表現出「規範模式」中若干具有「實用」效果的行為模式：或為男性主角留下一脈香火甚至成器之子（「子嗣」、「有子成器」），或是助男性主角主業而重振家聲（「持家」）。前期女仙於曲終人散之際，為這呼應其理性分手方式而增添些許浪漫氣氛的，主要表現為「規範模式」中「彼此留贈」一項；《聊齋》中諸仙的留贈雖然相較之下實用的多，但是，卻不禁令人覺得女仙那種飄緲靈動的氣質，似已蕩然無存；取而代之的，是與人間幹練主婦無什差異的世俗性。在愛情結尾之際，出世入世氣質的轉換，對「女仙」這種人物言，真不知是得還是失。而結尾行為模式之世俗感及家事責任的加重，亦使我們不禁懷疑，當女仙的愛情自主權大大提高之餘，是否她們又掉入另一層行為圈套之中，否則，何以此時期的女仙們總是迫不及待地以賢主婦自居，不約而同地努力實踐這些同質性如此極高的行為規範？

　　女仙的愛情應是純出於幻想，但她們的行為模式中，卻透露出如此多的世俗訊息，令人玩味。

編號	主類型	子類型	崔子武	趙文昭	袁相根碩	洞庭山	天台二女	黃原	劉子卿	蕭總	楊真伯	畫工
8	①相處模式	共　歸										
9		偕　隱										
10		人間終老										
11		來去自如						·				
21(1)	②契約模式	約 後 期						△				
23		負　約										△

編號	主類型	子類型											
26	③分手模式	好　散		△	△	△	△	△					
27(1)			思歸(♂)		△		△				△		
(2)			令歸(♀)						△		△		
(3)		分別	♂離而自絕往來							△			
(4)			♀自去										△
(5)			因父母因素而去										
28		僞　去											
34		解　難											
45(1)	④重逢模式	重　圓											
47		投　胎											
69(1)	⑨角色模式	現　形											
(2)											△		△
73(1)	⑩規範模式	子　嗣											
74		有子成器											
75		爲納妾											
76(1)		婦道 持家											
81(1)		留贈	彼　此	△	△	△	△		△		△	△	
(2)			♀										△

編號	主類型	子類型	后土夫人	緇雲鬼仙	嫦娥	翩翩	仙人島	雲蘿公主	神女	蕙芳	粉蝶	錦瑟
8	①相處模式	共　歸				△	△					△
9		偕　隱					△					
10		人間終老			△				△			
11		來去自如								△	△	△
21(1)	②契約模式	約後期								△		
23		負　約										

#	模式	名稱									
26	③分手模式	好　散									
27(1)		分別	思歸(♂)								
(2)			令歸(♀)								
(3)			♂離而自絕往來								
(4)			♀自去					△		△	△
(5)			因父母因素而去	△							
28		僞　去									
34		解　難		△							
45(1)	④重逢模式	重　圓		△	△					△	△
47		投　胎									△
69(1)	⑨角色模式	現　形									
(2)											△
73(1)	⑩規範模式	子　嗣		△	△	△	△				△
74		有子成器			△						
75		爲　納　妾								△	
76(1)		婦道	持　家	△	△		△				
81(1)		留贈	彼　此								
(2)			♀								

（二）夫妻類

　　「夫妻類」類愛情故事的結尾部份，通常正是標示著走過一番風雨後的人生穩定狀態。經過生命歷程中的種種生離死別，當「夫妻類」的女性主角面對自己的後半生情感時，她們所做的選擇，竟然是以悲情（「死別」）收尾者多而以喜樂（「白頭偕老」）收尾者少。至於其行為取向，則以「分手模式」及「靈異模式」為主要表現。

　　就「分手模式」言，由分析表列可見，「亡」、「病卒」或「殉死」及「鬼別」三類為妻子們愛情尾聲階段出現最頻繁的行為模式，這顯示「夫妻類」的女性主角多以「死亡」來宣告愛情的終結。但同樣是「死亡」，「病卒」、「亡」及「殉死（被迫）」三類具有負面意義，「鬼別」及其他的「殉死」則為正面

意義的行為取向。

　　如前文所述，在愛情「發展」階段中，若彌留者要求存者在通常不需要做任何表白的「婚姻」關係中多此一舉的對之剖心誓詞，其實正是小說反諷地暗示前者對對方的不信任，也暗示了存者潛在的「脫軌」心態──而這層居心，在小說進入結尾時，便具體表現為「契約模式」的「改嫁」的行為上〔註73〕；懲罰的具體表現，則是女性主角上述具有負面意義的死亡諸舉。因此，此處的死亡行為，多半便是承續「發展」階段出現的「約盟」行為而做一完結。其既是在非自由意識之下為亡夫索命而去，則其「負面」意義，正在於以此宣告了人物對愛情的背叛與毀滅。然而若忽略上述行為表面的意義。聯繫愛情「發展」部份末段對於女性主角的「理性」特色的分析，則這些死亡行為模式的深層意涵方面，其實正突出了女性面對婚姻愛情時的所受到的約束力。因為不論濃情蜜意，或者早已同床異夢，她們都必須適切地循著「禮」──或者「理」──來表現或轉化其情感，一旦企圖或成功地跳脫這層規律去發展自己的想望，必然會遭到懲罰──前夫馬上以各種姿態方式前來索命報復。本此，則上述強調專一忠貞的婚姻愛情規則既已內化成為自我行為模式，且妻子們也以全程生命奉行不渝後，在生命終了，也希望對方能給予相等的回報而死後丈夫卻違背誓言另娶，使事實結果與預期相違，當然女性主角便會心有不甘而有所行動了，這份不平之氣，便是表現為「報模式」中的「報復」行為。由此可知，在愛情的結尾部份，當女性主角面對其中任何一方生命的終結而必須有所因應時，儘管表面上「報復」與「亡」是兩種截然不同的行為取向，但是，「存者負約、逝者報復」、「踐約者懲罰、負約者亡」的內在意義卻是一致的。「分手模式」中各種死法雖有不同，但它們同時顯示了對婚姻愛情不忠者的懲罰，展現了婚姻愛情規律嚴厲的一面。

　　至於「殉死」及「鬼別」兩類分手模式，是屬於具有正面意義的行為取向。相較於「發展」部份「約盟」行為的負面意義──表面甜言蜜語指天誓地，實際卻導致後來的背棄愛情、追索情債等絕裂反目，「夫妻類」的女性主角正是透過這樣激烈而純行動化的的手段，以昭示其對一生婚姻愛情的忠誠與維護。諷刺的是，對愛情的壽命及品質而言，「約盟」為生時行為，卻預告了愛情的變質及死亡，使愛情雖生猶死；「殉死」與「鬼別」為充滿了死亡氣

〔註73〕值得注意的是，「契約模式」中的「約後期」的行為意義則全然相反，見下文。

息，卻突顯了愛情的忠貞與堅持，使愛情雖死猶生。

在進入分析「殉死」及「鬼別」等模式的意義之前，應先對兼具陰陽氣質的「靈異模式」做一說明。在愛情「發展」部份，曾指出在小說中，夫妻關係基本上是不容破壞的，任何來自社會價值觀的因素都無法撼動夫妻關係的穩定性，除非是來自「權威」的力量——尤其是「人禍」；但不論如何，「天」總是會彌補他們的。但若離散是來自非人力的另一種「權威」呢？——如自然的生命定律「死亡」——那只有由「超自然」的方法加以彌補了。我們可以發現，在「夫妻類」的愛情「發展」及「尾聲」部份，如果女性主角與丈夫是遭人禍拆散者，除非殉死，否則終會重圓；如果不敵自然定律而死，則必然由「超自然」的方法加以彌補遺憾。因此，相對於「殉死」出現率不低的情況，在「夫妻類」愛情的尾聲階段部份，「靈異模式」亦出現極高的比例。

「殉死」與「鬼別」雖然同樣強調愛情終了時忠誠性，但二者仍有某種程度上的差異。當女性主角做出「殉死」的決定時，身體的主控權是掌握在自己的手裏，是她決定把自己由生路引向死途——只是，對於如此激烈的行為，我們不禁要問，是誰教導妻子們選擇這種方式？至於「鬼別」則全然相反。一樣是在死亡的氛圍之中，一樣也是離別，但「鬼別」的前題是斯人已逝，其由陰返陽的生命程序與前者之由陽而陰，全然相反；此外，這類行為模式較「殉死」多了些浪漫甜蜜的感覺，雙向突顯了為人夫者對亡妻的深情及眷戀，而不似「殉死」只強調妻子單方面對愛情的忠執。不過，「鬼別」行為模式的深層意義還更應與「靈異模式」關聯來看。就情節結構的角度來看，「靈異模式」中的「召魂」、「魂現」、「歡會」等行為，屬於「鬼別」之前的返陽歷程——但問題是，死者多半是做為妻子的女性主角，靈異模式中的行動者也是她們；是但上述歷程的實踐，卻必須仰賴男性主角的行動，亡魂本得由幽幽地府中重見親人、一敘舊情。無論小說表面是否敘及女性主角的地府相思，或者只及於男性主角的難忘亡人，總之，當對於生命隕落的無力回天，欲藉一些靈異之舉以尋求彌補慰時，不論女性死者願不願意，如果丈夫不召喚，她的身體就是屬於地府的；如果丈夫尚肯顧睞，她的身體行動權則便掌握在彼人手中。即使召喚而出，時辰到了，她仍得回歸地府，則不論是否亡魂的重出敘舊終究成為陰陽勢力的拉鉅戰，總之，她無法決定自己身體的歸屬。雖然視死如生是悲壯的，陰陽重逢則是悲中帶喜的，但對於如何為

自己的愛情婚姻畫下休止符,「殉死」是自己的抉擇,「鬼別」則只能任人擺佈,其中究竟孰悲孰喜,卻難以定論。

不論是維護愛情到最後一刻或是終究背離了愛情,在這些死別的悲氣中,「夫妻類」的女性主角還是多多少少擁有一小片蔚朗藍天。在經歷了人生的磨難後,當故事接近尾聲時,她們總算嘗到了苦盡甘來的甜美。承續「發展」階段的「失身存後」或「守節守身」,若干妻子們總算盼到了生前重圓的一天,得到了自己的福報。因此,在「夫妻類」女性主角的愛情結尾部份,亦可見若干「重逢模式」的例子。不過,除了表行為之外,有時「重逢」的意義,有時並不在於「夫」、「妻」兩個個體的「重圓」而已,可能更在於「生命」的延續、「家」的「重建」,而這些,則必須定義在「子嗣」之上。因此,我們可以看到,在「夫妻類」的女性主角的愛情結尾部份,對於女性主角「規範」行為的強調上,正是充滿了濃厚的「子嗣主義」色彩,其具體行為則表現在「含辱撫子」及「納妾(生子)」兩類取向。以前者言,不但在在愛情「尾聲」部份出現頻繁,且呼應「發展」部份的分佈時代,亦集中於唐宋之前;「納妾(生子)」的行為,則集中出現於清代。除了上述諸項行為之外,還有一項亦具「重逢」內在意義的行為模式,即「契約模式」中的「約後期(來世)」。這項行為模式的出現,必以「死亡」為前題。前文言及「靈異模式」的行為意義在於以「超自然」力量彌補自然力量對於夫妻愛情的破壞力——但也只是聊勝於無的「彌補」而已。因此,我們遂可以知道,「約後期」行為的出現,正顯示了人力面對自然力量時的渺小與無奈,即使愛情精神未隨生命消頹而殞落,但如果不能形體相依,血肉交融,「愛情」終究是鏡花水月、是虛空的——相約來生相逢,固然象徵著主角人物對愛情的執著無悔,但也未嘗不是試圖向自然定律的難以回天做一抗議!

透上述分析,可以發現,當「夫妻類」女性主角的愛情進入結尾部份時,其行為取向乃呈現兩種特色,一是充滿了死亡色彩,一是正負面意義極端對比。前者,與一般傳統中認為愛情故事多以喜劇團圓收場的印象,顯然有極大的出入。究其原因,「夫妻」情愛的天長地久本被視之理所當然;如此,若不以「死亡」如此激烈的行為做為收場,如何能突顯愛情?此外,一般而言,能對「妻子」角色所擁有的穩固的愛情與男女關係造成威脅、使小說情節結構產生波瀾變化者,多是來自外在環境中極為強勢的、大我的「權威力量」;而不論此所謂的「權威力量」是以人禍或自然死亡的姿態出現,總之,一旦

成災，通常難以小我的、個人之力挽回。因此，若故事中先死者爲女性主角，自不必論；反之，則爲強調夫妻之情深意重，當然結局只有女性主角同歸於盡[註74]。值得注意者，堅持愛情者選擇死亡，背叛愛情者也被迫死亡，同樣的行爲，卻意涵著極端對比的行爲意義，除了再一次彰顯出「生命」才是夫妻愛情的極限外，也顯示加諸於「夫妻」關係之中的「妻子」角色身上絕對的道德性，表達情感的嚴謹性，絕不容許個人情感的脫軌。

編號	主類型	子類型		韓憑妻	望夫石	荀澤	王肇宗	幻術	許至雍	塘垣	韋隱	吉頊之妻	韋檢	韋氏子	李行脩	崔尉子	陳義郎	李文敏	華陽李尉
20	②契約模式	約盟																	
21(1)		約後期																	
(2)			來世											△		△			
24		改嫁																	
27(1)	③分手模式	分別																	
(6)			戰爭												△	△			
30(1)		驅去										△							
34		解難																	
36(1)		病卒	♀																
37		亡																	△
38(1)		殉死	無疾死	△			△												
(2)			化形死		△		△												
(3)			病死																
(4)			被迫																
39		鬼別						△	△						△				
45(1)	④重逢模式	重圓	生前																
(2)			死後																
46		復活																	
49	⑥報模式	前世因																	
51		報恩																	△

[註74] 但妻殉死頻頻可見，夫殉死者卻似乎極爲罕見。

編號	主類型	子類型	細項	陸氏負約	陳氏前夫	晁安宅妻	張夫人	俠婦人	胡生	袁從政	楊政姬妾	太原意娘	愛卿傳	翠翠傳	芙蓉屏記	庚娘	江城	土偶	林氏
52		報復																	
57		托夢報復																	
58(2)		離魂	♀									△							
59		魂合										△							
60	⑦靈異模式	召魂																	
61		魂見																	△
62(1)		以鬼來	歡會				△	△						△					
(2)			報復								△								
72(1)		懷胎	物			△													
(2)			人																
73(1)		子嗣	己出																
(2)			妾出																
75	⑩規範模式	為納	妾																
76(1)		婦道	持家																
(2)			孝長																
(3)			撫子																
(4)			含辱撫子											△	△	△			
81(1)		留贈（生別）						△											

編號	主類型	子類型	細項	陸氏負約	陳氏前夫	晁安宅妻	張夫人	俠婦人	胡生	袁從政	楊政姬妾	太原意娘	愛卿傳	翠翠傳	芙蓉屏記	庚娘	江城	土偶	林氏
20		約盟									△								
21(1)	②契約模式	約後期																	
(2)			來世										△						
24		改嫁		△	△														
27(1)		分別																	
(6)	③分手模式		戰爭											△					
30(1)		驅去																	
34		解難																	

編號	模式	類	細類	1	2	3	4	5	6	7	8	9	10	11	12	13
36(1)		病卒	♀	△												
37		亡		△												
38(1)		殉死	無疾死													
(2)			化形死													
(3)			病死									△				
(4)			被迫						△							
39		鬼別								△						
45(1)	④重逢模式	重圓	生前			△						△	△			
(2)			死後								△					
46		復活										△				
49	⑥報模式	前世因											△			
51		報恩														
52		報復		△												
57		托夢報復							△							
58(2)		離魂	♀													
59		魂合														
60	⑦靈異模式	召魂														
61		魂見		△	△											
62(1)		以鬼來	歡會								△			△		
(2)			報復		△		△	△								
72(1)		懷胎	物													
(2)			人											△		
73(1)		子嗣	己出													
(2)			妾出													△
75		爲納	妾										△			△
76(1)	⑩規範模式	婦道	持家										△			
(2)			孝長													
(3)			撫子													
(4)			含辱撫子		△											
81(1)		留贈（生別）														

（三）未婚類

「未婚類」女性主角的愛情進入結尾階段時，除「角色模式」以外，其餘各類模式皆有所表現。不過，對照文本，我們可以發現，真正為愛情畫下句號的，主要在於「相處模式」、「契約模式」、「重逢模式」及「規範模式」；「分手模式」、「溝通模式」、「報模式」、「靈異模式」及「情緒模式」則多做為前述行為的準備動作，其中，又以「分手模式」、「靈異模式」為主要的行為表現。而由下表可以發現，「分手模式」、「靈異模式」中所呈現的行為取向，雖難免於生離死別的陰影；但是，出現於「相處模式」、「契約模式」、「重逢模式」中的諸項行為子類，卻幾乎皆指向男女主角的結合。顯然「未婚類」女性主角的愛情結尾與「夫妻類」極不一樣之處，在於他們的愛情多半以一團圓喜劇的方式來收束。

此外，整體而言，「未婚類」女性主角的行為取向雖較前二類型的女性主角複雜，但相較於其「發展」階段的表現，已有單純化的傾向。雖一如「發展」階段，除「角色模式」外，餘皆有所表現；但是，卻很明顯有幾項子類行為出現特別頻繁，而與其餘子類行為的寥落呈現對比。這些出現最頻繁者，即「契約模式」的「成婚」、「重逢模式」的「重圓（今生）」及「復活」、「規範模式」的「子嗣」。至於「契約模式」的「他許」、「分手模式」的「遭難」及「病」、「靈異模式」的「夢驗」等，及「相處模式」的「偕隱」、「溝通模式」的「表白」、「靈異模式」的「魂見」，其出現頻率雖不及前者一半，但就整體「結尾」階段言，仍可視為具有普遍性的意義；至於其作用往往只是做為「發展」階段到「結尾」階段的過渡與銜接，並不是女性主角處理愛情的最後動作。真正象徵收束愛情的行為，主要見於前者如「成婚」等高頻的行為。而由其出現頻率之高，亦可見小說作者對於「未婚類」女性主角愛情結尾具有相當程度的共識。

由上述幾項具有終結意義的行為模式來看，不論「契約模式」的「成婚」、「重逢模式」的「重圓（今生）」及「復活」，顯然小說作者對於「未婚類」的女性主角非常厚愛，他們多半願意賦予其愛情一個美好的結局。因此，我們可以看到，象徵愛情破壞狀態的「分手模式」中的行為比例不但大幅降低；在情節功能上，也不過只是做為愛情「發展」階段與「結尾」階段的一個過渡。因此，不論是「分手模式」中的「遭難」或「病」、「殉死」等項，其後多有「解難」或者「復活」、「重逢」等轉機行為出現，顯見小說作者對於未

婚女性的愛情，是抱以一個同情的態度，因此願以賦予她們一個「苦盡甘來」
的愛情結尾。

此外，不論是早期的魏晉，乃至晚期的明清，不論是以「成婚」、「重圓
（今生）」或「復活」那一種方式，都是一種「此生此世」的行為結果。「未
婚類」的女性主角是不熱衷以「來生再會」或者「投胎重逢」的方式來終結
情緣，而是追求一個今生現世的愛情結局。因此，我們可以發現，在「契約
模式」中，一方面，我們看不到前二類女性主角皆曾出現的「約後期（來生）」
行為。另一方面，具有現世意義的各類婚約形式——不論是與情郎成功結合
的「成婚」，或者是被迫另棲別枝的「他許」——出現比例皆高；而虛幻的、
無濟於事的「鬼婚」或者「冥婚」，則只見是零星一二例。

呼應上述的現世色彩，小說在愛情的結尾階段對於包括「子嗣」、「有子
成器」、「為納妾」、「婦道」、「歸家省親」等極具實際功能的「規範模式」方
面的行為取向亦極為強調，其中，「子嗣」一項的頻率尤高於其它諸項。本來
對於未婚男女愛情故事的敘述，只要交待到二人終究是合是分，即可告一段
落，婚後是否真是「從此過著幸福快樂的日子」，其實就故事的完整性言，是
不必要的。但是傳統小說中都難免對其子嗣如何鄭重其事的記上一筆，遂使
現代讀者多有贅筆的疑惑或者遺憾。試觀察這些行為取向，皆指向一個共同
點，即「家庭」的價值功能。而這些充滿了濃厚現實色彩的「家事」行為，
其實也是延續了在愛情「發展」階段所指出的，在「未婚類」女性主角的愛
情中，家庭因素對於其愛情的影響力。這層影響力延伸至愛情的結尾階段，
顯示了「愛情」的成功與否，或者價值定義，是必須建立在對家庭或甚至家
族的功能之上的——如果「情事」的「成功」與「家事」的「成功」，二者之
間可以畫上等號，則整樁愛情就可以被認可；如果二者之間無法以等號相聯，
即使男女主角結合，這樁愛情不但不被祝福，可能更導致女性主角的殉情而
死。因此，不論在愛情開始或發展階段，女性主角為愛情出現過什麼驚人之
舉，一旦她的愛情走向一個「結合」的結局，她最後仍然必須回歸現實及家
庭，尋求家庭的認同，並且對家庭的貢獻方面交出一張漂亮的成績單。我們
可以看到，不論以「相處模式」中的「私會」、「私奔」，或者「靈異模式」中
的「離魂」，當這些未婚女性以各種現實的、超現實的方式來爭取自己愛情的
生存空間後，最後，都必然回歸家庭，或是取得其認同（「相處模式」的「共
歸」、「規範模式」的「歸家省親」）；而取得認同的途徑，或是在其體制內完

成愛情（「契約模式」的「成婚」），或是達成符合其價值利益的貢獻（「規範模式」的「子嗣」、「有子成器」、「爲納妾」、「婦道」、「旌表」）。而那些不被家庭體系或成員認可的愛情，即使在陰陽路上重逢，最終仍只能以悲劇收場（如〈吳王小女〉、〈飛煙傳〉等）。既然家庭、現世對愛情的壓力如此沉重，一旦完成其的義務，是否便可以專心享受私我的二人世界？在「相處模式」中，我們可以看到女性主角在愛情終點，採取了「偕隱」（「相處模式」）的方式來共渡餘生，正是反映了對前述壓力的反彈心態。

　　「未婚類」的女性主角所追求、實踐的，是一個現世的、實際的愛情結局，但是，她卻往往無法以「現實」的行爲方式來完成心願。試對照小說文本，我們便可以發現，上述「成婚」、「復活」、「重逢（今生）」等結尾行爲，在很多故事中彼此具有關聯性；而反映在情節結構方面，往往具有「重圓」→「復活」→「成婚」，或者「復活」→「成婚」，「重圓」→「復活」的次序。這樣的組合及關係，一方面顯示了「未婚類」女性主角愛情結尾之美好，絕非憑空而得，而是必須歷經波折後，才能嘗到「有情人終成眷屬」的甜美。另一方面，對照結尾階段「靈異模式」的頻頻出現——尤其「夢驗」、「離魂」等行爲——及「復活」事實上亦具有濃烈的「靈異」性質，在這些非現實性質的行爲的深層意涵方面，正是揭示了「未婚類」的女性主角在上述美好愛情結局的表象之後，愛情的實際困境。在「未婚類」女性主角的愛情發展階段中，曾指出其愛情的困境，主要來自現實界的各類大我小我因素，且往往難以抗拒；如此便導致女性主角在愛情發展過程中，不是得以「死」爲抗議，就是得寄望於虛幻的靈異行爲，以幫助她擺脫現世的束縛或限制。而這樣的行爲特色延續到未婚女性的愛情階段，不但正好說明了她們現實的困境依然無法解決的困窘，對照之下，更無異揭穿了前文所言及那種表面的愛情的美好結局，說穿了不過是小說作者的理想國罷了，並非現實生活的倒影——文學成了寄託愛情夢想的理想國；而這個理想國，要靠小說作者去打造。

編號	主類型	子類型	吳王小女	河間男子	徐玄方女	鄭中婦人	李仲通婢	南徐士人	買粉兒	龐阿	王乙	盧李二生	薛肇	邛人	王宙	孫五哥	鄭生
1	①相處模式	私　會															
2		私　奔															

編號	模式	項目	細目	1	2	3	4	5	6	7	8	9	10	11	12
6		同　居													
8		共　歸						△							
9		偕　隱						△	△						
10		終　老													
14(2)	④契約模式	求婚		♂											
15		成夫婦禮		△											
16		成　婚													
18		冥　婚							△						
19		鬼　婚												△	
25		他　許											△		
27(1)	③分手模式	分　別													
33		遭　難													
34		解　難													
36(1)		病	♀	♀											
37		亡					△	△							
38(1)		殉死	♀後於♂												
(2)			♀先於♂												
(3)			♂隨♀魂亡												
45(1)	④重逢模式	重圓	今生												
(2)			來世												
(3)			陰陽												
(4)			鬼												
(5)			靈異												
46		復　活		△	△	△	△								
47		投　胎													
48	⑤溝通模式	表　白													
52	⑥報模式	報　復													
53		結　怨													

編號	主類型	子類型	韋皋	崔護	柳氏傳	飛煙傳	無雙傳	鶯鶯傳	鄂州南市女	吳小員外	金鳳釵記	聯芳樓記	渭塘奇遇記	秋香亭記	連理樹記	鸞鸞記	鳳尾草記
55(1)	⑦靈異模式	夢兆											△	△			
56		夢驗			△	△							△	△			
58(1)		離魂 ♂														△	
(2)		離魂 ♀															△
59		魂合													△		△
61		魂見	△								△						
63		以鬼來															
64		鬼作祟															
65		鬼寄身															
67	⑧情緒模式	閨怨												△			
73(1)	⑩規範模式	子嗣		△											△		
74		有子成器															
75		爲納妾															
76(1)		婦道	△												△		
77		旌表															
78		歸家省親													△		
81(1)		留贈（生別）	△														

編號	主類型	子類型	韋皋	崔護	柳氏傳	飛煙傳	無雙傳	鶯鶯傳	鄂州南市女	吳小員外	金鳳釵記	聯芳樓記	渭塘奇遇記	秋香亭記	連理樹記	鸞鸞記	鳳尾草記
1	①相處模式	私會											△				
2		私奔										△					
6		同居								△							
8		共歸				△											
9		偕隱														△	
10		終老											△				
14(2)	④契約模式	求婚 ♂										△					
15		成夫婦禮															
16		成婚		△								△	△				
18		冥婚															

編號	模式	類目													
19		鬼　　婚													
25		他　　許				△		△			△				
27(1)		分　　別													
33		遭　　難				△							△	△	△
34		解　　難					△							△	
36(1)		病　　♀						△		△				△	
37	③分手模式	亡													
38(1)		殉死	♀後於♂										△	△	
(2)			♀先於♂	△	△										
(3)			♂隨♀魂亡												
45(1)		重圓	今生	△	△		△		△				△		
(2)			來世	△											
(3)			陰陽						△						
(4)	④重逢模式		鬼												
(5)			靈異									△			
46		復　　活			△			△							
47		投　　胎		△											△
48	⑤溝通模式	表　　白					△								
52	⑥報　模　式	報　　復													
53		結　　怨				△									
55(1)		夢　　兆									△				
56		夢　　驗									△				
58(1)		離魂	♂												
(2)	⑦靈異模式		♀												
59		魂　　合							△						
61		魂　　見				△									△
63		以　鬼　來							△						
64		鬼　作　祟							△						

編號	主類型	子類型	瓊奴傳	秋千會記	阿寶	陳雲樓	連城	青娥	阿繡	菱角	王桂庵	寄生	寶氏	宦娘	生王二	翟八姊
65		鬼寄身								△						
67	⑧情緒模式	閨怨														
73(1)		子嗣														
74		有子成器														
75		爲納妾														
76(1)	⑩規範模式	婦道														
77		旌表													△	
78		歸家省親								△						
81(1)		留贈（生別）														

編號	主類型	子類型		瓊奴傳	秋千會記	阿寶	陳雲樓	連城	青娥	阿繡	菱角	王桂庵	寄生	寶氏	宦娘	生王二	翟八姊
1		私會						△									
2		私奔				△	△										
6	①相處模式	同居															
9		偕隱							△								
10		終老															
14(2)		求婚	♂														
15		成夫婦禮															
16	④契約模式	成婚		△			△	△				△		△		
18		冥婚															
19		鬼婚															
25		他許					△										
27(1)		分別															
33		遭難		△													
34	③分手模式	解難		△													
36(1)		病♀				△								△			
37		亡															
38(1)		殉死	♀後於♂	△													

編號	模式	類	項目												
(2)			♀先於♂												
(3)			♂隨♀魂亡												
45(1)	④重逢模式	重圓	今生		△	△		△	△	△	△				
(2)			來世												
(3)			陰陽				△								
(4)			鬼												
(5)			靈異												
46			復活		△	△		△							
47			投胎												
48	⑤溝通模式		表白			△					△	△			
52	⑥報模式		報復												
53			結怨												
55(1)	⑦靈異模式		夢兆												
56			夢驗												
58(1)		離魂	♂												
(2)			♀												
59			魂合												
61			魂見												
63			以鬼來												
64			鬼作祟									△		△		
65			鬼寄身									△				
67	⑧情緒模式		閨怨												
73(1)	⑩規範模式		子嗣			△		△		△	△	△			
74			有子成器			△									
75			爲納妾			△	△								
76(1)			婦道			△									
77			旌表	△											
78			歸家省親											△	
81(1)			留贈（生別）												

（四）妓女類

「妓女類」女性主角的愛情結尾階段，仍然承續「發展」階段的悲情情調，呈現一個悲離多於喜合的局面。其行為主要表現在「契約模式」、「分手模式」及「靈異模式」，而以前二類模式建構出愛情結尾階段的骨幹。此外，除「報模式」及「角色模式」，餘雖皆有所表現，但是與前述諸類相較，顯然遜色許多，而這些零星表現的行為，一般可視為上述二骨幹行為模式的參照。

就「契約模式」言，妓女們在愛情「結尾」階段所表現出的行為取向，集中於「成婚」、「從良」兩項，此外「鬼夫妻」及「約後期（來生）」亦有單例出現。這樣的現象，尚須與「溝通模式」互相參看。在「結尾」階段中，「契約模式」出現頻率極高，而「溝通模式」則明顯偏低；這與「發展」階段幾乎不曾出現「契約模式」，但「溝通模式」偏高的現象，呈一明顯對比。其中原因，應與「妓女」的特殊身份有極密切的關係。妓女的社會形象，本就與楊花水性、朝三暮四畫上等號，且亦非自由之身；因此不論是口頭上的誓約、或是白紙黑字的婚書，前者既顯得可笑而不足信，後者則得之非易。因此在愛情的「發展」階段，「契約模式」的行為取向對「妓女」角色來說，遂顯得無訴求點而多餘，如要表白真心，也不須指天畫地，只要誠誠懇懇的剖心以對（或以實際行動表示），即可見其真情。在「妓女類」的愛情發展階段，「溝通模式」的「表白」較之於「契約模式」諸項的出現頻率要高出許多，其原因也正在於此。但進入愛情的「結尾」部份時，愛情的歷程將要告一段落，此時該說的早已說盡，「表白」的行為出現頻率便大幅萎縮；但如果指向一個有情人終成眷屬的結局，不論生死，以具有「契約」意義或效力的行為來保障兩人的固定關係、宣示「愛情」的圓滿落幕，卻顯得有其必要了。因此在愛情「結尾」階段，「契約模式」便大幅取代「溝通模式」而出現頻率明顯偏高。而由其行為取向集中表現於以「成婚」、「從良」，更可以看出，嫁為人婦，擁有一個普通女性的家庭定位，正是妓女們夢寐以求的美好結局。

不過，當我們為這些妓女們慶幸終能走向「從良」→「成婚」的美好結局時，是否她們「從此就過著幸福美滿的日子」，卻也不盡然。固然，在「契約模式」之後，亦可見「規範模式」的行為取向成組出現，可見一旦妓女的愛情成為良緣之後，她們的確是努力達到賢妻良妾的標準以維護得來不易的

幸福；然而，除了少數幾例外，其實大部份的良緣竟是嘎然而止，女主角並沒有和另一半白首偕老。由「分手模式」及「靈異模式」可以看出，不論是在愛情「發展」或「結尾」階段從良成婚者，其中的女性主角屢可見以「殉死」收場，或只能聊以一縷芳魂現身以慰對方相思（「魂見」）。更別說其他無法如願與情郎結為連理者，不論是被棄，或者對方先亡、誤期，最終也多是落個花自飄零水自流、良辰美景奈何天。不過，雖然妓女在認清愛情落空之後，頻頻可見其以「分手模式」中「亡」或「殉死」等行為來結束所有的貪嗔癡愛；但她們卻不干心默默死去，「靈異模式」中諸般行為取向的出現，正是表白了這些生前含怨而亡芳魂的種種不平之鳴：她們或是藉夢境傾訴（「夢驗」），或乾脆顯魂相告（「魂見」），好使存者明白她們的期望、失落與哀愁，或甚至獲得應有的懲罰。在「妓女類」的愛情故事中，有將近七成的比例是以死別為收場，因此不論妓女們的愛情是否能夠開花結果，她們的宿命，似乎就是一旦不顧一切地為愛情獻身，便只有死而後已。唯有少數的例子獨為作者所青睞，跳出宿命藩籬，得以全身而退。

　　其實，正如在妓女愛情的「發展」階段中所指出者，「愛情」對於「妓女」而言，是不可能甚至可笑的，當我們的女性主角對之癡迷不悟時，她等於向許多既有的社會價值、成見、規律挑戰；她所負擔的，是來自各方的質疑、壓迫、甚至同路人背叛的風險。因此，如果愛情成功了，她當然會比一般女性更加珍視得來不易的良緣（「規範模式」）、為維護它而至死方休（「分手模式」的「殉死」）；如果失落了，當初傾生命全力為之努力奮戰的目標一旦落空，則天地雖大，卻似乎頓失人生的目標與意義，空虛的生命還有什麼值得留戀（「分手模式」）？當然也是唯死而已。而死亡的世界，對妓女而言其實是另一個真正平等的天地。藉著死亡的契機，她可以超越人間社會的不平等，或是使她獲得應有的尊重（如〈吳女盈盈〉之登錄仙籍），或是使她擺脫身份的陰影得享一個普通人的尊嚴（如〈愛卿傳〉之投胎為男）——但也許最重要的，是死亡可以幫助她擺脫現實世界的遊戲規則而達到生前的願望，這願望，也許是有情人終成眷屬（「契約模式」的「鬼夫妻」），或許是懲罰背叛者（「靈異模式」的「鬼作祟」）。總之，對妓女角色而言，不論「愛情」為她帶來的是人生的轉機或肉體的毀滅，可以確定的是，因為「愛情」，使她發掘出自己生命中的尊嚴，而這份尊嚴，值得生死以之。

編號	主類型	子類型		李娃傳	霍小玉傳	楊倡傳	韋氏子	歐陽詹	歐陽詹附	薛宜僚	吳女盈盈	古田倡	傅九林小姐	愛卿傳	瑞雲	彭海秋
3	①相處模式	歡好									△			△		
9		偕隱											△			
5																
16	②契約模式	成婚		△											△	△
17		從良		△						△					△	△
19		鬼夫妻											△			
21(1)		約後期	今生													
(2)			來世											△		
27(1)	③分手模式	分別	思歸												△	
33		遭難													△	
34		解難													△	
37		亡			△							△				
38(1)		殉死	♀後於♂			△				△						
(2)			♀先於♂						△					△		
45(1)	④重逢模式	重圓		△				△								
48	⑤溝通模式	表白												△		
55(1)	⑦靈異模式	夢兆	分離		△											
(2)			重圓		△											
(3)			死亡									△				
56		夢驗			△							△				△
61		魂見					△					△		△		
64		鬼作祟			△											
68	⑧情緒模式	寥落										△				
73(1)	⑩規範模式	子嗣		△												△
74		有子成器		△												
76(1)		婦道	助功名	△												
80		離鴇		△												
81(1)		留贈（死別）		△												
82		遺物											△			

（五）鬼　類

「鬼類」愛情故事進入愛情的「結尾」階段，女性主角的行為取向與其「發展」階段的發展有極大的差異。「發展」階段極佔優勢、象徵「合」的「相處模式」及「溝通模式」、「情緒模式」等，在「結尾」階段，如「相處模式」亦有所表現，但相較於「發展」階段，其出現頻率已大幅降低，而為象徵「離」的「分手模式」後來居上，取代其對於女鬼愛情發展態勢的影響力。此外，「結尾」階段的「相處模式」，其表現多半集中於「私會」一項之上，而這種現象，只是延續「發展」階段的走勢，並不對女鬼愛情「結尾」階段的發展具有指標性。至於「溝通模式」及「情緒模式」，前者減少至只見零星兩三例，後者則完全消失。可見「結尾」階段對於女鬼愛情的終結，上述具有過程性的行為已漸告退場，取而代之的將是具有結論性質的行為。至於在女鬼愛情「結尾」階段出現頻率最高的，是「分手模式」的「分別」一項，其次為「規範模式」的「留贈」及「角色模式」的「揭穿」，再次為「契約模式」的「成婚」，最後為「分手模式」的「逸去」及「重逢模式」的「復活」。其他幾項表現頻率雖不若前者，但是亦可為參照者，如「契約模式」的「負約」、「規範模式」的「子嗣」、以及「靈異模式」的「魂見」及「鬼作祟」等。其餘各項，出現頻率皆低，對於女鬼愛情「結尾」階段行為意義的解析影響不大。

由上述各主要行為取向的趨勢來看，女鬼愛情「結尾」階段行為很明顯得呈兩類極端發展，一是以「分手模式」的「分別」為主的「悲離」，包括「分手模式」的「逸去」、「契約模式」的「負約」、「角色模式」的「揭穿」、「靈異模式」的「魂見」、「鬼作祟」，及「規範模式」的「留贈」、「子嗣」，皆是以前者為中心而發展的行為取向。一是以「契約模式」的「成婚」為主的「歡合」，其附屬行為主要則為「重逢模式」的「復活」等。這兩組行為取向中，分別位居兩者行為模式綱領的「分別」及「成婚」兩項，前者的出現頻率不但高出後者許多，且其週邊行為取向較後者為複雜多樣。顯示女鬼愛情「結尾」階段是以前者為主奏，後者為變調。而這與其「發展」階段所展現出的以「合」為主旋律的型態，顯然不同。

女鬼愛情的「結尾」階段既以「分手模式」為主，自然也意味女鬼的愛情結局正是如此。由於敘述者敘述角度、重點的差異，使女鬼與男性主角的分別行為，遂有些許的細微差異。如「分別」、「逸去」、「驅去」等項，皆是強調男女主角分別時的行為狀態——「分別」強調分手時女性主角與對方的

互動關係,「逸去」重點在於女性主角離開對方時的意願狀態,「驅去」則強調女性主角離去時的被迫情境。女性主角發生這些行為時,重點在於其「行為狀態」,而非「身體狀態」。而「病」、「亡」、「屍變損壞」、「銷毀」,重點在其「身體狀態」,專指女性主角形體銷融的原因。不論其敘述重點如何,除了「分別」中的「♀(女性主角)消失」及「逸去」的「主動」外,其餘使女性主角發生分別事實的,皆無關乎愛情當事人感情本身是否變質的問題,而多來自第三者的外力壓迫(如「分別」的「♂(男性主角)離去」、「逸去」的「被迫」、「驅去」、「銷毀」),或者不可抗拒的自然定律(「病」、「亡」)。前者,尤其與女鬼的特殊身份有關。因為這些外力的壓迫,幾乎都是衝著這位女性主角之為「鬼」的身份而施壓;即使問題是出在愛情兩造的某一方,如「契約模式」的「負約」一項,便是男性主角違背與女性主角的約定;但女鬼在此所遭遇的仍不是愛情的背叛,而多半只是由於男方的粗心或好奇,才使雙方的約定無法允踐。總之,誠如「發展」階段所指出的,身份的特殊性始終是女鬼所背負的宿命包袱,女鬼們遭遇到上述這些被壓迫的行為而無法反擊掙脫,當然她們的愛情也只能以破碎殘夢收場。

　　更能印證這層身份悲劇宿命對愛情的影響者,是「角色模式」的「揭穿」一項。其實「揭穿」的行為功能與「分手模式」是十分一致的,但是由於這項行為模式只見於「鬼類」及「妖類」的女性主角身上,可見其行為之所以發生,乃是針對這兩類角色的特殊身份,將之歸類為「角色模式」,更能使其行為意義得以特別突顯。對照小說文本,可以發現,「揭穿」這項行為模式,如果單獨出現,往往具有「分手模式」相同的結尾效應:宣告女鬼愛情的破碎;如果配合前述兩項兩類主要結尾行為模式(「契約模式」與「分手模式」)出現,則絕大部份是與「分手模式」搭配成為一組具有因果關係的結尾模式,與「契約模式」則幾乎不具關聯性(除〈金鳳釵記〉)。由此可見,「揭穿」的行為意義,既與「分手模式」有如此密切的關係,而其行為的發生,又是來自角色身份的特殊性,顯然女鬼的愛情結局如何,「身份」的限制能否突破,是關鍵所在。

　　女鬼愛情結局的悲歌如此顯而易見,除由「分手模式」諸項及「角色模式」的「揭穿」共譜其主旋律外,另有一些次要的行為模式,包括「分手模式」的「殺人」、「報模式」的「報復」、「靈異模式」的「魂見」、「鬼作祟」,及「規範模式」的「留贈」、「子嗣」等附屬的行為取向,它們正如同樂曲的

裝飾音般，沒有它們，樂曲一樣進行，有了它們，將使這些悲歌更具華麗感。這些行為模式出現頻率雖不是那麼高，亦對人物行為亦不具決定性的影響力；但它們點綴於整段悲離的末尾，卻足以使前述這些分別的行動情境顯得更為悲烈、行為意涵更見豐富，使女鬼愛情歷程的結束更形完整。在情調上，前三組行為模式與後一組是全然相異的，前者傾向於營造一股幽魅的、詭異的氣氛，多半是女鬼不平之氣的宣洩；後者，則溫暖、感傷，著重女鬼與對方情感的戀戀不捨。這樣行為表現，其實也是對於女鬼因身份宿命而不得不結束愛情的無奈的一種消極反彈。如前所言，女鬼愛情走向毀滅的結果，往往是其身份的非戰之罪，對於宿命的當下安排既無法抵抗，只有事後加以補償。因此，不平者以報復的動作宣示自己的抗議，而呼應其「鬼」的淒厲身份，甚至有殘酷殺人的情形發生；至於認命者便是留下自己的雪泥鴻爪或與對方的骨血結晶，以供憑弔，使這段愛情顯得餘韻無窮。兩者相較，女鬼還是傾向於採取後者的方式——而由此可見，傳統小說作者對於愛情與宿命多半還是存在著一種容忍與諒解的心理，使得女鬼的愛情終究得以以一段美麗追憶的面貌留存下來。

雖然女鬼的愛情以悲劇收尾者為主，但是仍可見有情人終成眷屬的歡喜收場。由「契約模式」的「成婚」一項表現頻率亦不算太低來看，女鬼的愛情仍能有甜蜜的結尾，而且更可以結論出一段穩定的男女關係：婚姻。可見其宿命還是容許些許轉機，而這層轉機便是存在於「重逢模式」的「復活」與「投胎」之中。如前所言，女鬼愛情最大的困境，便是因「身份」之故而無法與情郎結合，甚至因此而分手。前述兩項行為功能，便是打破身份桎梏，使女鬼由陰返陽，與對方重圓。值得注意的是，它們亦具有「靈異」性質——女鬼與凡男的愛情，若置於現實世界之中，本不可能發生，因為女鬼與男性主角既欲處於人間、依照人間的那套愛情模式行事，他們就必須遵守其中的遊戲規則；而在現實人間，人鬼是不可能結合的。因此，試看即使在「發展」階段有人鬼成婚之例，在「結尾」都遭到女鬼身份被揭穿而導致二人黯然分手的結局。一旦人鬼婚戀關係必須攤開在陽光下接受檢驗，只有「見光死」了。解決途徑，便是以超現實的方式行事以擺脫現實界規則的權力範圍，或者跳脫鬼身份以迎合現實界的條件要求。其實「復活」與「投胎」自有殊途同歸的意義，後者是解決前述愛情困境的方法，前者是欲達成的目的。不論「復活」或者「投胎」，其既為超現實的方法，又使女鬼擺脫其身份「重新

做人」，正是為女鬼扭轉其愛情危機的最佳途徑。但這兩種方式的運用，集中出現於魏晉及清代；相較之下，唐宋的女鬼都較為認命而接受宿命的安排。此外，「復活」與「投胎」相較，前者尤多於後者，顯然女鬼（或者小說作者兼敘述者）的愛情多求現世的實現，而較不寄望來生的承諾。

　　女鬼的愛情，注定必須以殘破收場，但越至後代，其結局卻往往出現令人欣慰的團圓場面。事實上，不論再怎麼認命，並不意味該就此放棄希望——在「契約模式」中有一項單例的「鬼婚」，雖不足以形成女鬼的行為模式，但這位宋代女鬼對愛情的鍥而不捨，乃至把情郎拉去一併做鬼，好永世相依相隨，卻可以預見後世的女性同類那種絕不認命、為愛情而奮鬥的積極態度。不同時代女鬼對自己愛情不同的態度，其實正寓寄了這類非人女性主生命內涵的提昇，及敘述者對愛情價值的重新定位。

編號	主類型	子類型		吳祥	秦樹	徐玄方女	章沚	周秦行記	不詳	李仲文女	劉長史女	張果女	盧充	談生	鍾繇	李陶	王玄之
1	①相處模式	私　　會							△			△					
2		私　　奔								△							
3		歡　　好															
4		強　　合															
5		招　　待															
6		相　　從															
7		求　同　歸															
12		來往不絕															
16	②契約模式	成　　婚					△										
19		鬼　　婚															
21(1)		約後期	今　生				△										
(2)			來　世														
22		赴　　約						△			△	△					
23		負　　約								△					△		
27(1)	③分手模式	分別	思　歸														
(3)			♂離去	△		△	△				△	△		△	△	△	△
(4)			♀消失														

No.	模式	類	子類													
30(1)		驅去	符													
(2)		驅去	道士													
33		遭難														
34		解難														
36(1)		(鬼)病	♀													
37		亡														
40		屍變損壞														
41(1)		銷毀														
43(1)		殺人	成功													
(2)		殺人	未遂													
45(1)	④重逢模式	重圓														
46		復活			△						△	△				
47		投胎														
48	⑤溝通模式	表白														
52	⑥報模式	報復														
59	⑦靈異模式	魂合														
60		召魂														
61		魂見														
64		鬼作祟														
66		借屍還魂														
69(1)	⑨角色模式	現形														
70(1)		異狀														
71(1)		揭穿	見棺墓													
(2)		揭穿	自承						△				△	△		
(3)		揭穿	旁人說聞													
(4)		揭穿	遺物洩露	△										△		
73(1)	⑩規範模式	子嗣	陽				△			·			△			
(2)		子嗣	陰													
74		有子成器														

78		歸家省親													
79		告父母									△				
81(1)		留贈		△		△						△	△		△

編號	主類型	子類型		王敬伯	李章武	華州參軍	曾季衡	謝翺	獨孤穆	王志	道德里書生	新繁縣令	范俶	李咸	王垂	鄔濤	顏濬
1	①相處模式	私會					△			△							
2		私奔				△											
3		歡好			△		△	△	△								
4		強合															
5		招待															
6		相從															
7		求同歸															
12		來往不絕															
16	②契約模式	成婚															
19		鬼婚															
21(1)		約後期	今生														
(2)			來世														
22		赴約															
23		負約															
27(1)	③分手模式	分別	思歸														
(3)			♂離去	△		△					△					△	△
(4)			♀消失		△												
29(1)		逸去	主動											△	△		
(2)			被迫										△				
30(1)		驅去	符														
(2)			道士														
33		遭難															
34		解難															

36(1)		(鬼)病	♀														
37			亡														
40			屍變損壞														
41(1)			銷　毀														
43(1)		殺人	成　功										△				
(2)			未　遂									△					
45(1)	④重逢模式		重　圓														
46			復　活														
47			投　胎														
48	⑤溝通模式		表　白			△											
52	⑥報模式		報　復														
59			魂　合														
60			召　魂														
61	⑦靈異模式		魂　見		△	△											
64			鬼　作　崇									△						
66			借屍還魂														
69(1)			現　形														
70(1)			異　狀										△				
71(1)	⑨角色模式		見棺墓														
(2)		揭穿	自　承							△							
(3)			旁人說聞														
(4)			遺物洩露		△												
(5)			遺　物									△					
73(1)	⑩規範模式	子嗣	陽														
(2)			陰														
74			有子成器														
78			歸家省親														
79			告父母														
81(1)			留　贈	△	△				△		△						△
82			遺　物										△				

編號	主類型	子類型		李雲	蔣通判女	葉若谷	京師異婦人	饒州官廨	楊大同	乘氏疑獄	陳王猷婦	緝雲鬼仙	莫小儒人	劉子昂	趙七使	餘杭宗女	胡氏子
1	①相處模式	私會						△									
2		私奔															
3		歡好															
4		強合		△													
5		招待															
6		相從															
7		求同歸															
11		來去自如									△						
12		來往不絕									△						
16	②契約模式	成婚															△
19		鬼婚															
21(1)		約後期	今生														
(2)			來世														
22		赴約															
23		負約															
27(1)	③分手模式	分別	思歸														
(3)			♂離去						△						△		
(4)			♀消失			△				△							
29(1)		逸去	主動			△											
(2)			被迫														
30(1)		驅去	符														
(2)			道士														
33		遭難															
34		解難															
36(1)		(鬼)病	♀														
37		亡															
40		屍變損壞															
41(1)		銷毀														△	

編號	主類型	子類型		京師酒肆	童銀匠	大儀古驛	張客奇遇	張相公夫人	呂使君宅	史翁女	南陵美婦人	金鳳釵記	滕穆醉遊聚景園記	牡丹亭記	綠衣人傳	田洙遇薛濤聯句記	秋夕訪琵琶亭記
43(1)		殺人	成功														
(2)			未遂							△							
45(1)	④重逢模式	重圓															
46		復活															△
47		投胎															
48	⑤溝通模式	表白							△							△	
52	⑥報模式	報復		△													
59	⑦靈異模式	魂合															
60		召魂															
61		魂見		△											△		
64		鬼作祟								△	△						△
66		借屍還魂															
69(1)	⑨角色模式	現形															△
70(1)		異狀				△	△										△
71(1)		揭穿	見棺墓									△					
(2)			自承						△					△			
(3)			旁人說聞														△
(4)			遺物洩露														
73(1)	⑩規範模式	子嗣	陽														△
(2)			陰												△		
74		有子成器															
78		歸家省親															
79		告父母															
81(1)		留贈															

編號	主類型	子類型	京師酒肆	童銀匠	大儀古驛	張客奇遇	張相公夫人	呂使君宅	史翁女	南陵美婦人	金鳳釵記	滕穆醉遊聚景園記	牡丹亭記	綠衣人傳	田洙遇薛濤聯句記	秋夕訪琵琶亭記
1	①相處模式	私會				△					△					
2		私奔														
3		歡好														

4		強合											
5		招待							△				
6		相從											
7		求同歸				△							
12		來往不絕											
16	②契約模式	成婚								△			
19		鬼婚									△		
21(1)		約後期 今生							△				
(2)		來世											
22		赴約											
23		負約											
27(1)		分別 思歸											
(3)		分別 ♂離去					△	△	△			△	△
(4)		分別 ♀消失											
29(1)		逸去 主動			△			△					
(2)		逸去 被迫									△		
30(1)		驅去 符											
(2)		驅去 道士											
33	③分手模式	遭難											
34		解難											
36(1)		(鬼)病 ♀									△		
37		亡									△		
40		屍變損壞											
41(1)		銷毀											
43(1)		殺人 成功											
(2)		殺人 未遂											
45(1)	④重逢模式	重圓											
46		復活											
47		投胎											
48	⑤溝通模式	表白							△				

編號	主類型	子類型	聶小倩	巧娘	林四娘	魯公女	晚霞	連瑣	阿霞	公孫五娘	梅女	伍秋月	小謝	愛奴	呂無病	房文淑	鬼妻
52	⑥報模式	報　復				△											
59	⑦靈異模式	魂　合								△							
60		召　魂															
61		魂　見															
64		鬼作祟															
66		借屍還魂															
69(1)	⑨角色模式	現　形															
70(1)		異　狀															
71(1)		揭穿／見棺墓															
(2)		揭穿／自承	△	△													
(3)		揭穿／旁人說聞								△							
(4)		揭穿／遺物洩露									△						
73(1)	⑩規範模式	子嗣／陽															
(2)		子嗣／陰															
74		有子成器															
78		歸家省親								△							
79		告父母															
81(1)		留　贈			△	△				△					△	△	

編號	主類型	子類型	聶小倩	巧娘	林四娘	魯公女	晚霞	連瑣	阿霞	公孫五娘	梅女	伍秋月	小謝	愛奴	呂無病	房文淑	鬼妻
1	①相處模式	私　會															
2		私　奔															
3		歡　好															
4		強　合															
5		招　待															
6		相　從															
7		求同歸												△			
12		來往不絕															
16	②契約模式	成　婚		△		△	△			△	△	△	△				
19		鬼　婚															

編號	模式	分類	項目	1	2	3	4	5	6	7	8	9	10	11	12	13	14
21(1)		約後期	今生														
(2)			來世								△	△					
22		赴　約															
23		負　約								△				△			△
27(1)	③分手模式	分別	思歸														
(3)			♂離去	△	△					△	△					△	
(4)			♀消失											△			
29(1)		逸去	主動														
(2)			被迫														△
30(1)		驅去	符														
(2)			道士														
33		遭　難												△			
34		解　難		△						△							
36(1)		(鬼)病	♀														
37		亡			△												
40		屍變損壞											△				
41(1)		銷　毀															
43(1)		殺人	成功														
(2)			未遂														
45(1)	④重逢模式	重　圓		△		△	△										
46		復　活				△	△					△					
47		投　胎					△				△	△					
48	⑤溝通模式	表　白															
52	⑥報模式	報　復															△
59		魂　合															
60		召　魂															
61	⑦靈異模式	魂　見															△
64		鬼作崇															
66		借屍還魂											△				
69(1)	⑨角色模式	現　形															
70(1)		異　狀															

71(1)	揭穿	見棺墓										
(2)		自　承										
(3)		旁人說聞										
(4)		遺物洩露										
73(1)	子嗣	陽	△			△						△
(2)		陰										
74	⑩規範模式	有子成器	△									
78		歸家省親										
79		告　父　母										
81(1)		留　贈		△			△					△

（六）妖　類

　　「妖類」女性主角的愛情進入「結尾」階段，其行為模式較「發展」階段更趨向簡單化。而同樣是「非人」類的女性主角，雖然其篇章較「鬼類」為多，但「結尾」階段的行為模式卻較後者更為單純，所表現出的各類行為模式中，除「情緒模式」依然未見，其餘各類則出現頻率強弱對比極強。其中，「報模式」、「靈異模式」及「契約模式」皆只見零星兩三例。「規範模式」尚差強人意，出現頻率雖然不是很高，但是尚稱平均。至於在女妖愛情「發展」階段表現最強的「相處模式」、「溝通模式」，在「結尾」階段不但行為子類種類大減，且出現頻率亦大為降低，不復「發展」階段氣勢如虹之感。「重逢模式」雖亦有表現，出現頻率稍高於前者「相處模式」及「溝通模式」的表現，但只集中於一個單項，勢力亦顯單薄。唯有「分手模式」為愛情「結尾」階段諸行為模式中表現最繁、頻率最高者；其次則為「角色模式」，其行為取向種類雖然不多，但出現頻率普遍偏高，尤其「現形」一項，其出現頻率之高甚為「結尾」階段所有子類行為取向之冠。由上述這種行為模式分佈的趨勢來看，各類象徵「合」的行為模式表現普遍貧弱且種類亦傾向簡單；而象徵「離」情境的行為模式則有很強勢的表現，顯然女妖愛情「結尾」階段乃是呈現一個以「分手模式」及「角色模式」為主的「悲離」情境。此與其愛情「發展」階段以「歡合」為主的愛情情調是大不相同。

　　「角色模式」與「分手模式」在女妖愛情的「結尾」階段關係之密切，乃前述各類女性主角、甚至女妖愛情「發展」階段所未見者。如前所言，構

成女妖愛情「結尾」階段「悲離」情境的兩個主要模式，即在於「角色模式」與「分手模式」，前者主要集中表現於「現形」，後者主要集中表現於「逸去」，其次為「驅去」、「亡」、「追殺」等，餘者則出現頻率極低。對照小說文本，我們可以發現，「現形」與上述「分手模式」中的各子類行為取向，彼此之間往往具有因果關係；反映在情節結構上者，便是一旦女妖發生「現形」的行為，往往接著便導致上述「分手模式」的行為的發生，而通常後者便是此類人物的最後一個動作、以及小說的尾聲。試看女妖不論自己離去以煉道求超昇或幸得自保，或是遭人追殺而橫屍慘死，或是為去悅情郎而橫遭死亡，種種愛情失落的皆是肇因於自己「妖」的身份。再對照「契約模式」，其「負約」一項只見一例，而前述「分手模式」中，「負心」一項亦然——這些行為現象，更清楚得說明了女妖的愛情的失落，無關乎愛情當事人那一方感情背叛的問題，而是在於自己、在於她是一個「異類」！觀照女妖愛情「發展」階段，可以見到女妖的愛情雖然難免感官主義傾向，但論她們確為愛情投入相當的熱情與真心，也為維護愛情而做出種種努力；然而到頭來導致甜夢落空的，卻是自己本身的因素，這無寧是她們最無奈之處吧。

　　愛情「結尾」階段所顯示的女妖與對方分手之因，乃是來自身份的宿命悲劇，這點不但呼應其「發展」階段行為取向所透露出的訊息，亦與「女鬼」的情況極為類似。但女鬼在其愛情「發展」階段將結束前，往往出現「重逢模式」的行為取向，甚至可見「靈異模式」等足以打破「鬼」身份的超現實行為；因此，在女鬼愛情「結尾」階段，便可見女鬼快快樂樂地再世為人，行使具有「有情人終成眷屬」功能的「契約模式」及其他「重逢模式」中的若干行為。但女妖則不然，一方面，由「靈異模式」的缺席，及「角色模式」的「現形」一項為所有子類行為出現頻率最高等行為現象，可見女妖並不如女鬼般享有「轉換身份」的機運，「現出原形」往往便是她們的終極命運。另一方面，其雖具有「重逢模式」，但是，如女鬼所擁有扭轉悲劇命運的行為功能，此則付之闕如。對照小說文本，可以發現，「重逢模式」多與「分手模式」中的「解難」〔註75〕發生聯繫，尤其「解難」與「重逢模式」中的「重圓（今生）」之間，更存在著一種因果關係。誠然，女妖與對方在愛情的發展過程中，

〔註75〕單就其行為內涵言，「解難」，其實不應屬於「分手模式」，因為其往往導致男女雙方的重逢或復和；但因此行為通常是來自「遭難」，而「遭難」則確然為「分手」的肇因，因此將「解難」附屬於「分手模式」中。

若因經歷挫折分散而後再度重逢，則這次重逢，正可突顯彼此之間愛情的眞摯，使彼此的情意更加堅定。而因爲愛情的更加確定，或許它可以因此引發一個生生世世相廝相守的決心，這決心足以沖破宿命的藩籬，使有情人終成眷屬；或者，雖不能朝朝暮暮，至少也能偶爾相逢──表現於行爲模式者，便是「相處模式」及「契約模式」等諸行爲子類。這些行爲模式的表現，確爲一片悲氛之中，增添幾抹喜劇色彩。這一類以喜劇收束愛情的行爲，集中出現於清代《聊齋》；唐雖亦可見，但少之又少。歸根究底，在重逢之後，女妖之爲一個「異類」的身份本質並沒有改變；因此，「重逢模式」往往依然導向了「分手模式」，它對於女妖愛情的意義，只是一個過渡性質的行爲，延長了最終的分手結局的到來而已。不過，儘管「重圓」一項模式本身並不具備指標性功能，但是其多集中於「今生」的團圓，則可見女妖行爲取向的現世主義色彩。她們追求的是一個現世、當下的愛情，可以爲今世的相逢而生死以之，絕不寄望虛渺的來生。

這種重視實際的態度，還表現在「規範模式」方面。在「規範模式」中，以「子嗣」、「婦道」、「留贈」最爲多見，雖然頻率不是十分高，但依然具有模式的意義。這些子類表現，與女妖愛情「發展」階段「規範模式」的現象與分佈十分近似。一方面，女妖在「結尾」階段的「相處模式」，表現爲「同居」、「來往不絕」等，而其「契約模式」中，則幾乎不見「成婚」的例子出現；顯然女妖若得與情郎相守，其身份也多非正室，甚至不求名份，愛來就來，想去便去。然而另一方面，我們由「規範模式」卻可見到，在如此無名份的狀況下，女妖竟能如此無怨無悔的付出；甚至即使無法相守以終，臨去時仍以物品相贈以爲紀念──可見其體內雖流動著非我族類的血液，在情感上卻是有情有義，早已人性已超越了妖性，這正是女妖的難得之處。

此外，在女妖的愛情「結尾」階段，雖然「報模式」的行爲非常少見，但上述「規範模式」所表現出來者，卻未嘗不是一種「報」──女妖們努力做出符合社會對於賢婦的要求，以報答社會所容許她們得以與情郎廝守的決心，或者情郎對她們的「不棄」。「報恩」之外，並未相對可見太多「報復」之舉。雖然「分手模式」中頗可見女妖「殺人」行爲，但那多是基於其妖性未改之故，動機並非出於「報復」。事實上，即使在「分手模式」及「角色模式」中，女妖頻遭驅趕、追殺，即使遭遇不幸，卻多是抱著一種認命的態度，未見因此而尋仇報復者；有者，也是因爲報復男性主角欺騙其感情（〈醜狐〉）。

由此看來，對於因愛而露出形跡遂遭不測，依然絲毫無悔；對於竟能突破阻礙而保全廝守，則充滿感激——戀愛中的女妖，眞是可憐又可敬，無怪歷來作者對其青睞有加。

由女妖愛情「結尾」階段所表現出的種種行爲來看，女妖一如女鬼，愛情的困局就在於其「異類」身份所形成的宿命桎錮；但其異於女鬼者，在於她們沒有擺脫這層宿命的契機。漂浮在愛情海中的女妖，就如做繭自縛的蟲，女妖的原形身份就如一根命運之絲，永遠把她綁吊在宿命之樹上。她或者就此認命，不要追逐愛情之流波，甘心故我，或可保全生命；如果想掙脫，除非破繭而出羽化成另一個全新的生命，否則便是隨繭墜落地面，終究困死於繭內——不幸的是，這正是大多數女妖的下場。至於清代那些僥倖得以矇混世人濁目而與男性主角共渡餘生的幸運兒，若非小說作者對這些異類女性青眼有加，依然無法跳脫其宿命而享受到這些特殊待遇。

編號	主類型	子類型		徐邈	王雙	登封士人	蔣教授	蓮花公主	綠衣女	張福	丁初	陽醜奴	謝宗	張方	鍾道	白水素女	朱法公	隋文帝
6	①相處模式	同居						△										
10		終老																
12		來往不絕																
13		偶往來													△			
16	②契約模式	成婚																
21(1)		約後期	今生															
(2)			來世															
23		負約																
27(1)	③分手模式	分別	思歸(♀)															
29(1)		逸去	主動			△			△	△	△	△				△	△	△
(2)			被迫															
30(1)		驅去	符															
(2)			僧道尼															
(3)			物															
(4)			親友															
(5)			♀															

31(1)		攜子去	隨母去													
(2)			變形													
(3)			隨母亡													
32			負心													
33			遭難				△									
34			解難				△	△								
35			中計（♀）													
36(1)		病	♀													
(2)			♂													
37			亡													
41(1)		摧毀	♂													
(2)			親友													
42(1)		追殺	人						△			△			△	△
(2)			物													
43(1)		殺人	情人			△										
(2)			夫（子）													
44(1)	④重逢模式	重圓	今生													
(2)			來世													
45(1)			復和													
47			投胎													
48	⑤溝通模式		表白											△		
50			受恩													
51	⑥報模式		報恩													
52			報復													
54			求助													
64	⑦靈異模式		作祟													
69(1)		現形	現形	△	△	△	△		△	△	△	△		△		
(2)	⑨角色模式		自承													
70(1)			異行													
(2)			變形													

編號	主類型	子類型																	
(3)		復　形																	
71(3)		揭穿	旁人說聞																
(4)			遺物洩露																
73(1)		子嗣	物										△						
(2)			人																
75		為納妾																	
76(1)	⑩規範模式	婦道	助功名																
(2)			持　家																
81(1)		留贈（生別）																	
82		遺　物																	

編號	主類型	子類型		鄧元佐	白秋練	袁雙	天寶選人	申屠澄	崔濤	劉狗	元佶	李汾	冀州刺史子	梁瑩	黎氏	花姑子	淳于矜	孫乞
6		同　居																
10	①相處模式	終　老			△													
12		來往不絕																△
13		偶　往　來																
16		成　婚																
21(1)	②契約模式	約後期	今　生															
(2)			來　世															
23		負　約																
27(1)		分別	思歸(♂)					△										
29(1)		逸去	主　動			△	△	△				△	△	△				
(2)			被　迫															
30(1)	③分手模式	驅去	符															
(2)			僧道尼															
(3)			物															
(4)			親　友															
(5)			♂															

序號	模式	類	子類													
31(1)		攜子去	隨母去													
(2)		攜子去	變形													
(3)		攜子去	隨母亡													
32		負心														
33		遭難														
34		解難		△									△			
35		中計（♀）														
36(1)		病	♀	△												
(2)		病	♂													
37		亡												△		
41(1)		摧毀	♂													
(2)		摧毀	親友													
42(1)		追殺	人						△	△						
(2)		追殺	物													
43(1)		殺人	情人													
(2)		殺人	夫（子）					△			△	△				
44(1)	④重逢模式	重圓	今生											△		
(2)	④重逢模式	重圓	來世													
45(1)	④重逢模式	復和														
47	④重逢模式	投胎														
48	⑤溝通模式	表白				△								△		
50		受恩														
51	⑥報模式	報恩														
52	⑥報模式	報復														
54	⑥報模式	求助														
64	⑦靈異模式	作祟														
69(1)		現形	現形	△						△	△	△		△	△	
(2)	⑨角色模式	現形	自承													
70(1)			異行								△					
(2)			變形			△										

編號	主類型	子類型		鄭氏子	茶僕崔三	陳義	任氏傳	上官翼	王苞	薛迥	賀蘭進明	王黯	王璿	李鷹	僧晏通	李參軍	計員	姚坤
(3)		復形					△	△										
71(3)		揭穿	旁人說聞															
(4)			遺物洩露															
73(1)	⑩規範模式	子嗣	物											△				
(2)			人						△									
75		為納妾																
76(1)		婦道	助功名															
(2)			持家															
81(1)		留贈（生別）																
82		遺物								△								

編號	主類型	子類型		鄭氏子	茶僕崔三	陳義	任氏傳	上官翼	王苞	薛迥	賀蘭進明	王黯	王璿	李鷹	僧晏通	李參軍	計員	姚坤
6	①相處模式	同居																
10		終老																
12		來往不絕			△													
13		偶往來																
16	②契約模式	成婚																
21(1)		約後期	今生															
(2)			來世															
23		負約																
27(1)	③分手模式	分別	思歸（♂）															
29(1)		逸去	主動	△							△		△					
(2)			被迫							△		△			△			△
30(1)		驅去	符							△								
(2)			僧道尼												△			
(3)			物												△			△
(4)			親友															
(5)			♂															

編號	模式	動作	類別	1	2	3	4	5	6	7	8	9	10	11	12
31(1)		攜子去	隨母去												
(2)			變形												
(3)			隨母亡												
32		負　　心													
33		遭　　難													
34		解　　難													
35		中計（♀）					△								
36(1)		病	♀											△	
(2)			♂												
37		亡			△	△	△		△		△		△		
41(1)		摧毀	♂												
(2)			親友												
42(1)		追殺	人		△				△						
(2)			物			△							△		
43(1)		殺人	情人												
(2)			夫（子）												
44(1)	④重逢模式	重圓	今生												
(2)			來世												
45(1)		復　　和		△											
47		投　　胎													
48	⑤溝通模式	表　　白		△										△	
50	⑥報　模　式	受　　恩													
51		報　　恩													
52		報　　復													
54		求　　助													
64	⑦靈異模式	作　　祟					△								
69(1)	⑨角色模式	現形	現　形		△		△	△	△	△		△	△	△	△
(2)			自　承	△											
70(1)		異　　行									△				
(2)		變　　形													

編號	主類型	子類型																
(3)		復　形																
71(3)		揭穿	旁人說聞															
(4)			遺物洩露															
73(1)		子嗣	物															△
(2)			人															
75		為　納　妾																
76(1)	⑩規範模式	婦道	助功名															
(2)			持　家															
81(1)		留贈（生別）																
82		遺　物																

編號	主類型	子類型		答規	玉眞道人	衢州少婦	狐媚娘傳	荷花三娘子	青鳳	嬌娜	嬰寧	蕭七	胡四姐	蓮香	紅玉	狐諧	辛十四娘	狐妾
6	①相處模式	同　居							△	△		△			△			
10		終　老																
12		來往不絕																
13		偶　往　來																
16	②契約模式	成　婚																
21(1)		約後期	今　生										△					
(2)			來　世															
23		負　約																
27(1)	③分手模式	分別	思歸（♂）															
29(1)		逸去	主　動			△						△	△			△	△	△
(2)			被　迫				△											
30(1)		驅去	符															
(2)			僧道尼															
(3)			物	△														
(4)			親　友															
(5)			♂															

編號	模式	類	項													
31(1)		攜子去	隨母去													
(2)			變形													
(3)			隨母亡													
32			負　心													
33			遭　難													
34			解　難				△	△	△							
35			中計（♀）													
36(1)		病	♀												△	
(2)			♂													
37			亡		△	△										△
41(1)		摧毀	♂													
(2)			親　友													
42(1)		追殺	人													
(2)			物	△												
43(1)		殺人	情　人													
(2)			夫（子）													
44(1)	④重逢模式	重圓	今　生				△	△				△		△		△
(2)			來　世										△			
45(1)			復　和													
47			投　胎										△			
48	⑤溝通模式		表　白								△	△				
50	⑥報模式		受　恩					△	△							
51			報　恩				△		△							
52			報　復													
54			求　助													
64	⑦靈異模式		作　祟													
69(1)	⑨角色模式	現形	現　形		△	△	△		△							
(2)			自　承													
70(1)			異　行		△	△										
(2)			變　形													

編號	主類型	子類型		1	2	3	4	5	6	7	8	9	10	11	12	13	14	15
(3)		復　形																
71(3)		揭穿	旁人說聞															
(4)			遺物洩露															
73(1)		子嗣	物							△								
(2)			人															
75		為納妾																
76(1)	⑩規範模式	婦道	助功名									△		△				
(2)			持家															
81(1)		留贈（生別）																△
82		遺　物																

編號	主類型	子類型		阿霞	毛狐	青梅	鴉頭	狐夢	阿繡	小翠	長亭	鳳仙	小梅	張鴻漸	雙燈	汾州狐	武孝廉	醜狐
6		同　居									△	△						
10	①相處模式	終　老																
12		來往不絕																
13		偶往來																
16		成　婚							△									
21(1)	②契約模式	約後期	今　生															
(2)			來　世															
23		負　約																
27(1)		分別	思歸(♂)															
29(1)		逸去	主　動															
(2)			被　迫		△				△			△	△	△	△	△	△	△
30(1)	③分手模式	驅去	符															
(2)			僧道尼															
(3)			物															
(4)			親　友															
(5)			♂															

編號	模式	類	項	1	2	3	4	5	6	7	8	9	10	11	12
31(1)		攜子去	隨母去							△					
(2)			變形												
(3)			隨母亡												
32		負　心										△	△		
33		遭　難				△									
34		解　難							△			△	△		
35		中計（♀）													
36(1)		病	♀									△	△		
(2)			♂												
37		亡													
41(1)		摧毀	♂												
(2)			親　友												
42(1)		追殺	人												
(2)			物												
43(1)		殺人	情　人												
(2)			夫（子）										△		
44(1)	④重逢模式	重圓	今　生	△	△	△		△		△	△			△	
(2)			來　世												
45(1)		復　和													
47		投　胎													
48	⑤溝通模式	表　白					△								
50		受　恩													
51	⑥報　模式	報　恩			△										
52		報　復							△						
54		求　助													
64	⑦靈異模式	作　祟													
69(1)	⑨角色模式	現形	現　形										△		
(2)			自　承												
70(1)		異　行													
(2)		變　形													

編號	主類型	子類型		陳巖	焦封	孫恪	張魯女	陸社兒	柳毅	凌波女	湘中怨解	煙中怨	趙良臣	李黃	李黃附	淨居嚴蛟	蘇瓊	無
(3)		復　形																
71(3)		揭穿	旁人說聞															
(4)			遺物洩露															
73(1)		子嗣	物				△											
(2)			人															
75	⑩規範模式	為　納　妾																
76(1)		婦道	助功名				△						△	△				
(2)			持　家															
81(1)		留贈（生別）		△	△						△						△	
82		遺　物																

編號	主類型	子類型		陳巖	焦封	孫恪	張魯女	陸社兒	柳毅	凌波女	湘中怨解	煙中怨	趙良臣	李黃	李黃附	淨居嚴蛟	蘇瓊	無
6	①相處模式	同　居																
10		終　老																
12		來往不絕									△							
13		偶　往　來																
16	②契約模式	成　婚								△								
21(1)		約後期	今　生															
(2)			來　世															
23		負　約																
27(1)		分別	思歸(♂)															
(4)			♀自去												△			
29(1)	③分手模式	逸去	主　動										△					
(2)			被　迫			△	△											△
30(1)		驅去	符															
(2)			僧道尼	△														
(3)			物															
(4)			親　友															△
(5)			♂															

編號	模式	項目	細目												
31(1)		攜子去	隨母去												
(2)			變形												
(3)			隨母亡												
32		負心													
33		遭難													
34		解難													
35		中計（♀）													
36(1)		病	♀												
(2)			♂												
37		亡				△	△			△				△	
41(1)		摧毀	♂												
(2)			親友									△			
42(1)		追殺	人												
(2)			物												
43(1)		殺人	情人									△			
(2)			夫（子）												
44(1)	④重逢模式	重圓	今生				△								
(2)			來世												
45(1)		復和													
47		投胎													
48	⑤溝通模式	表白			△		△		△						
50		受恩													
51	⑥報模式	報恩													
52		報復													
54		求助													
64	⑦靈異模式	作祟													
69(1)		現形	現形	△	△	△	△							△	△
(2)	⑨角色模式		自承	△											
70(1)		異行								△					
(2)		變形													

編號	主類型	子類型	細分														
(3)		復形															
71(3)		揭穿	旁人說聞											△			
(4)			遺物洩露										△				
73(1)		子嗣	物						△								
(2)			人														
75		為納妾															
76(1)	⑩規範模式	婦道	助功名														
(2)			持家														
81(1)		留贈（生別）															
82		遺物															

編號	主類型	子類型	細分	錢塘士人	豫章男子	史惺	烏君山	花月新聞	阿英	光化寺客	香玉	葛巾	黃英	戶部令史妻	泰州人	金友章	漳民娶山鬼
6	①相處模式	同居															
10		終老											△				
12		來往不絕															
13		偶往來															
16	②契約模式	成婚															
21(1)		約後期	今生														
(2)			來世														
23		負約														△	
27(1)	③分手模式	分別	思歸(♂)														
29(1)		逸去	主動	△					△	△		△					
(2)			被迫			△	△	△							△	△	△
30(1)		驅去	符														
(2)			僧道尼														
(3)			物														
(4)			親友														
(5)			♂														

序號	模式	類	細類	1	2	3	4	5	6	7	8	9	10	11	12
31(1)		攜子去	隨母去												
(2)			變形								△				
(3)			隨母亡												
32			負　心												
33			遭　難						△						
34			解　難												
35			中計（♀）												
36(1)		病	♀												
(2)			♂												
37			亡							△					
41(1)		摧毀	♂												
(2)			親　友												
42(1)		追殺	人												
(2)			物						△						
43(1)		殺人	情　人												
(2)			夫（子）										△	△	△
44(1)	④重逢模式	重圓	今　生						△						
(2)			來　世												
45(1)			復　和												
47			投　胎												
48	⑤溝通模式		表　白												△
50			受　恩												
51	⑥報模式		報　恩												
52			報　復												
54			求　助												
64	⑦靈異模式		作　祟												
69(1)		現形	現　形										△	△	△
(2)	⑨角色模式		自　承												
70(1)			異　行												
(2)			變　形			△	△	△		△					

編號	主類型	子類型		王彥太家	張氏子	廣陵士人	姚司馬	崔子武	趙文昭	劉子卿	王勳	畫工	土偶胎	唐四娘廟	江廟泥神記	楊禎	宜春郡民
(3)		復形		△						△							
71(3)		揭穿	旁人說聞														
(4)			遺物洩露														
73(1)		子嗣	物														
(2)			人														
75	⑩規範模式	爲納妾															
76(1)		婦道	助功名														
(2)			持家														
81(1)		留贈（生別）															
82		遺物															

編號	主類型	子類型		王彥太家	張氏子	廣陵士人	姚司馬	崔子武	趙文昭	劉子卿	王勳	畫工	土偶胎	唐四娘廟	江廟泥神記	楊禎	宜春郡民
6	①相處模式	同居															
10		終老															
12		來往不絕															
13		偶往來															
16	②契約模式	成婚															
21(1)		約後期	今生														
(2)			來世														
23		負約															
27(1)	③分手模式	分別	思歸(♂)														
(3)			♂離去							△							
29(1)		逸去	主動					△	△								
(2)			被迫								△						
30(1)		驅去	符														
(2)			僧道尼	△													
(3)			物														
(4)			親友														
(5)			♂			△											

編號	模式	類	項目													
31(1)		攜子去	隨母去						△							
(2)			變形													
(3)			隨母亡													
32		負　心														
33		遭　難														
34		解　難														
35		中計（♀）														
36(1)		病	♀													
(2)			♂													
37		亡														
41(1)		摧毀	♂		△						△					
(2)			親　友	△										△	△	
42(1)		追殺	人													
(2)			物													
43(1)		殺人	情　人													
(2)			夫（子）													
44(1)	④重逢模式	重圓	今　生													
(2)			來　世													
45(1)		復　和														
47		投　胎														
48	⑤溝通模式	表　白								△						
50		受　恩														
51	⑥報　模式	報　恩														
52		報　復														
54		求　助														
64	⑦靈異模式	作　祟														
69(1)		現形	現　形	△	△						△	△	△	△		
(2)	⑨角色模式		自　承													
70(1)		異　行											△		△	
(2)		變　形														

(3)		復　形								△		
71(3)		揭穿	旁人說聞									
(4)			遺物洩露									
73(1)		子嗣	物							△		
(2)			人									
75	⑩規範模式	爲　納　妾										
76(1)		婦道	助功名									
(2)			持　家									
81(1)		留贈（生別）				△	△					
82		遺　物										

小　結

女性主角愛情「結尾」階段的行爲模式，有幾項是幾乎出現於各類女性角身上的。如「契約模式」的「約後期」；「分手模式」的「分別」、「解難」、「亡」；「重逢模式」的「復合」、及「規範模式」的「子嗣」、「婦道」及「留贈」。與愛情「發展」階段「悲離」與「歡合」情境各居其半的情形不同的是，「結尾」階段固然可見「有情人終成眷屬」的美好結局，但基本上卻仍是以「悲離」收場爲主。這與傳統觀念中總以爲愛情小說必然多以「大團圓」爲收尾顯然有極大的差異。

事實上，在六類女性主角中，只有「未婚類」女性主角的愛情是以團圓成婚爲收場者居多，其餘各類型女性主角的愛情，仍多是以分手收場。這種現象的癥結所在，是人物的身份層級問題。觀照愛情「發展」階段所呈現各類型女性主角的愛情形態，關係地位不對等者，其愛情「結尾」則多以悲離收場，如「仙類」、「鬼類」、「妖類」及「妓女類」等。這些女性的共同點是，具有身份標籤鮮明的特質，尤其前三類「非人」性質的女性主角，其身份更是來自先天所賦有、而有極重的宿命色彩——而這層宿命，往往正是其悲劇結局的由來。能跳脫這層宿命藩籬者，往往能獲得重圓的機會，而使其愛情起死回生。只是，這類的例子多半見於《聊齋》之中，這些女性主角的愛情生機，顯然與敘述者的特質有很密切的關係，而不能視爲具有普遍性意義的行爲模式。

在「仙類」、「鬼類」、「妖類」等三類「非人」性質的女性主角中，「仙類」

及「鬼類」復合的機率要大於「妖類」，其原因，前二者的本質爲人，後一者的本質爲獸或物；相較之下，前者顯然要比後者與身份清一色屬「人界」的男性主角的差異性要小很多；而雙方的不對等關係情形較爲輕微，要彌補彼此差距的困難度自然亦隨之降低，因此，美好結局的可能性便相形提高。

由此我們可以看出，女性主角與男性主角之間的關係地位對前者的愛情行爲模式的影響力，正是由愛情的「開始」階段，一直延伸到「結尾」階段，影響不可不謂之深遠。事實上，這個兩性關係地位對等與否的問題，也正是角色的「本份」的問題。不論「仙類」故事中的女仙緣盡重返仙境（或男性主角思鄉逃離仙境）、「未婚類」女性主角的最終回歸家庭體系及價值系統、「夫妻類」中的妻子（或丈夫）違背婚姻契約而遭到嚴懲、「妓女類」女性主角的企圖掙脫其職業特質而寥落而死、「鬼類」「妖類」的原形洩露而逸去或遭追殺……所有類型人物愛情的塵埃落定，都必須在各類角色人物回歸到其身份原點的前題之下。如果這最終的原點與男性主角的關係地位平等，則兩人就可能獲得一個美好的結局，否則，愛情便可能以殘破收場。而這也是現實社會的殘酷遊戲規則──除非，女性主角獲得不受限於現實社會約束的超現實性質的助力，則那場看似已成定局的愛情，才有轉機。

唯一可以不受限於上述規則的，是「死亡」，因爲生、老、病、死，本就是生命的規律；較之於前者人爲社會的遊戲規則，死亡所涉及的生命規則，來自自然、更具有超越性。事實上，「死亡」固然是生命的終結，卻也有可能是另一段生命的起點，因此，它具有各種的可能性。在六類女性主角中，只有「仙類」的女性主角不涉及死亡，當然，這與其身份的特殊性有關。其餘五類女性主角，在愛情結尾階段，則必須經常面對甚至利用各種形式的死亡。而「死亡」對於女性主角愛情「結局」階段的作用，正如其自身的雙重性格，或是用來對抗上述現實界的規則約束力，以爲扭轉愛情命運的手段；或是反過來成爲宿命對於女性主角的制裁工具。在愛情的「結尾」階段，對「妓女類」、「鬼類」、「妖類」而言，死亡多是意味愛情與生命的終結；但是，亦可見這些身份層級或社會地位居於劣勢的女性主角們，利用死亡爲過渡，以跳脫現世宿命的桎梏，重新開始新生命的旅程、求得夢想的愛情。對「夫妻類」及「未婚類」的女性角色言，其穩定的男女關係最大的威脅，正是「死亡」；而與此形成強烈對比的，則是「死亡」亦經常爲其做爲維護愛情、抗議壓迫干涉、甚至懲罰愛情叛徒的工具。其實，不僅是在愛情「結尾」階段，在愛

情的「發展」階段,「死亡」這個母題與其說成爲小說女性主角一項具有「功能性」的行爲,不如說是一種「儀式性」行爲要更恰當。

在古典短篇文言愛情小說中,除「夫妻類」外,死亡者幾乎是女性主角。對女性主角而言,「死亡」的母題與「愛情」的主題眞是如影隨形,貫穿著整個小說的情節結構、影響著主角人物的命運。但是,如前所言,決定人物命運的關鍵,是在兩性互動上的關係地位;死亡的作用,只在於其可以削弱或突顯前者的影響力。很多女性主角的愛情與命運,並不會因「死亡」出現,而有所改變;但,她們卻可透過這項行爲,使其捍衛愛情的決心更顯強烈;或者通過「死亡」這個歷程,擺脫現實肉體的生命極限,銜接靈異的超現實力量,彌補生前的遺憾。透過死亡,女性主角傳達出如許明確強烈的愛情訊息,因此,「死亡」對愛情而言,其儀式意義實大於其功能意義。此外,如愛情「發展」階段所論,「死亡」與女性主角對自己身體的自主權亦有密切的關聯。如前者所言,女性主角對於自己的身體,一向缺乏自主權,且不論「妓女類」的女性角色,其職業特質便是被迫以自己的身體交換生活生存所需,其他如女妖女鬼等,以亦無不可見以自己肉體做爲感情的進階。「身體」成爲一種交換的工具,「身體」本身的存在價值必須附加在其他男性的價值觀之上。在對身體的掌控中,似乎看不到女性自我的立足點何在。唯有面對「死亡」時,女性才是爲了自己的愛恨情仇,充分掌握自己身體的自主權,使其身體的價值,是定義在自己的選擇之上。在愛情的歷程中,竟然只有透過死亡,女性主角才得以奪回自己身體的自主權,這樣的代價,也未免太慘烈了。

四、結　論

不同的人物類型,其愛情發展歷程中所呈現的行爲模式亦不相同。就愛情歷程的結構言,除「夫妻類」外,五類女性主角都有一個完整的發展歷程,透過情節分析,我們可以很清楚地在文本上區分出女性主角愛情的「開始」、「發展」及「結尾」三階段;只有「夫妻類」,小說一開始便由其「發展」階段開始鋪陳敘述。造成這種差異性主要的原因,是因爲具有妻子身份的女性主角,她所擁有的是一份經過法律認可的男女關係,只要她的感情對象是其丈夫,她便無須擔心這份感情是否可以維持下去。相對的,其餘五類女性主角,愛情的萌芽都是發生在其(廣意來說)「單身」的情況之下,與異性的接

觸也都是在一個未知、不穩定的情境中發生；她們都必須經歷此充滿不確定因素的「開始」階段，而後才進入「發展」階段，設法克服這些不明狀態所衍生的問題，以確保愛情穩定滋長的可能。根據身份及與異性相對層級的不同，五類女性主角與異性的愛情自有其不同的互動關係，而這些互動關係的形式便決定了愛情開始階段的行為取向。

在各類女性主角愛情開始階段的主要行為取向中，不論是「仙類」的「主動型」、「未婚類」的「兩情相悅型」，或是「妓女類」的「被動型」，其終極意義皆指向女性主角與異性的對等地位如何的問題。透過分析，我們可以發現，女性主角居優勢或弱勢地位，其行為取向則以單向性質者（如「主動型」、「被動型」）為多；與對方處於平等地位者，則以雙向性質者（如「兩情相悅型」）為多。而上述這些相對地位與互動狀態皆牽涉到一個核心課題：權力分配。不論是表現在地位層級、社會地位、或者資源提供方面，掌握其優勢或主導權者，便享有較多的行為自主性；因此而遭遇的愛情困境，也將因有所差異。因此崇高如女仙者多可來去自如，在愛情中進退隨意；而卑微如妓者，只有任人宰割；至於邊緣色彩濃厚、屬性複雜的妖鬼之類，其行為大可不受現實社會拘管，行為取向便呈現多元化的傾向。

愛情進入「發展」階段，各類女性主角的行為取向也更繽紛多樣。但其大體上皆是承續「開始」階段的課題而發展。在愛情「開始」階段出現的權力分配問題，在此階段無異成為造成女性主角愛情困境的導火線：關係越穩定、身份越限制者，其所面對的危機壓力越大、越非人力所抗拒。女性主角的行為取向，莫不以此為中心而提出因應之道：或是利用「溝通」的方式——正面表白或反向隱瞞——換取對彼此權力落差的彌縫；或是以「性」做為交換籌碼；或是以回歸權力體系價值觀換取認同——歸根究底，在愛情「發展階段」，不同的女性主角針對不同的權勢壓力，從不同的施力點運用「交換」的行為法則，爭取其愛情生命的持續或延長。

在愛情「發展」階段所做的努力，到了愛情「結尾」階段都必須水落石出，為愛情的命運做一判決。我們可以發現，只有始於平等關係的「未婚類」女性主角，最能享有喜樂的收場；其他始於不對等關係者，不論其間如何努力，如果無法使兩性達到一個平等狀態，其愛情終以殘破收場；至於關係最穩定的「夫妻類」，所面臨的的愛情困境來源往往是最強勢的天意或人禍，如果終究無法與之抗衡，雖然事後可有補償，但其愛情仍只有覆滅一途。

　　綜合來看，古典短篇文言愛情小說女性主角愛情歷程中所表現出的行爲模式，乃是以一權力對等的問題一以貫之；而在由問題的發生、形成衝突、到解決的過程中，架構出女性主角的愛情歷程。在這樣一個愛情歷程結構中，我們可以看到存在許多「二元對立」的要素。如整段愛情歷程中的行爲取向上，往往呈現「歡合」與「悲離」的互相對照，即「發展」階段爲「歡合」情境者，「結尾」階段多以「悲離」收場，反之亦然；男女兩性主角的對應關係，多呈一身份層級或社會身份「高」、「低」對比的態勢；女性主角的愛情困境，多來自「大我」規律與「小我」情感之間的對立等等。此外，「死亡」母題本身所具有的雙重性格，既終結生者生命，又能令亡者藉以再生，「生」與「死」之間的弔詭，更是典型的二元對立態勢。至於「死亡」的工具：「身體」，其所具有的極崇高的功能性與極卑賤的價值性，亦是一組鮮明的二元對立的矛盾組合。事實上，「愛情」之爲物，本須藉男女兩性以激蕩出心靈情欲的火花，因此，這種感情本身就是以「二元」爲基礎的複合體。對於女性主角愛情各階段行爲模式表現的分析，充份印證了愛情這種複雜的特性。

編號	類別	仙　類	夫妻類	未婚類	妓女類	鬼　類	妖　類
1	①相處模式			私　會		私　會	
2				私　奔		私　奔	
3					歡　好	歡　好	
4						強　合	
5						招　待	
6			同　居			相　從	同　居
7						求同歸	
8		共　歸		共　歸			
9		偕　隱		偕　隱	偕　隱		
10		人間終老		終　老			終　老
11		來去自如					
12						來往不絕	來往不絕
13							偶　往　來
14(1)	②契約模式			求婚　♀			
(2)				♂			

15						成夫婦禮					
16						成婚	成婚	成婚		成婚	
17							從良				
18						冥婚					
19						鬼婚	鬼夫妻	鬼婚			
20				約盟							
21(1)		約後期		約後期			約後期 今生	約後期	今生	約後期	今生
(2)					來世		來世		來世		來世
22								赴約		赴約	
23		負約						負約		負約	
24				改嫁							
25						他許					
26	③分手模式	好散									
27(1)		分別	思歸(♂)	分別		分別	分別	分別		分別	思歸(♂)
(2)			令歸(♀)								
(3)			♂離去						♂離去		♂離去
(4)			♀自去						♀自去		♀自去
(5)			因父母因素而去								
(6)					戰爭						
28		偽去									
29(1)								逸去	主動	逸去	主動
(2)											被迫
30(1)				驅去				驅去	符	驅去	符
(2)									道士		僧道尼
(3)											物
(4)											親友
(5)											♂
31(1)										攝子去	隨母去
(2)											變形
(3)											隨母亡
32										負心	
33						遭難	遭難	遭難		遭難	

34		解難	解難		解難		解難	解難		解難	
35										中計（♀）	
36(1)			病卒	♀	病	♀		(鬼)病	♀	病	♀
(2)											♂
37			亡		亡		亡	亡		亡	
38(1)		殉死	無疾死		殉死	♀後於♂		殉死	♀後於♂		
(2)			化形死			♀先於♂			♀先於♂		
(3)			病死			♂隨♀魂亡					
(4)			被迫								
39			鬼別								
40								屍變損壞			
41(1)								銷毀		摧毀	♂
(2)											親友
42(1)								追殺	人		
(2)									物		
43(1)								殺人	成功	殺人	情人
(2)									未遂		夫（子）
44(1)	④重逢模式									重逢	今生
(2)											來世
45(1)		重圓	重圓	生前	重圓	今生	重圓	重圓		復和	
(2)				死後		來世					
(3)						陰陽					
(4)						鬼					
(5)						靈異					
46			復活		復活			復活			
47		投胎			投胎			投胎		投胎	
48	⑤溝通模式				表白		表白	表白		表白	
49	⑥報模式		前世因								
50										受恩	
51			報恩							報恩	
52			報復		報復			報復		報復	

53				結怨					
54									求助
55(1)	⑦靈異模式			夢兆	夢兆	分離			
(2)						重圓			
(3)						死亡			
56				夢驗	夢驗				
57		托夢報復							
58(1)		離魂		離魂	♂				
(2)			♀		♀				
59		魂合		魂合			魂合		
60		召魂							
61		魂見		魂見	魂見		魂見		
62(1)		以鬼來	歡會						
(2)			報復						
63				以鬼來					
64				鬼作祟	鬼作祟		鬼作祟		作祟
65				鬼寄身					
66							借屍還魂		
67	⑧情緒模式			閨怨					
68				寥落					
69(1)	⑨角色模式	現形					現形	現形	現形
(2)									自承
70(1)							異狀	異行	
(2)								變形	
(3)								復形	
71(1)							揭穿	見棺墓	揭穿
(2)								自承	
(3)								旁人說聞	旁人說聞
(4)								遺物洩露	遺物洩露
(5)								遺物	
72(1)	⑩規範模式	懷胎	物						
(2)			人						

73(1)	子　嗣		子嗣	己　出	子　嗣	子　嗣	子嗣	陽	子嗣	物
(2)				妾　出				陰		人
74	有子成器				有子成器	有子成器	有子成器			
75	爲　納　妾		爲　納　妾		爲　納　妾					爲　納　妾
76(1)	婦道	持　家	婦道	持　家	婦　　道	婦道	助功名		婦道	助功名
(2)				孝　長						持　家
(3)				撫　子						
(4)				含辱撫子						
77					旌　表					
78					歸家省親		歸家省親			
79							告　父　母			
80					離　鴻					
81(1)	留贈	彼　此　♀	留贈（生別）		留贈（生別）	留贈（死別）	留　贈		留贈（生別）	
(2)		♀								
82									遺　物